想你

[英] 凯特·埃伯利恩 著

黄 瑶 译

广西科学技术出版社

著作权合同登记号：桂图登字：20-2015-224号

MISS YOU by KATE EBERLEN
Copyright © 2016 by Kate Eberlen
Published by agreement with Intercontinental Literary Agency Ltd.
through The Grayhawk Agency.
Simplified Chinese edition copyright:
2016 Guangxi Science and Technology Publishing House Ltd.
All rights reserved.

图书在版编目（CIP）数据

想你 / (英) 凯特·埃伯利恩 (Kate Eberlen) 著；黄瑶译. —南宁：广西科学技术出版社, 2017.6
ISBN 978-7-5551-0718-7

Ⅰ. ①想… Ⅱ. ①凯… ②黄… Ⅲ. ①长篇小说 – 英国 – 现代 Ⅳ. ①I561.45

中国版本图书馆CIP数据核字（2016）第291269号

XIANG NI
想你

作　　者：〔英〕凯特·埃伯利恩	翻　　译：黄　瑶
产品监制：何　醒	责任编辑：何　醒　黄圆苑
特约策划：孙淑慧	版权编辑：王立超
封面设计：芒果插画	版式设计：棱角视觉
责任校对：曾高兴	责任印制：林　斌

出 版 人：卢培钊	出版发行：广西科学技术出版社
社　　址：广西南宁市东葛路66号	邮政编码：530022
电　　话：010-53202557（北京）	0771-5845660（南宁）
传　　真：010-53202554（北京）	0771-5878485（南宁）
网　　址：http://www.ygxm.cn	在线阅读：http://www.ygxm.cn

经　　销：全国各地新华书店	
印　　刷：北京富达印务有限公司	
地　　址：北京市通州区潞城镇前北营村	邮政编码：101117
开　　本：880mm×1240mm　1/32	
字　　数：380千字	
版　　次：2017年6月第1版	印　　张：15
书　　号：ISBN 978-7-5551-0718-7	印　　次：2017年6月第1次印刷
定　　价：39.80元	

纪念我可爱的格兰

你曾让平凡的事情都变得如此美好

MISS YOU

第 一 部 分

1

1997 年 8 月

泰丝

　　家里的厨房摆放着妈妈去特纳利夫岛度假时买回来的一只盘子，上面印着一句手写体的格言：今天是你余生中的第一天。

　　和爸爸的歌唱比赛奖杯及我哥哥凯文某年圣诞节寄来的纽约雪花水晶球相比，这东西从未给我留下过什么深刻的印象，但今天就是假期的最后一天了，我的脑海里似乎无论如何也摆脱不了它的样子。

　　我醒来时，帐篷里如同南瓜灯一样充斥着橙色的亮光。我小心翼翼地缓缓拉开拉链门，以免吵醒朵儿，然后把脸探了出去，感受着刺眼的灿烂阳光。气温仍旧有些寒冷，而我还能听到远处叮当作响的钟声。我提笔在日记本上写下了"凄切"这个词，还在旁边画上了一个星号，准备回家后查查字典。

　　从营地里眺望佛罗伦萨的景色，开阔的天空下满眼都是赤土色的穹顶和微微发亮的白色大理石塔楼。这实在是太符合佛罗伦萨应有的样子了，反倒让我感到一阵莫名的悲哀，仿佛已经开始想念它。

这里也有很多东西是我不会想念的，比方说打地铺——几个小时之后，那些石头感觉就像是长进了你的后背一样——还有在不足三英尺高的地方更衣、大老远地走到淋浴间才想起自己把卷纸落在了帐篷里。假期接近尾声时，情况总是会变得十分有趣。你心里的某个声音希望这一切永远都不要结束，另一个声音却期待着家的舒适。

我们已经坐着火车在欧洲大陆游历了一个月的时间，从法国一路南下来到意大利，睡过火车站，和营地里的丹麦男孩喝过啤酒，在缓慢、潮湿的火车里和晒斑做过斗争。朵儿钟情于海滩和贝利尼鸡尾酒，我则更喜欢地图和纪念碑，但我们却总是能够融洽地与彼此相处，就像我们4岁那年第一次在圣卡斯伯特教堂的门口遇见彼此一样。那时，玛利亚·朵洛丽丝·奥尼尔——是我把她的名字简称为朵儿的——开口问了我一句："你愿意做我最好的朋友吗？"

我们个性迥异，却相得益彰。无论我何时提起这一点，朵儿总是会说"你的皮肤真好"，或是"我真的很喜欢那双鞋"。当我告诉她这些话的意思并不是说我们很会夸奖彼此时，她会笑着说她明白，但我从不确定她是否真的明白。但你会和自己亲近的人发明一种特殊的语言，不是吗？

回顾我们在这个假期中去过的地方，我的记忆就像明信片一样：维罗纳深墨色天空下泛着灯光的圆形露天剧场；那不勒斯蔚蓝的海湾；西斯廷教堂天花板上令人喜出望外的鲜活色彩；但是对于我们在佛罗伦萨无忧无虑地度过的最后一天，我的人生彻底改变之前的最后一天，我却几乎能够一个小时一个小时、一步一步地回忆起来。

每天早上，朵儿总是要比我花上更长的时间才能准备妥当，因为即便是在那个时候，她也绝不会在没有化好完整妆容的情况下出门。我喜欢拥有一部分属于自己的时间，尤其是在这个早晨——今天是我领取高考成绩的日子，而我一直都在试图静下心来，准备聆听自己的成绩是否能被大学录取的消息。

前一天晚上，我在向营地攀爬的过程中注意到道路顶端的探照灯照亮了一座教堂的正门，仿佛是被丢弃在森林里的一只突兀的珠宝盒。在阳光的照耀下，这座长方形的基督教堂比我想象中的更加庞大，而就在我沿着巨大的巴洛克阶梯向上攀爬时，心中却突然萌生了一个古怪的想法——这里应该会是个举办婚礼的完美地点。这可不像是我会有的想法，因为我那时还从没有好好交过一个男朋友，更别提想象自己穿上长长的白色婚纱的样子了。

站在山顶的露台上眺望，我的内心无比振奋，还向自己郑重承诺——正如你 18 岁时会做的那样——有一天我还会回来的。刹那间，一种荒谬的冲动让我感觉有些想哭。

周围一个人也没有，可教堂沉重的木门一推就开了。和阳光灿烂的室外相比，教堂里漆黑一片。过了好一阵子，我的眼睛才适应了这片昏暗。屋里的温度比燥热的室外低了几度，空气中散发着教会的尘土与焚香混合在一起的味道。只身待在教堂里，我迈开脚步走上凸起的高坛，耳畔清清楚楚地响起了脚下的凉鞋无礼的拍打声。我凝视着耶稣超群而又冷漠的脸庞，祈祷自己能够考到一个好分数。突然间，教堂的半圆形后殿里如魔法般溢满了阳光。

转过身来，我看到一个和我差不多年纪、身材瘦削的男孩正站在墙边控制灯光的投币箱旁边，不由得吓了一跳。他向后拨了拨脸颊旁边潮湿的棕色头发，身上的装束比我的还不合时宜——运动短裤、背心和跑鞋。一瞬间，我们本可以对着彼此微笑，或者甚至说些什么，但是我们错过了，因为我们都难为情地把注意力转移到了镶嵌着金色马赛克的巨大穹顶上。很快，教堂里的灯光伴随着响亮而又沉闷的咔嗒声熄灭了，和刚才亮起来时一样决绝而又意外。

我趁着黑暗瞟了瞟我的手表，仿佛是在暗示自己应该更加认真地思考这个标志性的画面。如果不是因为已经迟到了，我也许甚至应当自掏腰包、贡献上一分钟的电。就在我朝着大门伸出手时，耳畔再次响起了那个沉闷的声音。我抬起头望着救世主被照亮了的庄严表情，感觉自己仿佛让他失望了。

在我返回营地时，朵儿已经"全副武装"地化好了妆。

"它是什么样子的？"她问道。

"我想，应该是拜占庭风格的吧。"我回答。

"好看吗？"

"很美。"

喝完卡布奇诺咖啡、吞下奶黄包——在意大利，就连营地里的小吃吧出售的食物都这么好吃，真是令人感到惊奇——我们收拾好东西，决定直接下山进城，到中央邮局去打个越洋电话询问成绩，以免一整天都提心吊胆。即便是坏消息，我也想要亲耳听到它，毕竟我是应付不来对未来一无所知、摇摆不定的状态的。于是，我们走回中心古城区，一路上聊了些五花八门的话题，但就是没有提及我一心想着的那件事情。

拨通家里的电话号码时，恐惧在我的脑海里大声咆哮起来。我感觉自己仿佛已经失去了说话的能力。

一声铃响之后，妈妈接起了电话。

"让霍普来给你念成绩吧。"她说。

"妈妈！"我尖叫了起来，但是一切为时已晚。

我的小妹妹霍普已经在线上做好了准备。

"给你念你的成绩。"她说道。

"那就开始吧。"

"A，B，C……"她缓缓地读了起来，好像是在练习背诵字母表。

"这是不是很不可思议？"妈妈说。

"什么不可思议？"

"你的英语考了 A，艺术史考了 B，宗教和哲学考了 C。"

"你在开玩笑吗？"伦敦大学学院给了我一份有条件录取通知书，只要求我考到两个 B 和一个 C，所以这个结果比我所需要的还要好。

我低下头，钻出有机玻璃罩，朝着朵儿竖起了大拇指。

电话线的另一头，妈妈欢呼了起来，紧接着霍普也加入了进来。我想象着她俩站在厨房里的画面，身边的小摆设柜上正好摆着那只盘子，上面写着"今天是你余生中的第一天"。

坐在市政广场的一张路边餐桌旁，朵儿建议我们把所有的钱都花在一瓶意大利起泡酒上，以示庆祝。她在攻读文凭的同时还在一家发廊里做兼职，因此比我有钱。而且，自从我们在威尼斯的圣马可广场旁不小心花费一整天的预算点了一杯卡布奇诺咖啡之后，她就一直渴望能够再找一张室外的餐桌。18 岁的朵儿已经学会了如何品味光彩照人的生活，但现在早上 10 点刚过，我猜就算我们继续拖延下去，也要等上好几个小时才能登上前往加莱的过夜火车——可能还会带着头痛——我就是这么实际。

"那就由你来决定好了。"朵儿有些失望，"毕竟我们是要为你庆祝。"

我还有许多景点想要去看：乌菲齐美术馆、巴尔杰罗美术馆、大教堂、洗礼堂、新圣母玛利亚教堂……

"你说的这些都是教堂，对不对？"朵儿才不会被那些意大利名字给糊弄住呢。

我们两人都是在天主教家庭里长大的，但处在人生中的某个阶段，朵儿却把教堂看作是某种阻止她在星期天赖床的东西，而我也觉得把自己形容为一个不可知论者是一件很酷的事情，尽管我发现自己也会时常祈祷些什么。

对我来说，意大利教堂大部分都与上帝没有太大的关系，而是一处处文化的圣地。老实说，我是个自命不凡的人，但这也是情有可原的，因为我马上就要成为一名大学生了。

把帆布背包留在火车站的行李寄存处之后，我们飞快地在大教堂里绕了一圈，在洗礼堂金色的大门外给彼此照了几张相，然后循着小巷朝圣十字区走去，在一间当天开门的小巧手工冰激凌店短暂停留了片刻。早晨的冰激凌满足了朵儿贪图享乐的渴望。站在如同巨大颜料盒一样的玻璃柜台外面，我们各自为自己的圆筒选择了三种口味。

我要了提神的柑橘、柠檬和粉红葡萄柚口味。

"太早餐范儿了。"朵儿说罢便沉浸在手中的马尔萨拉葡萄酒、樱桃和翻糖巧克力冰激凌中。她形容这个冰激凌足以让她高潮，还能帮助她在欣赏乔托壁画的一个小时过程中都维持一份好心情。

和朵儿一起欣赏艺术的有趣之处在于，她会说些类似"他不是很会画脚，对不对"之类的话。不过当我们离开教堂时，我可以看出她已经受够了文化的熏陶，何况正午闷热的城市也让人感到有些压抑。于是，我提议乘坐大巴到古老的山城菲耶索莱去看看。我曾在《简约指南》中读到过有关这座城市的信息，何况站在公交车的窗前、感受拂面的微风也算得上是一种解脱。

和佛罗伦萨人山人海的街道相比，菲耶索莱的主广场静得出奇。

"我们来份观光客套餐以示庆祝吧。"我决定把留着以备不时之需的最后一点钱挥霍一空。

坐在餐厅的露台上，我们望着远处如微缩景观一般的佛罗伦萨城，感觉它就像是利奥纳多画中的陪衬背景一样。

"你今天下午还计划了什么教育活动？"吃完一碗番茄意面，朵儿擦了擦嘴角问道。

"那里有一座罗马剧院。"我承认,"但我一个人去也可以,老实说……"

"到处都有该死的罗马人,是不是?"朵儿回答。不过她很愿意跟我一起到那里去看看。

我们是那个景点里唯一的游客。朵儿在一个石阶座位上躺下来晒起了日光浴,我则四处探索起来。看到我设法爬上了舞台,她坐起来鼓掌。我鞠了一躬。

"说点儿什么!"朵儿喊着。

"明天,明天,明天!"我喊了起来。

"再说点儿什么!"朵儿一边喊叫一边拿出了她的相机。

"想不起别的话了!"

我从舞台上跳下来,爬上了陡峭的台阶。

"要不要我给你拍张照?"

"我们来一张合影好了。"

朵儿把相机放在了上方的第三节台阶处,估计这样就能把背景中的托斯卡纳山峦也容纳进我们的画面中了。

"意大利语的'茄子'怎么说?"她边问边按下计时器,疾跑回来坐在了我的身旁。快门咔嗒一声响了。

在我的相册里,照片中的我们看上去正在朝着相机飞吻。相册里的自粘层如今已经全都泛黄了,盖在照片上的塑料也变得十分易碎,但画面中的色彩——白色的石头、蓝色的天空、黑绿色的柏树——还和我记忆中的一样鲜活。

听着看不见的蟋蟀在我们身边的树林中吱吱叫个不停,我们一反常态,沉默地等待着返回佛罗伦萨的公交车。

朵儿终于向我坦白了自己的心声:"你觉得我们还会是朋友吗?"

"你这话是什么意思？"我假装听不懂她在问什么。

"等你进了大学，认识了会读书、懂历史之类的人……"

"别傻了。"我自信地回答，然后一个不忠的想法已经在我的脑海里一闪而过：明年，和我出来度假的人也许就会是那些愿意和我一起去遗址博物馆欣赏希腊彩绘花瓶小展览的人，或是喜欢把米开朗琪罗和多纳泰罗的作品拿来对比的人或是其他忍者神龟们（朵儿是这么称呼他们的）了。

今天是你余生中的第一天。

每当我允许自己畅想未来，肚子就会因为兴奋和恐惧微微绞动起来。

返回佛罗伦萨，我们绕了一小段路，又去吃了一个冰激凌。朵儿还是没有抵抗住巧克力的诱惑，不过这一次她点了柠檬来搭配。我选择的梨子口味尝起来仿佛浓缩了一百颗熟透的威廉姆斯梨的精华，配上覆盆子，和童年时对于夏天的回忆一样热烈而又甜蜜。

此刻的老桥和早晨相比稍显安静，让我们有机会观赏小小的首饰店门口的橱窗。朵儿发现了一条价格比别的商家都要便宜的吊坠银手链，于是我们俯身钻进店门，挤在了店里。

店主为我们拿出了这条精致的手链，只见上面缀着大教堂、老桥、基安蒂红葡萄酒瓶和米开朗琪罗的《大卫》雕塑微型复制品。

"这是给小孩子的。"他说。

"我为什么不把它买来送给霍普呢？"朵儿问道。她是在迫不及待地寻找理由花掉自己剩下的钱。

看着那个男人把手链放在印有金色百合花的纸盒衬纸上，我们可能都在想象，我妹妹会把这个东西安全地保存在某个特殊的地方，时不时和我一起把它打开，毕恭毕敬地凝视着它，仿佛它是什么珍贵的传家宝似的。

门外，阳光已经抛却了这些古老的建筑，城市的喧嚣也逐渐平息了下来。

柔和的即兴爵士乐曲从一位街头艺人的单簧管中吹奏出来，飘荡在宜人的空气之中。站在大桥的正中央，我们等待着人群分流出一道空隙，好让我们能以正在褪色的金色天空为背景给彼此拍照。想起来也奇怪，我们同样也会出现在别人放在壁炉架上的照片背景里，从东京到田纳西。

"我只剩下两张底片了。"朵儿宣布。

扫视人群，我的目光停在了一张不知为何有些眼熟的脸庞上。直到他看到我在朝他微笑、困惑地皱起了眉头，我才勉强想起他就是我那天早上在圣米尼亚托大殿里看到的那个男孩。他的头发在夕阳的照耀下有些泛红，身上穿着一件卡其马球衫和丝光黄斜纹裤，站在一对看上去也许是他父母的中年夫妇旁边。

我把手中的相机递给了他。"你介意帮我们拍张照片吗？"

他脸上不知所措的表情让我不禁猜测他是不是英国人。紧接着，一丝尴尬的神情浮上了他那张长满雀斑、肤色苍白的脸。他开口答道："当然不介意！"要是妈妈能够听见他的声音，一定会说他说起话来"彬彬有礼"。

"说'茄子'！"

"茄子！"朵儿和我异口同声地用意大利语说道。

照片中的我们紧闭着双眼，被自己所说的什么笑话给逗乐了。

在被我们独自占据的四铺车厢里，我和朵儿躺在下铺上，拿着一瓶红葡萄酒在彼此之间来回传递着，在火车于夜色中穿行的同时回顾起了我们的假期。对我来说，这份记忆中满是风景和名胜。

"还记得西班牙台阶上的花朵吗？"

"花朵？"

"你和我度过的到底是不是同一个假期呀？"

对朵儿来说，这份记忆中全都是男人。

"还记得我说自己喜欢吃鱼时，纳沃纳广场上那个服务生脸上的表情吗？"

我们现在知道了，这句话在意大利语里还有另外一层意思。

"最好吃的一顿饭？"朵儿问道。

"博洛尼亚街头市场里的意大利熏火腿和桃子。你呢？"

"尼斯的那个洋葱凤尾鱼比萨饼真美味……"

"那是尼斯洋葱酥！"我纠正她。

"说话要有礼貌！"

"最美好的一天？"

"卡普里岛。"朵儿回答，"你呢？"

"我觉得是今天。"

"最棒的……"

朵儿迷迷糊糊地睡着了，我却怎么也睡不着。每当我闭上双眼，都会发觉自己正身处我为自己预定的大学宿舍之中。直到现在，我都不曾允许自己把想象力停留在那里，于是便兴奋地幻想起了自己要在架子上摆放哪些东西。我还要在床上铺上我的床罩，用蓝胶钉把我新买的海报——波提切利的《春》——贴在墙上。这幅画现在正轻轻地在我头顶上的行李架里来回滚动呢。我会住在哪一层楼？能否隔着房顶看到电信塔，就像他们在开放日那天向我们展示的那间宿舍一样？或者我会不会住在建筑靠街的那一边，红色双层巴士的上层会缓缓驶过我的窗前，而警笛突然发出的尖叫声又会让我感觉自己正身处电影之中？

随着火车开始攀登阿尔卑斯山，车厢的气温变得寒冷起来。我把朵儿的羊毛衫盖在了她的身上。她嘟囔了一句谢谢，但并没有醒来。我很高兴，因为能够拥有一段属于自己的私人时光让我感到十分特别——只有我和我的计划，从我生命中的一个阶段驶向下一个阶段。

　　我一定是在凌晨左右睡着了，随后伴随着早餐手推车发出的咔嗒声醒了过来。在火车飞驰着行驶在法国北部平坦的田野中时，朵儿闷闷不乐地凝视着争相落在窗户上的黏糊糊的雨滴。

　　"我把天气的事情给忘了。"她边说边递给我一个装着酸咖啡的塑料杯和一个用玻璃纸包着的羊角面包。

　　其实我也没有期待过家里会张灯结彩或是邻居们会排着队夹道欢迎我，但当我把朵儿留在她位于金链花大道的家门口、走上针叶路时，还是忍不住对一切如故的境况感到有些失望。我们的市建住房建于 60 年代末，是一片拥有现代建筑高度的普通长方形房屋，墙面一半是红砖，另一半则被粉刷成了白色，门口是公共草坪而非楼前花园。这里所有的街道都是用树的名字命名的，但除几棵纺锤形的开花樱桃树之外，大家什么都懒得种。一些拥有购买权的家庭已经在门口加装了带玻璃的门廊或是通往地下室的硬聚氯乙烯温室，但所有的房子看上去仍像是那首歌里唱到的小盒子一般。在离开了一个月之后，我清楚地意识到长大的自己已经不再适合这里了。

　　尽管妈妈只是大概知道我何时回来，但没有看到她和霍普等在窗边乃至坐在前庭的草坪上还是让我感到有些吃惊。这是一个美好的晚上。也许妈妈正在后院为戏水浅池蓄水？也许水花声吵得她们听不到门铃响？

　　终于，一个渺小的、熟悉的身影出现在了毛玻璃的另一边。

　　"谁啊？"霍普喊道。

　　"是我！"

　　"是我！"她叫了起来。

　　我从来都不清楚霍普是在玩游戏还是在卖弄学问。

　　"是泰丝！"我答道，"快点，霍普，开门！"

"是泰丝！"

我能够听出妈妈正在房子里的某个地方回应她，却听不清她在说些什么。

霍普在门垫上跪了下来，透过前门下面的信件投递口和我说起话来。"我去厨房里拿椅子。"

"用楼道里的那一把。"我也通过投递口吩咐她。

"妈妈说要用厨房里的椅子！"

"好吧，好吧……"

妈妈为什么不自己下楼来呢？我突然变得有些不耐烦，心里也跟着急躁起来。

终于，霍普设法打开了门。

"妈妈呢？"我问道。房子里有点凉，空气中也没有飘荡着温暖的晚餐香气。

"刚起床。"霍普回答。

"她是不是不舒服？"

"只不过有点累。"

"爸爸还没回家吗？"

"酒吧，我猜。"霍普说。

就在我卸下背上的帆布背包时，母亲出现在了楼梯的顶端。但她并没有兴奋地冲下来看我，而是小心翼翼地迈开步子，抓着楼梯的栏杆。我把背包放在了她脚上的拖鞋旁边。她穿着有氧健身课的粉红色运动套装，衣料都已经褪色了。她似乎很冷漠，甚至有些生气，把水壶拿到水池里加水时也不想吸引我的视线。

我看了看手表。八点多了。我都忘了英格兰的夜晚在这个季节里已经越来越亮了。我开始想，要是我下船后能先找个电话亭打电话回家就好了，但这似乎算不上什么大过，不至于严重到母亲会对我置之不理。

我注意到妈妈后脑勺上的头发还没有梳开。她在我到家的时候一定还躺在床上。霍普说过，她只不过是有点累。四个星期以来，家里都靠她一个人来操持。

"我来吧。"我一边提议一边从她的手中接过水壶。

注意到厨房水池里堆积的脏马克杯，我第一次感觉到了一丝警惕。妈妈一定是太累了，因为她总是会让这地方一尘不染。

"爸爸呢？"我问道。

"去酒吧了，我猜。"妈妈回答。

"你为什么不回到楼上，让我给你端一杯茶上去呢？"

让我感到惊讶的是，从来不嫌麻烦的妈妈竟然应了一句："好吧。"紧接着，她仿佛刚刚想起我已经许久没有回家，补充道："你的假期怎么样？"

"很好！非常好！"

我笑得脸都痛了，却没有得到任何的回应。

"路上呢？"

"也不错！"

她已经迈开步子，向楼上走去了。

端着茶杯上楼时，我发现父母卧室的房门敞开着。还没有迈进房门，我就从梳妆台的镜子里瞥到了妈妈的身影。你知道有时候别人没有意识到你在注视他们时会有什么不同吗？她躺在那里，紧闭着双眼，仿佛体内的某种精气已经被抽走了，留下的只有一具虚无的躯体，仿佛躺在那里的不过是她的复制品。我就这样凝视了她几秒钟的时间。不一会儿，她突然惊醒过来，这才意识到我正站在一旁。

她那双闪烁着焦虑的眼睛和我的目光锁定在一起，并流露出了一种讯息，别当着霍普的面问她的事情。紧接着，看到屋里只有我一个人，她重新闭上眼睛，松了一口气。

"让我扶你坐起来吧。"我说。

她靠在我的身上，好让我拍松她背后的枕头。她的身体摸上去是那么的轻盈而又脆弱。半个小时以前，走在新月形街道上的我还在痛恨这熟悉而又平淡的生活。此时此刻，我周围的一切却像地震一样发生了翻天覆地的变化，而绝望的我只想回归常态。

"我病了，泰丝。"她的回答呼应了满心恐惧的我不想提出的那个问题。

我等待着她说"不过，这没有什么，因为……"但她沉默了。

"是哪种病？"恐慌让我感到有些头晕。

妈妈怀霍普时曾被诊断出患了乳腺癌。可直到霍普出生，她才开始接受化疗。不过她痊愈了，只是不得不定期前去接受检查。而她几个月前接受的最后一次检查也没有发现什么异常。

"我得了卵巢癌。癌细胞已经扩散到了肝脏。"她回答，"我之前就应该去看医生，可我以为自己只不过是有点消化不良。"

楼下，霍普哼唱着一支熟悉的曲调，但我却听不出那是什么。

我满脑子都在想象离开之前妈妈的样子。有点疲惫，也许还有点忧虑。我以为是因为我的考试。她总是陪在我的身边：吃早餐时，她会在我坐在厨房里匆匆看笔记时嘱咐霍普保持安静；在我回家之后，她会递上一杯茶；如果我想和她聊天，她便会静心倾听，否则就慢条斯理地在我身边洗洗碗盘、切切蔬菜，安安静静地在一旁支持我。

我怎么能自私到什么也没有发现呢？我怎么还能出门去度假呢？

"你也无能为力。"妈妈似乎读懂了我的心思，安慰着我。

"可你上一次接受扫描检查时还是好好的！"

"那是我的乳房。"

"他们没有给你检查其他的地方吗？"

妈妈把一只手指放在了嘴唇上。

霍普正朝楼上走来。托儿所的儿歌"傻瓜傻瓜笨蛋"被她改成了"可爱可爱笨蛋"的歌词。

"上楼，下楼，在我的闺房……"

在她走进房门的那一刻，我们强迫自己露出了笑容。

"我饿了。"她说。

"好吧！"我从床上跳了起来，"我给你做些茶点。"

如果我需要进一步的证据证明事态有多糟糕，空空如也的冰箱就是我要的答案。尽管我们家一向不算富裕，但吃喝是不用愁的。我突然对爸爸感到有些愤怒。我们家庭的分工仍是十分传统的：爸爸负责养家糊口，妈妈负责料理家务。但他在这样的情况下难道就不能振作起来吗？我想象着他在酒吧里自怨自艾、让伙计们给他买酒的画面。爸爸总是在抱怨生活对他不公。

我在碗柜找到了一罐亨氏意大利面，然后在烤面包机里放了一片面包。

霍普凝视着我，但我满脑子都在思索该如何向她隐瞒。我不愿意向她透露任何一个字。

意大利面开始在炉灶上冒起了泡泡。

我把面倒在面包片上，回想起了我们前一天在菲耶索莱吃过的一碗烹煮得刚刚好的意大利面，每一勺仿佛都能让人尝到一千颗番茄的滋味，而远处如同利奥纳多画中背景般的佛罗伦萨如今却是那样的遥不可及，恍如隔世。

字典证实，"凄切"这个词的意思是凄惨而又悲哀的，源自拉丁语"plangere"，意思是胸口痛苦地跳动。

2

1997 年 8 月

格斯

哥哥死后，我开始练习长跑，因为这是一种能够被人接受的独处方式。别人的担忧几乎可以说是最难应付的事情，如果我说我没事，他们就会盯着我，好像我在抵赖；如果我承认自己觉得日子有些难挨，他们又没有什么办法能够让我好过一些。当我说我正在训练自己、准备参加一项为遭受运动伤害的人募捐的慈善半程马拉松时，人们这才会满意地点点头，因为罗斯就是在一次滑雪意外中丧生的，所以一切就都说得通了。

按照最适宜的速度，跑鞋与马路之间有节奏地碰撞会给人带来一种上瘾的空白感。这也是我每天早晨——即便是假日、即便是在佛罗伦萨——都能从床上爬起来的原因。我在凹凸不平的鹅卵石上奔跑，不时便会突然际遇一片令人惊异的美景，以至于很难保持能够让我忘记身在何处、姓甚名谁的速度。

假期的最后一天，我在黎明时分沿着阿诺河晨跑，每经过一座桥梁便会跨过河沿着另一个方向奔跑，然后再原路返回。我的眼前是太阳苍白的光芒，背后则是它洒下的温暖。除了偶然有路过的道路清扫机为伴，我感觉这个地方仿佛归我所有，或许应该说我归它所有。我突然意识到自己有一天可以回到佛罗伦萨，甚至是在这里住下，如果我愿意的话。在这座历史城市里，我可以成为一个没有历史的人，一个我想要成为的人，无论他是谁。18 岁的这一年，这个想法几乎可以算是一种启示。

第三次穿过老桥时，我降下速度，想要步行冷静一下。周围空无一人。闪亮的金饰躲藏在厚实的木板背后。一切都暗示着我仿佛穿越回了五百年前，可不知为何，和前一晚游人如织的画面相比，眼前的画面却不那么真实，如同一片废弃的电影布景。

我是满怀着再次遇到那个女孩的希望回到这里来的。这倒不是说，和前两次相比，我知道自己该对她说点什么。把相机递还给她时，我甚至没有勇气和她进行眼神接触。所以，即便是给我第三次机会，我也同样会搞砸。

站在桥边购买冰激凌的队伍中，我感觉有人拍了拍我的肩膀。是她，脸上挂着的笑容仿佛在说我们已经与彼此相识了一辈子，即将一起展开某段奇妙的探险。

"维亚得奈利街上有一家很棒的冰激凌店。你在这里买一个球的价格在那里能够买 6 个！"她告诉我。

"我觉得我吃不下 6 个！"

我不知所措的尝试听上去有点自负和不屑。在和女孩交谈方面，我还有些生疏。

"我向上帝保证，那家店里的冰激凌你肯定能够吃得下 6 个！"

你为什么不带我去找找那家店呢？太好了！我们走！在我的父母就站在

我的面前时，我想说的话没有一句能够说得出口。于是，我只好像个白痴一样凝视着她，脑子里挤满了各种各样的句子，直到她脸上的笑容从灿烂变成了困惑。她匆匆离开去追赶自己的朋友了。

河流的北岸，佛罗伦萨伴随着开门迎客的酒吧咔嗒咔嗒开启百叶窗的机械声苏醒了过来。就在我进入大教堂广场时，阳光照亮了钟楼上如同卡萨塔蛋糕般的条纹，空气中突然响起了钟声。佛罗伦萨就是地球上的一片极乐之地，在这里生活不可能会有不快乐的时光。

回到酒店的大堂，我碰到了正要去吃早饭的父母。

"你又一个人去长跑了？"我的父亲评论道。

每次看到我跑步归来，他总是会这么说，仿佛这话有什么意义似的。其实这只不过是他年轻时看过的一部电影里的台词。

我总是很容易对自己的父母动怒，就像巴甫洛夫的研究对象一样。

我偶尔在学校里听说，正经的托斯卡纳假期意味着租住一间四周环绕着橄榄林、坐看起伏山岭美景的泳池小别墅——如果你不是本身就拥有别墅的话。可我的父亲却为我们在佛罗伦萨市中心订下了这么一间昂贵的酒店。我从不确定如何行事才算是合乎礼仪的，但我很小就意识到，我的父亲在这一方面总是稍显不足。虽说他自己不曾拥有上私立学校的那份福气，如今有财力供自己的儿子去那里读书的他会在运动会当天穿着运动上衣、系着领带出现，而其他那些去过戛纳电影节或是在开曼群岛拥有离岸账户的时髦爸爸却穿着牛仔裤、马球衫，光脚踏着懒汉鞋，仿佛是来争夺"最休闲装扮奖"的。作为一个思想开放的高中毕业生，我支持任何人按照自己的喜好来穿着打扮，但是作为他的儿子，我却倍感窘迫。

"到底谁会在早上这个时候想吃奶酪呀？"

我的父亲检视了一遍自助早餐的餐台。他在发表评论时总是格外大声，仿佛是在邀请全屋的人来附和他似的。

"我猜那是德国人喜欢吃的。"我的母亲低声答道,以免被别人听到。

"你从没有听过德国人患结肠癌的几率,对不对?"父亲被逗乐了,"那些熏香肠都太……"

"你们今天要去哪儿?"端着满满一盘食物回到桌旁时,我开口问道。

"托斯卡纳宝藏"套餐中包含了前往当地其他主要城市的短途旅行费用。鉴于我第一次跟团前往阿西西的途中曾经先后两次因为呕吐而害大巴停车,如今我总是一个人呆在佛罗伦萨,按照自己的步伐参观画廊和教堂,享受远离父母的那种美妙的失重状态。

"比萨。"我的父亲回答。

作为一个不太相信有人竟然会晕车的人,面对我不能体验假期的全部价值,而旅行社又拒绝退回一部分费用的现实,他无法掩盖心中的怒火。

市中心充满了忠诚地跟随手中举着小伞的导游的旅行团游客,但想要远离他们,钻进阴暗的小巷中也算不上是什么难事。在过去的一个星期里,我走了太多的路,从而把佛罗伦萨的地图都印在了脑海中。圣罗伦索附近的室内市场是我每天第一个要去朝拜的地方。那里清凉的空气中总是飘散着熟食的烟熏香气。如今,一些小摊的摊主已经能够认出我来了。水果摊的那位老人会用拇指熟练地在堆成金字塔形状的桃子中为我挑出一颗最熟的果子来。熟食店里,和蔼的大妈会认真陪我一起为手中的那个面包卷挑选夹馅,为我端来不同口味的腊肠碎供我品尝,或是允许我像品味上等的葡萄酒一样嗅闻。鉴于这将是我在这里的最后一天,我买了一盎司昂贵的圣丹尼尔熏火腿来犒劳自己。她小心翼翼地把半透明的火腿片堆叠在一起,放在了一张闪亮的包装纸里。

"最后一天。"我试着用几个意大利词来告诉她这是我在这里的最后一天了。

"但我会回来的。"我补充道，仿佛把话说出来就能让自己的愿望听起来更加真实似的。

我买了一本用佛罗伦萨手工纸做的素描本。每次去参观画廊，我都会带上它，因为画画能够让我更加仔细地欣赏这些画作，却又不用感到难为情。艺术一向是我在学校里学得最好的学科，如果你把它当做一门学科的话——我的父亲就不这么认为。在佛罗伦萨，我越是精心钻研艺术，就越是希望自己当初能够鼓起勇气申请大学里的艺术史专业。让我感到不可思议的不仅是艺术家们在帆布或壁画上熟练作画的过程，还有他们的思想。他们是否也会相信被自己人性化的这些故事——圣人和使徒们会打扮得像佛罗伦萨的市民一样——还是说这只不过是他们的谋生手段而已？

我被引向了医药学。正如我的预科导师所说的，这是我的"家族传统"，仿佛它是某种基因突变似的。就像所有人常挂在嘴边的那句话一样，我可以利用业余时间去看画。此刻，受到这座艺术与科学并肩蓬勃发展的城市的启发，我开始猜想这世间是否存在能够将二者合而为一的方法。也许我有一天会以解剖学客座教授的身份回到乌菲齐美术馆？至少作为一个医生，我还有钱可以回来。学艺术是没有"钱途"的，我的父亲总是说"就连凡·高也没能靠它过活"。

我坐在旧宫的台阶上吃着我的意式三明治，偶尔随着街头艺人的吉他声跺跺脚，假装自己在做些什么。独处的时光似乎过得格外缓慢，而我又害羞得可怜，无法鼓起勇气和陌生人交谈。不知道我的朋友若是也在这里，情况会不会有所好转。我们本应一起搭火车环游欧洲，可他却在学年末的舞会上认识了兄弟学校的一个姑娘，于是自然选择了去伊比沙岛上与她卿卿我我，而不是和我一起坐火车环游。我们俩都缺乏和女孩相处的实际经验，而且我以为我们都觉得性应该是自己进入大学之后才会发生的事情。因此，我对马尔库斯丢下我一个人感到既怨恨又羡慕，只好独自面对取消假期或是只身上路的恼人选择。

与此同时，一位因为啃食硬面包而咬断了牙冠的病人在听说我的父亲从没有去过托斯卡纳之后表达了自己的震惊之情。由此推断，正是这段评论刺激了父亲，让他采取了行动。

"你觉得怎么样？"一天早上，他在我赶着骑车前往镇上的新美食酒吧做暑期工前胡乱塞上几口麦片时，从厨房餐桌的另一头把一本小册子推了过来。

"好主意！"我很高兴看到他能够重新把注意力集中在一个计划上。

"想要加入我们吗？"

"真的吗？"不知为何，满嘴都是维他麦的我发出了一种奇怪的声音，似乎满含着又惊又喜的热情。

作为一个牙医，爸爸对于自己提出的问题期待的只是一个微微的点头，于是在我下班回家时，假期已经被订好并付过钱了。

我告诉自己，不接受父母的慷慨是不礼貌的，但事实上，我是一个胆小鬼。

我在与米开朗琪罗的《大卫》雕像复制品合影的游客人群中扫视，猜想起自己若是再一次看到那个女孩，还能否认出她来。我记得她的个子很高，头发略长、微黄。她的五官没有任何特别值得记忆的地方，除了她笑起来时脸上会突然充满顽皮而又宜人的表情，仿佛你和她之间有什么只有你们两人知道的惊人秘密似的。

维亚得奈利街是一条蜿蜒着通往圣十字广场的狭窄街道。沿着街道走去，我经过了那家冰激凌店。铺面只有一扇门，里面昏昏暗暗的。买下第一个圆筒时，我选择了榛果和柠檬口味的，因为这就是站在我前面的那个意大利男人所点的款式。榛果美味的浓郁口感完美补足了清爽的柑橘香。我走到圣十字广场吃完了手中的这一个，然后返回去又买了一个开心果和甜瓜口味的圆筒。举着冰激凌，我在店里的阴凉处闲逛起来，注视着每一个新来的顾客，希望能够再次看到那个女孩。

冒着下午的热浪，我穿过老桥上的人群，朝着波波里花园走去。随着我越爬越高，周围的游人也越来越少。来到山顶的平台上，我发现自己只身一人站在了一座人工湖的旁边。阳光依旧炙热，不过此刻却躲藏在了一层湿气背后，模糊了城市的景色，像早期绘画大师的古老作品上涂的清漆。远处，雷声回响在山中，空气中充满了即将大雨倾盆的气息。我打开素描本，记录下了大教堂模糊不清的轮廓。

突然，一道亮光穿透了不寻常的泛黄薄暮，离奇地勾勒出了被修剪成方形的树篱轮廓，照亮了蓝绿色的湖水。在我举起相机的那一刻，一只白色的苍鹭——我一直以为那是湖中央的装饰性大理石喷泉中静止的一部分——飞了起来，吓了我一跳。它飞过水面，翅膀扇动的声音成了静止的空气中唯一的动静。

我这才意识到，自从早餐以来还没有想起过罗斯。

一瞬间，我看到哥哥的脸庞正隔着一团团密密麻麻下落的雪花回望着我。他的牙齿是那样洁白，深色的背头上落满了雪花，双眼隐藏在滑雪护目镜的后面。

一大滴雨点飞溅在了我的画上。我合上本子，仰面朝天地站了一会儿，感受着全身湿透的温暖，直到一道闪电提醒了我：我是周围最高大的物体，可能应该寻找掩护。就在我急匆匆跑下突然变得湿滑的大理石台阶时，几群游客出现在了花园里，头顶上还举着闪亮的导游书。

站在皮蒂宫城墙下勉强可以避雨的地方，拥挤在一起的我们产生了一种同志般的友情。不时有人伸出一只裸露的胳膊，测试雨势的强度，判断大家应该冲出去还是继续等待。

我的身旁站着三个和我同龄的美国女孩，背着笨重的背包，查阅着手中的导游书，试图弄明白该如何返回营地。我知道那条路。昨天早上，我跑步前往米开朗琪罗广场时就恰好经过那里。其中一个女孩长得很漂亮。还未开口说话，我就感觉自己有些脸红了。

"我无意中听到了你们的谈话。我能帮上什么忙吗？"

我的声音听上去就像是从另一个人的嘴里发出来的，起初低沉而沙哑，随后又变得过于吵闹而世故。

"你是英国人，对吗？"那个漂亮女孩问道，"你的口音太可爱了！"

"你也是来露营的吗？"

"不。我住在一家酒店里。"我承认，来不及想出任何更酷的答案。

"我们为什么不一起去吃点餐前小吃呢？"一个大嗓门的女孩提议。

"其实，我还得去找我的父母一起吃晚餐。"

随着雨势渐弱，我匆匆离开了，相信她们一定都在嘲笑我。罗斯肯定会知道该怎么做。魅力到底是与生俱来的，还是需要磨炼？

暴风雨也驱散了老桥上的人群。我停下脚步，最后看了一眼这里的景色，但城墙后面的山岭全都被低沉的云朵包裹了，而入夜后在酒店顶楼泳池旁可以眺望得到的、亮着灯的圣米尼亚托大殿绿白相间的条纹大门也消失了。

每一位来到托斯卡纳的游客必去的景点都被列举在了赠送的全彩页导游

书前面，和车票一起装进一个呆板的白色信封里，重重地丢进了我们的信箱。每天晚上，当我们聚在一起吃晚餐时，父亲都会扼要地重述一遍一天的活动，用手指数着已被完成的目标，就像一个尽责的幼童军在勾画自己获得的徽章一样。

圣吉米尼亚诺的鹅卵石街道？

逛过了。

托斯卡纳最高的塔？

征服了。

乔托著名的壁画《圣方济各的生命轮回》？

看过了。（这辈子看过这些宗教绘画就足够了！）

锡耶纳的派力奥广场令人兴奋的沉重马蹄声？

一年只有特殊的两天能够听到。

在著名的扇形广场上放松地享用一杯开胃酒？

喝过了，尽管那是一杯要价过高的金汤力酒。

"比萨怎么样？"当晚，在一间昂贵的餐厅里等待菜单时，我开口问道。室内的横梁和裸露的砖墙让人感觉仿佛置身中世纪的宴会厅。

"比你想象中的要大。"父亲戴上了阅读眼镜，尽管他已经知道自己要点什么了。

"可斜塔比我想象中的要小。"母亲回答。

"他们应该整顿一下排队系统。"从父亲的断言中我猜到他们应该没能爬上这座历史遗迹，因而无法把它视作是一项已经完成的任务。

比萨斜塔。

照了相，但是没有爬上去。

对于这个假期来说，这可一点儿也算不上是一个令人满意的结论。

"那里还有许多其他的建筑。"母亲说。

"大教堂之类的。显然挤满了游客。"

他们的描述中没有一句话让我有理由说，有一天我也要去看看。而且如果我把这样的心声说出口，只会让父亲想起自己在大巴上浪费了一个座位，所以我一句话也没有说。

"啊，是的，晚上好。"服务生前来点单时，我的父亲答道，"我们要点佛罗伦萨牛排。"

寻找品尝这道"最著名传统菜肴"的最佳地点在假期开始时就已经被归入了我们的计划之中。为此，爸爸还征求了第一天晚上前来机场接我们的司机以及酒店里所有接待员的意见。此刻，我们正坐在 6 个人的推荐结果中以 5 比 1 胜出的那间餐厅。

这道按千克出售的佛罗伦萨牛排不仅是一道菜，还是餐厅用餐区内升起的一座平台上上演的一个奇观。首先，戴着白色高帽的主厨会高举牛排中的肋骨，用敏捷夸张的动作磨砺一把大刀；紧接着，厚厚的一块带肉排骨会被端下来称重，放在一辆推车上，推到桌旁征求食客的认可。看到其他桌的食客在这套仪式的每个阶段纷纷热情叫好，父亲的脸上洋溢着满意的表情。我并不羡慕他的这点小幸福，内心尴尬地躁动了起来。

"那你都做了些什么？"父亲问道。随着牛排被推回厨房烹制，我们不得不再次回到对话的状态之中。

"主要是走路。我去了波波里花园。"

沉默。

"其实我看到了一只苍鹭。"

"苍鹭？我们这里是内陆深处，不是吗？你确定那不是一只鹳吗？"父亲问道。

"说起来有点古怪，起初我还以为它是雕塑的一部分，后来它飞了起来，就像石像复活了一般。"

我的父母交换了一个眼神。"疯癫"是母亲过去常用来形容我的一个词。"异想天开"和"附庸风雅"则是我父亲的措辞。在父母对自己子女的简略描述中，我就是家里那个喜欢胡思乱想的孩子。

看来这段即兴的对话又被我给搞砸了。

"那是一种会让你觉得产生了幻觉的东西，你知道……我的意思是，也许圣方济各的所有幻觉其实都有神经学上的解释？也许他的大脑有什么不同……"

等我意识到的时候，一切为时已晚——"大脑"是我们已经不会再提起的几个词之一。某些词语会引发不必要的联想。在过去的几个月里，我们家的口语词汇量几乎可以说是在大幅下降。

此刻，我的父母都把眼神放在了不远处。

我的粗心让他们想起了罗斯的那半边脑袋。再厚的绷带也无法掩饰那里缺失了一块的事实。

我哥哥的一部分大脑是不是飞溅到了雪地里？我猜想。救援队是不是用更多的雪把它埋了起来？等到春天融雪时，山里还会不会出现头骨的碎片？

如果这个假期是让我们继续前进的一种方式，结果应该算不上太成功。上一次出门度假时，罗斯还在我们的身旁。那是一个冬日里的假期，和热得有些黏腻的佛罗伦萨大相径庭，但不管怎么说也是一次全家旅行。当你回想起假期时，脑海里出现的总会是风景和天气，但不知为何你总是会忘记被圈在一起、吃了一顿又一顿饭的那些片段。罗斯过去通常都是对话的主导者。他会一边和父亲开着毫无恶意的玩笑，一边戏弄我，而母亲则在一旁宠爱地凝视着他。此时此刻，他的缺席似乎让他的存在感变得更加强烈了。

你知道那种表情吧？"房间里的大象"——那种明明存在却被人刻意回避的表情？你就是那头大象，罗斯！

我觉得他应该会很喜欢这种描述。偶尔，我发现自己会在脑海里和哥哥说话，尽管我们的关系在他在世时并不是这个样子。我惊讶地回想起来，除了生长在同一个家庭，我们其实并没有太多的共同点。只有罗斯才能理解我那沉浸在悲伤中的父母是多么的可悲，而他们仍旧试图可悲下去又是多么的恼人。

"你得和现实打交道。"我的父亲终于开了口。我不确定这话是在谴责我还是在命令他自己。"你得把握眼前。"

此时此刻，他的面前放着一块烤过的巨大牛排。血水漏进了盛放牛排的木板里。

我的父亲抬起头来看着服务生。

"如果不太麻烦的话，我们想让主厨把它烤熟！"他厉声说道。

我想象着服务生把牛排推回厨房里时主厨脸上的表情。根据我暑期打工的经验判断，那些要求把牛送回厨房烤到全熟的顾客比洗碗工还要遭人鄙视。

牛排被送回来，里外已经全部焦黄，仿佛是被送进微波炉热了十分钟。

我的父亲开始切分如皮革般坚硬的肉块。

"你要几块，安格斯？"

"一块就好了。"

"一块？"

"安格斯的胃口一向不大。"母亲提醒他。

罗斯的胃口就大得很。是不是我过于敏感，竟然听出了不言而喻的比较？

我和罗斯是截然不同的两个人。我的哥哥皮肤黝黑，英俊健美；我则遗传了母亲苗条的身段，尽管头发不像父亲那样泛橘色，但是和他一样长了满脸雀斑，在学校被人叫做"姜黄头发小孩"。

罗斯是橄榄球队和赛艇队的队长、班上的班长；我喜欢足球，却缺乏被人认可的完美身体。罗斯离开学校后的暑期工是在当地的露天游泳池做救生员。和服务生相比，救生员可是一份值得吹嘘的工作。这倒不是说罗斯真的救过谁的命，不过不少女孩都会假装在水里挣扎，希望能够被他粗暴地一把抱起。可以说，罗斯是在吉尔福德出演了自己的《海岸救生队》。

我一直不太确定，真相到底是我的父母不太擅长掩饰自己明显的偏爱，还是我和罗斯相比真的比较平庸。这话说起来不可能不像是在抱怨，所以我从没有提起过它，除了偶尔和马尔库斯念叨上几句。他知道罗斯到底是个什么样的人。我们有时还会怀疑，是不是罗斯在运动方面的杰出才能让学校里的老师甘愿对他的其他作为睁一只眼闭一只眼？还是他们全都生活在对他的恐惧之中？也许教职工和低年级学生犯下的一些应受惩处的罪行全都被罗斯和他的随从们悉数记录了下来？看来我永远都不会知道答案了，因为没有人会对如今已经故去的他再有微词。

我们沉默地坐在那里，咀嚼着嘴里的牛排。

"我希望你恨不得赶紧考进大学……"我的母亲说道。

难道我的不安这么明显？

事实上，尽管我一直都在倒数计时，希望这段让我得了独居恐惧症的假期能够赶紧结束，我对接下来的生活同样感到十分紧张。不过我觉得自己在医药学专业里应该会没事，因为我的生物学得很好，对人体是怎样运作的也颇有兴趣。

"你听上去像是一个垂死挣扎的大妈！"罗斯去年11月时还曾这样嘲讽过我。如今回想起来，这句话竟像是上辈子发生的事情了——从某种意义上来说，事情的确如此。

　　尽管遭到了他的嘲笑，但是他的话或许引发了我的深入思考，让我在面试时发挥良好，还拿到了一份有条件录取通知书——要求我在高考中拿到三个 A。不过，跟随哥哥的步伐总让我感觉不太自在。那年圣诞节假期，我其实已经下定决心，准备提出推迟一年参加考试，以便决定医药学是否是我真正想要从事的专业。

　　紧接着，意外就发生了。

　　当我回到学校时，接受录取的截止日期已经临近了。我的父亲曾对两个儿子都将成为医生的前景倍感骄傲。学习医药学，或者至少不要放弃，是我唯一能够弥补他的一件小事。

　　就在昨天，当我在父母徘徊在门外的酒店楼道上的同时打电话给学校查询我的高考成绩时，我的心里还有着些许的期许，希望一切能够缓缓再说，可我的成绩已然绰绰有余。

　　我意识到我还没有回答母亲的问题。

　　"是的，我现在真的很期待。"我向她保证。

　　至少大学校园里会有性爱。如果罗斯的经验有什么值得借鉴的地方的话，那就是医学院的学生每时每刻都离不开性爱。

3

1997 年 9 月

泰丝

今天是霍普第一天上学的日子。令人倍感惊讶的是，她竟然顺从地穿上了自己的小灰裙、白色马球上衣和蓝色运动衫，跑进妈妈的房间，索要一个告别的吻。

"照张相吧，泰丝。"妈妈说。

我们说好了不要让妈妈挣扎着送霍普去上学，因为这样会让霍普养成习惯，而她好像也接受了由我来送她的事实。也许这对她来说是件再自然不过的事情，因为长久以来总是会在清早离家去上学的那个人一直是我。我已经做好了听到她尖叫和哭喊的准备，可就在我们快要离开家的时候，竟然是妈妈口中的"再见"充满了脆弱的哭腔。

妈妈和霍普可谓是形影不离。妈妈是 43 岁时才怀上她的。"这是我后来才想到的事情。"妈妈总是这么说，因为她是永远也不可能承认霍普是个意外的。鉴于我们兄妹几个已经长大成人，妈妈拥有大把的时间可以和她一起读读图书馆的书籍，烘烤小仙人松饼。大多数人都觉得霍普被惯坏了。她是个漂亮的小女孩，长了一头蓬松的金色鬈发。在家中住着 5 个大人的情况下——如果把布兰登的女朋友特蕾西也算进去的话，就是 6 个大人——她得到了不少的关注。我们都喜欢抱着她，轻轻地摇动她，逗她笑。人们说她之所以在学习走路等事情方面都比较迟缓，就是因为家里人帮她包办了一切。妈妈试图送她去上幼稚园——那时这还不是强制性的——但霍普就是不肯离开家。她 4 岁的时候可以数到 1000，还学会了幼稚园里所有的儿歌，可能比同龄的大部分孩子知道得还要多。

她欢快地走在我的身边，然后迈着大步站到了操场上其他小孩排成的队伍中。我攥紧了手指站在大门旁，祈祷一切都能顺利，希望学校能够保护她不受即将发生的任何事情的伤害。

铃声响起之后鸦雀无声的那几秒钟让人感觉就像是一份礼物，是上帝送来的、不该被我抛弃的神奇礼物。紧接着，一个熟悉的声音把这份宁静撕得粉碎。

妈妈过去常说霍普愚蠢的举动是把我的两个哥哥全都赶出家门的原因。我一直不太确定她是不是在开玩笑，因为她总是会补充一句，现在是时候让他们展开自己的翅膀了。妈妈有着很强的幽默感。我觉得那是因为她聪明却不自信，所以会在说出一些话之后补充说明自己是在开玩笑，以防得到错误的反应。

凯文是第一个离开家的。他拿到了伦敦某所学校的奖学金，后来又去了美国。他和爸爸一向意见相左，尤其是在他拒绝进入建筑行业时。其实他的离开让家里的氛围轻松了不少。紧接着，特蕾西怀孕了，于是布兰登丢下了一颗重磅炸弹，宣布他们准备移民澳大利亚。他总是感觉自己活在凯文的阴影之下；这一招倒是更胜一筹。霍普就这样拥有了自己的房间，不用再和我睡在一起，但家里还是十分的喧闹。过去，我常常尽可能长时间地耗在学校的图书馆里，而爸爸则会尽量呆在酒吧里。大家都说妈妈拥有圣人一般的耐心。

"小孩子会感到不安是很正常的。"圣卡斯伯特学校的校长科伦夫人告诉我，"在家里充满了烦心事的时候。"她觉得最好的办法就是让我到学校里来安慰霍普，顺便帮助一下那些小孩子。小班的助教休产假离开了，所以他们正好需要找个帮手。

我很愿意接受这份能够分散我注意力的工作。面对班上的30个小孩，我除了取放大衣、帽子、手套、绘画围裙和运动服，找寻丢失的鞋子，带领他们去上厕所，确保每个人都洗净双手，在下课时分发苹果片之外，没有时间去想任何事情。

家里，妈妈因为吗啡的关系总是睡个不醒。你可能会以为，当自己知道某人只剩下几个星期或者几天可活时，你会试图把该说的一切都说给对方听。然而事情却并非如此。我们似乎并不想在一切结束之前就开始弥补对方，生怕把一切都准备妥当之后除了等待就无事可做了。

不过我的确会告诉妈妈，我爱她。我每天都会这么对她说，在她每次入睡前对她说，或是在不得不离开房间为霍普做些茶点之类的东西时对她说，直到这句话听起来有点愚蠢。谁会想到"我爱你"这句话也会变得毫无意义呢？

当然，我也会说些其他的事情，比如"你不必担心我们，因为我们能够应付得来的"。

妈妈会回答我："我知道你们可以。"

　　我们从不会谈论所谓的"应付"都包括什么，因为我不想让自己听起来像是那个有问题的人。

　　一次，妈妈牵起了我的手，盯得我都不敢与她对视下去，就为了向我表示她是认真的。"你必须去上大学。"

　　"我会的，别担心。"如此模糊的回答意味着我们两个人都不必面对我如何才能去上学这个问题。

　　我帮助妈妈给霍普做了一只"回忆的箱子"，用妈妈为霍普改造哥哥们的卧室窗帘时用剩下的粉红色条纹棉布边角料把盒子包裹了起来。妈妈从针线盒里找出了一块黄色丝绸布头，把它剪成正方形贴在了盒子上，还在上面绣上了霍普的名字。我负责把布料粘贴在盒子上。它看起来很不错，但问题在于我们都不知道该往里面放些什么。妈妈和霍普在一起的这段时光并没有留下太多的物质证据。父母总是会给自己的第一个孩子拍摄大量的照片，可随着之后的几个孩子相继出生，那股新鲜劲似乎会变得越发的淡薄。我们找到了一张她怀抱着微笑的幼时霍普的照片，她还贡献出了霍普最喜吃的松糕的食谱，并利用麦克风和霍普的费雪牌录音机为她录制了一条信息。最后，她摘下了总是戴在身上的金色十字架，要求我把它也放进盒子里。

　　"反正你也不想要它，对吗，泰丝？"

　　我不确定自己若是给出肯定的答复是否会让她更开心一些，还是说她只有把它留给霍普才能够让自己感到安慰。十字架放进了盒子里。然而，没过多久，霍普就注意到妈妈不再戴着那个十字架了。妈妈并不打算在需要霍普知晓一切之前把其中的缘由告诉她，于是十字架又被拿了出来，而盒子则被重新藏在了床铺下面。好几次，母亲开口问我："我们能不能再想想还能往里面放些什么？光盘怎么样？ ABBA①最热门的金曲？她喜欢里面有个孩子歌唱的那一首⋯⋯"

我真希望我们从未着手准备过这些，或是应该选择一个小一点的盒子，因为里面收藏的几样为数不多的东西完全不足以代表妈妈的爱。

在我们母女俩做着缝纫的针线活时——妈妈说我们就像维多利亚时期的淑女一样——我提出的其中一个问题就是（在我们都忙着做别的事情时，交谈似乎会变得轻松一些）：如果有来生，妈妈能否试着给我某种信号，好让我能够认出她来。

这个问题让她笑出了声。

"我不能给你什么信仰，泰丝。"她说，"你需要自己迈出这一步，然后一切就都会顺其自然的。"

"但你会试一试的吧？求你了，只要一点点的暗示就好？"

"要是你能把自己的想象力从怀疑转移到相信中来⋯⋯"她温和地发怒时会让批评听起来都像是一种赞美。

布兰登和凯文西装革履地从世界两端赶了回来。事业有成的布兰登一会儿趾高气扬地扮演着爱炫耀的浪子角色，一会儿又会因为即将降临的灾难而感到困惑和崩溃；凯文的打扮既雅致又整洁，穿着浅棕色的尖头粗革皮鞋和紧紧包裹着小腿、布料微微有些闪光的灰色紧身裤，嘴里不停地说着什么——都是他自己的一些事情，和妈妈无关。

前去临终关怀医院探望过妈妈之后，爸爸带着他们去了酒吧，三人很晚才带着一身酒味回到家里，脸上洋溢着某种奇怪的欢乐表情。

---

① ABBA，阿巴合唱团，瑞典的流行组合，成立于 1972 年。

"像过去一样。"爸爸的两只胳膊分别搭在两个儿子身上,回忆起了令他十分享受某种快乐的传统。可这根本就是子虚乌有。

最终,陪在妈妈床边的只有我一个人。我不知道这是否就是她想要的,或者她是否已经没有时间和所有人一一告别。我感觉她仿佛想等待自己看到所有的孩子,然后才匆匆离去。也许她在惦记男孩子还要回去工作。妈妈总是会先考虑他们,再考虑自己。

床边挂着的帘子给了我们一种私密的错觉,尽管我们可以清楚地听到帘子另一边的人在说些什么。

布兰登问了一句:"我有没有时间喝杯咖啡?你觉得呢?"

我可能应该感谢他。因为他的这句话,妈妈的脸上闪过了最后的一丝微笑,像是有什么阴谋似的——你听听他说的!

这一瞬间,她还在这里。紧接着,她眼中的光芒便消失了。

我以为自己已经为她的离开做好了准备,可当我意识到她真的死了的时候,还是深深地震惊了,仿佛事情发生得毫无预警似的。我坐在那里握着她的手,直到意识到自己不与他人分享这一刻是不对的。

男人们突然哭了出来,而我却没有哭。他们趴在那里起伏抽泣的样子感觉像是一阵阵风在吹拂着我麻木的躯壳。

霍普也不喜欢这个画面,吼叫着让他们停下。

"嘘!"她边说边把一只手指放在了唇边,"妈妈在睡觉呢!"

我吩咐她亲吻了妈妈一下,然后牵着她去临终关怀医院的咖啡厅买些香肠和薯片。令她颇感惊讶的是,我竟然给她买了一整包的哈利宝软糖。

这一天晚上,当我把霍普抱上床时,她开口问道我们第二天几点再去看妈妈（我们的小班课程正在教孩子们如何看时间）。我告诉她，妈妈去了天堂。

"为什么？"

"去看天使。"我随口编了一句。

"还有耶稣。"霍普附和道。

"没错。"

"还有外公、外婆、迪女士和特雷莎修女……"霍普一口气把她们最近祈祷过的人名全都说了出来。

那一刻之前，我还从没有见过天堂的样子，可现在我看到了。难道这就是神迹吗？

我等待着一切平静下来，证明霍普已经睡着了，然后开始缓慢地向门边走去。

"泰丝。"

"什么事？"

"妈妈什么时候回来？"

我该说些什么呢？

"她不会回来了，霍普。但她依旧爱着我们。"

"她永远也不会停止爱着我们。"霍普回答。

即便屋里漆黑一片，我也知道她并没有哭泣。对于霍普来说，她只不过是在陈述事实，因为这是妈妈曾经说过的一句话，而且磁带里也会一遍又一遍地重播。

很多妈妈在世时从没有来探望过她的亲戚这次都从爱尔兰赶了过来。70年代时，她跟随爸爸来到英格兰的行径曾让她的兄弟姐妹十分反感。因为作为长姐，她本应在他们的母亲英年早逝之后留下来照顾父亲。我只是模糊地记得自己曾和舅舅、姨母还有表兄弟姐妹们坐在冰冷的客厅里，用他们招待客人的上好茶具喝过茶。对于我儿时曾在爱尔兰度过的这些无聊假期，爸爸妈妈称之为"巡视"。这些亲戚以前都没有见过霍普，却仍旧觉得自己有权泪眼模糊地拍着她的头，或是用力地把她抱起来，尽管她根本就不喜欢这样。

"我被人亲够了！"她喊叫着，整个人都僵硬了起来。

"她还挺有性格的，是不是？"我妈妈的妹妹卡特里奥娜用刺耳、失望的声音在我耳边补充道，"现在你得看着点她了，泰瑞莎。还有你自己。因为他们说这种病是有家族史的。这对我们所有人来说都是件可怕的事情。"

即便妈妈已经死了，我感觉她还在试图责备妈妈。

我觉得霍普不应该去参加葬礼，可爸爸和布兰登却希望她能够出席，而凯文觉得家里从来都没有人在意过他的意见——这倒是个不表态的好方法。于是，这个决定就成了大多数人的意见。只有我相信妈妈也不想让她出席。

"她是这么告诉你的吗？"爸爸问道。

"没有。"

这是我应该征求她意见的几件事情之一。我真是太愚蠢了。在我们曾经拥有的那些时间里，我竟然从来都不敢问起她想让谁来参加她的葬礼。

"那就好。"爸爸回答。

霍普没事。在我们走进来的时候，她正伴随着风琴演奏家有些缓慢的乐曲声和神父对于《我有一个梦想》有些踌躇的演绎摇头晃脑。当我们唱起母亲最喜欢的赞美诗《你真伟大》时，她站在了爸爸和我之间。所有人都念诵了主祷文，霍普也跟着背了起来。爸爸的视线越过她的脑袋望向了我，好像是在说，我告诉过你了吧！

我觉得她在布兰登站起来朗诵诗歌之前甚至都没有注意到那具棺材。

事后看来，凯文和我应该阻止他。我想我们都被布兰登的主意给吓坏了——在这么多人之中，想到写诗的人竟然是他——因此谁也没有想到询问自己能否先读一读那首诗。事实上，我们可能都在为自己没有动笔为母亲写些什么而感到羞愧。

如果你查看当地报纸的追悼会部分就会看到，就因为某些语句是押韵的，并不代表它就是深刻的——除了对它的作者而言。正是布兰登的对联"总是在那里为我洗袜子"和"现在你却躺在了盒子里"引起了霍普的注意。

"盒子里？"她重复了一遍，声音回响在一片嘘声之中。

"嘘！"爸爸说。

"泰丝，妈妈是不是在那个盒子里？"

"你现在得保持安静，霍普，我们在教堂里。"

妈妈过去这么说话时总是会奏效，但我的声音却没有足够的说服力。

"我的妈妈和耶稣在天堂里！"霍普宣称。

迈克尔神父徐徐朝着我们走了过来。

"你妈妈的身体在盒子里，霍普，可是她的灵魂去了天堂。"他低声说道，嘴里的口臭全都喷到了她的脸上。

在我抱着甩动手臂的霍普离开时，她高亢的尖叫声穿透了整个教堂。这么小的一个人儿怎么可能理解肉体和灵魂的分离呢？我应该相信自己的直觉。葬礼不是孩子该去的地方。我早就应该知道。最糟糕的是，我让妈妈失望了。

这是9月末微风习习的一天。蓝色的天空中敏捷地飘过几片白色的云朵，树叶刚刚泛出金黄。如此美丽的一天是不适合这么悲伤的事情的。一离开教堂，霍普就停止了尖叫，挣脱了我的怀抱。柏油马路上铺着一些被人踩过的五彩纸屑，有粉红色的马蹄、白色的蝴蝶还有柠檬黄色的桃心。霍普从教堂里溜了出去，追逐着偶尔坠落的树叶。我站在那里望着她，心想如果哪片树叶能被她抓到，绝对就是某种暗示。当然，她什么也没有抓到。秋天的落叶总是会在你以为它们就要落到你的头上时飞快地飘走。何况霍普的协调能力一向都不太好。趁她心中的沮丧之情还没有转化成愤怒，我牵着她走到马路尽头，买了一个麦旋风冰激凌给她。

就这样，我们错过了迈克尔神父称赞妈妈是个尽职尽责的母亲和妻子的那套迂腐的评论，也错过了CD唱机里播放的夏洛特·丘奇演唱的《求主垂怜》，更是错过了棺材下葬的过程——这本该是你为自己寻求一个了结的画面。我不知道这是否就是妈妈时常还会出现在我梦里的原因。我醒来时总是会感到片刻解脱的愉悦——我知道这不可能是真的！——直到脑细胞在重组之后返回现实。

妈妈在社区是个颇受欢迎的成员，因而她的朋友们担负起了为她在教堂大堂里组织守丧活动的责任。舞台旁边的小厨房俨然变成了一条生产线。系着围裙的妇女会端着装满三明治、迷你乳蛋饼、司康饼和手工蛋糕的盘子出现，或是捧来装着薯片的塑料大碗和盛着滚烫香肠肉卷的托盘。其他人则会举着圣诞集会上使用的大铁茶壶，为女人斟着雪莉酒，为男人倒着威士忌。

没过多久，阴沉的气氛就变得活跃起来。人们纷纷讲起了自己的故事。妈妈的妹妹卡特里奥娜说道，在听说妈妈去世的消息时去了她曾经住过的那个房间，闻到了一种强烈的气息。他们是不是说过，当人的灵魂回来时，还会带来一种气味？一瞬间，她确信玛丽就在那里，随后才想起那是因为这里无人使用又有些发霉而插在插头上的秋日微风牌空气清香剂的味道。

爸爸盛情款待着任何一个愿意聆听他和妈妈相遇轶事的人。那时的他返回爱尔兰的家乡参加奶奶的葬礼，在人头攒动的房间里一眼便看到了我的母亲，还有她眼中爱的光芒。

"爱的光芒"这个短语让我想起了妈妈临终前的眼神。这是句不错的描述。爸爸就是这样让人感到惊喜。看着他的时候,你会不禁猜想温柔聪慧的母亲到底看上了他哪一点。很快你就会有所领悟。

"我们是在守丧时相识的,现在又要在守丧时道别!"

他的结束语随着夜色越来越深而愈加催人泪下。人们攥着他的手臂,说着类似"这就是生命的轮回,吉姆"或是"你还有许多美好的回忆能够帮助你渡过难关"之类的箴言。

"哎,她对我来说是一位完美的妻子!"他告诉他们。此话不假,尽管我从没有听他亲口对她说过。

我觉得他对她来说一点儿也算不上是一个完美的丈夫,但妈妈从没有抱怨过。

"你父亲有很多事情要想"或是"你父亲为了让家里人有饭可吃很努力地工作"是他通常为自己把更多时间花在赌注登记经纪人或酒吧那里寻找的借口。这倒不是说我们中的任何人有多渴望他的存在,因为爸爸在我们身边磨蹭时总会让人感觉自己受到了威胁。

"是酒的错,不是他的错。"即便在那个可怕的夜晚过后,妈妈还在为他辩护。那天晚上,他发现妈妈一直在偷偷使用家务开支为凯文支付芭蕾舞课程的学费。布兰登不得不跳上爸爸的后背,踢向他的小腿才能控制住他。而我则跑到街上大声呼喊邻居报警,因为我觉得他会杀了他们的。

待外面天色已晚时,屋里已经出现了浓浓的派对气息。到处都飘散着闷热的酒气,洋溢着许久未见的家族成员前来参加婚礼时才会表现出来的那种夸张情感。

凯文把钢琴推到了舞台上,弹奏起了自己最拿手的曲目《丹尼男孩》。

在纽约，他也许在圣帕特里克节上多次演唱过这支曲子，因为和爱尔兰相比，这个节日在那座城市里更加盛大。凯文的歌声永远也比不上他的舞技那么精湛，但音准很不错。他的表演让屋子里变得出奇的安静。很快，人群中爆发出了一片掌声，还有人告诉他，他的母亲会为他感到骄傲的。

"你要不要也给我们唱上一首，吉姆？"有人喊了起来。

反抗片刻过后，爸爸应了一句"哎，那就来吧"，然后走上舞台，靠着钢琴站好，在凯文的伴奏下唱起了富里的《我会一直爱你》。

歌声落下，在场的所有人都湿了眼眶。对我来说，比歌词更让我感动的是看到凯文和爸爸在一起，并且知道这将让妈妈多么的开心。最后，沉思的瞬间被一个小小的声音打破了。那声音嘹亮、清晰得有些惊人，而且就在我的身边。

"一闪一闪亮晶晶，满天都是小星星。挂在天上放光明，好像许多小眼睛。一闪一闪亮晶晶，满天都是小星星！"

霍普的脸蛋和坚挺的小身板透露出了某种严肃的气息，手指还做着她在学校里学到的表示"闪亮的动作"。如果场面不是这么感人的话，她的一举一动还挺滑稽的。

待她唱完最后一句，所有人都鼓起掌来。但和凯文与爸爸不一样，霍普并没有因为得到了大家的注意而得意洋洋。实际上，她似乎根本就没有注意到这一点。

"那你呢？"我的姨妈卡特里奥娜喊道，"我们还没有听到你说些什么呢。"

公平地说，她可能只是想给我一个机会，但她的话听上去却像是我什么贡献也没有做似的。

"我不会唱歌。"我有些抗拒。

"没关系，泰丝。"霍普抬起了下巴，"每个人都有自己擅长的事情，也都有自己不擅长的事情。"

这话听上去和妈妈的口气是那么的相像。除了霍普，所有人都笑了起来。

"好吧。这是妈妈最喜欢的诗。"我回答，对自己为什么没有想到在葬礼上朗诵这首诗而感到好奇。

"《茵尼斯弗里岛》

我现在要起身走了，去茵尼斯弗里岛。

用泥土和板条，建造起一间小屋。

我要在那里种下九排豆子，养上一个蜂巢，

在林间空地中伴着蜂鸣独居。

我会在那里拥有些许安宁，因为安宁只会慢慢来到……"

在我缓慢而又平和地朗诵着这些诗句、试图不让自己的声音颤抖起来、为她争光的同时，我却不知道妈妈是否也曾渴望远离家里没完没了的混乱，想要寻求一丝安宁和寂寞。扫视四周，看着朋友和亲人们的脸庞，我觉得也许我们都认为这首诗形容的正是她的天堂，好让我们能对这完全不公平的结局感觉更加的平静。也许这就是人们为什么会说诗歌具有疗愈作用的原因。

我的朗诵结束时，屋子里一片寂静。

"该睡觉了。"我对霍普说道，抓住机会和大家道了别，不愿等到歌声不可避免地伴着更多酒水被咽下肚时再次响起，也不愿看到大家的情绪有可能因为一句话而从慈爱转变为不悦。

霍普在我给她洗澡时在浴室窗户的角落里发现了一只蝴蝶。那是一只两边翅膀上各长了一个小黑点的白色蝴蝶。菜粉蝶。

"它想要飞出去。"她说。

048 / **想你**   M I S S   Y O U

于是，我想都没想就打开了窗户，让蝴蝶飞进了渐浓的夜色之中。

直到我再一次跪下来、开始在霍普的头发上打肥皂泡时，才想起怀疑这只蝴蝶是怎么飞进来的。每逢夏日，后花园里种着的那株醉鱼草都会吸引蝴蝶，但通常都是一些长着橘色翅膀的家伙，而我也从没有在屋子里看到过它们。再说了，现在这个时间对于蝴蝶来说是不是有点晚了？也许它是进来取暖的？

或许这只蝴蝶正是我向妈妈索要的那个暗示。可我却只是把它放回了寒冷的夜空中。

第二天早上，当爸爸还在楼上打鼾、霍普则在看着《天线宝宝》的动画片时，布兰登从旅客之家酒店到家里来了一趟，告诉我凯文已经在去机场的路上了。

显然，就在我们昨晚回家后的几个小时中，凯文和爸爸在教堂的大堂里大吵了一架。凯文鼓起勇气宣布和他同住在一个酒店房间里的男人肖恩并不是顺路来参加商务会议的同事，而是已经与他同居两年的伴侣。伴侣，他含着泪喊道，可他却无法在母亲的葬礼上把他介绍给自己的家人！

凯文是同性恋的事实对于我和布兰登来说算不上什么值得惊讶的事情（事实上，我猜爸爸也不会感到吃惊，因为他总是对凯文练舞的事情满腹狐疑），但正如布兰登所说的那样，在葬礼上宣布可就行不通了，难道不是吗？

当下，爸爸自作多情地把自己当做了两件事情的受害者，冲着迈克尔神父哀号了起来："我在一天之内失去了我的妻子和我的儿子！"

这句话给了凯文一个机会，让他把自青春期起就一直积郁在心里的所有不满一股脑地全都列举了出来。颇具讽刺意味的是，那一天出面挽救大局的人竟然是肖恩。他在电话上听到了凯文颇具侵略性的、漫无边际的谈话，坐着出租车赶过来把凯文拽回了旅客之家酒店。

他看上去是个很体面的小伙子，布兰登说。

事后我也曾想过，也许凯文有意识或无意识地为自己找机会创造了一个戏剧性的出路——他总是这么做作——以便摆脱自己的家庭责任。或许他从没有想过，就像布兰登也从没有想到过一样，我们三个人的家里还有一个年仅5岁的妹妹和一个不负责任的酒鬼父亲。

"我想和你谈谈霍普下一步该怎么办。"我试图开口提起这个话题。

"她会在你还没反应过来之前就缓过来的。"布兰登说，"小孩子都是这样的。"

如今他已经是两个孩子的父亲了，说起话来还算是有点权威。何况他住在世界的另一头。我怎么会以为他能帮上什么忙呢？不过，话说回来，有人关心你过得怎么样的感觉应该会很好吧？

我一直等到最后一刻才拒绝了自己的大学录取要求。这并非是因为我忘记了、分神了，而是因为我觉得自己还在期待某种奇迹。

爸爸带着霍普送布兰登去了机场，我终于得以一个人待在家里。

住宿办公室的那位女士说话的语气很唐突。"这样的消息太突然了。"

"我的母亲去世了，所以我一直都在忙着操持葬礼。"我告诉她。

"哦。我很抱歉。"

我还没有想好自己应该如何应对别人的哀悼。"没关系"似乎不够妥当，而"我也很抱歉"听上去又不够中肯。

"这不是你的错。"我回答。不过这句话也不对。

电话两端都尴尬地停顿了一下。

"我恐怕不能把押金退还给你，除非我们找到别人来承租这个房间。"那位女士终于开了口，"我不得不说，在这个时间点上，这似乎不太可能。不过若是情况有了变化，我肯定会通知你的。"

"谢谢你。"

挂上电话时，我哭了。太好了，是痛苦的啜泣。听上去很自私，对不对？但这不只是我梦想的终点。这也是妈妈梦想的终点。上大学一直都是我们的目标。

我不知道自己哭了多久。坐在厨房里，没有她在身边，我的心里感觉空落落的。当我终于停止哭泣时，眼神落在了一个盘子上。只见上面写着："今天是你余生中的第一天。"

所有有关丧失亲友的书籍中都提到，当一个小孩失去父亲或母亲时，最糟糕的举措就是改变周围的环境。你可能以为一个新的开始或是换换场景会是什么好主意，但书上并不是这样说的。对于孩子们来说，大千世界的变化已经够多的了。他们需要的是一点稳定。我想这个盘子对于霍普来说就具有这样的意义。

我把它放进了碗橱里，可霍普刚一走进来就发现了，要求我把它放回去。于是，它就被留在了厨房的展示架上，有时会让我感到悔恨，有时又会让我感到压抑，其他时间则会让我愤怒得只想把它砸碎在地板上。书上说，这些都是悲痛的心理阶段。

4

1997 年 9 月

格斯

在你的母亲抱着一大堆东西跟在你身后时,你是很难装出一副酷酷的表情来的。为了我的大学生活,她购买了各种各样的东西,比如可供随处摆放的靠垫、一只急救箱和一只陶瓷笔筒。

看到我的东西终于被堆放在了房间的中央,我们三个站了一会儿,不知道该说些什么。这只不过是一个房间,一张单人床,一个内置衣橱和一张书桌。我的房间位于走廊的尽头,而走廊的两边全都是类似的小屋,每一间都敞开大门等待着新住户。我住在四层楼中的二层,所以没有入学简章中的样板间能够看到的那么多风景,不过倒是位于建筑的背面,远离街道。父亲和我站在那里看着窗外,凝视着两棵大树伸出的枝干上开始泛黄的树叶。

“至少你不住在一楼。”我的母亲说,“我们来收拾一下吧。”

父亲和我难得地短暂交换了一个理解的眼神。

"我想安格斯应该想要按照自己的方式来归置这些东西。"他边说边温柔而又坚定地推了母亲的手臂一下。

"哦！"意识到离别的时候已经到了，甚至比她期待中的还要快，她的眼泪一下子涌了上来。"我们至少应该给他买顿午餐吧？"

最终的时刻迟迟不肯降临。一想到我们要在附近筛选用餐地点、翻看菜单，而父亲还要拿出自己的眼镜，大声朗读菜名，我的心就沉了下去。可我什么话也没有说。一两个小时的尴尬总比分别时举止不够得体引发的挥之不去的负罪感要好得多。

父亲看了看手表。"我们的免费停车时间只剩下 20 分钟了。"他把车停在了森宝利超市的楼下。

"那好吧。"母亲踮起脚尖亲吻了一下我的脸颊，与我保持一定距离地拥抱了一会儿，像是在评估什么。和往常一样，我感觉自己似乎不太合格。

越过她的肩膀，我注意到一个染着粉色头发、背着帆布背包的女孩停在了我的门口，看了看我，然后又看了看门上的号码，最后把目光转回了手中的一张纸上，迈开了步子。

我期待着父亲能像对待他的高尔夫球俱乐部密友那样和我握一握手，结果他却不知从哪儿拿出了一个橘黄色的塑料购物袋。"你得花上 5 镑才能享受免费停车……"

我从里面抽出了一瓶香槟酒。

"可这……"这可不止 5 镑，我正打算说。这还用问吗？"……真是太慷慨了！"

"别一次喝完它！"

看到他为自己准备的惊喜获得了成功绽放出了笑容，我这才想起他曾经也是一个很有情趣的男人。

我们一起下楼走到了前厅里。

"你带钥匙了吗？"

"是的！"

"这对你来说是一段未来的开端。"我的母亲开口说道，随即又沉默起来。我知道她其实是在思考罗斯那已经逝去的未来。

"好好学习！"我的父亲附和道。

"我觉得我在这一点上没有选择。"我的回答似乎让他很满意。

我凝视着他们跨着大步离去的背影。她的驼色大衣和他的运动上衣在城市涂鸦的背景之下标记出了他们的阶级和出身。不一会儿，我返回了自己的房间，心中莫名感到有些空旷。摆脱了家庭拘制的痛苦，我一直都希望为自己创造一个新的身份，可奇怪的是，我的内心仿佛空无一物。

粉色头发的女孩正用塑料胶带把一张纸贴在自己的房门上。纸上用粗体字大大地写着"娜莎的房间"几个字。

"有点儿刻板，是吗？"她突然推开门，向我展示了一下自己的房间。因为这里正好是建筑的角落，所以她比我多拥有一扇窗户。她已经挂起了一些可以被来回移动的东西，上面如镜面般的碎片反射着秋日里微弱的日光，在肮脏的米黄色地毯上来回地舞动着。

"我特别走运，对吗？"她问道，"我一直等到昨天都没有房，但有人竟然在最后一刻退学了。顺便说一句，我叫娜莎。娜塔莎的简称。"

我朝着她门上的字条点了点头。

"没错！"她夸张地把粉红色的头发向后捋了捋，让我不禁猜想自己是不是应该对她的发型发表一番评论。

"安格斯。"我回答。

"真的吗？"

难道这是什么引人发笑的名字吗？

"听上去很苏格兰。"她解释道。我猜她还没有察觉到我的苏格兰口音。

"我父亲的老家在苏格兰。"

"那我应该怎么叫你呢？"

显然安格斯这个名字是行不通的。

在学校里，我们都是以姓氏来称呼彼此的。我姓麦克唐纳，所以大家简称我麦克，有时也叫我农民。我是不会告诉她这一点的。

"格斯怎么样？"她提议。从没有人叫过我格斯。我很喜欢这个名字。我的新身份拥有了一个新称呼。

"格斯，就这么定了。"我敏捷地答道，同时伸出手来搞定这件事情。

"你有多高？"

大家都觉得这么提问没有什么大问题，尽管他们从来都不会想要询问一个胖子有多胖，或是一个瘦子有多瘦。

"6英尺4英寸。"我想不出有什么问题可以问她。

"我会请你喝咖啡。"她回答，"如果我有咖啡的话。"

"你想来点香槟吗？"我听到自己问道。

"多么荒谬的问题啊！"

时间还不到6点，我就打开香槟酒瓶，从母亲为我准备的木头杯架上拿下了一个瓷杯，没有加冰便把酒倒在了杯子里一饮而尽。若是父亲知道我是这么干的，一定会满怀惊恐。可香槟就该这样喝味道才会更好。

"太颓废了，亲爱的！"娜莎说。

她有点像电影《歌厅》中的角色萨利·鲍尔斯。这倒不是说她穿着膨胀的伞衣、踏着没有鞋带的橡胶底帆布鞋的样子很像丽莎·明内莉，而是因为她们身上都拥有忸怩的怪癖。我这才想到她可能会把我看作是一个天真的家伙，也许是个同性恋，和刚进城的迈克尔·约克在性格方面有点相像。

"你读的是什么专业？"我问道，为自己竟然展开了如此乏味的一段对话而畏缩了一下。

"你猜！"她仰面躺在了自己的床上。只见那上面已经被她铺上了黑色的床单和红色的被罩。她脑袋后面的墙上贴着一张切·格瓦拉的海报。

"政治？"

她看上去很吃惊。

"其实是英语和戏剧。"她专心地盯着我看了看，"心理学？"

如果她是这么看待我的，那我很荣幸。我喜欢被人当做是学"心理学"的那种人。"医药学。"

"哦。那你一定很聪明。"

"算不上吧。"

"我要当演员。"她宣称。

也许是为了保留一点神秘感，我说道："我还不确定自己想做什么。"

她笑了。

"怎么了？"

"显然你要成为一名医生！"

在我的新身份刚刚展开的人生之际，从我刚认识的人嘴里听到这样不可逃避的话，我的心里感到有些压抑。

我把剩下的香槟全都倒了出来，像摇晃柠檬水一样摇晃着杯子。

"你觉得我们是不是应该去找点吃的？"娜莎问道。突然之间，她变成了那个喝得比较少、理智还算清醒的人。

距离我们最近的是一家希腊餐厅，6 点才开始上菜，但服务生说我们可以先坐下小酌一杯。曾经去过希腊的娜莎说我们应该点一杯松香味的希腊葡萄酒。酸酸的松香味喝起来就像是刚刚被清洁工打扫过的学校浴室。

娜莎是个很直接的人。"你会投票选谁？"

出生在1979年的我们是在撒切尔夫人执政下长大的一代人，对于保守政府一无所知。然而，就在今年的5月，这个国家将会发生巨大的变化。

"我对政治不太感兴趣。"我试着回避这个问题，因为我其实还从未投过票。

"那你就是个保守主义者了。"娜莎回答，"如果你没有准备好挑战现状……"

我还从没有这样思考过问题。从小到大，我一直都认为询问别人的政治倾向是一种粗鲁的行为。

"足球还是英式橄榄球？"她问。

"足球和跑步。"

"所以说你是个不起眼的公立学校男孩，和大家不太合得来。"她推断着，一边用手轻拍着餐巾，一边朝着正在一张大桌子旁摆盘的服务员所在的方向挥手。

她准确的结论让我抽搐了一下。

"我猜你的爸爸也是一个医生。"

"他是个牙医。"

"那就是一个失败的医生了。更糟糕！"

我从未想过爸爸对于两个儿子都能成为医生的渴望实际上是出于自己的野心。难道他的成绩不够好吗？娜莎到底是颇有洞察力，还是只不过有些鲁莽？

"我们应该点些什么呢？"她边问边翻阅着菜单，"顺便说一句，我是个素食主义者。"她的话听起来像是一种挑战，仿佛是在期待我与她争执似的。

除了一道名叫"碎肉茄子蛋"的菜和学校食堂里那些盛放在托盘里的稀泥状肉末差不多之外，我此前从没有吃过希腊菜，所以我就让她来点菜了。服务员为我们端来了几小碟油腻的蘸酱、很有弹性的油炸厚片奶酪以及装满了热乎乎扁平面包的小篮子。面包被我舒舒服服地咽下了肚，吸收着松香葡萄酒的余味，让我认同了再来一瓶特选红葡萄酒的好主意。

我对那晚的回忆是模糊的。有争执，有欢笑，也有哭泣。娜莎的父母离婚了，父亲再婚了两次，母亲如今和另一个女人住在一起。她似乎在世界各国有很多同父异母、同母异父的兄弟姐妹。娜莎称自己的父亲是个混蛋，却显然很渴望他的宠爱。当我意识到这个在别人看来十分世故的女人竟然也会缺乏安全感时，心里涌上了一种释然的感觉。

"你的家庭呢？"她问我。

"没什么好说的。"

"这么神秘！"

"或者应该说是这么平凡。"

"那你有没有兄弟姐妹？"

一秒钟过去了。

我看到罗斯的脸透过飘下来的浓密雪花回望着我。他的牙齿是雪白的，双眼隐藏在滑雪镜后面。

"没有。"我回答。

罗斯，这并不全然是一个谎言。

"是这样的。"我飞快地补充了一句，"我不太喜欢让别人依据我的出身和我的父母是谁来定义我。不管是在家还是在学校，我总感觉自己是个局外人。现在我终于可以自在地做一个真正的我了。"

"那么，真正的你是谁？"她问。

"我也不清楚。"

娜莎错把我的答案当做是能言善辩。

第二天早上我和衣醒来，感觉很好，动作灵活，反应敏捷，直到站起身来才发现头盖骨仿佛被人换成了僵硬的铁盒子，随着每一个微小的动作猛撞着里面的脑组织。我权衡了一下自己的选项：是继续钻回被窝，还是在跑步的过程中把体内剩余的酒精都消耗掉呢？

我在地板上摊着的那堆尚未拆包的行李中找到了运动包，拽出了短裤和跑鞋。在惊慌失措地翻找了一番钥匙之后，我看到自己显然是在锁上房门之后把它留在了钥匙孔里，尽管我根本就不记得做过锁门的动作。说实话，我连自己返回房间的事情都不记得，可一踏进雨中、缓缓地踩着水花迈开慢跑的步伐，昨晚的画面便像电影一般闪现在了我的脑海里，胡乱停滞在了某些令人脸红的尴尬画面上。在我站起来去上厕所时，我的头发真的被缠在了希腊餐厅天花板上的塑料装饰葡萄藤上吗？我们是否真的加入了一个婚礼派对、一边摔着盘子一边疯狂地转着圈跳舞来着？

城市人行道上布满了滑溜溜的泥潭。脏水溅到了我的腿上，浸入了我白色跑鞋的网眼之中，但雨水落在我身上的感觉很凉爽，同时还在清洗、抚平着我的头发，在我仰起头时从我的脸上倾泻而下。

街道上几乎空无一人，只有偶尔路过的公共汽车泼溅着泥水呼啸而过。我不知道自己要跑向哪里。在到达一个大型十字路口时，我向左拐去，跑进了一片看上去更加富裕的区域。这里开设了几家房产中介公司，还有一家摆着室外用餐桌的酒吧，门口挂着的几只栽满紫红色天竺葵的篮子在湿润的微风中摇晃着，不远处还有一家刚刚开门的报亭。草草翻阅一本旅行指南，我看到我绕着一个方形的圈转了四分之三，而宿舍就在前方不到一英里远的地方。我买了一品脱的牛奶。在我迈着沉重的步伐往回跑时，雨势渐渐弱了下来。我的宿醉状态也一扫而空。

男士淋浴间里，一个直率的大块头男生正像学校里的橄榄球运动员一样招摇地用毛巾擦拭着身体，确保你能够注意到他的肌肉和下体的尺寸。

他凝视着我溅满了泥点的双腿。

"昨晚喝多了。出去跑步，消耗一下。"我说道。这话似乎让他对我的评价提高了不少。

回到房间，我在一个标记着"厨房"字样的箱子里找到了一只全新的水壶和一大罐质量上乘的速溶咖啡、一筒咖啡伴侣植脂末和几小罐烤豆子。想到母亲为我考虑得如此周全，此刻的我有些后悔为什么不情愿让她帮我拆包、按照她喜欢的方式收拾好一切。

举着两杯咖啡，我正打算用力敲一敲娜莎的房门，脑子里却又闪现出了几个镜头。

我们接吻了吗？是的。就在她的房门外。先是一次轻啄，然后是一个舌吻。紧接着，看到我困得有些睁不开眼，她询问我是否想到屋里来。显然我们即将发生关系，但我却嘟囔着说了些什么"这不是一个好主意"之类的话。

娜莎其实不是我喜欢的类型。直到那时，我才发现自己居然还有喜欢的类型。

我喝掉了两杯咖啡，然后动身前去参加医药学专业的导论课。

聚集在阶梯教室门口的陌生人群中充斥着一种真切的紧张气氛。当距离巨大木门最近的那个学生伸手试了试门把手，发现大门并没有上锁时，人群中爆发出了一阵欢笑声。

"这是你们成为独立学习者路上的第一步。"站在讲台上的教授不悦地评论道。我们顺着阶梯座位鱼贯而入，偷偷摸摸地打量着周围的人，想看看是否有人脱下夹克，或是拿出了记事簿。

在眼前的一排排座位中，我认出了面试那天见过的几张面孔。看到我认可地点了点头，一个戴着眼镜的男孩严肃地回应了我，而另一个戴着头巾的女孩则害羞地移开了眼神。

"你觉得我们中的哪一个会晕倒？显然，第一次看到尸体时总有一个人会晕倒……"坐在我身边的那个男生对我耳语道。

我伸出一只食指，指了指坐在我们正前方、留着闪亮金色短发的女孩。她突然转过身来，仿佛察觉到了自己所在的方向有什么小动作。她长着苹果一般的漂亮脸蛋，是个典型的英格兰美女。她的眼神和我对视了片刻。我感觉自己的脸一下子涨得通红。

我的邻居——他叫做托比——在茶歇时发现她的名字叫做露西，而她碰巧与我们坐在了同一张咖啡桌上。

如果我晚一些赶到阶梯教室门外，或是挤进一排座位的尽头，而不是找一排无人的座位坐下，我可能会和不同的人共度大学时光。难道事情不就是这样的吗？我和露西是不是注定要相遇，然后坐在一起喝咖啡？如果我坐在戴眼镜的乔纳森身边，那我的大学生涯是不是就要在下棋中度过，将来成为一个著名的肿瘤学家？我们以为朋友都是自己选择的，但也许一切从来都是机缘巧合。

开学第一个星期，老师就带我们进入了解剖实验室。我推测老师们的想法是让我们直面未来。在外面的走廊里，所有人都在高声地交谈，直到迈进实验室才逐渐安静了下来。空气中充斥着化学药品的味道。

我试图做好心理准备，想象着裹尸袋打开之后可能出现的各种不同的人。

我设想中的都是一些老人，可眼前出现的却是一个半边脸庞都被损毁了的年轻人。一辆卡车在左拐时压到了他的自行车，他的头撞在了人行道上。

站在我身边的托比晕倒了。我帮忙搀扶着他走出实验室，让他平躺在地板上，再把他的双腿架在椅子上，然后坐在了他的旁边，假装自己是两人中心情较为平静的那一个，直到他起身准备好重新回到实验室。那个时候，我们桌旁的其他学生已经触摸过了尸体，还看到了器官在外科手术中会得到怎样的处置。导师安慰我们，正式的解剖课要等到第二学期才会开始，到时候我们会得到好几次机会来熟悉这种体验。

"你还好吗？"事后，站在食堂的队伍中，露西开口问我。

她脸上忧虑的表情让我不禁好奇她在实验室是否注意到了我内心的挣扎。她是那么的甜美，那么的可人。一瞬间，为了让她更喜欢我而不是托比，我出于玩世不恭的心理差点试图把罗斯的事情告诉她。但是我忍住了，因为我无法想象让自己的新朋友全都对我怀着恻隐之心，或是在我身边说话时还要限制自己的措辞。

我一辈子都活在你的阴影之中，罗斯。我再也不要这样过下去了。

5

1997 年 12 月

泰丝

霍普在自己的第一部圣诞剧中扮演的是小驴的角色。在她因为自己没能扮演天使而大闹一番之后，所有人都以为她不会参加演出了。说实话，我也不知道她为什么不能扮演天使——剧中的天使已经够多的了——可小班教师梅登夫人说大家不能总是迁就霍普、依照她的心愿行事。公平地说，我不认为这是因为霍普的外表或举止不像天使。我想梅登夫人只不过是厌倦了所有的问题而已。

圣诞节对于霍普来说是个困惑的日子。

"妈妈是不是和报喜天使在一起？"她问道，让他们听上去就像某种飞车党俱乐部一样。还有："圣母玛利亚和我们的圣母长得很像。"

"因为她就是同一个人呀，霍普。"

"我们为什么要叫她童贞女？"

"这只不过是她的另一个名字而已。"

我用硬纸板给她做了一个小驴面具，以防她改变自己的心意。在一次带妆彩排的过程中，为了最后一搏、让她参与进来，梅登夫人宣布小驴将是除了婴儿耶稣之外唯一一个拥有独唱赞美诗机会的角色。霍普这才决定匍匐着登上舞台，而且对待自己的角色十分严肃，一听到其他孩子与她合唱便会大发雷霆。最终，大家达成了妥协，由霍普单独演唱第一段诗文，班上其他同学可以在"让今晚的钟声响起，伯利恒，伯利恒"这一句时加入合唱。

霍普坐在一旁观摩过许多次彩排，以至于她对每个人的站位早已了若指掌。你还会听到她告诉骆驼的扮演者，他在"马槽圣婴"这一段赞美诗中站错了位置。事后，好几位母亲都走过来告诉我，妈妈一定会为她感到骄傲，可她们脸上僵硬的笑容表达的却是"我们这一次就不再计较了"的意思。

即便是在其他孩子中间，霍普也不太受欢迎。你可能会以为四五岁的孩子还太小，不明白这些，但他们可不是你想象的那样。在操场上值班时，我会看着她毅然决然地在画着线的柏油马路上绕圈冲刺，心中祈祷其中的某个孩子能够邀请她做自己的朋友。但霍普似乎并没有注意到这一点。我的心都碎了。

当我和爸爸提起霍普有些孤僻时，他还是像往常那样指责霍普是个被溺爱和纵容惯了的孩子。他说，只要大家都不搭理她，她就会自己想明白的——全然没有在意霍普已经被大家忽略了的事实。但我是不会就此向爸爸挑衅的。

布兰登每两个星期便会从澳大利亚打来电话。不过他在听完我对霍普的担忧之后也帮不上什么忙。

"如果你也在 5 岁时就失去了妈妈，我想你也会感到孤独的。"他回答，"你多虑了。"

"如果你 18 岁的时候就要肩负起照顾年幼妹妹的责任，我想你也会感到忧虑的。"我想要对他说。但这话未免太孩子气了。

学期最后一天，科科伦夫人在午餐时托人转告我，她想要见我。坐在她办公室门外的硬椅子上等待时，我很确信她打算就霍普的行为问题对我发出警告，或是告诉我什么更加糟糕的事情。然而，她却在我进门之后对我说，学校正打算刊登一则助教职位的招聘启事，如果我愿意，这份工作就是我的。

"这样的安排对双方都有好处。"她告诉我。

"好在你做的工作现在能够领到工资了。"和我一起坐在那里看着《西雅图不眠夜》时，朵儿开口说道。每个星期五的晚上，趁我爸爸泡在酒吧里的工夫，她逐渐养成了带着外卖和录像带过来串门的习惯。鉴于我们都应该好好哭上一场，她通常都会选择浪漫题材的电影。"等霍普安定下来就好了。"她补充道。

我们经常会提到这句话。等到霍普安定下来。仿佛这只不过是个权宜之计。根据我报考专业的参考书目，我从图书馆借来了几本书，以防某些奇迹使我重返大学校园时不至于太过落后。

我猜自己心里还是有点期待朵儿能够和我争辩一番的，但我们都知道我其实没有选择。爸爸必须去工作，所以是无法照顾霍普的，即便他有这个能力或意愿去应付一个年幼的孩子。而其他的任何选项都是难以想象的。

"我知道你是多么想去上大学，所以我为你感到难过，却为自己感到幸福。"朵儿边说边拿起一片三角形的比萨饼，"你觉得这种想法会让我看上去像是一个好朋友还是一个可怕的、自私自利的人？"

"显而易见，一个可怕的、自私自利的人。"我边说边空洞地轻轻笑了笑。

我们就这样对着电视屏幕紧盯了一会儿。

"你相信'真命天子'吗？"朵儿终于开口问道。

"那就要看你所说的'真命天子'是什么样子的人了。"我答道，声音无意间变得有些乖戾，似乎正在试图忍住眼泪。这倒不是因为屏幕里上演的浪漫情节——我都没怎么注意电影在演些什么——而是因为我们好像终于承认了我在可以预见的未来中将被困在这里的事实。

"我指的是，那个命中注定要和你在一起的人。"

"似乎不太可能，不是吗？"

"为什么？"朵儿追问道，试图优雅地处置一丝没完没了地抽着丝的马苏里拉奶酪。

"在所有人类之中只有一个人是和你相配的。我的意思是，要是你的真命天子碰巧生活在亚马孙雨林中，或是说着阿拉伯语之类的，那可怎么办？不管怎么说，你怎么知道谁才是你的真命天子呢？如果你觉得他就是某人，结果却事与愿违，那你有可能就放弃了认识真正的真命天子的机会……"

"那达西先生怎么样？"

和所有人一样，我们两个都很迷恋电视剧版《傲慢与偏见》中的科林·弗思。

"那是两个世纪前的事情。"我回答，"那时候的人没有机会遇见太多的人。"

"你太不浪漫了。"

我的思绪在文学作品中的著名神仙眷侣之间漫游起来。他们之所以相遇，难道真的是因为他们就是彼此命中注定的那个人吗？还是单纯地因为他们住得比较近？凯茜和希斯克里夫同住一个屋檐下，罗密欧与朱丽叶都生活在维罗纳。"真命天子"难道不应该和被我们称之为爱的情感息息相关——这我倒是还没有体验过——强烈得让你相信这就是世界上唯一与你相配的那个人吗？难道这不应该是定义而非宿命的问题吗？

　　屏幕上，梅格·瑞恩和汤姆·汉克斯终于在帝国大厦的楼顶上相遇了。

　　"她还能找到更好的对象，你觉得呢？"朵儿在片尾字幕出现时评论道，"我的意思是说，他是个好演员，但并不是那么性感，对不对？"

　　"抱歉，我们两个谁才是那个不浪漫的人来着？"我问。

　　"所以说，如果我们的真命天子现在有可能是全世界范围内的任何一个人，他会是谁呢？"朵儿很想知道。

　　曾经，我们在放学后步行回家的路上经常会进行这种对话。当时，我心目中的真命天子只有罗比·威廉姆斯，尽管我总是推测如果我们有机会相遇，他应该会选择朵儿，因为她是个身材娇小的金发美人儿。男孩子都喜欢她。

　　"乔治·克鲁尼？"我提议。

　　圣卡斯伯特学校的助教们最喜欢讨论的电视剧名叫《急诊室》。对乔治·克鲁尼的贪恋是我和学校里一屋子富有同情心的中年妇女的共同之处。平日里，教工办公室里的对话总是集中在静脉曲张和更年期之类的话题上。

　　"他对你来说有点儿老了，不是吗？"朵儿回答。

　　"反正我永远也见不到他，对不对？"

　　"你总是对老男人情有独钟。"朵儿被我逗乐了。

　　"你怎么知道？"

　　"《小妇人》，还记得吗？你并不介意乔选择了那个老教授，而不是和善的劳里。这是唯一一本我从头读到尾的书。"她承认。看到我吃惊地望着她，她又补充了一句："只因为是你逼我的。"

　　"所以你会选谁？"我感觉自己有义务追问。

　　"如果我们讨论的是名人的话，汤姆·科鲁兹。"

　　"嗯，他很帅。"

"他对你来说太矮了。"朵儿赶紧接话道,仿佛我正计划着把他从她的手里抢过来似的。

她站起身来,把录像带从机器里取了出来。

"那我们认识的那些男孩呢?"她问。

我正打算回答,在过去的几个星期里,男人并不是我心里最重要的念想,耳边却传来了爸爸摸索着用钥匙打开前门的声音。于是我赶紧跳起来整理好比萨的残骸。你永远都不知道他从酒吧里回来时是什么心情。

一股咖喱的味道随着他飘进了房间。

"所以说,你们两个姑娘给自己买了比萨,是吗?"看到桌子上的盒子,他开口问道。

"是的。"

"没有给我留一块吗?"他掀起盒盖,脸上带着欢欣而非嫌恶的表情。

"对不起!"

"那这种外卖的比萨要花多少钱?"

"是朵儿付的钱。"我飞快地答道。

"你给自己找了一份工作,是不是?"爸爸问她。

"是的,科斯特洛先生。我现在是沙龙的全职员工了。"

我在预科学校上学的时候,朵儿在当地的一所学院里攻读学位,但还是经常利用晚上和周末的时间在镇上的精品发型沙龙里打工。她自 13 岁那年就在沙龙里打工了,从扫地的女孩一路成为初级发型师。

"你瞧瞧。"爸爸边说边看了我一眼。

"我也拿到了一份工作邀请。"我听到自己这样告诉他。一想到自己必然要接受科科伦夫人的邀请,我的心就沉了下去。"圣诞节过后,我就会成为在编的正式助教了。"

"那到时候就该你买比萨了。"爸爸回答。

这样的答案不算理想，或者应该说是非常不理想。爸爸还是没有原谅我想要选择上大学而不是去工作的事情，虽然我并没有入学。

朵儿和我交换了一个眼神。

"好了，我该走了。"朵儿说。

"我送你。"我附和道，满心希望爸爸在我回来的时候已经入睡了。你可能会以为妈妈的离世能让我们相处得更加融洽，但其实爸爸的脾气似乎比以前更坏了。也许这也是他在悲伤中所处的心理阶段吧。

在屋里待了一整个晚上之后，凉爽的空气让人感觉格外提神。

"哦，我忘了！妈妈说，让你们来我家过圣诞节。"朵儿宣布。

"真的吗？"

"你们全家。"

我几乎感激涕零。要知道，我一直都在担心圣诞节的事情，还没决定是该把那棵闪亮的树从阁楼里搬下来，还是用拉花来装点客厅——万一华丽的圣诞树显得有些失礼。无论我什么时候试图和爸爸谈起这件事情，他总是会说："圣诞节？它是不是每年都会提前到来？"

而且他总是能够找到借口——酒吧、斯诺克、比赛——这也是我们为什么还没有谈起这个问题的原因。

我们收到的贺卡已经在门厅的桌子上堆成了山，只有霍普在学校里制作的那张圣诞树形状的贺卡没有和它们堆叠在一起——上面沾满了亮片，还有永远也干不了的胶水——而是被放在了厨房的展示架上。每天早上，霍普总是会在嚼着可可米麦片时像模像样地学着科科伦夫人的爱尔兰口音说道："那东西真不错，霍普，难道不是吗？"

我一直都很害怕应付圣诞节午餐的事情。厨艺这种技能对我来说根本就是不存在的。幸运的是，学校提供热气腾腾的午餐，因为我晚上只会用面包来搭配豆子、意大利面或是马麦酱。偶尔，爸爸会用赌马赢来的钱买上一大包的鱼和薯条回家，但他通常都会在酒吧里吃饭，或是在酒吧关门后去一家名为"泰姬陵"的餐厅用餐。

某个星期天，我试着做了一顿霍普最喜欢的英式传统烤菜：烤鸡肉配小香肠。可是我把时间全都搞错了，在把鸡肉放进烤箱之前还忘了把塑料托盘取出来。松糕里的蛋黄酱被我做成了甜味炒蛋，而奶油也因为过度打发而失去了蓬松的质感，变得油油腻腻，根本就无法铺展开来。那件事情以后，爸爸开始在星期天的时候带我们去自助餐厅吃饭。那里的入场券只需 4.99 镑一个人，而且儿童免费，还包括霍普来来回回去了好几趟的"冰激凌工厂"——直到爸爸决定省钱是一回事，还是要适可而止。不过圣诞节这一天，自助餐厅是不会开门的。

在霍普出生之前，妈妈总是会在圣诞节期间带着我去伦敦逛街。我们很少购买东西，却总是会去观赏各大百货商店的圣诞橱窗，有时候还会冒险进去，趁着香水柜台的售货员背对我们时鬼鬼祟祟地往手上喷些"香奈儿 5 号"香水——"如果你嫁给了一个有钱人，泰丝，这就是他会买给你的那种味道！"我知道带上霍普去逛街是有风险的，但我觉得她可能会很喜欢那些装饰，享受环境的转换。

在汉姆利玩具店门口停留简直就是一个错误。当我试图拉着她往前走时，霍普就像是把自己粘在了人行道上一样。她的意志力让她的身体变得沉重了不少。走进店门，她一眼就看到了堆成小山的毛绒玩具。

"你可以小心地、温柔地触碰它们。温柔一点，霍普，轻轻地。现在把它放回去，求你了，霍普……把它放回去！"

我最终还是不得不买下了一只长颈鹿。在我们走到收银台前时，它的尾巴眼看着就要被拽下来了。我简直不敢相信这东西的价格。爸爸给了我一张20镑的纸币，让我们玩得开心一点，但剩下的钱就只够买一套快乐儿童餐作为午饭了。当下更加理智的选择自然是回家，但那一天已经是 12 月 23 日了，而我还没有给奥尼尔夫人和朵儿买下任何的礼物。我想在赛弗里奇百货给她们买点什么。

在朵儿和我年满 15 岁之后，只要我们赚足了周六打工的钱，家里人就会允许我们趁着假日到伦敦来走一走。我俩喜欢在这座城市里漫步，探索各种与众不同的小地方，幻想着某一天合租在某个地方。朵儿梦想着租下一套能够俯瞰海德公园的现代化公寓；我则更喜欢被喷涂上了各种鲜艳颜色的波特贝路大街尽头的某座小房子。我们的想法是这样的：我会成为一名图书馆管理员，或是在一间书店里工作，而朵儿则会成为赛弗里奇百货香水部门的女售货员，穿着诊所模样的白色制服，为别人提供美容示范服务。读大学本应成为我们朝着梦想迈进的第一步。

牛津街上挤满了抓紧最后关头前来购物的顾客。你不得不随着人群移动。这对于我这么高个子的人来说已经是十分辛苦的，对于霍普来说就更加糟糕了。当她再也受不了拥挤的人群和刺耳的噪音时，她完全停下了脚步。

"来吧，霍普。我们现在距离那里已经不远了。"

赛弗里奇百货的廊柱就在前方。

"霍普，我们挡住别人的路了。"

随着霍普开始尖叫，起初的那些同情的眼神全都变成了非难的目光。

"霍普，走吧！妈妈会怎么看待你的这种行为？"

我曾经发誓绝不会利用妈妈的回忆作为威胁，所以话一出口，我就恨不得赶紧把它收回来。可这个问题却在我需要把她从地上抱起来时暂时起到了让她分神的作用。她开始挣扎，对我拳打脚踢。

"放我下来！"

"那你得保证好好表现。"

"放我下来！"

尖叫声越来越高亢。她的脸涨得通红，脸颊上挂满了泪水。突然，她停了下来，像只知更鸟一样把脑袋歪向了一边。我的耳朵在隆隆的车流声中搜寻起来，这才发现赛弗里奇百货的方向传来了乐队弹奏的《寂静的夜》的乐曲声。

为了聆听乐队的合唱，我们在那里应该站了半个小时的时间。每听到一首熟悉的旋律，霍普的脸都会变得明亮起来。她知道《马槽圣婴》和被她称为《我们三个》的歌曲中所有的歌词，还会全然不自觉地跟着哼唱。乐队停下来休息时，我给了她50便士，让她走过去投进筹款箱中。

"你不就是一位小天使吗？"救世军组织的那位女士说道。

"我是小驴子。"霍普告诉她。

赛弗里奇百货里人山人海，而所有的化妆品柜台对于霍普来说都有些过分高大。当我试图通过在她的手背上喷些香水来让她提起兴趣时，她却用夸张得有些愚蠢的方法咳嗽了起来。我飞快地为奥尼尔夫人挑选了一块带有漂亮花朵包装纸的客用香皂，然后给朵儿挑选了左岸牌的香水与身体乳礼盒——这是朵儿眼下最喜欢的香味。

"请帮我把它们分开包装。"终于排到队首时，我告诉收银员。

在赛弗里奇百货买东西的重点就是那些亮黄色的购物袋。

"总共28镑，女士。"

伸手掏向背包时，我能够感到站在我身后队伍中的顾客已经越来越不耐烦了，心中不禁产生了一种可怕的感觉，不安地以为拥挤的人群中有哪个狡猾的小偷偷走了我的钱包。终于，我在背包的底部摸到了它。

"给！"

就在我打算把两张纸币塞给收银员时，突然意识到霍普已经不再牵着我的手、站在我的旁边了。

"霍普？"

四下里到处都看不到她的身影。

我的胸口一下子揪了起来，仿佛忘记了该怎么呼吸。保持冷静。她一定就在附近的某个地方。我在人群中扫视。商场的一楼聚集着上百名，也许是上千名顾客。她去了哪里呢？上上下下的扶梯上每一级都站满了人；到处都是能够反射出更多人影的镜子，可还是没有霍普的身影。

"霍普？"

手里还握着现金，我开始在人群中穿梭，隔着闪亮的玻璃柜台台面寻找她。也许她躲起来了？可躲藏不是霍普会做的事情呀。每当我试图和她玩捉迷藏时，她总是无法理解游戏的规则。

"……9、10，我来抓你啦！"

"我在这儿！"霍普会躲在窗帘后面喊叫。

难道她跑丢了？霍普是绝不会跑丢的。她会挣扎，会踢打，但她绝不会乱跑。

一切就像是一场噩梦，只不过我不是在无声地喊叫，而是没有人理会我的叫喊声。

一定是有人把她拐走了！求你了上帝，不要这样！不要让别人把她拐走！

旋转门把一拨又一拨的顾客推到了街道上。是不是有人安排了一辆贴着黑色玻璃膜的汽车等在门外？肯定会有人看到她被拐走吧？但我看到的却只有谴责的眼神，没有一个人开口问我："那是不是你的孩子？"大家都在忙着购物。

求你了上帝！我会相信你的，如果你能把她带回我的身边！

当我开始在脑海里默念起"万福玛利亚"时，心中突然灵光一闪。你不就是一位小天使吗？

走出商场，我左右闪躲着，完全不在乎自己匆忙间撞到了谁，直奔救世军组织的乐队所在的地方。

附近响起了救护车的警报声。求你了上帝，别让她在试图穿过马路时被巨大的红色巴士撞倒。

冷静。她会站在我们聆听乐队演奏的那个小垃圾桶旁边的。

她不在那里！我把她弄丢了！我真的把她弄丢了！我怎么会这么愚蠢，竟然离开了商店，因为如果她也在寻找我，现在肯定不知道我去了哪里。

乐队开始演唱新的赞美诗了。

"小小驴子，小小驴子，在尘土飞扬的路上……"

惊慌失措的我完全没有注意到霍普就站在乐队指挥的身边，还固执地拒绝牵住那位怀抱着募款箱、一脸焦虑的女士的手。

"别再抱我了。"霍普在我把她紧紧地拥入怀中时喊叫起来，"我说了，停下。"

她在回家的火车上睡着了。画面看起来是那样的天真无邪，一只手还紧紧搂抱着长颈鹿的脖子，把脸靠在了它柔软的头上。冷静地回想起来，她能够找到商场的出口、回到乐队所在的位置上，实在是让人大吃一惊。难道这不正好证明了她和其他的孩子是一样聪明的吗？我得把这件事情告诉科科伦夫人。

　　或者不要。因为这就相当于承认我把她给弄丢了。

　　一个坐在我们对面、抱着圣诞采购成果的中年妇女朝着我们点了点头，微笑了一下。

　　"保佑她！"

　　"你应该看看她之前的样子。"我回答，"大吵大闹！"

　　"永远都不要批评自己的孩子。"她劝告我，"她这一生会有很多人替你去批评她的。"

　　若是换做平日，我可能会解释说自己不是霍普的母亲，然而就在失去她的那翻天覆地的几秒钟，或是几分钟之内——我也不知道过了多长时间——我意识到霍普对我来说竟然比其他任何人和事都要重要。瞬间的顿悟让我清楚地看到了自己的选择：我可以继续抱怨生活的不公、过着满腹牢骚的日子，或是好好地去照顾她。这其实是一种解脱。原来布兰登在我上一次抱着话筒抱怨时所说的话是对的。没有进入英国文学专业并不会阻止我看书，难道不是吗？

　　我想起了妈妈过去经常说的一句话。如果你带着一颗快乐的心去做某件事情，它也会给你带来快乐。

　　或者正如朵儿所说的那样——因为她是唯一一个从我口中听说了这次意外的人。

　　"你会失去'希望'，但是还会把它找回来。"

6

———

1997 年 12 月

格斯

随着白天越来越短，我开始感觉伦敦仿佛就是我的家。秋日让我在这座城市中生活的经历变得更加的清晰分明。下午下课之后，外面已是一片漆黑。雨中的城市华灯初上，空气中蒸腾着一阵阵开胃的辛辣食物香气。滴着雨水的公车站里，瑟瑟发抖的人群带着兴奋的心情痛苦地挤作一团。如果说夏季会让人感觉自己更像是一个游客，那么随着冬季的临近，如果你还在这里，就说明你是不得已才留下的。

篝火之夜那天，露西、托比和我加入了涌上樱草山的人群中，凝视着被灯光点亮的伦敦宽广的地图在我们的脚下铺展开来。就在我们对着烟火表演发出惊讶的赞美声时，我发现自己和托比显然都很喜欢露西。我们两人展开了一场无声的竞争，而她却假装什么都看不见。

放假的第一天，大部分学生都带着成包的脏衣服出城去了。露西迫不及待地想要回去和家人团聚，托比打算和同学重聚，而娜莎则要飞去探望自己的父亲。所有人都在盼望我最害怕的一件事情：回家过圣诞。

我一直在找理由留下，为了1月份的考试每个早上都去图书馆里读书，下午则泡在国家美术馆里，从文艺复兴时期的作品一直看到世纪末的巴黎画作。当我发现国家剧院正在低价出售一批当天晚上的演出票时，我放弃了向北的晨跑路线，转而南下，跟随第一批通勤的上班族跨过钢铁般灰白的泰晤士河，忍受着河上吹来的刺骨冷风，站到了售票处门口的队伍中。

平安夜之前的那一天，我才想起自己什么礼物都没有买。这又给了我一个晚几个小时离开的理由。过去，我的母亲总是会替我们买好礼物。为我，她会选购一份餐后的薄荷糖，为父亲挑选一份酒心巧克力，而她替罗斯购买的则是一套客用香皂和一组高尔夫球。从理论上讲，我们应该用自己的零花钱来支付礼物的费用，但我们从没有掏过钱，只需要负责把礼物包裹起来（不过她会细心地把包装纸、剪刀、透明胶带和礼物一起放在我们的床边）。圣诞节那天早上，她还会在拆开这些礼盒时装出一副惊喜的样子。今年，我下决心要让母亲在打开我送的礼物时感到真心的快乐，即便我压根就不知道该给她买些什么。

我去了赛弗里奇百货。小时候，父母总是会带着我们去那里看圣诞老人。然后，父亲、罗斯和我会去布拉斯·雷尔餐厅抱着加了大量黄芥末和小黄瓜的咸牛肉三明治大快朵颐，留下母亲在化妆品区寻求面霜的使用建议、在手背上试着口红的颜色。接下来，全家人还会开车驶过摄政街。罗斯和我会坐在后座上，伸着脖子看着街上的灯光。

商场中央的传统旋转门唤起了我的回忆。罗斯过去总是会尽力飞快地推动这扇门，害得毫无戒备之心的顾客失去平衡。在一楼一处充满阳刚气概的售货区找到了一系列男士礼品，选购了一只包裹着苏格兰格子呢的扁平小酒瓶，以及一个装在仿木盒子里的计分卡架。在商店更加充满女性气息的那一边，我挑选了系着淡紫色丝带的雅德莉牌滑石和浴油礼盒，站到了收银台前的队伍中。

我的前面站着一个高个子的女人。她一只手牵着一个烦躁不安的小女孩，一只手捧着几个盒子。她的礼盒看上去比我的复杂得多，以至于我开始对手中的雅德莉套装感到有些担忧。看到她和孩子说起话来是那么的耐心，我差一点就鼓起勇气询问她的意见了，可就在轮到她结账的时候，那个小女孩却趁她在背包式手提袋中翻找东西的空当从周围顾客的腿间溜了出去。

我一下子成了那个站在队首的人。

"需要帮忙吗？"

我拿起那个女人丢下的黑色、蓝色和银色盒子，和我自己挑选的礼物权衡了一番。

"女朋友还是母亲？"售货员问道。

我能够感觉自己脸红了，就连耳朵尖也灼烧了起来。

"母亲。"我嘟囔着答道。

一个心照不宣的浅浅微笑让我感觉更加的羞耻了。

"雅德莉可能是个更加安全的选择。"她边说边把礼盒从我的手里接了过去。

一瞬间，我差点出于纯粹挑衅的心理买下了另外那个礼盒。也许我的母亲比她想象中的更年轻、更时髦呢？也许我可以把它送给露西？我们曾经犹豫着要计划在圣诞节和元旦之间见面。不过，即便她会使用香水，我也完全不知道她会使用哪一种。

父亲驱车赶到火车站来接我，还为我拉开了副驾驶一侧的车门。

"他们说也许会下雪。"他是个业余的天气预报员。我们家的走廊上还挂了一个红木的气压表。不过此话纯属醉翁之意不在酒。

"希望不要下雪。"我回答。

我们两人就这样沉默地坐着，眼睛直视前方，仿佛在回家的这段短暂旅途中真的会看到偶然坠落的雪花似的。

和往常一样，房门口挂上了冬青花环和格子呢的丝带，走廊里也摆上了一棵真的圣诞树，可罗斯和我双双得了麻疹的那个冬天制作的插着出航旗的将领环却被撤了下来。我的母亲戴着充满节日喜气的围裙从厨房里走了出来。鉴于她的手上沾满了面粉，我们嘬着嘴唇假装亲吻了彼此。她上下打量着我，仿佛以为我会发生什么变化似的。

晚饭时，一家人在很少被用到的餐厅里坐了下来。父亲迫不及待地想要通过提出有关器官和腺体运行的问题来给我纠错。我记得他在罗斯刚入学的时候也曾做出过类似的举动。也许娜莎说的是对的,他的确是个失败的医生? 罗斯比我更加好斗，不害怕向他发起挑战，而我的沉默寡言只会让父亲变得更加固执。可是，当母亲开口说道"看在上帝的分上，放过他吧，戈登"时，我却有些希望他能够继续喋喋不休，因为屋子里安静的氛围是那样的尖锐，就像无声的痛苦尖叫。

餐桌被擦拭得闪着亮光，玻璃杯和餐具也闪闪发光。母亲把自己所有的注意力都放在了清洁和礼节方面，以至于整座房子仿佛和父亲的诊疗室一样无菌。

"再来点葡萄酒吗?"我的母亲问道。

我几乎没有触碰自己的酒杯，可她的酒杯已经来来回回添过三次酒了。酒瓶的瓶颈在微微碰到酒杯的边缘时发出了清脆的响声。紧接着，门铃响了。

"到底是谁呀?"我的父亲问道。

"也许是唱诗班来了！"

母亲对于这样的消遣似乎感到十分的兴奋。可当她打开前门时，顺着走廊飘进餐厅里的声响却不是歌声，而是一阵充满了喜悦的夸张尖叫声。

"多么美妙的惊喜呀！"随着她从走廊迈进餐厅，她的声音也越来越大，"你猜谁来了，戈登？安格斯？"

罗斯的女朋友夏洛特跟在她的身后走进了餐厅。她穿着一件带有披巾式衣领的淡紫色长外套。任何一个不如她优雅或是身材不如她苗条的人穿上这件衣服都会如同套了一件便袍，可她穿上却像是一个电影明星。她的手里还捧着盒子，外面的包装纸虽然很廉价，颜色却很喜庆。

"请不要站起来。"她说，"我不想打扰你们的晚餐。"

"怎么会呢！"我不假思索地回答，荒唐地对她的出现改变了屋子里的氛围而心存感激。

"让我给你倒杯饮料吧！"我的父亲一下子就切换到了欢快的主人模式。我这才想起他也曾是这样的一个人。

餐厅里再一次恢复了其乐融融的正常氛围。

"来点软饮吧。"夏洛特放下包裹，摘掉了柔软的黑色皮手套，"我是开车过来的。"

"你自己的车吗？多么令人兴奋啊！"我的母亲附和道。

"只不过是一辆小小的标致。"

我的父亲打开了一瓶汤力水。伴随着嘶嘶作响的泡沫在杯中聚集，杯子里的冰块发出了爆裂的声音。一阵淡淡的苦啤酒香气隔着桌子飘了过来。"标致？啊？"

夏洛特耸了耸肩膀，身上的大衣自然而然地挂在了椅背上，露出了光滑的缎子衬里。她在大衣下面穿了一件朴素的黑色高翻领套衫和一条黑色的牛仔裤；一袭长发乌黑闪亮，几乎泛着蓝光，面色也无可挑剔。在客厅壁炉架上摆着的那张她和罗斯的合影中，两人打扮得像是《亚当斯一家》里的人物要去参加万圣节舞会似的，让她的美貌几乎夹杂着某些吸血鬼的气质。可此刻的她双唇却被冻得惨白，像是戴维·贝利在 60 年代时拍摄过的一位模特：惊艳，却不知为何带着一丁点的脆弱。

"所以你现在当上实习医生了？"父亲问道。

苍白的嘴唇露出了浅浅的微笑。

"有什么专攻的领域吗？还是全科医生？"

"心脏外科。"她心平气和地回答。

出于某种原因，我轻蔑地微微笑了一声。

自从罗斯在大二下学期的那个夏天把夏洛特带回家之后，我对她就充满了敬畏。那时候，爸爸刚刚在户外地板上安装了一个热水浴缸。夏洛特穿了一套纤细的白色比基尼泳衣。我此前还从没看到过哪个女人穿得这么暴露。她诱人得有些撩人。我甚至不清楚她那双藏在电影明星墨镜后面的双眼是否注意到了我。

"你喜欢医药学吗，安格斯？"她问道。

"还行。显然我需要格外的努力。"我嘟囔着，仿佛又回到了 13 岁。

"那也不如心脏外科难。"母亲说，"上帝啊！我认为那应该是最困难的——"

"这是个富有竞争力的领域。"夏洛特承认。

"我不知道……"母亲又来了。

她的双眼溢满了泪水，空洞的眼神意味着她正在思考罗斯会选择哪一条路。

"不管怎么说，"夏洛特一边接话一边啜了一口汤力水，"那都是将来的事情。"

"不过有野心是件好事。"父亲说。他的话听上去好像是在评估她的机会。"所以,你要回家过圣诞吗?"

虽然夏洛特和罗斯是在大学里相遇的,但是她母亲的房子距离我家却只有几英里的距离。

"我和五大洲的女人都发生过关系。"一次,罗斯在赴约前一边刮着胡子一边对我说,"最适合我的女人却住在距离我只有五分钟路程的地方。"

"只有今明两天。圣诞节那天我还要上班。"夏洛特回答。

"欢迎来到现实生活!"我的父亲说。

在我的记忆中,他只在一个圣诞节期间曾被打电话叫走,为一位患了脓疮的病人开抗生素。

"那新年呢?"我的母亲低声问道。

"是的,新年也要上班。"

"也许这也无妨。"我的父亲说。

"没错。"夏洛特回答。

沉默似乎无穷无尽。

"但是,你能来探望我们真好!戈登,是不是?"

夏洛特把包裹推到了我母亲的面前。

"一点小意思。"她说。

"你不必这样。但是,这是多么的可爱呀!"母亲说,"我要去把你的礼物取来。"

从她离开餐厅的时长来判断,我不知道母亲是否真的为夏洛特准备了礼物,还是正在包装自己碰运气买回来的某些东西——尽管她一丝不苟地制定了一份圣诞礼物清单,却还是免不了忽略某些人。

"你住在哪里？"为了打破沉默，我开口询问夏洛特。

"巴特西。你知道那个地方吗？"

"不知道。"

"那里很方便。"

"我去过国家剧院。"

为了得出这个结论，我的思绪从巴特西跳到了我在南岸知道的唯一一个地方。

夏洛特轻蔑地看着我。

"你真幸运。"她说话的语气带着浅浅的讽刺意味。

"你可以买到当天的便宜票。"为了我那位看上去一脸困惑的父亲，我又补充了一句，"我喜欢跑步。"

"我也喜欢跑步。"夏洛特说。

"也许你们还能遇见彼此！"我的父亲试图参与进来，然而他开玩笑的企图却终结了我们之间的对话。

母亲端着一个柔软的小包裹回来了，把它递给了夏洛特。

"我现在可以打开它吗？"夏洛特问。

撕开包装纸，里面露出了马莎百货的红色针织手套和围巾组合。

"嗯。"她边说边把围巾围在了脖子上，"又好看又暖和！"

她指了指桌子上的方块。我的母亲拆开包装，露出了一个上面画着粉色喇叭花的盒子。

"把鳞茎种下去，就能长出可爱的花朵来。"夏洛特说。

"我总是不知道它们能不能开花。"母亲带着怀疑的语气回答，同时把盒子转了过去，端详着上面的说明。

"它们当然能够开花了！"我说道。看到夏洛特把瘦弱的肩膀伸进大衣光滑的袖子里，我的心里有些沮丧。那条红色的针织围巾和她进门时抱着的包裹一样与她的打扮不太和谐。我很想知道她驾车出去多久便会把它摘掉。

"好了，我得走了。"她开口说道。

夏洛特噘起嘴唇隔空吻了我的母亲，然后伸出一只手和我的父亲握了握手，还僵硬地允许他拥抱了自己一下。

毫无疑问，我也在期待一个亲吻或是拥抱。可我却冲到了前门，把她送出了门口。

"谢谢你的到来。"我说，"这让他们感到很高兴。"

夏洛特抬起头看了看我。我注意到她的眸子泛着绿色，像是猫的眼睛。

"你长高了不少，安格斯。"她说，"上帝啊，我觉得你现在比罗斯还要高了。"

"他肯定不会高兴的！"

话刚一出口，我就感到有些惭愧。我唯一一次提起他时竟然显得如此大不敬。

夏洛特的前额微微皱了皱，露出了几道浅浅的纹路，仿佛是在斟酌我的话是否是真的。让我倍感欣慰的是，她紧接着笑了起来。那是一个发自内心的微笑，好像想起了什么开心的事情。

"你说的一点儿也没错！他不会高兴的！"她边说边轻轻捏了一下我的手臂，便迈入了寒冷的屋外。

圣诞节那天，尽管家里只有我们三个人，母亲还是赶在黎明之前就从床上爬了起来，把一只巨大的火鸡放进了烤箱。我睡得不好，一下楼就听到了烤盘叮当作响的声音。厨房里已经被她拿来煮肉汁的杂碎散发出的温热内脏气味所包围。我喝掉了她放在我面前的一杯茶，告诉她我要出去跑步。

"出去透透气吧。"她说。

屋外的空气中笼罩着不透明的冰冷雾气。人行道上结着的霜微微粘着我的运动鞋鞋底。在能见度为零的情况下，我发现自己跑得十分缓慢，仿佛身体产生了某种原始的本能，让大脑以为我失明了，需要保护我不受突然出现在路上的障碍物的伤害。我无法提速，也无法感受思想飘离我的身体、除了双脚撞击地面的韵律之外什么都不重要的那种宝贵体验。

我突然意识到了另一个人的脚步声，于是猛地降下了速度。

也许你们会遇见彼此！

一个我不认识的男人从我身边跑了过去。他前一晚肯定吃过大蒜。在他粗重的喘息声逐渐消失时，静止的白蒙蒙雾气中还飘浮着一股辛辣的气味。

回到家，我发现屋子里充斥着焦煳的味道。我的母亲正站在厨房的水池旁搓洗着粘满黑乎乎杂碎的平底锅。听到我站在门口的声音，她并没有转过头来，但我从她肩膀的弧度能够看出她正在哭泣。

我花了很长时间冲了个澡，享受着热水在我冰冷的脸颊上蒸腾的感觉。

当我再次走下楼时，父亲已经在厨房的餐桌旁坐好了，身上穿着他经常在圣诞节期间穿着的便服：上身厚重的花呢毛衣里套着一件格子衬衣，下身则是一条灯芯绒长裤。

我注意到，自从我回家以来，他就一直有些不耐烦，就像一个在高速路边等待皇家汽车俱乐部救援队出现的男人。

母亲炫耀起了她摆在其中一个圣诞大浅盘中的菜肴。"熏三文鱼和香槟？"

"有点儿太早了，不是吗？"他回答。

"我们中有些人已经起床好几个小时了。"

自从我有记忆起，每个圣诞节的早晨都能听到同样的对话。

"好吧，反正人只活一辈子！"这是我父亲的标准答案。但显然他今年不打算再这么说了。

去年，他们只允许我喝上半杯香槟。但既然我已经年满18，似乎可以想喝多少就喝多少。香槟酒如同奶油一样顺着我的嗓子眼滑了下去。

"我们好像不用在客厅里生火。"母亲说道。

在过去的几年中，生火一直都是罗斯的任务。我不知道她是在暗示今年应该由我接手这个任务，还是在表明她不想闷闷不乐地和大家一起围绕着他的照片在客厅里坐下来。

"我们为什么不在厨房里拆礼物呢？"我提议。

"又舒服又温暖。"父亲赶忙附和道。

"为什么不呢？"母亲似乎对这个打破传统的做法感到十分的兴奋。

她给我买了一套睡衣和一张英国驾驶学校的十次课程代金券，还替父亲给我买了一个计步器。

"我们来看看这是什么。"他招呼着，表明他也是第一次看到这种东西。

"它能够记录你走了多少步！"我的母亲告诉他。

我永远也不会用到这个东西，但我能够明白这份礼物所包含的心意。我几乎可以听到她对妇女协会的朋友说："我想不到能给安格斯买些什么。这些日子里他只知道跑步！"

父亲似乎对我送给他的礼物十分满意，但母亲拆开礼物时说出的那句"哦！熏衣草"却似乎话里有话——我这才意识到她不喜欢这种香味——还把这个漂亮的盒子拿在手里翻来覆去地看。

"罗斯过去常常给我买雅德莉的客用肥皂。"她用沙哑的声音低声说道。

一种怨愤的刺痛感刺穿了香槟的酒劲如脱脂棉一般在我周遭形成的蚕

茧。

"不，那不是他买的！"我想要告诉她，"那是你买的！他为什么一定要当个圣人呢？"

墙上的挂钟发出了滴答的响声。烤箱里的火鸡瓣里啪啦地嘶嘶作响起来。

"上帝呀，到时间了吗？"父亲突然开口说道，"我说了要去陪布莱恩打九洞高尔夫的！"

"你为什么不带着安格斯一起去呢？"母亲提议。

我感觉到了些许的犹豫。

"你想来吗？"

我知道他更愿意我说不，但母亲似乎同样渴望我跟他同去。

我站在楼道里等待着他拿着叮当作响的车钥匙走下楼来。他的身上飘荡着一股我以前从未闻过的强烈的古龙水味道。

我们驱车几公里，来到了他的高尔夫球俱乐部。俱乐部的休息室里聚集着不少顽固分子，炉火旁的桌子边还坐着一个形单影只的女子。在我推开大门时，她充满期待地抬起头来看了看，发现我不是她要等的人，又重新低下了头。

"喝点什么？"父亲用一只手揽住了我的肩膀，引导我朝着吧台走去。

尽管我知道他在任何愿意听他讲话的人面前从不会犹豫着不敢表达自己对于喝啤酒的人的想法，我还是要了半品脱苦啤酒。

"两杯半品脱的啤酒，要最好的！"他大声对酒保说道，然后朝我转过身来，"我觉得我们还没有一起好好喝过一杯，对不对？"

"是呀。"

对此，我们都心知肚明。我 18 岁的生日在 4 月份悄无声息地到来，又在没有任何人注意的情况下悄无声息地过去了。

"伦敦的酒吧好吗？还是说你更喜欢喝葡萄酒？"他问道。

"我没怎么去过酒吧。"

"学生活动中心的饮料更便宜一些，是不是？"

我不确定他是想让我成为一个纵情的酒鬼，还是在给我设什么圈套。

"我想是这样的！"

"他想是这样的！"我的父亲附和道，仿佛是要邀请吧台边的其他人参与我们充满阳刚气的促膝谈心。

有人露出了笑脸，却没有人买账。

他举起酒杯，一饮而尽。

"再来一杯？"我问道。

"最好不要了。"他回答，"我还要开车呢。嘿，你先把这杯喝完，我去上趟厕所。"

我站在吧台大口地吞咽着，试图忽略温热的麦芽酒干涩的口感。

父亲回来时，身边还跟着我们进门时我注意到的那个女子。

"安格斯，你能相信吗！这是萨曼莎，我诊所里新来的护士！"

"也不是那么新啦！"她边说边轻轻地笑了笑，在和我握手的时候眼神却望向了他——而不是我。

和我遇到过的大多数牙科护士一样，她很漂亮，拥有一种诊所的美：短短的头发，一口好牙，明显的小耳钉，剪裁合身的紧身牛仔裤被塞进了皮靴里，身上套着一件松软的淡蓝色毛衣。不过，她肩膀上坠着那条带有深蓝色镶边的金扣图案丝巾似乎和她身上其他的装扮有些格格不入。我想象这应该是他送给她的圣诞节礼物。可她还没到要佩戴丝巾的年纪。

"到现在为止有多长时间了？"父亲问她。

"7个月了。"她回答。

"真的吗？所以说，你也是这里的会员，对吗？"他问道，仿佛有人会相信她这种女孩会在圣诞节的早上独自跑来这里练习挥杆似的。

"我爸爸是。"她答道，"我是来和我父母共度圣诞的。"她的眼神第一次望向了我，仿佛我们都清楚这是多么的痛苦。"我真的该走了。"

在驱车回家的路上，我知道自己的心里有什么感受，如果我还没有变得麻木不仁的话。如果萨曼莎就是他为自己寻找某些安慰的方式，那也未尝不是一个好主意。我猜她并不是他的第一个情人。我的母亲可能也有所怀疑——她自己也曾是他手下的护士——或许她暗示我跟他同去，就是为了给他捣乱？有一件事我是心知肚明的：她并不想从我的嘴里听说这件事情。

"萨曼莎看上去很不错。"我壮起胆子说了一句，语气里包含着些许要与他串通一气的意味。

"什么？哦，是的。她很不错。"我的父亲回答，眼神依旧专注地望着马路。

消逝的日光中闪烁着即将下雪前那种泛黄的微光。

车子开上家中的车道时，父亲突然想起了自己的托词。

"我不知道布莱恩去哪儿了。"他惊呼。

"我们去得太晚了。"我回答。

父亲转过身来，对我露出了兄弟般的微笑。我只看到他对罗斯这样笑过。

"一定是这个原因！"

"一个女孩打电话来找你来着。"在我们两人迈进走廊时，我的母亲宣称。

"哦？"父亲问了一句。

"不是找你，戈登。是找安格斯！一个女孩。"

"一个女孩，啊？"父亲再次对我露出了微笑。

"你有没有问她叫什么名字？"我问。

"你有没有问她叫什么名字？"他高兴地重复了一遍。在这一句话中，我从那个让他没有把握的儿子变成了意大利的浪荡公子。

"信号不太好。她说她之后会再打过来的。我希望她不要在我们吃饭的时候打过来。"

电话铃声恰好在母亲端来加了奶黄酱或奶油（或是两者都有）的圣诞布丁时响了起来。

"是找你的！"父亲在把话筒递给我时朝我眨了眨眼睛。

我站在走廊里接起了电话，心跳微微有些加速，于是在开口说话之前清了清嗓子。但电话另一头传来的却不是露西的声音，而是娜莎。

"所以，你怎么样？假期过得还好吗？"

"还行。"我回答，"很安静。你呢？"

"简直就是一场惨痛的灾难！我到这还不满两天。爸爸的新女朋友是个贱人。我谁都不认识。是这样的，爸爸说他愿意付钱让我找个朋友坐飞机来陪我过新年……"

"你到底在哪儿？"我问道，心里想的是纽约、布鲁塞尔或娜莎父亲名下有房的许多其他城市。

"伊泽尔谷的一座小屋。"她回答，"你会滑雪，对吗？"

"不。"我撒了谎，"看来我不是最好的人选——"

"哦，来吧，格斯。想想羊角面包、上好的咖啡和一大堆的红葡萄酒。求你了，求求你了？"

"抱歉……我就是没有办法，娜莎。谢谢你想到了我……"

我放下电话，凝视着张灯结彩的走廊里悬挂的圣诞卡片。教堂上的雪，树上的雪，在大雪纷飞的布鲁塞尔滑雪的人们，趴在被雪覆盖的树枝上的知更鸟，耶稣降生的马厩房顶上闪闪发光的积雪——中东真的也会下雪吗？——戴着红色的绒球羊毛帽、在雪中滑行的可爱拉布拉多小狗。一排又一排温柔的白色画面闪烁着被雪覆盖的问候语。难道就没有人想到过吗？

我看到罗斯的脸透过从天而降的浓密雪花回望着我。他的牙齿是雪白的，双眼隐藏在滑雪镜后面。雪花飘落在了他向后梳的深色头发上。

"她这次打电话来有什么事吗？"父亲在我回到餐桌旁边时问道。

我在脑海里回放着自己与娜莎之间的对话，以防他们无意间听到了什么我不得不解释的内容。

"没什么。"我回答。

"没什么吗？"

我不太喜欢把我们两个想成那种会分享秘密的男人。

"是这样的，你们介意我把这个留到以后再吃吗？我吃饱了……"

他朝我露出了受伤的眼神。我们友情的泡泡是如此的脆弱，此时此刻已经被我戳破。

回到自己的卧室，我凝望着窗外纷纷坠落的雪花，想起了一年前的这个时候。

雪花开始下坠的时候，天色也逐渐暗了下来。如果说到非滑雪场的地方滑雪是不安全的，那么选择这种连路都看不到的地方就纯属疯狂了。

"如果你不想滑下去的话，为什么要上来呢？"罗斯问道。

我哥哥的策略总是先让我发觉自己的愚蠢。

"我以为你想要按照正常的方法滑下去……"

"我们已经试过'正常的方法'了。"他发起了牢骚，嘲讽着我。

"不是在这种情况下。这还是挺危险的……"

"'还是挺危险的'！"又是一声嘲讽的复述。"上帝啊，你真是个该死的胆小鬼。"这句老套的挖苦之词总是会刺激我做出一些自己不想做的事情。

罗斯望了望山坡下面。我也跟着望了望。然后他看着我，眼中闪烁着挑衅的意味。

"最后一个到达山下的人请喝饮料。"他把护目镜拉下来，冲了出去，在我还处于"预备"状态时直接进入了"出发"的状态。每一次和我比赛，他都是这个样子。

我差一点儿就跟了过去。我差一点儿就跟了过去。但我并没有这么做。

我实在是太常听到这些挖苦讽刺的话了，以至于它们已经失去了力量。我甚至没有从插着标记的跑道上滑下来。微不足道的欢欣感在我独自站在缆车中、缓缓在浓雾中下降的过程中逐渐褪去了，仿佛我终于接受了自己的失败。

返回酒店，我坐在酒吧的窗前，凝望着能见度为零的窗外。

几分钟之后，爸爸妈妈找到了我。她一整个下午都泡在温泉浴场里，肤色看上去粉粉的，还闪着亮光；他则在下雪后结束了当天的活动，现在已经洗完了澡，为晚餐换好了衣服。

"罗斯去哪儿了？"

"他想要滑雪下山。我滑够了。"

我没有告诉他们罗斯去了滑雪场以外的地方。让他们处于不必要的担忧之中是没有意义的。

大约一个小时之后，妈妈开始变得烦躁不安，隔几分钟就要看一次手表。

"他也许偶然遇见了什么人，出去喝酒了。"我推测。

"他也许被淋湿了，回房间换衣服去了。"爸爸说。

"现在似乎放晴了。"妈妈说，"也许他找地方躲起来了，想要等到大雪过去再说？"

我们都迫不及待地想象着可能的场景，好解释他迟迟不归的反常行为。

　　我想也许所有人都在为罗斯感到害怕。我的母亲不敢让别人以为她是个爱发愁的人；我的父亲则得意于长子的英勇和无畏，不想让别人看出自己也心存怀疑；而我之所以越来越不安，是因为自己并没有对他们全部坦白。

　　"你们觉得我们是不是应该找人报警？"我终于开口问道，"是这样的，我觉得他可能计划去滑雪场外滑雪……"

　　"什么？你为什么之前不说？"

　　我的父亲已经决定把这件事情怪罪到我的身上来了。

　　等到我们知道自己在这种情况下应该做些什么、救援团队也已上路时，距离我最后一次看到哥哥已经过去了三个小时的时间。他们当天晚上9点才找到他。虽然他还活着，但体温过低，一只手臂粉碎性骨折，头部还受到了重创。似乎就在我们分开后一分钟左右，罗斯在高速下滑的过程中撞到了一棵树。他们之所以能够确定这个精确的时间点，是因为罗斯骨折的那只手上戴着的手表在那个时候停止了转动。我的眼前总是会出现他在冰天雪地之中向下猛冲的画面，一边还回过头来查看我是否追上了他，从而失去了躲避突然隐约出现在前方的障碍物所需的关键一刹那。

　　"你为什么要放他走？"我的母亲在看到担架时朝我尖叫了起来。

　　"丢下他一个人？"我的父亲也附和道。

　　他们肯定也知道我是无法阻止他的，但既然他们无法责怪罗斯，就必须找个人来做替罪羊。罗斯显然已经撑不下去了。那些英年早逝的人肯定不是英雄就是圣人。

7

1997 年 12 月

泰丝

圣诞节这天早上，我伴着远处传来的炖锅的碰撞声醒了过来。我从床上一跃而起，穿着睡衣，光着脚跑下楼去。厨房里，妈妈正蹲在烤箱旁边，隔着玻璃门查看烤火鸡的过程。她转过身，抬起头朝我微笑了一下。"子夜弥撒怎么样？"

"我就知道这不可能是真的！！"我心花怒放地伸开双臂，朝她奔跑过去。紧接着我就醒了，极乐的蚕茧被压倒性的失望击得粉碎。

房间里一片漆黑。毯子和粉红色烛芯纱床品比我家的羽绒被更重一些。烤火鸡的温暖香气和明显有人正在做饭的嘈杂声从楼下的厨房里传了过来。我想起来了，这是奥尼尔家的客房。

我不知道自己的梦境持续了多长时间。是几分钟？还是仅有一秒钟？人的大脑怎么会做出这样的反应呢？熟睡中的意识是如何挣扎着构建出一个故事，来解释身边的气味和声音的呢？而我又为什么这么快就醒了过来？我紧紧闭上双眼，试图用魔法把妈妈召唤回来，但她已经走了。

这是在暗示什么吗？我突然想到。

妈妈本可以说些什么，但她却提起了弥撒。

霍普就睡在距离我一臂距离的另一张床上。

"圣诞快乐，泰丝！"她边说边睁开了眼睛，"圣诞快乐，泰丝！"她欢快地重复着。

我觉得自己从没有看到过霍普难过。没错，她的确顽固倔强，还会没有理由地发怒，但她一贯如此。有时候，我在看着自己的妹妹时，不禁好奇她到底会不会想念妈妈。我并没有问过她，因为我不打算把无端的悲哀强加在她的身上。有时我也会扪心自问，如果一个 5 岁的女孩子都能够攻克难关，我为什么不行呢？

"子夜弥撒怎么样？"奥尼尔夫人在我们聚集在客厅里拆礼物时问道。

"和往常一样。"朵儿毫不犹豫地回答。

她总是比我更会撒谎，答案简单明了，对自己能够侥幸逃脱确信无疑，而不是废话连篇地描述我们的缺席，以防集会中的某些人告发我们。

我不知道自己是不是因为对昨晚没去教堂、反倒是泡在了酒吧的行为感到内疚，才下意识地让这些话借由妈妈的嘴说了出来？她的存在感仍然是那样的强烈，害得我莫名有些不知所措。

"哪些是我的礼物？"霍普问。

我用爸爸给我的钱替他给霍普买了一个 CD 播放器，自己则给她挑选了一张赞美诗集锦。圣诞老人送了她一对精选长袜，尽管他因为我们家或奥尼尔家并没有烟囱而无法前来拜访我们：霍普是个十分缺乏想象力的孩子，一想到一个留着大胡子的胖男人会在夜里鬼鬼祟祟地出现，她就吓得要死。

我替霍普送了爸爸几双霍默·辛普森牌的袜子，自己则给他买了一瓶詹姆森酒，因为那是妈妈过去常给他买的一种威士忌酒。爸爸似乎很惊喜，仿佛从没有期待自己会收到任何东西似的。

轮到我拆礼物了。我得到了自己从饰品连锁店替霍普买给我的一对耳坠。

"你给泰丝买的礼物呢？"霍普问爸爸。

我可能早应该想到要替他给自己买点什么。我感觉自己就像个傻瓜，竟然会相信妈妈每年拆开自己收到的廉价香水时发出的感叹惊叫声。

"好吧。"我的父亲不自在地答道，"我真的不知道该给你买点什么，泰丝，所以你最好还是自己去挑份礼物吧。"

他站起身来，从身后的口袋里掏出钱夹，抽出了 5 张 10 英镑的纸币。意识到奥尼尔夫人正在盯着自己，他又抽了 5 张出来。这自然是一个慷慨的举动，但我宁愿他能买点什么礼物送给我。

妈妈总是会送我一个从 WH 史密斯文具店买回来的日记本，普通的 A5 纸大小，一天一页。她还会用布料为我定做一个封皮，绣上我的名字和这一年的年份。从我 10 岁那年以来，这是第一个我没有收到日记本礼物的圣诞节。

午餐时，桌上出现了一盒圣诞拉炮。由于它价格不菲，我们从没有在家里见到过这种东西。在被拉炮的第一声响吓到之后，霍普上了瘾，围着桌子绕起了圈，坚持要把每一个拉炮都拽出来，把里面所有的小礼物都放进朵儿买给她的那个粉色的手包里。不过，经过短暂讨论，她允许我们把纸皇冠保留下来。

"过圣诞就是为了这些，不是吗，孩子们？"奥尼尔先生不止一次这样评价道，仿佛是在提醒自己。

奥尼尔夫人制作火鸡用上了所有的花色配菜，还为霍普额外加入了小香肠。甜点方面，她亲手制作了一个"冰激凌工厂"，包括一大桶软勺康沃尔冰激凌和一大堆的聪明豆、软心豆粒糖和巧克力扣子糖，因为奥尼尔夫人生了足够多的小孩，知道他们不会永远喜欢吃圣诞布丁。

　　下午，爸爸和奥尼尔先生去了酒吧，霍普和奥尼尔夫人坐在大电视前面看起了迪斯尼电影。在朵儿和我刷洗完碗盘之后，她建议我们出去散散步。

　　冬日里的太阳在水面上洒下了一道苍白的银色轨迹。当这座城镇的颜色被模糊地柔和成了这副模样，你就能看出它为什么曾在全盛时期吸引过那么多的艺术家，包括特纳本人。如今，富裕的伦敦人度假时常住的维多利亚时期别墅变成了老人公寓或被大家称为"社区服务"的青年旅社——里面鱼龙混杂，居住着一些瘾君子和白天四处闲逛的精神病患者。沉闷的窗户上总是挂着肮脏的金属圈。

　　外面还有不少人在散步消食。没有了电子游乐园里老虎机的哔哔声和格格声，我的耳朵里涌进了一个个对话的片段。

　　"真为那些男孩感到难过……"一个坐在轮椅上的年纪稍大的妇女对推着她的那个年轻女士说。

　　"一场悲剧……"

　　我很好奇，她们是在谈论自己家里痛失亲友的事情，还是在为皇室家族里的事情操心？

　　我猜面对着我们走来的两个30多岁的男子是回家来过圣诞的兄弟。或者也许是一对同性恋情侣？他们走近时，其中一个男子在同伴喋喋不休时将眼神停在了朵儿的身上。所以，不是同性恋。

　　"……这就是生活在梦想中的问题……"从他的穿着打扮来看——廉价的牛仔裤、屎黄色的皮夹克——我觉得事情的发展可能并不像他所希望的那样。

　　"你觉得梦想是什么？"我问朵儿。

"什么梦想？"

"没事。"

我总是喜欢偷听别人的对话，然后在自己的脑海中编造一些故事来解释他们的过去。妈妈也是一样。我们曾经去海滨的一间咖啡厅一边喝茶一边平淡无奇地聊着天，可当隔壁桌的夫妇刚一起身离开，我们就会立刻针对自己偷听到的一切投入讨论："他对某些事情感到愧疚……他说他很抱歉的时候我并不相信他，你呢？你觉得她会不会是他的情妇……"

朵儿就不太爱做这种事情，因为她自己通常就有说不完的话。

我们去了沙滩。潮水退去后的大海十分平静，只有如丝绸般微微起伏的海浪还在冲刷着平坦湿润的沙子。

"轻轻拍打着岸边的声音……"

"你这是怎么了？"朵儿问道。

"这是妈妈诗里的一句话。"

"哦。"

丧失亲友的悲痛有没有时间的限制？3个月？6个月？就连朵儿也不会永远这么耐心。我是不是该"妥协"或者"克服"它？还是说这些都只不过是那些从未失去过亲人的人必经的阶段？

"在意大利，人们会在圣诞节那天去祭拜逝去的亲人。"朵儿说，"售卖鲜花的小摊贩会聚集在公墓门外。这个主意不错，你觉得呢？"

我想起了母亲的坟墓，就在一排墓碑的尽头。显然，你不得不等待泥土沉淀之后再立上墓碑，所以我们还没有动手。我不喜欢去想她和一群她不认识的人躺在一起的画面，头顶的泥土上还摆放着一堆枯萎的鲜花和被雨水浸湿的泰迪熊。她隔壁的坟墓上就立着一块闪亮的心形墓碑，上面刻着"永存我心"的碑文——其中的"永"字和"心"字还写错了。母亲肯定很讨厌这块墓碑，因为她最憎恨拼写和断句错误了。我今天应该去看她，我心想。我连想都没有想到过这件事情，因为我从未真切地感觉到她已经去了那里。

"……弗雷德说，这就好像是让那些扫墓的人加入了一场派对中。"朵儿接着说道。

"弗雷德？"我回过头来。

"弗雷德·马里涅罗。他的爸爸是意大利人。"

"哦！"

我想问的是——她对我的问题也心知肚明——你怎么会突然和弗雷德如此熟络起来？我应该解释一下，弗雷德是足球队的队长，也是学校里我们这一届学生中最酷的男孩，16 岁就拿到了当地一家半职业足球俱乐部的合同，成为与其签约过的球员中最年轻的一位。传闻还说，他已经被阿森纳的球探盯上了。当地的报纸用了一前一后两个版面报道这个故事，标题是《弗雷德的英超之路？》。在我们的镇子上，弗雷德应该算得上是最接近名人的人物了，因而我们这一届所有的女孩都很迷恋他。

想到这一点，我记起来了。前一天晚上，他和一群我不认识的男孩也去了酒吧。我注意到朵儿在去洗手间的路上和他说过几句话，还回过头来指了指我，仿佛是在说"我们坐在那儿"。

"他到沙龙里来做过腿部热蜡脱毛。"她轻快地回答，"显然英超的某些球员都会因为气体力学的原因去做脱毛。"

"或是把自己的腿毛卷得紧一点！"我笑了。

朵儿没有笑。谈及自己的职业，她总是非常认真。从 5 岁那年起，她就梦想着要成为一位美容师，还在圣诞节时得到了一个头发被剪掉之后还能再长出来的娃娃。作为家里年纪最小的孩子和唯一的女孩，奥尼尔夫人还会允许她玩弄自己用秃了的口红和干了的眼线液。我们 7 岁那年，朵儿曾经把我当做模特给我化了一个妆，吓坏了我的母亲，害得我们两家人好几个星期的弥撒仪式都没有坐在同一排座位上。

"其实，"朵儿说，"他邀请我们去参加一个跨年夜派对。"

"弗雷德？我们？"

"好吧，是邀请我，但我说你也可以过来。"

"谢了，但是不必了。"我回答。

"哦，来吧。如果你也过去，我们就可以想待多久就待多久。你知道我妈妈会作何反应。"

我妈妈总是有点担忧朵儿会对我产生不良的影响，但奥尼尔夫人却十分鼓励我们俩的友谊，因为我这种女孩会读书，清楚我们应该完成什么作业，也知道应该为烹饪课准备些什么之类的事情。

"那霍普怎么办？"我反问道，心里还在搜索着借口，"爸爸是肯定要去酒吧的。"

"她可以待在我们家，不是吗？"朵儿问。

"但我没有衣服可穿。"

"你现在说起话来好像灰姑娘。"

"所以说一切都已经安排好了，是吗？"我问。

"你应该去参加舞会。"朵儿回答。

元旦那天晚上，直到弗雷德·马里涅罗开门的那一刻，我才恍然大悟。弗雷德脸上的微笑就像强光照明灯一样。他原先的一口小孩子般歪歪扭扭的牙齿最近因为被球踢中掉落了不少，如今戴上了一整排格外雪白的牙冠。

他的眼神紧盯着朵儿的身体，上下游移着。

紧接着，他仿佛才发现我就站在她身后似的。"泰丝！"

即便穿着平底鞋，我的个子也和弗雷德差不多高。像他这样的男人都不太知道该如何应付这一点。

"我听说了你母亲的事情，请节哀。"他说道，"她是位和善的女士。顺便说一句，你的发型很适合你。"

我通常会把自己的一头长鬈发一丝不苟地绑在脑后。今天下午，朵儿坚持要拉直我的每一缕发丝，然后把它们分成两半，垂落在我的脸颊两边。每次我转动头部，都还能闻到些许的焦煳味道。

"是朵儿帮我弄的。"我回答。

"才华与美貌并重……"弗雷德亲吻了朵儿的嘴唇。

我感觉自己蠢透了。我是那么擅长为与自己素不相识的人的生活编造故事，却错过了我最好的朋友惊天动地的初恋。回想起我们最近聊起过的"真命天子"话题以及有关意大利家庭的种种，一切显然都是真的。

"你们在一起多长时间了？"我问朵儿。我们把大衣放在了弗雷德父母的卧室里，此刻正在梳妆台的镜子前面检查牙齿有没有沾上口红印。

"我还不确定这段感情是不是认真的。"这是朵儿为自己没有把实情告诉我寻找的借口。

"你是认真的吗？"

"他叫我玛利亚·D！"

"那你喜欢这样吗？"

只有老师们会在点名时为了把她与被简称为玛利亚·L的玛利亚·卢尔德区分开来才会这么称呼她。

"我觉得这个名字听上去更成熟一些。"朵儿边说边伸手捋了捋紧贴着身体的黑色蕾丝连衣裙。

我凝视着镜子中的自己。站在朵儿的身旁似乎强调了我的身高，因为她是那样的娇小完美。在社交场合中，我站在她旁边时总是会感到有些难堪，仿佛自己是个有些挑剔的女伴而不是她最好的朋友似的。我穿着黑色的牛仔裤和一件正面领口有些松垮的红色天鹅绒上衣，看上去有些50年代的风格，嘴上涂着的红宝石颜色唇彩是从朵儿圣诞节送给我的唇彩调色盘中选出来的。就时尚问题而言，我有时总是感觉自己生错了年代。尽管我的两条长腿和纤瘦臀部穿起牛仔裤和长裤来很好看，但是我的上半身却大了两号。自从在巴塞罗那奥运会中获得奖牌的一位运动员成了海报女郎，做起了化妆品广告之后，妈妈常说我长着一副游泳运动员的体格。

我也不清楚自己心里这种奇怪的感觉是出于嫉妒朵儿丢下我、自己迈入了新的领域——这倒不是说我本人对弗雷德存在什么幻想，即便我有这样的想法，也配不上他——还是单纯地气恼她没有对我实话实说。难道我表现得这么伤感，以至于我最好的朋友都不敢告诉我她正在和自己梦想中的男友约会吗？

派对上的人大多都是与我们同一届的同学，不过也有几个局外人，看上去像是足球运动员。就我所知，他们基本上分成了三组。知道我母亲刚刚过世的人大多都会朝我微笑，或是问上一句"你还好吗"——面对这个问题，我只能给出"很好"这样的答案。另外一拨不认识我母亲的人则会询问我是否喜欢大学里的生活。于是我不得不把事情告诉他们，尽管我不想不断地提起同样的话题。我发现"谢谢"是对那些向我表达遗憾之情的人最好的答复，不过听上去却像是在回答"我喜欢你的上衣"之类的评价。剩下的都是些新鲜的面孔，但我还没有自信到敢于走上前去自我介绍。

如今，我的同龄人大多都有了体面的工作，渴望拿到一笔房屋抵押贷款、加上一套无息的餐厅套装家具。可我却退化了，大步后退到每天混迹于我们曾经上过的小学里。

"上帝啊，科科伦夫人，我过去总是很害怕她！"塞丽丝·麦格里说。

"我现在也很害怕她！"

我们正坐在厨房里喝着桃红起泡酒。那些日子里，大家都在喝起泡酒，甚至都没有人听说过普罗塞克葡萄酒是什么。

"走运的朵儿，是不是？"塞丽丝说，"最有可能嫁给一位百万富翁的人……"

"这得建立在弗雷德能够成为百万富翁且他们两人真的会结婚的基础上。"我回答。

塞丽丝看了我一眼。我上学时经常会得到别人投来的这种眼神。她曾经是最有可能成为模特的那个人。这也许正是她为什么总是提起年鉴的事情。可她暂时只是在连锁药妆店的"7 号"品牌化妆品柜台里做着售货员的工作。

我曾是最有可能成为老师的人，我猜这是因为我有点勤奋和迂腐。成为老师是母亲对我的期望，但我从来都不确定，现在就更是有些怀疑了。圣卡斯伯特的教研室是按照严格的等级制度被区分开来的。我们这些助教会坐在一起吃着三明治，而老师们则会坐在另一头抱怨着国民教育课程和他们不得带回家完成的大量工作。这听上去并不是什么像样的生活。

我从不擅长参加派对。和内向的小个子相比，如果你是个害羞的大个子，情况会更加糟糕，因为人们接近你时总是会因为你的个头误认为你是个自信的人。那么如果你说起话来结结巴巴，他们就会觉得你很冷漠。另外一个问题是，大部分的男人和我相比都很矮小，所以总是会说出"你真是个大块头的女孩呀，是不是"这样的话，让我不得不采取防御的姿态。

不过，现场就有一个高个子的男孩，每次从一个房间进入另一个房间时都不得不低头弯腰。我们的手同时伸向了最后一个香肠肉卷，因而触碰到了一起，紧接着就展开"你来吧，不，你来吧，不，真的"这样的对话。我还不饿，但是端详这些食物能让我看上去有事可做，而不是孤零零地站在那里。

"弗雷德说你是玛利亚的朋友？"

过了一会儿。

"我叫她朵儿。"我说，"朵洛丽丝，不是那种小孩玩具的名字。你知不知道玛利亚·朵洛丽丝是'悲伤的玛利'的意思……"我闲聊般念叨着。

"她现在看上去可不悲伤！"他回答，眼神瞥向了客厅，"顺便说一句，我叫沃伦。"

"你是怎么认识弗雷德的？"

"什么？哦，我是守门员。"

我们跳了一支舞。让一只肉乎乎的大手环绕在我的腰上、在钟声响起时还能得到一个有礼节的亲吻感觉还不错。沃伦既高大又壮硕。身处他的臂弯之中，连我都感觉自己变得精致娇小起来。

"跟我走，拿上你的外套！"他在我的脖子旁边低语道。

"我不想这样。非常感谢你！"我缩了回去，像个修女一样一本正经起来。

"他真以为我会在一次亲吻之后就和他做爱吗？"我在回家的路上询问朵儿。

她的沉默意味深长。

"哦，我的上帝啊，你和弗雷德？你们已经？"我感觉自己突然清醒了过来。原来我之所以会在派对上感觉被人孤立和母亲的死没有任何关系。他们全都与异性发生了关系，只有我还是个处女。

"对不起，泰丝。"朵儿说。

她指的是自己没有把这件事告诉我。

我想起我们刚开始思考有关男孩子的问题时还曾在朵儿卧室的镜子前轮

流练习接吻的技巧。想来也怪，某种冰冷而又平坦的东西是永远不可能与人类的嘴唇相近的。何况我们还总是睁着眼睛观察自己的动作。处在浪漫拥吻状态下的人通常是不会这么做的。

从那时起，朵儿和我便纷纷开始约会，但只不过是去海滨喝喝奶昔或是看场电影之类的，从不会太过认真。我们总是会分享彼此与男友进行身体接触的程度，比较接吻时留下的齿痕，还要在 1 到 10 分的范围内评价自己的进展。尽管如此，鉴于我们其实没有体验过"极致"的感觉，有时也很难衡量自己的体验。一年前还值 5 分的某种感受在一年后就会降至 2 分。

如今，朵儿已经体验过了 10 分的感觉，而我可能连 6 分都没有达到，因为我并不是十分渴望让男孩来触碰我的胸脯，就更别提下体了。

"感觉很好吗？"我问道。

"棒极了。比我想象中的好多了。"

"你爱弗雷德吗？"我问，感觉自己又回到了 12 岁。

"我觉得是这样的。"朵儿回答，"我有时候都不敢相信。弗雷德·马里涅罗！"

这是一个寒冷的夜晚。我们呼出的气体凝结成了云朵，脚步拍打着人行道。我抬头看了看布满繁星的苍穹。

"你会不会觉得很奇怪，这世上有上千对夫妇会在今晚初次相遇？"我说道，"他们中有些人熬不过两个星期，有些却能在一起生活 20 年，但他们现在谁也不知道未来会怎么样……"

朵儿看着我的眼神仿佛在说，你疯了。

"沃伦还不错。"她说，"他是个电话销售员。"

我想的不是有关沃伦的事情，我甚至并没有在想我自己。我只不过是有时望向晴朗的夜空，看着无数的繁星时会发现宇宙是那么的辽阔宽广、无拘无束。相比之下，我们生命中如此微不足道的瞬间却能蕴含着如此重大的意义，着实是件奇妙的事情。

"他有一辆属于公司的车。"朵儿说道，仿佛这能决定什么似的。

"是这样的，我知道你觉得我很挑剔。"我说，"但当沃伦说'来吧！弗雷德说你需要一个好炮友'时，我实在不觉得这是自己听说过的最有诱惑力的话。"

"啊哦！"朵儿叫道，"抱歉！"

"不过我真的很为你和弗雷德高兴。"我说道，因为我觉得自己应该这么说，"我只是为了将来不能常看到你而感到有点难过。也许这话会让我听上去像个可怕的自私鬼！"

"我也一样！"

我们笑了。一瞬间，我们恢复了正常，随即却又再度陷入了沉默，因为我们的处境已经不再如往常那样对称了。

即便是站在街道上，我也能听到霍普的声音。爸爸和奥尼尔先生去了酒吧，而奥尼尔夫人又不想再播放那张伴有大本钟钟声的光盘。

"她不喜欢那些赞美诗，对吗？"

奥尼尔夫人抚养了4个儿子，外加朵儿这个女儿，但我从未看到她像照顾了霍普一晚上之后这样疲惫不堪。

"我要不要干脆带她回家？"我提议道。

"这么晚吗？"奥尼尔夫人回答，"何况客房已经收拾好了。"

我告诉霍普，只要她停止胡闹、刷好牙并穿好睡衣，我就允许她把CD机带进卧室里去。为了确保她好好表现，我直接躺到了另一张单人床上，没有与朵儿和她的母亲一起吃果味冰霜卷。

CD 机里的歌曲一直播放到《寒冷的隆冬》，霍普才终于入睡。

我仰面躺着，思考着自己在新的一年中要下的决心。

小时候，我通常会用最工整的字体把它们写在纸上，用妈妈针线盒里的彩线把它卷成小卷轴，挂在卧室屉柜的把手上。

我要经常洗碗。

我要多帮帮妈妈。

我要节省自己的零花钱。

尽管我已经很久不曾把它们写下来了，但还是会在心里下决心——大家都是这么做的，不是吗？——可我现在却一件事情也想不出来。

一年前，在闪烁的银色铝箔圣诞树和一小杯百利酒的陪伴下，我们和妈妈一起观赏了民谣合唱会。那时候我的决心十分简单明了：为了考进大学而倍加努力复习功课、备战高考，同时节省自己周六在"一站购足"店铺里打工赚来的零花钱，赚足暑期出门旅行的路费。

"你呢？"我记得曾这样问她。

"我决心要做的事从来就没有改变过，泰丝。"她回答，"和我所拥有的一切快乐地生活在一起。"

老实说，我对她感到有些恼火，因为我觉得要不是妈妈一直都这么高尚，她可以多为自己着想一些。她曾经是个才女，读起书来速度很快，每个星期能够读完两三本从图书馆里借来的书。她还能答出《谁想成为百万富翁》节目中的所有问题。她应该可以做些什么，让自己过上更好的生活。

此时此刻，我才明白自己可能没有理解她的意思。

妈妈之所以想要过得快乐，是不是意味着她其实并不快乐呢？

她是不是感觉自己的人生不够充实？

我们为什么从没有谈起过这些事情呢？

她为什么不把自己的想法告诉我，却令人生气地笑着对我说，你很快就会明白了？

在她还能说些什么的时候，她为什么不问问我子夜弥撒时去了哪里？

还有，我从一只该死的蝴蝶身上能推断出什么？

我转过身面向墙壁，无声地怒吼起来，双肩随着热泪滚落脸颊而上下起伏着。我像个婴儿一样蜷缩了起来，把双腿窝在胸口上，不停地呜咽着，直到几乎感觉妈妈正关切地俯下身来看着我，就像我小时候发高烧时那样。

在某个周五被朵儿误当做直白浪漫情感电影租回来的《一屋一鬼一情人》里，朱丽叶特·史蒂文森哭得那么伤心，以至于阿兰·里克曼都能起死回生，陪在她的身边。

但这里却没有人在我的额头敷上一块冰凉湿润的法兰绒布，也没有人安慰我"好了，好了！你很快就会感觉好一些的，我发誓"。

在少有人睡过的微凉房间里，我深切地思念着妈妈，一颗心真真切切地痛了起来。

"不是我应付不来。"我默默告诉她，"只是我想念放学回家时能够看到你的身影，因为房子里感觉太空旷了。我想念和你在厨房里聊天，也想念我们沉默地偷听隔壁人的谈话。我实在是太想你了，妈妈！你不在，一切都变了模样……"

我突然意识到，若是她看到我这个样子，哭得眼睛都肿了，还弄湿了奥尼尔夫人家的枕头，心里该有多难受呀。

"很抱歉，妈妈。"我说道。

我几乎可以听到她的回答："我也很抱歉，泰丝。你知道，我也不想这样。"

8

1997 年 12 月

格斯

跨年夜那天正午，罗斯死了。

那天早上，决定被鲜明地蚀刻在了我父母的脸上，尽管他们没有告诉我。如果我开口，他们会允许我留在病房里吗？我什么也没有说，因为这仿佛是他们和他之间的私事。他们把他带到了这个世界上，在我还没有出生之前与他相处了 5 年的时间。我只会在那里碍事。所以我没有机会和他道别，因为没有人愿意勇敢地面对即将发生的事情。"去世"比"切断电源"容易多了。鉴于他已经处于死亡状态，反正这也是一次毫无意义的永别。被叫进屋时，我发现的唯一区别就是机器全都停止了嘶嘶作响，哔哔声也消失殆尽。屋子里一片静默。我很高兴他走的时候天还亮着，而不是伴着午夜前爆开的礼花声和街边汽车的喇叭声离去。

几天后，我们坐在一架满载醉醺醺滑雪者的飞机踏上了回家的路途，只不过我的身边空着一个座位。经过深思熟虑，我的父母决定在他的器官被捐献出去之后将他的遗体火化，把骨灰撒进大海。罗斯一直很喜欢大海，还总是说自己要创造划船穿越大西洋的纪录。

整整一年之后，仍旧在跨年夜这一天，我的父母和我出发前往利明顿，准备乘坐渡轮前往怀特岛。我们谁也没有说话。伴随轮胎在积水的 M3 公路上飞转，挡风玻璃上的雨刷来回摆动的声音成了时间的记号。我坐在后座上，身旁摆着一大捧白色的百合花。

爸爸早就计划好了，打算用暑期里常租的海岸警备队小屋附带的煤渣船载着我们前往海湾，把鲜花扔到我们前一年春天抛撒骨灰的同一片区域里。然而，当我们把车子停在小屋门外时，风雨却越来越大，仿佛有人正借着风势朝我们的车子泼洒一大桶水。隔着被狂风暴雨敲击着的车窗，很难分清哪里是草坪的终点，哪里又是大海的起点。

在所有人祈祷着天气能够奇迹般放晴的过程中，正午就这样过去了。没有人开口说一句话。在等待了整整一个小时都没有看到放晴的迹象之后，我的父亲突然打着了引擎，载着我们驶回了雅茅斯。他心中未能完成任务的怒气和百合花的馨香一样呈压倒之势地充斥着宝马轿车的内部。

"我们把花从渡轮的边上丢下去如何？"在我们朝着镇中进发的过程中，他终于开口提议道。

"我们为什么不改去酒吧旁边的小码头呢？"母亲边说边环顾四周，寻求着我的支持，"就在你过去捕螃蟹的地方？"

在这支悲情的小队举着一把遮不住三个人的高尔夫伞沿着湿滑的石板路向前走去时，我不禁好奇罗斯为什么不能拥有一座已然充满痛苦的正常坟墓，而不是将一整座岛屿——连同阳光灿烂、充斥着沙堡和冰激凌的童年回忆——变成一处永远也无法让我们重新感到幸福的多雨的地方。

走到码头的尽头，妈妈费了好大的力气才把花商提供的噼啪作响的玻璃纸撕掉，把垃圾塞给我，然后由他们两个来完成抛撒鲜花的仪式。

"一，二，三！"

用力抛出鲜花时，他们的眼睛是闭着的，似乎正在许下什么心愿。花束扑通一声掉在了水面上。看着它被湍急的雨水打得上下跳动，我发现自己满心希望它不要沉下去——不知为何，那样似乎感觉不对——但也不要因为涨潮而重回岸边，害得我们不得不再经历一整遍仪式。几分钟过后，我又觉得也许让它沉下去更好，否则除非发生些什么，我们是永远也离不开这里的。

母亲终于叹了一口气，带着深情的笑意开口说道："我敢打赌，他已经围着地球环绕两圈了。"

"我也这么觉得！"父亲衷心地附和道。

就连罗斯的骨灰都如此具有冒险精神、英勇无畏。

他们两个转过身来凝视着我，仿佛忘记了我也在那里。

罗斯，他们宁愿离开的人是我。

他们当然会这么想了。

我们沉默地向家驶去。

我的母亲径直走向了楼上，父亲则倒了一杯苏格兰威士忌，打开电视看起了苏格兰的除夕活动。

回到房间，我躺下来凝视着漆黑的窗户，想起自己曾经是如何听着楼下父母举办的成人葡萄酒和奶酪派对传来的低语声，或是父亲在与罗斯分享一两杯单芽威士忌时为了他的故事不时发出的哄笑声。此时此刻，只有电视节目中预先录制好的笑声能够掩盖隔壁罗斯房间里传来的母亲压抑的哭声。

我打开窗户，把头探了出去，感受着冰冷静止的空气。雨停之后，外面黑得出奇，鸦雀无声。在伦敦，天色永远也不会黑下来，总是有一缕橘色的薄雾蒙在夜空之中。我想起了篝火之夜，想起了露西抬头凝视天空中闪烁的灿烂光辉时被整个映成了金色的脸庞和孩子般的好奇。伦敦从不曾真正地安静下来。你总是能够听到地铁列车的轰鸣声或是汽车报警器让人神经紧张的尖叫声。

随着我的耳朵慢慢适应了这片宁静，我逐渐听到了远处人家传来的派对音乐的回响。乐声在午夜倒数开始时停了下来。远方的陌生人纷纷在不和谐的派对汽车喇叭声中叫喊起来："5、4、3、2、1！"《友谊地久天长》的第一句歌词放肆地响了起来，随之逐渐被舞曲的低音重击声掩盖过去。

此刻，天放晴了。世界上大概有几百万人都在抬头仰望着繁星点点的宇宙，对着星星许着新年的愿望。

关上窗户，我在包里搜索起来，直到我找到了写着露西电话号码的那张纸条，然后跑下楼，趁自己还没有改变主意之前拨通了那一串号码。

"是谁呀？"一个女人问道。

我听到骚动的人群正在后面大声欢呼着。

"格斯。"我试图尽可能控制自己的音量，以免被父母不小心听到。

我仿佛听到她说了一句"是他"，然后露西便接过了电话。

"新年快乐！"我说道。

"新年快乐。"

我们都稍微停顿了一下，然后又突然开了口。

"你知道我们说过要见面的事……"

"那，你想见面吗？"

局促的笑声。

"我明天过来可以吗？"

露西的牛角扣外套熟悉的形状和她发现我迈上站台、朝她走来时愉快的脸庞给我的血液逐渐注入了生机。我告诉父母，我决定早些返回伦敦，以便复习功课。叛逆的感觉令人心生满足，仿佛我正要离家出走似的。

露西开车载着我们去往海滨。尽管我们分开只有两个星期的时间，她却滔滔不绝地和我分享着各种新闻。这些令人感到愉快而又幸福的普通消息包括她在高中聚会上领到了自己的高考证书，和她的姐姐去了蓝水购物中心的促销会，还带着外甥女克洛伊去马盖特的冬景花园观看了一场哑剧——那个孩子被剧中的老太太吓坏了，害得她们不得不趁幕间休息的工夫带着她离开了剧场。

我给她讲述了自己前往国家剧院看戏的经历——回忆起来像是很久以前的事情了。

"你是一个人去的吗？难道不会有点奇怪吗？"

"我猜是吧。"我承认，"也许我们有空可以一起去？"

"那是肯定的。"她回答。

我们把车停在了通往沙滩的其中一条狭窄的小巷中。她把车子倒进了路边的一处紧凑的空间里，身上散发出来的那股自信气息着实令人羡慕。

"你的圣诞节过得怎么样？"她问道。

我没有什么有趣的故事，不像她那位明显患上了轻微老年痴呆症的辛西娅奶奶把一水壶的水都浇在了圣诞布丁上，还说是要灭火。

"很平静。"我回答。

这不像是我认识的海滨。怀特岛的海滨铺满了如同白砂糖一般的白色细沙，可这里的沙子却是粗糙的、深色的，像是建筑用沙，而且急剧地朝海峡里倾斜，几乎没有立足之处。我们不得不用运动鞋挖出了一道边才能站直身体。露西第一次从我身边沿着斜坡滑下去时，我抓住她戴着手套的手把她拉了回来，待她刚刚重新站好便松开了手。第二次，我没有松手，牵着她爬到了高踞在海滩上的散步大道上。

"我们去喝杯咖啡吧！"经过一间复古的意大利咖啡馆时，我提议。

屋里热气腾腾的暖意让我们放松了紧张的神经。

"这地方的冰激凌很有名。"露西说罢给自己点了一杯热巧克力。

"给我来一个高杯什锦冰激凌。"我对女服务生说道，随即看到露西笑了起来，"怎么了？我喜欢冰激凌！"

"你太……"她寻找着措辞。

"愚蠢？"

"独特。"露西小心地选择了一个词。

"这样好吗？"我问道。

"很可爱！"她安慰我，然后一下子脸红了，仿佛自己多说了些什么。

"你也很可爱。"我听到自己这样回答。

我隔着粉色的胶木桌面伸出了一只手。虽然她摘掉了手套，但手指摸上去还是冰冷的。我温柔地用自己的手指揉捏着它们，在女服务生端着我们点的东西出现时飞快地把手抽了回来。

露西嘬了一口自己的饮料，然后便把玻璃高杯放在了桌子上。

"怎么了？"

上面的奶油很蓬松，但是下面的咖啡还是滚烫的……

"你烫到嘴巴了吗？"

"有一点。"

"吃点冰激凌。"

我挖出一勺香草冰激凌，隔着桌面把长长的勺子伸了过去。她犹豫了一下，张开嘴唇抿了下去。看到她把整个勺子放进了嘴里，又用餐巾纸擦了擦自己的嘴角，我的腹股沟处感到一阵兴奋的瘙痒。

"好多了吗？"我问道。

"是的。谢谢你，医生！"

紧随其后的沉默充满了不言而喻的想法。我挖着杯中的冰激凌，忙着吞咽，她则搅动着饮料，勺子不时地敲击着玻璃杯。

"如果你愿意的话，我们可以到我家去。"她说。

"好的。"我小心翼翼地答道，不知道牛仔裤和格子衬衫的打扮是否适合前去拜会她的家人。

"我父母送我的奶奶辛西娅回赖伊去了。"

"赖伊？"我重复道。

"她住在一间老人院里。就在赖伊郊外。"

"那要开很远一段路呢，对不对？"我脑子里想的其实并不是距离的问题。

"一个半小时车程。他们会留下来喝杯茶。"她也心不在焉。

露西继续搅动着杯中的热巧克力。

"为什么不让我多放点冰激凌进去呢？给它降降温？"

她咯咯地笑了起来。"你真有趣……"

说到这一点，我知道这一点也没有趣，也不是我独创的，但在她的陪伴下，我却自我感觉良好，仿佛被我冰冻的情感已经逐渐开始融解。

她家住在位于城镇外围的一处绿意盎然的私人庄园里。这座仿都铎风格的独立住宅拥有砖木结构的山墙，前门的隆起处还镶嵌着彩色玻璃。它建于一个土地充裕的时代。那时候，人人都能买得起这种拥有精美前后花园的房子。我们把车停下来时，半圆形的车道上还停着一辆沃尔沃轿车，让我担心她的父母会不会因为某些事情没能前往赖伊。露西明白我的心思，告诉我那是她母亲的车。他们是开着她父亲的奥迪出门的。我们开着的这辆雷诺克莱奥汽车是她和二姐共用的。

"你有几个姐姐？"我问道，同时发现在我满心期待即将发生的事情时，闲聊似乎变得越发困难起来。

"两个。大姐海伦已经结婚了，生了一个女儿克洛伊，现在还怀着一个宝宝。二姐皮帕现在在加拿大。"

"你们亲近吗？"

"我们都大不相同，但相处得很好。我无法想象你一个人是怎么生活的……"露西给了我一个敏感的眼神，让我不禁好奇她是否猜到了什么。

我从未直接就罗斯的事情对她撒过谎，但我知道这是个纠正错误印象的机会——也许是我拥有的最后一次逃脱惩罚的机会。

可我什么话也没有说。

颇具讽刺意味的是，罗斯过去常说我是个无能的骗子，因为我总是无法敏捷地想出什么借口来。那时候，我的沉默就会将我出卖。然而，此时此刻，沉默却似乎让我保有了些许的神秘和不可知性。

"难怪你这么……"露西寻找着恰当的形容词。

我希望她不要用"被宠坏"这个词来形容我。独生子女通常都会遭到这样的评价，不是吗？

"独立。"

宽敞的大厅里散落着颜色鲜艳的塑料儿童玩具。一匹蓝色鬃毛、可以骑上巡逻的黄马如巨人般高耸在散落的小农场和动物园动物之中。

"妈妈一周要照看我的外甥女两天。"露西说，"好让海伦能够做些兼职工作。"

"海伦是做什么的？"

"她是个全科医生。"

露西的父亲就是一位全科医生，母亲是一位卫生随访员，一个姐姐也是全科医生，另一个姐姐则在学习成为理疗医师。我能够想象自己的父亲会对这样的配置留下多么深刻的印象。

"咖啡？"露西问道。

我跟着她走进了一间很大的厨房餐厅。和我们家的厨房不同，这里充斥着一个幸福的家庭应有的所有物品——不相称的冰箱贴下面压着各种清单、出租车卡片和儿童画；桌上摆放着敞开的麦片，地板上则摆放着一碗猫粮和一碗水。

"请原谅家里乱糟糟的。"她说，"我不知道你会回来。"

"我很喜欢这样。"

她看着我，仿佛我很爱开玩笑似的。水壶里的水嘶嘶作响的声音似乎有点过于吵闹。

感觉到自己的腿触碰到了什么毛茸茸的东西，我吓了一跳，低头看到一只姜黄色的大猫。

"这是橘子酱。它通常不喜欢陌生人！你养了什么宠物吗？"

"我小时候养过一只天竺鼠，后来被狐狸抓走了。"

"哦！"看到露西的脸上露出了不悦的神情，我严厉地责备自己怎么会提起这么令人沮丧的事情。

"咖啡还是茶？"

"咖啡，谢谢。"

台面上的速溶咖啡罐里只剩下一人份的量了。露西伸出手想从头顶上的橱柜里再取一罐下来。

"来，让我……"

这一瞬间，我站到了她的身后，一只手臂伸向了咖啡罐；下一瞬间，她已经朝我转过身来，亲吻着我，双眼紧闭。我只能听到壶里的水烧到沸点时开始冒泡，然后咔嗒一声关上了。

她的嘴里有种巧克力的味道。我满心只想亲吻她，再亲吻她，用双手捧着她的脸庞，嗅着她闪亮的秀发散发出的柠檬清香。起初，她站在那里时被动地把双手放在了体侧，可当我抽回身子望向她时，她却把双手轻轻地放在了我的腰骶部，手的位置正好让我局促不安却又充满愉悦地硬了起来。

紧接着，她牵起我的手，领着我走出了厨房。

我想要把玩具全都踢到一旁，与她在门厅的镶木地板上缠绵；在铺着地毯的台阶上缠绵，让地板的边缘硌着我们的后背；在楼梯平台上缠绵，让两个人的身影映照在墙上的全身镜里。

"我没有带任何的……"在她推开一扇挂着写有"露西的房间"的彩色瓷板的房门时，我结结巴巴地说了一句。

"没事。我服了避孕药。"她耳语道。

这句话听上去是那么的客观而又突然，让冲动的感觉和我下体的勃起全都消失得无影无踪。

看着露西宽衣解带、把每一件衣物都整齐地叠放在化妆台前的矮凳上时，我的脑海中飞速闪过了各种问题。我假设她和我一样是处子之身，因而无法把我拿来与任何人比较。如果这件事是她蓄谋已久的，那么她策划了多长时间呢？为什么我之前不知道呢？或者她已经和别人上过床了？真的不是托比吗？

脱到只剩下文胸和内裤时，她提起被子的一角，钻到了床上。那时我才希望自己若是能和她一起脱衣服就好了，因为此刻的她正在看着我。我转过身去，脱掉了自己的衬衫、牛仔裤和短袜，然后穿着四角裤躺到了床上。这是一张单人床，因此我们躺下时不可能不触碰到彼此。但我们谁都不敢挪动。

　　我的双脚从床脚处支了出去，她则是一动不动。如果此刻有人走进来撞见我们，看到的该是多么古怪的一个画面呀！她改主意了吗？还是说她在等待着我？在厨房时，我的欲望是那样的急迫，几乎无法自持。可现在我却不知从何下手了。

　　"紧张吗？"

　　"是的。"

　　我不知道我们为什么要低声耳语。毕竟家里只有我们两个人。

　　"你以前做过这件事情吗？"她问道。

　　"算不上是做过吧……"

　　"这话是什么意思？"

　　"意思是，没有。"我承认。

　　她的笑声让我的恐惧放松了一些。

　　"我也是。"

　　"我们可是医学院的学生。"我回答，"我们应该知道解剖学之类的东西。嘿……"我用一只手肘把自己撑了起来，"……要不要我给你检查一下？"

　　"好吧……"她答应了，语气却不大确定。

　　"放松，告诉我这样疼不疼？"我亲吻着她的耳朵。

　　"不疼！"她又笑了。

　　"那这样呢？"我亲吻着她的肩膀。

　　"不疼！"

　　"那这样呢？"

　　我亲吻了她的胸脯上方。

"很好。"她叹了一口气。

"让我们来好好看一看。"

我把被子向下拉了一英寸,露出了她文胸上的蕾丝,然后亲吻了那里。她微笑着闭上了双眼。

我把头埋进被子里,舌头游移到了她的肚皮上,朝着她内裤的松紧带处移动,然后亲吻了她阴毛上方的那个位置。

突然间,她的双臂和双腿都紧紧地环绕住了我,嘴巴紧贴着我,与我扭成一团、脱得一丝不挂。在我闭上双眼、感受着她向我敞开身体的那一刻,我想起了她映衬着篝火光芒的脸庞,闪烁着令人惊奇的金色。烟火开始在我的脑海中爆炸开来。

事后,我们躺在彼此的臂弯中,肌肤触碰着肌肤,呼吸着彼此吐出的气息。我的目光停留在了她干净而又充满女孩子气的卧室里。窗帘上印着老式的粉色玫瑰花,白色的梳妆台和白色的定做橱柜相辅相成,地上还摆着一对毛茸茸的灰兔子造型超大拖鞋。

露西跟随着我的眼神。"圣诞礼物。其实,它们很暖和!"

"希望它们不会繁衍后代……"

她咯咯地笑了起来。

"你服用避孕药有多长时间了?"我不假思索地问道。

"两个月了。"

两个月!我试图去回忆。11月。篝火之夜。

"海伦说如果我想要做这件事情,就应该做好准备。"

她竟然会和自己的大姐讨论这种事情!

"和我吗?"这话刚一出口,我就意识到她不可能开口答道:"不,是和其他人。"

"当然是和你了，傻瓜！"

"我要是早点知道就好了！"

"你想要和我做这件事情吗？"

我笑着紧紧拥抱了她一下。

"当然。"

"从什么时候开始的？"

"从我第一次看到你时起。"我告诉她。这听上去像是罗斯会说的话。

在我们再一次接吻时，我满腹狐疑地想，这是真的吗？或者我这么说只不过是为了要让她开心？

我们的第二次更具有探索性，也更加持久。两人都心满意足地沉浸在了梦幻般的飘忽状态中，丝毫没有意识到时间的流逝。

当我们发现外面天色渐暗，而她的父母也很快就会回来时，我们争分夺秒地穿好衣服，冲出了家门。

露西开车载着我去火车站赶乘前往伦敦的火车。

我们上气不接下气地亲吻着彼此。她决定明天也要赶回伦敦，和我一起为1月份的考试复习功课。

列车驶离站台时，她在站台上奔跑了起来，尽力握着我的手，不得不放开之后朝我挥起手来。

"我等不及要再多复习几次了。"我喊了起来。

从这时起，它将成为我们之间的特殊暗号。

我坐在车厢里凝视着夜色，感受着脚下的暖风。我还能闻到露西残留在我皮肤上的味道，感觉她靠在我的腹股沟处，听到她急促的呼吸声。在咔嗒作响、冷风阵阵的车厢里，我突然感觉生活变得可以容忍了。车窗里映射出来的那张脸庞朝我微笑着。一瞬间，我似乎认不出自己了。

第 二 部 分

9

1998 年

格斯

"你捡到宝了！"

我的朋友马尔库斯和我坐在格罗斯特纹章啤酒花园外面的餐桌旁，望着身穿牛仔迷你裙和粉色背心的露西消失在了酒吧里，去为我们再点一些酒水。

出于某种让人不可理解的原因——马尔库斯并没有这么说，但我知道他心里在想些什么——这个近乎完美的女性典范竟然爱上了我。他不加掩饰的赞赏让我对自己的女朋友更感骄傲。这并不只是因为她漂亮的脸蛋和美好的身材，也因为她竟能体贴地引诱他谈起自己在布里斯托攻读法学课程的生活。他的大学经历似乎与辩论社和喝酒有着密切的联系。我认识的那个结结巴巴的男孩在回答她的提问时几乎变得口若悬河。

把新点的两品脱啤酒摆在我们的面前，露西便离开了，留下我们两个一起共度这个夜晚。她计划和几个女友去看电影。

"我相信你们有好多话要聊。"她说。

我们看着她走开，金棕色的头发在傍晚的阳光中闪着光。

酒吧里，世界杯半决赛正在大屏幕里上演，室内突然充斥着欢呼雀跃的气氛。我们扭着脖子想要看看到底是哪一方进了球。一平。

"你觉得这场比赛会踢到点球吗？"马尔库斯问我。

"很有可能。"

"巴西必须得赢，对不对？"

"你是这么想的。"

我们的友情是建立在与彼此共有的沉默而非对话的基础之上的，两人都天生更倾向于观察而非参与。我们是在寄宿学校第一天的晚餐队伍后面相遇的。我们上下打量着彼此，发现两人都是阿森纳的支持者，但很快就发现不该在公开场合宣告自己对于足球的忠诚。在我们的学校里，足球是属于粗鄙之人和胆小鬼的运动；真正的男子汉应该打橄榄球。在球场上，我的速度和马尔库斯的技巧帮助我们躲开了最糟糕的围挤争球。在宿舍和浴室里，我们还会为彼此留心、为彼此撑腰。我的哥哥是那年的学生会主席的事实并没能让我免于偶然的暴力活动和侵害。颇具讽刺意味的是，罗斯一直都是"无法将你打败的事情会使你更加坚强"这一理念的热情支持者。和大部分男性之间的友情一样，马尔库斯和我之间永远存在着友好的竞争因素。从我与他相差一岁的优势来判断，我猜测自己比他更加成熟。作为高中毕业生，我们满脑子都在想象着女生愿意与我们滚床单，然后在清冷的晨光中发现自己犯下的错误之后默默离开的狂野学生派对。如今，我开始用"我们"作为句子的开头，也知道了该如何刺激女性的下体——不只是从教科书中学来的。我猜测马尔库斯的"伊比沙岛之恋"并不太成功。尽管他在那之后和好几个女孩发生过关系，却还是没有找到一个可以认真交往的女朋友，而且仍旧把性爱称为"亲热"。

医学院的学生因为玩起来和工作时一样拼命而出名，但露西和我却活得像两个可笑的中年人。几乎每个星期六的早上，她都会在我醒来时给我递来一个倒满了咖啡的马克杯，然后钻回狭窄的床上，再给我一个满是牙膏味道的吻。在做爱这件事情上，露西和对待自己所做的其他事情一样，会进行深入的研究。她读过的所有有关这一话题的杂志文章都建议双方开诚布公地说出自己的喜好，所以我们都成了取悦对方的半个专家。偶尔，露西也会询问我是否会有任何的幻想，而我总是说自己很喜欢现在的样子，因为我确定这才是正确的答案。

显然，我并没有和马尔库斯提起过任何这方面的事情。

大二那一年，马尔库斯计划和宿舍里的一群男生租下一座住宅；露西和我也打算共租一套公寓。

"所以，这是爱吗？"马尔库斯有点无聊地问道。

露西和我把性爱称为"做爱"。我们也允许彼此说出"我爱那种感觉"或"我爱这个夜晚"，甚至是"我爱你搞笑／愚蠢／严肃的样子"。然而，我们却从没有把"我爱你"这句话单独说出口过，仿佛它拥有能在我们身上施下什么无法挽回的咒语的力量。一次，在一段格外跌宕起伏的高潮中，我觉得自己依稀在她的喘息中听到了这句话，但又不是很确定，也开不了口向她求证。

"管他'爱'是什么意思呢！"我回答，试图向马尔库斯展示我觉得这件事没什么了不起的。

其实我也不知道自己是否爱着露西。我非常喜欢她。她是个很好相处的人，比我生活中遇到过的任何一个人都更加地关心我，还会把我说过的每一件事都记在心上，就连我喜欢抹松脆花生黄油这种微不足道的小事她都记得清清楚楚。也许女孩子都是这样的？我不知道，因为她是我的第一个女朋友。我时常惊讶于自己竟然幸运得能够得到她的垂青。这就是爱吗？在接下来的沉默中，马尔库斯和我都认真地大口吞咽着杯中的陈贮啤酒。

"我还没有把罗斯的事情告诉露西。"我突然坦白道。

我对这一点也感到十分困惑。难道真的是因为我不想让她满怀同情地坚持要我聊一聊这件事吗？还是说我的心里怀有某种荒谬的恐惧，担心罗斯仍旧有能力摧毁我真爱的东西，比如在我入选小学球队守门员时害我肩膀脱臼，并"意外地"打开了我的豚鼠托非笼子上的门。

马尔库斯长时间地思索着我的陈词，以至于我都开始怀疑他是否真的听到了我的话。过了一会儿，他终于答道："我猜，你没有理由告诉她。"

我如释重负。

"这是你人生新的篇章。"

"没错。"

"罗斯是个神经病。"马尔库斯说，"显然，还是要愿他安息。"

比赛进入了点球大战。

在观看巴西进入决赛的过程中，我们暂时中断了对话。

"你还在打壁球吗？"我问道。

"是呀。你还在跑步吗？"

"每天早晨都跑。"

我熟悉的路线——寻找一条熟悉的路线是至关重要的，这样就不会有什么事侵入跑步带给你的那片冥想空间——会带着我经过卡姆登肮脏的主街，跑上林荫大道，穿过大门进入摄政公园的平静天堂。冬日里，草地上的冰霜、拂晓的粉红色微光和树枝雅致的造型因为我的呼吸而蒙上了苍白的薄雾，让眼前的景色有了一种印象派画作的感觉。到了春天，我发现自己会注意更小范围内的美丽，例如尤斯顿路附近整齐的意大利风格花园中栽满郁金香的石瓮以及木兰花如蜡状物般的花瓣。夏季是环线地铁旁的绿廊里玫瑰丛生的季节。我会在那里环跑一圈，然后沿着一条漫长的田间小路全力冲刺，路过动物园的长颈鹿馆，跨过运河，回到樱花草山的下斜坡处。

遇到阳光灿烂的日子，在我跑回铁路桥的沿途，咖啡馆的老板会在曲折宽阔的街道上摆上桌椅。这里是伦敦最附庸风雅的几片区域之一，传统商业已经无法再与人们对于咖啡和新鲜美食的需求相抗衡。在过去的一年中，我就目睹了一家自助洗衣店被拆除重装后改造为意大利餐馆的过程。

一天，任何事情都亲力亲为的餐厅老板在我跑过他家门口时颤颤巍巍地站上了一把梯子。我停下脚步，主动提出帮他加固那块写着"皮亚蒂尼"的餐厅招牌。自此以后，在他用粉笔把今天的特色菜写在折叠黑板上时，我们经常会友好地互致一句"早安"。他对菜品的描述朴实无华——玉米粥配清炒菌菇、香肠与茴香、杏仁刨冰——从厨房里飘散出来的香气令人垂涎欲滴。

注意到菜单上方写着"招聘服务生"几个字的那一天，我像往常一样从店门口跑过，然后停下脚步，转身跑了回来。萨尔瓦多给了我一个晚上的试用期，在我下班后按小时支付了我的工资，还问我是否想要找一份工作。我觉得自己当下的心情比通过了第一学年的考试还要骄傲。

"所以，你暑假要留在伦敦？"马尔库斯问道。

"我是这么计划的。"

露西为我们寻找的那间公寓在学年结束时空了出来。既然我已经找到了一份工作，就根本不需要回家了。

"你的父母还好吗？"

"很好，我觉得。"

我每两个星期左右会给他们打一次电话。自从我上次回家以后，父亲为楼下的盥洗室重新铺设了瓷砖，还安装了一套运动敏感安全系统。我猜这两项工程都是为了让他不去思考更加棘手的问题而设计的。我的母亲开始学起了拼布的手艺。当他们问我是否一切都好时，我回答是的。我可以想象的唯一一种能给他们带来些许愉悦的方法便是成为一名合格的医生。一张摆放在客厅壁炉架上的、我戴着学位帽的照片将成为他们可以拿来向朋友炫耀的好东西。仅仅依靠我自己的意愿，我可能早就在课程的压力下垮掉了，但露西总是会确保我们两人都努力学习，还纠缠着我更新自己的档案，帮助我在练习中反思。

"这又不是一篇哲学论文。"看到我如此小题大做，她开口说道，"他们只想知道你还能如何做得更好。他们训练你是为了让你治疗病人，不是去改变他们的生活。"

"你呢？"我问马尔库斯，"你有什么计划吗？"

"我想要坐着火车环游欧洲。"马尔库斯说罢耸了耸肩，让我意识到这就是他为什么来看我的原因。一瞬间，返回意大利、享受我们去年不曾成行的假期的想法让我动了心。不过，我为自己挣钱的需求更加紧迫。尽管我的父母从未提起过我的学费花销，但我已经下决心要尽可能独立一些。

在我们前往帕丁顿火车站送别马尔库斯时，露西给了他一个拥抱。他转过身来，郑重其事地握了握我的手。我真希望男人之间也能够允许拥抱彼此。我在大学里也有几个男性朋友，比如托比——不过，自从露西和我在一起之后，我们就很少再见到彼此了——还有乔纳森，我在面试那天遇到的那个严肃的家伙。有时，我会在他不下棋的时候约他出来喝上一杯。但他们都不像马尔库斯这么了解我。娜莎是我身边最类似于红颜知己的朋友了，但我和她之间的友谊却让露西感到有些别扭。我听到露西对娜莎最挑剔的评价是她"有些过分";相比之下,娜莎就直率得多了——尤其是在她喝醉的时候——她会指责我勉强找了个不愿挑战我,又容易下手的人。面对这样的控诉,我的答案是:"那你对这个问题有什么意见吗?"

此话只会让她更加怒不可遏。不过,让人莫名其妙的是,我们的争执总是会笑着收场。

我们的公寓位于卡姆登和尤斯顿路之间的某座市建大楼的 7 层,距离医院步行只需 10 分钟,十分便利,还能隔着从尤斯顿火车站驶出的主线列车向东边和北边眺望,一直看到卡姆登、福音橡和汉普特斯西斯。起初,附近那座令人生畏、满墙涂鸦的混凝土荒地让人心生畏惧,可一旦我们熟悉了进出的路径,便不再感觉这里像是一片战区了。

露西和我占据了其中的一间卧室,她的朋友哈丽雅特和爱玛则住在另外的两间卧室里。上大学之前,我还从未和这么多的女人接触过,却发现这样的环境比男校令人愉快得多。在那里,我不愿参加某种入会仪式——例如"茶包",将另一个男人的阴囊放在自己的嘴里——的行为会被责备为娇气;在公寓里,我只需要在星期六的下午看看《最终比分》的节目,就不会有人怀疑我鲜明的阳刚之气。

在所有人都要分担家务责任的情况下,我自愿承担起了把垃圾带到楼下丢掉的责任(那时的我还不知道电梯经常会出故障),每星期还要为大家采购一次。担负起这份责任之后,我会到处寻找售卖牛奶和卫生卷纸等日常必需品最便宜的地方,还要趁每个星期六的下午因弗内斯街摆满了摊位时进去搜罗一番,淘些特价的东西。

每个周末,在萨尔瓦多的妻子斯蒂芬尼娅和我打工的皮亚蒂尼餐厅主厨的监督下，我还发展出了对烹饪的兴趣。

"四个人能吃掉多少个番茄？"看到我搬着一篓只卖 1 英镑的番茄回到家时，露西忍不住问了一句。

但她不得不承认，在加入少许橄榄油煎烤之后，这些番茄摇身一变，成了美味的意大利面酱，尤其是在上面撒些帕玛森乳酪时。

我开始期待洗菜、切菜、搅拌、浸泡、品尝几个环节有条不紊的节奏，期待自己能够利用几样原料创造出类似菜豆白菜羹之类的美食。在医院里查了一天房，这倒是一个放松的好方法，比购买现成的食物或者叫外卖要便宜得多，营养也更加丰富。何况我还能通过做饭来补偿其他室友承担其他家务事的效率——比如用吸尘器清楚灰尘和清洗浴室——她们总是在我还没有注意到需要打扫之前，就已经把家里清理得一尘不染了。

10 月份，对我的"居住安排"颇感好奇的父母宣布某天要到伦敦来一趟，让我为星期日的午餐预订一间餐厅——"找一个体面、你自己却吃不起的地方"。我却给了他们一个惊喜，呈上了塞了茴香、辣椒和大蒜的自制烤乳猪，配上迷迭香烤土豆和油炸马铃薯沙拉。

"这味道真不错，露西！"

我父亲的所作所为正是许多令人尴尬的父亲会做的——试图和她卖弄风情。

"这些都是格斯做的。"她告诉他，"我在厨房里毫无用武之地。"

"格斯？"我的母亲附和道，"哦，这真是一个惊喜。多么美妙的惊喜啊！"

我不清楚她这话指的是我的名字，还是我是个异性恋，或是我的厨艺。我的心里涌上了一种孩子气的自豪，感觉自己终于展示出了罗斯未曾显露过的某种天赋，随即却又担心她会大声地把这个结论说出来，而不是默默在内心做着比较。她什么也没有说。虽然那天的事情很成功，但我可不想再重来一遍。

　　"你的父母人很好。"露西事后是这么评价的。

　　你的父母。我介绍他们时使用的称呼是"我的母亲"和"我的父亲"，而不"卡洛琳和戈登"。我甚至不确定他们能否接受我直呼他们的名字。

　　"你觉得他们会喜欢我吗？"露西问道。

　　我都不知道他们是否喜欢我。

　　"我相信他们肯定很喜欢你。他们只不过不是那种会把喜爱挂在嘴边的人。"

　　我从未认真思考过这是为什么。也许，作为两个独生子女，他们不需要把心中的喜爱表达出来；又或许，作为两个出身普通、通过奋斗进入中产阶级的人，他们不确定自己应该如何表达。

　　"你和他们不一样。"露西说。

　　"那我就放心了。"我回答，心中窃喜她的好奇心已经得到了满足，而我也无需把她带回我那冷冷清清、毫无生气的家里。

　　露西的父母已经习惯了几个女儿把男友带回家的局面，因而对待我时表现出了平衡得恰到好处的喜爱与猜疑。露西的母亲是个热情好客的人，一上来要我称她为尼基。做饭时，她总是会特别询问我的意见，比如咖喱里应该放多少辣椒或是一块肉应该烹制多长时间。当我跳起来帮她清理桌面时，她会说，能够认识一个不认为洗碗就是把碗盘丢在水池里泡泡而已的男人真好。相反，露西的父亲从没有让我叫过他比尔。他谨慎的皱眉动作总是害我表现得有些笨拙，把自己的袖子泡在了麦片碗里，或是在帮他清理草坪上的落叶时被耙子绊倒。

　　他们的家庭环境不像我所习惯的那般拘礼。星期日时想睡到几点就可以睡到几点，每天随时都可以给自己做上一份烤面包。当尼基询问我是否愿意到她家庆祝圣诞时，我带着几乎有点不合时宜的热情欣然接受了她的邀请。我告诉父母，平安夜那天我在餐厅里会工作到很晚，因而赶回去探望他们有些不太实际。其实此话不假，尽管我有可能可以请假。

露西一家人在午饭前玩了个好笑的随机送礼游戏。我的礼物是一对巨大的格勒米特造型毛绒玩具拖鞋；思考良久之后，我为露西的大姐选中的是一个肥皂泡制造机。这让她的小女儿克洛伊着实有些雀跃。海伦是我最不喜欢的那位姐姐。她夸奖你时带着一种全科医生的冷静与超然，让人感觉她仿佛看到了什么自己不喜欢的征兆。一次，我半开玩笑地告诉她我不想成为一位全科医生，因为我觉得自己无法独立坐诊，就连诊断普通感冒的自信都没有。可她却一本正经地告诉我，大部分感冒都是由病毒引起的，因此我除了建议病人在免疫系统恢复运作之前多喝点水之外什么也做不了。

"可是，难道不是有千分之一的病例会转化成脑膜炎吗？"

"我们都会担心这一点。"

"问题在于，"我回答，"我觉得自己连剩下的 999 个病例都无法做出决断。"

"等你的候诊室里坐了 30 个病人在翻看书页都折了角的《你好！》杂志时，你就能做出决定了。"她轻快地回答，"想太多永远不是一个好主意。"

二姐皮帕就有趣多了：有些激动不安，还喜欢生气，但在表达感情时却很敏捷。和另外两个姐妹相比，她有点叛逆。因为曾在少女时期患过暴食症——在这个充斥着医生的家庭里，这种话题也会被拿到桌面上来谈论——如今的她会通过在花园的尽头偷偷吸烟来维持自己火柴棒一样的身材。按照家人之间通常会给自己孩子身上贴的"标签"来区分，她应该是"黏人"的那一个。

"那露西是什么样的？"在我感觉自己和尼基的关系已经融洽到可以进

行这种对话时，我向她提问道。

"露西是'一点儿也不麻烦'的那一个。"她告诉我。

"也许是因为所有人都在照顾我。"露西回答。

"明白我的意思了吗？"尼基问道。

实际上，露西也有点黏人。比方说，在我复述皮亚蒂尼餐厅的客户身上发生的奇闻趣事时，她就总是微微噘着嘴巴说："我觉得你对这份工作的喜爱胜过热爱医学院。"

这时候我就不得不安慰她，不是这样的，我喜欢做医学院的学生（这句话中暗藏的玄机是：我喜欢和你在一起）；只不过，在一间餐厅里，你能够瞥见各种各样拥有不同故事的人的生活。

"在医院里也一样。"她指出。

"没错，但是他们全都病了！"

露西总是以为我在说什么有趣的事情，可我其实并不是在开玩笑。

中午，我们吃了圣诞节午餐，头顶戴着纸做的皇冠，在桌上来回递送着肉汁和一碗碗蔬菜，敞开肚皮、直接从罐子里舀着蔓越莓酱。我想象着自己的父母坐在冷清的餐厅里，用正确的餐具本分地吃着腌三文鱼的画面，心中涌起了一种可怕的愧疚感。

午饭后，大人们围坐在客厅里熊熊燃烧的火堆旁边，拆着自己真正的圣诞礼物。在经历了多次模糊的搜索之后，我找到了自认为最适合露西的礼物。我们曾打扮成音乐剧《油脂》中的桑迪和丹尼去参加学生会举办的化装舞会。露西扎起了马尾，套上了她在慈善商店里买来的一件腰间系着白色塑料腰带的 50 年代风格连衣裙，看上去美极了。大家都这么说。当我在尼尔街某间出售美国复古服饰的店铺橱窗里看到模特手臂上挎着的货真价实的 50 年代手包时，便用超出自己预算的钱把它买了下来。

然而，在没有那条连衣裙作为陪衬的情况下，这只白色的手包看上去比旧货还要破烂，顶上的扣子有些生锈，增塑的布料边角处还有些脆弱、开裂。在我尽力解释自己的想法时，皮帕忍不住微微笑出了声，而海伦看着我的眼神就好像我的鞋上沾了什么脏东西似的。

"我喜欢它！"露西诚心诚意、小心谨慎地把它放回了包装纸里，然后递给我一个吊牌上写着我名字的沉甸甸的包裹。

包裹里装的是一个画板、几根绘画铅笔和用木盒装着的水彩颜料。

这个礼物恰好反映了她慷慨而又实际的本性。露西本人对艺术并不感兴趣——在我们一同参观过的几场展览上，她过不了多久就会开始看表——但她知道我喜欢画画，也热衷于鼓励我。

"格斯小时候想要成为一位艺术家。"她当着全家人的面说道。

"我想象不出格斯小时候的样子。"海伦说。

"我可以。他长着一张娃娃脸。"皮帕回答。

"谁是格斯？"辛西娅奶奶问道。

"那就赶紧画点什么吧！"皮帕向我提出了要求。

于是，在全家人的注视下——尽管气氛是友善而非批判的——我给正在火堆前睡觉的橘子酱画了一幅速写。

"真不错！"露西在我把画板转过来时惊呼着。

我不确定自己是该为她的惊讶感到荣幸还是有些不悦。

我把那张画撕下来递给了她。

"我要把它装裱起来！"

"你会画人物吗？"皮帕问道。

"我从没有认真尝试过。"

"现在就试试！"她说，"来吧！"

为了不让任何人看到我的作品，我几乎把画板垂直地立在了大腿上，尽最大的努力捕捉着露西的脸庞。我注意到，不管她是疲惫、无聊还是快乐，表情里总带着一种沉静。在我试图为她画像之前，我还从没有发现过。自从看出了这一点，我发现露西在壁炉架上摆着的所有照片中的样子多多少少都是差不多的。我家壁炉架上的照片就捕捉到了我形形色色的表情，从大发脾气到完全木讷。

当我允许全家人欣赏我的作品时，他们似乎很满意。能够抓住她满足时的样子，我感觉很自豪。

"这幅画让你看起来就像是那种被人拍一下后背就能睡着的洋娃娃。"皮帕在妹妹的肩头偷看着那幅画，"说实话，你长得真的就是这个样子！也许你应该成为一个艺术家，格斯！"

"艺术家是赚不到钱的，不是吗？"我觉得这样的答案正好能表达我的谦逊。

"就连凡·高活着的时候也没卖出过一幅画。"露西说。

这是那些不懂艺术的人总是会随口说出的两种说法之一。另一种说法是，那些值钱的现代艺术品根本就不是真的艺术。但我不想针对羊的尸体或没有整理的床铺进行辩论，破坏如此欢乐的气氛。

"对于皮帕的那些话，我很抱歉。"那天晚上，当我们环抱着彼此睡在她的单人床上时，露西开口说道。

"没事。我喜欢她。她很有趣。"

"也许我也应该让自己变得更有趣一些。"听到露西的回答，我一下子追悔莫及。

"你是个很有趣的人。"我安慰她，希望她不要像偶尔提到某个形容词时那样，让我把她在 1 到 10 的范围内为她的有趣打分。

"还有一个星期的时间，就满一年了。"露西说道。

我反应了一会儿，才意识到她说的是我们在一起的时间。我是不是必须买一张贺卡？或者是一束鲜花？还是两者缺一不可？

"是呀。"我回答。

"这对你来说是长还是短？"

这个问题中可能包含着一个正确答案，可我却不知道哪一个才是对的。一个人开心的时候，时间总是会过得特别快，所以我觉得自己可能应该回答"短"这个选项，但我又不是百分之百地确定。我从没有像现在这样思考过这个问题。

"感觉差不多就是一年。"我回答，心中一点儿把握也没有。听到她的笑声，我这才发现自己被骗了，感觉自己一直在试图假装诙谐和机智。

10

1999 年
泰丝

　　我给霍普买的粉红色礼服裙的吊牌上写着"7—8 岁"，但她现在穿上就已经十分紧绷了，带有弹力的闪光饰片将所有错误的细节全都凸显了出来。其实霍普并不胖，但身材属于筒状，双腿十分健硕，还有点八字脚。班上暴发头虱之后，我剪短了她厚重的深色头发。在将连衣裙从她的头上脱下来时，她的发丝因为静电全都竖了起来。霍普在镜子里端详着自己。

　　"你怎么漂亮得像幅画一样呢？"她说。上一个便服日，科科伦夫人在看到穿着连衣裙的她时就是这么说的。霍普已经不再重复妈妈过去常说的话了，嘴里安慰的短语已经全都换成了科科伦夫人的措辞，仿佛妈妈已经放弃了她。

　　"你身上有没有一英镑，可以捐给乳腺癌组织？"在我们离开家，步行去上学的路上，霍普问道。

"有。"我向她保证,还拍了拍我的手包,"不过这其实不是捐给乳腺癌组织的,霍普,而是防治乳腺癌的组织。"

当校方宣布乳腺癌研究基金会将成为便服日声援的慈善机构时,全校的小女孩都为自己能够穿上粉红色的衣服来上学而欢呼了起来——我不知道自己是不是在场唯一一个为此感到有些困扰的人。顺便说一句,慈善机构的选择并不只是为了我和霍普。在你失去某个人之后,你会发现几乎身边每个人都有亲友患上了这种病。你觉得自己是在客观地看待自己的苦难,其实并不是这样的。

霍普并不会像她这个年龄的大部分孩子一样叽叽喳喳地说个不停,所以我们会在步行去上学的路上玩些类似数数的游戏,选择鲜花或动物之类的范畴,利用走向主路的那段时间来观察和比较。霍普的清单通常都要比我的长出不少,因为她能够看到墙壁里长出的所有紫色小野花,或是草坪上的蒲公英和小雏菊。

霍普最喜欢玩的是沉默游戏。刚开始时,我们会保持完全沉默,然后把我们听到的所有声音都告诉彼此。霍普总是能够获胜,因为她不仅能够听到汽车关门的声音、轮胎压过车道上的碎石的声音,还能听到方向指示灯的滴答声和汽车收音机里播放的音乐片段。她总是能够听出那是什么歌曲。

"带了给乳腺癌的一英镑捐款的小朋友请举手。" 霍普的班导师让所有人都坐在她面前的地毯上之后开口问道。

"不是为乳腺癌捐款,是为防治乳腺癌捐款!"

"谢谢你的纠正,霍普。好了,你想要自愿帮我收集这些英镑吗?"

"不想。"

一阵笑声在班里响了起来。

霍普的格格不入比上小班时更加明显了——那时候，小班里大部分的孩子都还活在自己的小世界里。即便是明星女孩——班里总是会有一两个这样的孩子，通常都是个子最高也最聪明的，而她们善良的妈妈总是会和她们提起有些孩子做起事情来就是会比别人困难——都已经放弃了拉着霍普一起玩过家家或看病的游戏，因为她拒绝与别人合作或是扮演自己分配到的角色。

起初的几个学期里，霍普还会受邀去参加其他孩子的生日派对。不过鉴于孩子们已经开始以小团体为单位玩耍，比如看电影或是去水滑梯乐园，这样的邀请已经越来越少了。邀请霍普就意味着也要邀请我，而对于既不是个孩子，也不是个母亲的我来说，孩子们称呼我为科斯特洛小姐的境况也让我有些尴尬。

从有利的一面来看，这倒是让我们省下了购买礼物的钱，而保持工作上的距离感也能让我感觉更舒服一些。助教的职位赋予了我某些特权。白天，我会听到不少孩子家庭生活的私密故事，比如仙黛尔 16 岁的姐姐怀孕了，所以能够拥有自己的公寓；凯莉的妈妈认为家里的某个人简直就是个"该死的废物"（在儿童游乐室里玩《黄金时间》的游戏时，每当轮到凯莉扮演妈妈的角色，这个短语总是挂在她嘴边）。

霍普似乎没有注意到自己被排除在外，但我每次往孩子们的文件夹里塞上让他们带回家的邮件时，都会为了没有写着霍普名字的蜡色信封而感到愤怒。

在学校的迪斯科舞会上，情况如出一辙。其实此话说起来有点不可理喻，因为霍普最喜欢的就是音乐，可她却只能一个人跳舞，仿佛她的身边有一道无形的围墙，让其他小朋友疏远了她似的。

往常的 DJ 是布莱恩·利里——他也会在教堂的社交活动中播放例如《神奇瞬间》之类的歌曲。但这一次，因为布莱恩家的供水系统出了点问题，科科伦夫人的秘书不得不另找他人——他的海报上写着他叫做"音乐人"。

新来的 DJ 比布莱恩年轻不少，一上场就播放了一首名叫《我是音乐人》的歌曲，还从平台下掏出了各种各样的乐器，有点像玛丽·波平斯和她的毛毡手提包。不一会儿，他又直接切换到了《宝贝再拥抱我一次》的前几个小节，吓得不少资深教员都挑起了眉毛。

调低音量，"音乐人"对着麦克风问道："谁知道怎么玩木头人的游戏？"

大家纷纷举起手来。音乐声越来越大了。

"哦，宝贝，宝贝……"

霍普喜欢这首歌，却并没有真正理解游戏的意思。音乐切断时，她的反应是眺望前方，而不是停止移动。

我默默地祈祷，希望"音乐人"不要让她在第一局游戏中就被淘汰。

"好了，孩子们。"他说，"这只是一次练习。这一次，音乐停下的时候，你们也要定住，好吗？"

这样的指示已经不能更清晰了，可霍普却还沉浸在布莱尼舞曲世界里。我猜，在我缓缓地绕到音乐厅后面、好在霍普被淘汰时离她近一些时，他肯定看到了我脸上惶恐的表情。

"这一次，你们必须非常用心地竖起耳朵……"

音乐停止了；四个孩子没有停下舞步。爱玛和凯莉自愿退出了游戏，帕特里克只有在被人拍了肩膀之后才愿离开。

"你现在也得退出游戏了，霍普。"我耳语道。

大家异口同声地喊了起来："霍普耍赖！"

我绝望地看着 DJ。他打开音乐，然后立马按下了暂停键，把全班同学都淘汰了。

"谁想玩一个游戏？"他问道，"欢呼起来！你们管这叫欢呼？我听不见你们的声音！谁想玩另外一个游戏？欢呼起来！"

这是一个如此不寻常的请求。一些机灵的孩子望向了科科伦夫人，在征得了她的同意之后，这才喊了起来："我！"

"我们要来举办一个舞蹈比赛。谁知道这首歌？"

音箱里响起了摇滚组合 STEPS 的那首《悲剧》中的前几个小节。

霍普和班上大部分女孩几乎同时刷的一下举起手来。

"谁要来为这首歌伴舞？"

霍普的手仍旧坚决地高举在空中。

"那好吧。跳起来吧。记住！我在看着你们哦。"

在霍普开始表演一系列复杂的舞步和手势时，我注意到有好几个女孩都试图模仿她的动作，可没有一个人能像霍普那样跟上节拍。教员开始推搡彼此，对着她指指点点。穿着那条缩到了大腿位置、几乎露出短裤的亮片粉色连衣裙，浑身上下被绑得像根香肠一样的霍普完全没有意识到有人在注视自己。

"我是个出色的舞者。"当天晚上，她对爸爸宣称。

"是吗？"

"'音乐人'是这么说的。"

"'音乐人'，他是这么说的？"

"她跳得真的很不错。"我告诉他，"她还在舞蹈比赛上赢了一块糖呢，是不是，霍普？"

"你从哪里学的跳舞？"爸爸问道。

"《流行音乐之王》。"霍普解释道。

"《流行音乐之王》，是吗？"

爸爸从没有认真倾听过我们说的话。他和我们交流的方式通常就是简单地复述我们句子的结尾。

"像只该死的虎皮鹦鹉。"妈妈过去常说。

我们正在吃从快餐店里买回来的食物。这也许意味着他刚刚拿到了一笔赌马的奖金。

"也许霍普可以去上芭蕾课？"我大胆地提出，"其他一些女孩就经常出去表演。"

"芭蕾？"我的父亲回答，"你看她行吗，泰丝？"

我对自己的措辞追悔莫及。在他的眼中，芭蕾就是凯文堕落的原因。

"对于她这个年纪的孩子来说，这不仅是随着音乐舞动。"我告诉他，"老实说，爸爸，你应该看看她跳舞的样子。"

"芭蕾课！"父亲拒绝了这个主意，"你觉得我很有钱吗？"他补充道，声调还充满威胁意味地升高了半个音节，暗示我们都应该明白事理，不至于和他作对。

霍普入睡之后，我回到浴室里清理浴盆，收拾东西，把她随手丢在漆布地板上的粉色连衣裙捡了起来。

粉色对于乳腺癌来说是一种幸福乐观的颜色。如果让我来选择一种能与乳腺癌联系在一起的颜色，我会选择黑色或深灰色。

我猜人们之所以会选择粉色，是为了赋予患者力量。大家谈起癌症时使用的措辞都是奋斗、抗争和勇气，仿佛这是什么你不得不征服的外在威胁似的。但如果只需要拿出正确的态度就行，大部分人就都能幸存下来了，不是吗？

　　我更愿意把癌症看做是自己需要以智取胜的一种潜伏的危机。我阅读了不少杂志文章，知道我必须定期检查自己的胸部。在妈妈去世后的几个月里，我一直都在说服自己，我发现了那些东西正是肿块和可疑的增生。可就在我约好了要去做检查时，它们却又消失得无影无踪了，让我感觉自己仿佛是在浪费时间。

　　第三次看病时，我找了一位新的女全科医生。

　　"乳房很容易受到荷尔蒙波动的影响。"她告诉我，"所以最好每个月都检查一下。月经结束之后那几天通常是最好的时机。你能向我展示一下你是如何自查的吗？"

　　"在床上。"我边说边躺回检查台，双手停留在胸脯上，不愿当着她的面触摸自己。

　　作为生长在天主教家庭中的乖乖女，在黑暗中躺在被窝里，恐惧而又羞愧地触摸自己的身体已经够糟糕的了——我的脑海里模糊地想起了迈克尔神父在坚信礼上严肃地针对"肉体的愉悦"对我们发出的警告。

　　"我觉得你站起来自查会容易一些。"医生实事求是地告诉我，"我会站在浴室的镜子前，用眼睛检查一下胸部的外观、肤色或皱纹是否有什么变化，然后再系统地检查每一边的乳房。"

　　知道她也会这样做，我放心多了，莫名感觉自己的举动也变得客观了不少。

　　"但你知道自己要找什么。"我说道。

　　她笑了。

　　"实际上，泰瑞莎，你处在比我更有利的位置上，因为你了解自己的胸部。或者说你应该了解它们。随着过程的深入，你会更加自信的。你觉得你可以试试看吗？"

听从她的建议，我设法把略微有些强迫性的自查频率减少到了一个月一次，不过，鉴于今天是乳腺癌宣传日，我锁上浴室的房门，脱掉了上衣。

我的发育速度自 12 岁起就突飞猛进，胸部在 6 个月内便从一马平川增长到了 E 罩杯，因此我总是对自己的胸部感到有些难为情。我发现自己在伸手触碰之前还是会深吸一口气，恐惧的脉搏伴随我抚完每一边的乳房逐渐加速，直到我碰到自己的乳头、抬起手臂、检查腋下。没有任何的变化。如释重负的我长长地舒了一口气。又一个月过去了，霍普每一天都在长大。只要我设法再活 135 个月，直到她年满 18 岁那天，那么我会不会因为癌症死去就不那么重要了。

我很好奇是不是每一个有责任照顾幼儿的人都会随时随地忧心忡忡，还是说只有我是这个样子的？担心总是很难被人承认，不是吗？你最不想要的就是让别人为了你的担心而担心，所以倾向于把这个秘密留给自己。也许这就是忧虑逐步增强的原因。

暑假前的最后一个下午，霍普和我在四处搜寻一只丢失的橡胶底帆布鞋之后成了最后一批离开学校的人。穿过空无一人的操场时，我们的脚步声回响在了 400 个回家欢度暑假的孩子离去后突然留下的沉默之中。我很高兴又一年过去了。我们在没有遇到太多挫折的情况下设法熬了过来。迪斯科在霍普的自尊心方面起到了奇效。天气很热。情况显然有了好转。

"音乐人！"霍普第一个注意到了他。

"嘿，霍普！"他边说边蹲下来和她击掌，却扑了个空，因为霍普是不会与人击掌的。

"是音乐人，泰丝！"

"泰丝？"

"泰瑞莎的简称。我是她的姐姐。"我补充道,以便解释霍普为什么不必称我为科斯特洛小姐。

"我就说你应该不是她们中的一员。"他回答。

他的微笑让我也笑了起来。

"我就是她们中的一员,不过不管怎么说,谢谢你。"

"我一直希望能够遇到你。"他说。

"为什么?"

"我觉得自己把什么东西落在音乐厅了。"

"哦,好吧。你丢了什么?"我问道。

他看上去有些尴尬。

"哦,算了,别理会我的这些废话。"

"所以你并没有在音乐厅落下什么东西?"我澄清道,声音听上去像是一个老师。

"我只是希望能够见到你。"

我这才突然意识到他是在和我搭讪。

朵儿应该知道该怎么做吧,扇动睫毛,也许再轻轻触碰一下他的手臂。

"那又是为什么呢?"我听上去就像一个冷淡的修女。

"不知道你想不想找时间出去喝杯咖啡?"他问道。

"那霍普也必须跟着我。"我不假思索地脱口而出。

"我不介意,泰。"他回答。

"泰丝。"我纠正他,"大家都叫我泰丝。"

"那个大块头是谁?"朵儿问道。

她一直坐在门外的粉红色大众牌甲壳虫轿车里等待着我们。只见她打开了汽车的遮阳顶棚，手里还举着为霍普准备的富豪冰激凌。

他是个大块头吗？音乐人——我慌张到连他的名字都没去问——和我差不多高，留着棕色的短发，胡子刮得干干净净，看上去很像是某种穿着制服的人，比如消防员或医护人员，不太像人们心目中 DJ 的形象。

"他是'音乐人'。"霍普回答。

"我明白了！"朵儿特意拉长了"明白"这个词，在我给霍普系紧安全带的同时给了我一个会心的眼神，仿佛我一直在隐瞒有关他的事情。

"不知道你想不想找时间出去喝杯咖啡？"霍普一字不落地模仿着他说话时的语气语调。

"我明白了。"朵儿又重复了一遍，同时发动了引擎。

真的不是那样的，我本打算争辩，但还是闭上了嘴巴，因为能够认识某个年纪稍大、称得上是男人而不是男孩的新人感觉很特别，何况他还拥有一份颇有魅力的工作。如果朵儿没有遇见他，我想我可能会把这个秘密保守一段时间，直到事情有了下文为止。但我可能又想多了。

朵儿的粉红色甲壳虫轿车是弗雷德送给她的一周年纪念日礼物。弗雷德现在已经是英超的球员了，两人还打算搬进他们临时起意买下的一座全新的房子里。

朵儿插入钥匙时，大门哗的一声缓缓打开了。

"花园还没有做过园林美化。"朵儿说，"你觉得怎么样？"

被两根高高的白色廊柱支撑着的门廊看上去就像是一座庙宇的正门。

"美极了！"

奥尼尔夫人总是说，如果你认识上小学时的弗雷德，一定会觉得他能有今天的成就简直就是个奇迹。

"我觉得你会喜欢罗马主题的。"朵儿说，"健身房里还有一个热水浴缸和一个瀑布潭。"

"这里还有健身房？"

"嗯，在健身器材装好之前，它眼下还只是间贴了几面镜子的房间。还有好多事情要做呢！"

门厅有两层楼高。两座好莱坞风格的楼梯直通一座阳台。

"霍普，你为什么不到处看看呢？"朵儿提议。

霍普没有理会她。

"弗雷德真的能买得起这座房子吗？"我问道。

我知道弗雷德的收入自去年夏天传言他入选了法国世界杯以来一路激增。对于一个上相的年轻英国前锋来说，那是一个美好的年代。不管怎样，这座房子肯定很值钱。

"我希望是这样的。"朵儿回答，"他的经纪人负责他所有的财务问题。他说这比在伦敦买房要便宜得多，而且树立一个热爱家乡、深爱与自己青梅竹马的女友的形象显然对弗雷德来说有好处。两周后《你好！》杂志就要来采访我们了。为了把一切都准备妥当，我还推掉了自己的工作！"

"那你的正职可怎么办？"自从她和弗雷德在一起以来，朵儿和我就很少出来见面了，更多的时候是通过电话聊天。我已经不记得她上一次提起沙龙是什么时候的事情了。

"除了出席那些英超比赛和慈善拍卖会，我实在是抽不出多少时间了，泰丝。你有没有见过弗雷德在乳腺癌日那天送给我的粉红色钻石？"

她从脖子下抽出了一条金链子，向我展示那颗闪耀的宝石。

"是*防治乳腺癌*。"霍普说。

朵儿看了她一眼。

"我必须在不同的场合穿不同的衣服，还要刮腿毛，凡是你能想到的，我都得去做，所以我的大半个人生还是要在沙龙里度过！"她继续说道，"我应该去买几只狗，你觉得呢？上过《你好！》杂志的那些人都会养几只小白狗，不是吗？或是生个孩子。不过我可不想让他们在地板上大便。大理石会把污渍吸进去，你知道吗？室内设计师是在大理石都铺好之后才把这件事情告诉我的，不然我可能就会选条纹橡木了。不能喝红酒。总之在楼下不行。"

"要在两个星期的时间里组织生孩子的事情有点困难……"我回答，猜想她之所以把这句话丢进我们的对话之中，是不是为了试探我的反应。

"我们还没到那一步呢。这不等于要了我妈妈的命吗？弗雷德和我同居的事情已经够糟糕的了。看到这房子的宣传手册时，她开口说了一句：'好吧，不管怎么说，这是一套五居室呢。'她告诉自己，我们会等到结婚之后再生孩子。"

"那你们打算结婚吗？"

"弗雷德的经纪人说要等到他收到英格兰国家队的召集令之后，这样一来，我们就不用自己掏钱办婚礼了！"

"这是由弗雷德的经纪人来决定的？"

"别担心，他是我的头号粉丝，泰丝。他可不想让弗雷德在夜店里和那些大嘴巴的风骚女子鬼混。"

我小心翼翼地朝着霍普的方向点了点头。你永远也不知道她会复述些什么。

"哦，我的上帝呀！霍普！"朵儿喊道。

霍普的冰激凌正从她的手中滴落下来。

"别滴到我的大理石上！"朵儿吼叫了起来。

若是换做另一个场合，我们可能会为如此愚蠢的措辞咯咯笑上好一阵子。

但霍普的心情一下子阴沉了下来。毫不夸张地说，一片阴影瞬时笼罩在了她的脸上。她站在那里怒视着我们。我想我还是更愿意听到她尖叫。

"她是不是有什么问题啊，你觉不觉得？"朵儿对我耳语道。

听到她用第三人称谈论我的妹妹，出于保护心理，我的汗毛一下子竖了起来。

"那个该死的冰激凌是你买给她的！"

"我只不过是把弗雷德的话转告给你而已。"

"弗雷德现在倒成了儿科专家了，是不是？"

我从朵儿的表情中可以看出，她以为我在指责他做了某些更加糟糕的事情。

"这个词的意思是给小孩看病的医生。"

"你和你的那些大话！"

我讨厌朵儿这么说话，试图说明她本是出于好意，因为她根本就不是这个意思。这些话其实不过是为了让我感到难受。

"她得好好学学。"朵儿说。

"学什么——学大理石会吸收污渍？全国教育大纲里可没有这一点。你在你那个该死的设计师告诉你之前什么都不知道！"

"我的意思不是——"

"这只不过是香草冰激凌。"我边说边拿出一张纸巾，"你看，你甚至都不会注意到它。"

我跪下来轻拍着地板，泪水就要夺眶而出。

朵儿突然发现事情有些过于严重了。"对不起，泰丝……"

朵儿怎么了？她似乎在那片充斥着抛光花岗岩摆件和地暖的新世界里忘

记了什么才是重要的事情。我想，她或许真的正在远离我们，而不只是搬进了一个新家。

"我不喜欢朵儿。"霍普在我们回家的路上开口说道。

她是不是有什么问题啊？ 朵儿的话一直在我的脑海中重复着。我知道有些人确实是这么想的。有时候，我也会这么认为，但霍普在许多方面都很聪明，不可能有什么问题，不是吗？她知道我家的 CD 中所有歌曲的歌词。就连我们现在也差不多记住了那些歌词，包括霍普在不理解某个词时做出的有趣改变。我甚至还听到过爸爸在浴室的镜子前面一边刮胡子一遍哼唱着"串烧鸡柳"的调子。发现我正在看着他，他沾满了白色剃须泡的脸上露出了害羞的表情。

"害羞"是个有趣的词，不是吗？你会以为它其实应该是"无耻"的意思，可字典上却说这个词源自古语中的"使羞愧"一词，意思是令人感到尴尬的，而不是来自平常的"痛击"。

妈妈过去总是说："霍普只不过是在做她自己。"

或是："如果我们全都一样，这个世界不就变成一个无聊的地方了吗？"

不过，说实话，我有时也希望自己能够直截了当地问问她，她是否也曾为此感到过担忧。

那天晚上，"音乐人"打来了电话。我喜欢他开门见山的做法，比那些"吊他几天胃口，看他会不会看上去急不可耐"之类的游戏要成熟得多。我这才知道他的名字叫做戴维·纽伯利，是个水管工。所以我觉得爸爸对此应该不会有什么意见。我又想多了。

第二天中午，与他在钟楼下见面时，我才意识到自己还从没有和不是自己从小学起便认识的人出来约过会——如果这算是一场约会的话。我非常紧张，一反常态地不知该和他聊些什么。我试图想象别人看到我们时会有什么想法。我们看上去像是一对情侣吗？还是说我们显然就不太了解对方？

"你穿着这条裙子的样子很漂亮。"戴维说。

这是一个大热天，所以我选择了普林斯普服装店减价时买来的无袖印花连衣裙。可他的称赞却让我马上开始怀疑自己是否应该坚持穿牛仔裤出门。或者他认为我上班时的牛仔裤打扮不好看？"你穿衬衫的样子也很好看。"这话听上去也许会让他以为我在取笑他。不过他这么打扮的确很好看：蓝白相间的宽条纹短袖衬衫让他的眼睛看上去比我记忆中的还要湛蓝。这件衬衫看上去是精心熨烫过的。我不知道他是否还住在家里，让母亲为自己洗衣服，还是说他已经有了自己的住所。

"霍普喜欢跳舞比赛。"在我们把我的妹妹夹在中间走在路上时，我开口说道。霍普一手举着戴维送给她的巨型棒棒糖，另一只手则牵着一只海豚形状的氢气球。

"你是七小龙组合的头号粉丝，是不是，霍普？"戴维边说边唱起了他们最近的热门歌曲《一切重来》，还在她旁边跳起舞来。

就在霍普把手臂伸向空中之前的那一瞬间，我预见到了即将发生的事情，却还是没能敏捷地阻止它的发生。氢气球的绳子从霍普的手中挣脱开来，跟着气球飞上了高空。我们全都仰头看着它缓缓升了起来。紧接着，仿佛是突然意识到气球不会再转过头飞回来，霍普开始上下蹦跳着在空中挥舞着双手，因为无力把气球拽回来而哀号起来。

"别担心。"戴维试图安慰她，"我们会给你再买一只的。"

"不用了，真的，没事的。"我告诉他。

他一下子就给她买了两样东西的举动本来就已经过于慷慨了。我不想让他再花钱买第三样东西。可已然听到这个提议的霍普却使出了把自己粘在人行道上的招数。这样的行径在只有我们两个人时就已经够糟糕了，更别提和一个我们几乎一无所知的人在一起时了。此时此刻，人们真的开始注视我们了，因为霍普早就过了会做出这种行为的年纪。更糟糕的是，售卖气球的小贩那里已经没有海豚气球了，而霍普又没有做好准备对小鱼、海盗船或者甚至是"我的彩虹小马"造型气球做出让步。

"霍普，停下！停下！"我受够她了，同时在戴维面前感到有些尴尬。在提议给她买一只旋转风车、一条硬棒糖甚至是一个带球网的海滩球之后，此刻的戴维正站在距离我们不远的地方，手上举着霍普的巨型棒棒糖，脸上满是受挫的表情。

唯一能对霍普起作用的方法就是让她分心。于是我和她一起蹲在了散步大道上。

"你知道我觉得海豚去了哪里吗……"

霍普一下子就停止了哭号，期待着一个故事。

"我觉得它去了动物园。和那些彩虹小马呆在一起，它作为一只海豚可能感到有些孤单，所以它决定回家去。"

"海豚不住在动物园里。"霍普指出。

我抬起头望向戴维。只见他耸了耸肩，仿佛在说："你被她说中了！"

"你知道吗，霍普，你是对的。"我边说边在脑海里挖掘着有关海豚的事实，"海豚不住在动物园里。那它们住在哪里呢？"

"海里？"霍普给出了一个答案。

"没错。我有没有告诉过你，我曾经遇到过一只海豚？那是一个叫做丁格尔的地方，在爱尔兰。那里有一只海豚就住在海湾里。它的名字叫做方吉。它喜欢和人类一起游泳。我那时还太小，不能和它一起游泳，但我从船上看到过它。也许你的海豚去那里探望方吉了？"

霍普仍然半信半疑。

"我的海豚真的是一只海豚吗？还是说，它是一只气球？"她问道。

"嗯，它其实是一只气球海豚，很稀有，因为它不像大部分海豚那样会游泳，而是会飞。对了，它叫什么名字来着？"

"气球海豚。"霍普回答。

她就是这么取名字的。我们在汉姆利玩具店购买的那只长颈鹿就被她起名为"鹿鹿"。

"那你觉得气球海豚会去哪里呢？"我问。

我们都抬起头来。我仍旧可以看到那只气球闪亮的表面正在天空中反射着阳光。我不知道它会不会一直上升，直到进入太空，就像当地新闻中时而出现的那些被放飞的气象气球一样？

"天堂？"霍普答道。

我想象着气球海豚微笑的脸庞出现在戴安娜王妃、特雷莎修女和妈妈身边——霍普每天晚上都要向这三个人祈祷。

"它飞向了赫恩海湾。"戴维说。

其实气球飞向了另一个方向，但我并没有提及这一点。

"赫恩海湾是什么？"霍普问道。此刻的她已经平静多了，都没有注意到我把她从地上拽了起来。

"就在海岸边。如果你愿意的话，我们可以坐着我的货车去追海豚气球。"

"是气球海豚。"我纠正他。

霍普坐在副驾驶的座位上，我则坐在车厢的地板上。这也许是不合法的，但戴维是个谨慎的司机。随着窗户被摇了下来，《这才是我说的音乐》合集里的歌曲被调大了音量，霍普似乎把气球海豚的事情抛到了九霄云外。

我从后视镜里望着戴维的脸庞，端详着他专心看路、偶尔和霍普合唱几小节的样子。难道他知道播放音乐能够解决问题？还是说驾车去往别处的建议是他出于本能想出来的？不管怎么样，这一招奏效了。突然意识到他正在镜子里朝我微笑，我感觉脸红了，仿佛被他抓到自己正在偷偷地观察他。

受到飞往温暖地区的廉价航班的不良影响，赫恩海湾成了英格兰地区几片逐渐衰落的海滨度假区之一——我的意思是说，面对选择的余地，谁还会选择鹅卵石和泰晤士河河口冰冷肮脏的水域呢？——不过沿海的某些地方，例如维特斯特布尔，倒是成了时髦的伦敦人流行的周末度假胜地。

"大家都说赫恩会是下一个崛起的地方。"在我们沿着海滨步行的过程中，戴维开口说道。

"没有气球海豚的迹象。"霍普意志消沉地说。

"也许气球海豚决定改道去法国。"我敏捷地答道。

"法国在哪儿？"

"在大海的另一边。"我指了指法国所在的大概方向，"那里有一座美丽的城市叫做巴黎。也许气球海豚想要看一看埃菲尔铁塔，或是飞过巴黎圣母院的屋顶。"

"或者是去欧洲迪斯尼。"戴维也加入了我们的对话。

"我能不能去法国？"霍普问道。

"有一天吧。"我回答，因为这样的答案比拒绝她更明智一些。

我发现自己竟然想到气球海豚的出逃也许是个机会，而不是一次挫折。我们可以把气球海豚的经历编成睡前故事。没准霍普还能从中学点地理知识。在她们全班学习有关埃及的知识时，它可以去探访金字塔。它还可以游历罗马甚至是佛罗伦萨。总之，气球海豚的冒险故事也许能让霍普放弃《飞天巨桃历险记》。要知道，这本书眼下已经被我们读过五遍了，因为霍普一直都被凯文住在纽约，而我们有一天也许会去看他——不过是乘坐飞机而不是一只桃子——的想法深深吸引了。

码头入口处附近有几座小孩子玩的旋转木马。

"你想不想去坐一坐消防车？"戴维提议，"我一会儿就回来。"

我以为他要去厕所。

这些游乐设施是给身材比霍普更小的孩子设计的，所以她只好把身子挤进车里，在机器开始转动时愣在那里，脸上还带着疑惑的表情。每次我催促她在经过我身旁时按响喇叭，她都会朝我皱起眉头。

"'音乐人'找到了气球海豚！"看到戴维缓缓朝我们走来，她突然大叫起来。

这一次，他把气球的带子在霍普的手腕上绑了两圈，确保它再也不会飞走了。

太阳已经开始落山了。天空被分成了珊瑚色、蓝绿色和灰色几个层次。霍普在我们前面快乐地一路小跑，头顶上还飘着新的气球海豚。

"没有哪里能比这样的夜晚更令人心醉了。"戴维说。

这句话听上去微微有些刺耳，因为爸爸在提到要带我们出门真正度个假时也曾这样说过。如果我暗示性地提起再去一次特纳利夫岛——两个男孩离开家之后，我曾去那里度过一个暑假——他总是会说："既然我们就住在距离海边一英里的地方，跑那么远有什么意义呢？"

起初我以为这是家里财政紧张的原因，但他在城外新建的购物中心工地上做了两年的工地经理，所以我这才意识到他最不想做的事情就是只带上我和妈妈两个人在外度假两周。

"你在哪儿找到的气球海豚？"我在戴维耳边耳语道。

一瞬间，他朝着我皱起了眉头，仿佛我真的以为他找到了原来的那只气球似的。很快，他明白了我是在继续装模作样，以防我们的对话不小心被霍普听到。

"上个星期有人打电话让我去一间派对用品商店维修漏水的管道。我记得那里有卖气球的，所以猜测他们都是从同样的供货商那里进的货，对不对？"

我想，他是幸运的。但这难道不正是我们所需要的吗？一点点运气？

"谁想吃鱼和薯条？"他的提议为霍普的这个下午画上了一个圆满的句号。

我们望着一道彩色的夕阳在散步大道旁的长椅上坐了下来，吃着用报纸包裹着的热气腾腾的晚餐，感觉真的像在度假一样。

霍普在回家的路上坐在货车里睡着了。黑暗中，随着 CD 唱机里乐曲声被调低，气氛突然变得亲密起来。

"你知道吗，你笑起来很好看。"戴维从后视镜里望着我，温柔地说。

"通常在某人又肥又胖或是相貌平平的时候，大家才会这么说。"我回答。

"你怎么样？"他笑了，"你不胖，对吗？而且你长得很可爱，但我还是要这么说……"

"哦……"

"你应该多笑笑。"

当然了。紧接着，我就停不下来了。

我们把自己的故事告诉了彼此。

"你照顾她照顾得很好。"在我形容完自己是如何学会照顾霍普之后，他告诉我。

他比我年长 4 岁，来自海岸边的谢佩岛。他的双亲都还健在。尽管他已经攒够了购买一间公寓的首付款，他还是和他们生活在一起。自从小时候去巴特林度过假之后，他便萌发了成为一名 DJ 的想法，希望自己在拥有一批常客之后能够转行做个全职 DJ。他的两个姐姐都已经有了小孩。

"那肯定就是你为什么这么善于和孩子相处的原因。"我回敬了他一句赞美。

戴维会利用业余时间去健身房锻炼，每个星期还要打两次高尔夫球。

"这能让我有机会出门走走。"他说，"你呢？"

"我会看书。"我回答，"也能让我有机会出门。不过显然是以一种完全不同的方式……"

"导游书之类的吗？"戴维问道。

"大部分是小说。"我告诉他。

我每天最期待的时光便是把霍普哄上床，关上我的卧室房门，享受整座房子里的安静氛围，让自己穿越回维多利亚时代的伦敦，或是哈代笔下的威塞克斯，或是 20 世纪 60 年代的爱尔兰。艾德娜·奥布莱恩曾是妈妈最喜欢的小说家。阅读她的《乡下姑娘》三部曲让我不禁好奇，书中写到的是否就是她像我这么大时对于友情和男人等事情的看法。

戴维本人也有着好看的笑容。我说的不只是他的嘴巴。弗雷德笑起来时最引人注目的就是那一口反射着紫外线光芒的雪白牙齿，但戴维微笑的时候最美的却是他的双眼。他拥有一对和善亲切的眼睛。

"别惦记你们心目中高大、黝黑、英俊的帅哥了。"在我和朵儿疯狂地迷恋罗比·威廉姆斯时，妈妈曾经告诉过我们，"你们需要寻找的是一个能够理解你们是谁的人——一个善良、温柔的男人。"

说罢，她常会叹上一口气。我们都知道我的父亲并不是这种人。他曾经是一个俊朗的男人，或者至少在他年轻的时候是这样的。在他精力旺盛、能够过得很开心的那个年代——他称之为"享受生活的快乐"——他曾是个风趣幽默、充满魅力的男人。但我觉得自己从未看到过他做任何好事。爸爸的心里永远都只有他自己。当凯文在纽约的一家舞蹈公司找到一份工作时，爸爸的心里只有自己的悲哀，全然不顾凯文的光明前途。当我拿到大学录取通知书时，他也只知道抱怨高昂的学费。妈妈曾经告诉我们，这只不过是他表达心中骄傲之情的方法，但我们都知道那是她的好意，与他无关。

当医生说她的癌症已经处于第四阶段，也意味着进入了晚期时，爸爸的反应竟然是："亲爱的上帝呀，我做了什么，值得这种下场？"

戴维把车子停在我家门口之后并没有熄灭引擎。我不知道这是否是因为他急着要离开，还是在等待我邀请他进去。屋里漆黑一片，所以爸爸有可能出门去了，但我不想冒险让他看到爸爸穿得邋邋遢遢地推开家门，对我们妄下定论，抑或是展现出自己迷人的一面。因为爸爸就是这么不可预知。让他和戴维称兄道弟几乎比他把戴维逐出家门更加糟糕。

"这么长时间以来，这是我们玩得最开心的一天了。"我说道。起初，伴随着排气孔发出的突突声，我的话只不过是为了打破彼此之间略微有些紧绷的沉默。可话一出口，我就觉得自己听上去有些过于热心。

戴维可能已经受够了我们两个。我已经在心里做好了失望的准备，所以当他开口说话时，我过了一两秒钟才明白他在问我什么。

"你愿不愿意下个星期六出来帮我个忙？我收到了一份婚礼活动的订单，是那种在花园帐篷里端碟的活儿——你知道的，如果你能一起过来就太好了。帮我把一切都布置妥当。"

"我不能把霍普带到这种场合来。"

"是的。"他回答。

我意识到自己的答案听上去似乎是在说我不想去。

"我会问问我的朋友,看她能不能帮忙照顾霍普,好吗？"我飞快地答道。

"太好了！"戴维说,"我下个星期给你打电话……"

如果我坐在前面的座位上,我感觉他应该会靠过来给我一个吻。可这样的举动在我坐在车后的情况下就有些尴尬了。戴维熄灭了引擎,绕到后面来开门,好让我和气球海豚能够下车。

"来吧,霍普。该上床睡觉了……"我轻轻拍着她,把她叫醒。

"我不累。"霍普刚一睁开眼睛就宣称。

"我相信气球海豚想要睡觉了。"我回答。

"气球是不睡觉的,泰丝！"她在故意和我作对。

"一场婚礼,呃？"朵儿反问道。

"不是那样的。"我回答。

在试了许多件衣服之后,我们决定最适合我的打扮是一条黑色的牛仔裤和一件白色的衬衫。不过朵儿还借了我一对大大的单粒珍珠耳环来"提升整套装扮",让我看上去时髦一些。她还买了一条显然不太张扬,却带着一点小性感的蕾丝内裤送给我当礼物。

星期六上午,她一早就过来为我做发型,把我的中分发束拉直后绑成了一条光滑的马尾辫。为了柔化我过于朴素简洁的造型,她还为我抹上了淡粉色的珠光唇膏。

朵儿后退了一步,打量着自己的作品。"很职业,又很迷人。"

镜子里的那个人根本就不像我。

"你觉得一大早就打扮成这样是不是有点儿过了？"我问道。

"哇！"当我坐上货车时,戴维感叹了一句。

坐在前座上的感觉有点奇怪。在他专心看路的时候，我不时便会瞥一瞥他的侧脸。除了按照地图为他指引方向之外，我们谁也没有说话。也许没有霍普在这里推波助澜，我们之间的关系就不会有什么进展。

我终于想到了一个问题："那你是怎么得到这份工作的？"

"我的一个朋友伤到了自己的要害部位。"他说，"所以他在和自己的理疗师聊天时得知她已经策划好了自己的婚礼，但现场的DJ却让她很失望，所以他就把我的事情告诉了她。这是我承办的第一场婚礼。"

我想，他也很紧张，也许这就是他为什么会邀请我和他同去的原因。

"你会没事的。"我回答，"你比布莱恩·利里强多了。"

"这么高的评价！"他说。

我们都笑了。车里的气氛重新缓和了下来。

即便这里距离我住的地方只有几英里的距离，我以前却从没有来过这条狭窄的沿海小路，因为它不在公交车的路线上。

"我想就是这里了。"我说道，眼神落在了一处私人宅邸的入口处。

其中一座巨大的独立住宅门口拴着一大堆银色的心形氢气球。门外停着几辆花商的货车。一群酒席承办人正从另一辆货车上卸下一堆白色陶器。

"富人都过着怎样的生活啊。"戴维说。

11

1999 年

格斯

"谁能帮忙开一下门吗？"尼基在楼上喊道。

在女人们忙着做准备时，我正等在门厅里，但我不确定她口中的"谁"是否包括我在内。一整个早上，上门送货的人络绎不绝：10 张大圆桌、80 把椅子；一捆白色桌布；被分装在盒子里的沉甸甸多层蛋糕此刻已经被垒成塔状，摆放在了大帐篷里；鲜花，数不胜数的白色鲜花和拖尾常青藤、插在架子上的百合花、在空气中散发着茉莉芬芳的大量花环，还有每张桌子上包裹着白色玫瑰花花垫的浅盒。我知道规矩，但这并不是我家。就在我犹豫之际，海伦穿着便袍跑下楼来，头发上还绑着大大的发卷。

"侧门，穿过去，走到最后。"她站在门口指挥着大家，"我们的婚礼策划人会在那里等着你们。"

她关上门，喊了起来："DJ 来了，皮帕！"

"什么？哦，感谢上帝！"楼上传来了一声模糊不清的尖叫。

"有点早了，不是吗？"我问海伦。

"宁早勿迟嘛。"她边说边再次跑上了楼。

我觉得这话是在针对我。毕竟我昨晚就该赶来参加家庭晚宴，结果却是今天早上才到。星期五的晚上是餐厅最忙的时候，而我又不得不加班加点，好把星期六的时间空出来。等我们擦洗完毕、摆好桌椅，时间已经是凌晨1点钟了。尽管我并没有对露西提起，但我下班后还去探望了一下娜莎，因为她刚刚和在爱丁堡边缘艺术节上认识的一个演员分手，需要找个肩膀放声大哭一场。我差不多花了一整个晚上才让她重新露出笑脸，只勉强在她的沙发上睡了几个小时。清早，我还不得不在赶火车前徒步跑去摩斯·布罗斯商店取我的套装。

尽管如此，此刻的我已经赶在任何人准备妥当之前洗好了澡，刮好了胡子，穿戴整齐。仪式还有40分钟就要开始了。楼上不断传来密密麻麻的脚步声，却没有一丝新娘和伴娘的影子。我觉得无所事事地站在门厅里似乎有些愚蠢，却又不想在客厅里坐下、看看报纸，因为我从没有穿过燕尾服，不知道该如何摆弄拖在后面的衣角。

"你还好吗，兄弟？"

一个身材健壮的人和我打了声招呼。只见他穿着一件印有"音乐人"字样的白色T恤衫，此刻正站在通往厨房的门口，手臂上还缠着一圈电缆。

"知道我该把这东西插在哪里吗？"他问道。

"我听说大帐篷那里有一位婚礼策划师？"我回答，心中感到有些焦虑，不想做出什么违反礼仪的事情来。

"那里除花艺师外什么人都没有，兄弟！"

"等等……"

我叫来了海伦。

"哦，看在上帝的分上！"她边说边带着一身行头哗啦啦地挪到了楼下，脚上穿着和裙子一样的浅蓝色绸缎鞋。她带着那个男子快步穿过厨房，几分钟后才回来。

"我真不知道如果事事都得我亲力亲为的话，为何还要费力请什么策划师。"

"你做得很出色。"我说，"这就是问题所在。"

这样的评论若是说给露西听说不定会起效，但在海伦听来却有些逢迎和自负。

海伦隔着前门的小窗户瞥了瞥。

"该死的花艺师得在车子到达之前把他们的货车挪开。"她说。

"要不要我去告诉他们？"

她给了我一个全科医生惯用的眼神。

"你不是应该负责招待吗？"

"我想是的。"

"那你不应该去教堂吗？"

"我猜我应该和露西一起去。"

"伴娘的车里没有你坐的地方，你又不能和皮帕一起去教堂。我确定你应该和爸爸还有辛西娅奶奶一起去。"她说。

"那我走过去，可以吗？"

"路很远呢……"

"我可以的。"我向她保证，不想再引起任何的麻烦。可直到皮帕的复古劳斯莱斯轿车从我身边驶过，我才意识到自己完全低估了距离的遥远。

当身高 6 英尺 4 英寸的你穿着燕尾服、拿着大礼帽全速奔跑在路上时，很难不引起别人对你的注意。等我终于赶到教堂，露西和海伦都在盯着我，只有皮帕在捧腹大笑。

"你真体贴，格斯。"她说，"知道给我找些事情操心，好让我忘掉另外一些事情！"

"真的很对不起。"我结结巴巴地回答，"顺便说一句，你看起来美极了。"

我通常是不会用"美极了"来形容皮帕的，因为用这种话来形容自己女友的姐妹似乎显得有些过于亲密。但我实在是喘不上气来了，简直无法思考。何况此话并不假。

昏暗的教堂里凉爽的气温让我意识到汗珠正从我的太阳穴一滴滴地流下来，而外套里的白衬衫正紧贴在自己的背部。我发现尼基在前排焦虑地示意我过去，但风琴紧接着就弹奏起了《希巴女王的驾临》。我突然意识到皮帕和她的父亲正站在我的身后，恰好被我挡住了去路。此时此刻，在教堂里所有的人都把目光落在我的身上时，我慌忙钻进了后面的一排长椅中。

随着队伍的行进，挽着父亲的手臂迈开步伐的皮帕看上去是那样的纤巧；露西的眼神中更多的是不快而非愉悦；海伦连看都没有看向我所在的方向，穿着高腰的冰蓝色连衣裙、跟在父亲的身后，我觉得她们就像是摄政时期电视剧里的一家姐妹。格雷格和他的双胞胎兄弟兼伴郎杰夫已经在祭坛旁站好了位置，两人站在一起时身体的宽度几乎和高度一样。

总的来说，皮帕的家人认为格雷格应该能够照顾好皮帕。她是在班芙参加培训时结识他的。我曾在几个月前的订婚晚宴上对露西说，这种面色红润、生龙活虎的男人是你能够想象其与熊搏斗的人。格雷格显然很宠爱皮帕，像在宠爱小狗一般。这似乎对皮帕来说很有诱惑力，尽管我十分怀疑他眉目传情的方式若是换做一个英国人是否会让她感觉虚伪。我猜他一定床上功夫了得。

"你不喜欢他吗？"露西曾经问过我。

"他不是我的型。"我用矫揉造作的娘娘腔回答，逗得她咯咯地笑了起来。

显而易见，皮帕的前男友全都是些混蛋——其中一个人还曾是个瘾君子——所以当她终于找到一个能够照顾自己的可靠男人时，所有人都如释重负。不过，当我听到她带着一丝笑意念着自己的誓词，仿佛觉得这些意义非凡的熟悉词句有些愚蠢时，还是忍不住猜想她第二天在这副庞大的身躯旁醒来时，会不会不知道自己到底做了些什么。

趁着新娘、新郎、伴郎和双方父母都去签名簿上签名的工夫，我设法沿着侧面的走廊偷偷摸摸地蹭到了露西的身旁。

"这是不是很美？"露西低声问道，脸上的表情突然从梦幻变成了惊慌，"你没戴纽扣领花！"

钟声响起，风琴弹奏起了门德尔松的《结婚进行曲》。这场花了几个月时间策划、彩排的仪式终于画上了句号。但事情还没有完，因为大家还必须强迫自己摆出几个姿势，好凑齐值得收齐一整本相册的照片。

拍摄合影的首先是新娘的家庭。这对我来说略微有些尴尬，因为露西和我都不知道我是否应该包括在内。毋庸置疑，海伦的丈夫詹姆斯带着他们的女儿站在了队伍中。拍了几张没有我参与的照片之后，尼基把我叫了过去。

"来吧，格斯！请问有没有人能借他一朵纽扣领花？"

紧接着是新郎的家庭。体型彪悍的一家四口在教堂台阶上占据的空间和我们9个人的差不多大；然后是伴娘；新娘和伴娘；新娘掀起裙子的一角，向从小和自己一起长大的伴娘们展示自己"蓝色的"吊袜带。最终，身穿燕尾服的招待人员不太自然地主动把手中的大礼帽抛向了空中。

"为什么要这么做？"在詹姆斯开车送我回去的路上，我问道。

"我猜这就是大礼帽的用处吧。"他回答。

新郎和新娘在前院的草坪上与结婚蛋糕合影时，香槟端上了桌。

我忍不住注意到自己成了露西家在场的亲戚们感兴趣的目标，每隔一段时间就会有人上下打量我一番。

"所以说，这位就是格斯！上帝啊，你真高，不是吗？"

"戴上礼帽都将近7英尺了！"

"你也是医学院的学生吗？"

"是的，没错。"

"多么令人激动啊！"

其实没有人开口问过我们是否会是下一对，但我能够感觉他们赏识的笑容背后正在盘算些什么。

走进帐篷，我们在主桌上坐了下来。有人为我们倒上了一杯杯的白葡萄酒。我咽下自己的那一杯，然后又咽下了露西的那一杯，跟着她来到自助餐桌旁。酒精让我感到一阵宿醉般的饥饿，再加上睡眠不足，我只能不断地用葡萄酒来解渴，虽然理智的方法可能应该把酒换成水。等到大家纷纷开始发言时，我已经醉得有些迷迷瞪瞪了。

露西的父亲提到了皮帕为何是自己的女儿中最难以预测的那一个。如果这是对于格雷格的警告，如今听来似乎有些晚了。格雷格的演讲全都是有关加拿大的。他提到了自己是多么期待向自己的妻子展示祖国的一切。他和他的兄弟都在西服的翻领上别上了小小的枫叶胸针，就像美国总统总是会佩戴星条旗的胸针那样。

"他们为什么要那样做？"我对露西耳语道，"我们又不会忘记他们是从哪里来的。"

"嘘。"她答道。

"在我的家乡，"格雷格正好说道，"你可以清早去海里游泳，下午在山里滑雪。"

"听上去是我最不想去的地方。"我嘟囔着。

"我觉得不错。"露西急躁地提出了反驳的意见。

杰夫站起身来，宽大的脸盘上只有一抹额外的小胡子能够帮忙把他和他的兄弟区分开来。

"那里有两个他吗？"辛西娅奶奶问道。

"你觉得杰夫会不会是为了这个场合才留的小胡子？"我问露西。

"闭嘴……"

他漫无边际地聊起了小时候和格雷格一起去钓鱼的逸事。显然，格雷格试过了每一种鱼饵，却从没钓上过一条鱼。现在他似乎带着本季最大的鱼上岸了！

"可怜的皮帕。"送给新郎新娘的致辞结束后，我在一阵热情的掌声中对露西耳语道。

"你为什么要这么说？"

"她不仅很大，还是条鱼。她是条大鱼！"

"他的意思只不过是说，她是个值得追求的对象。"露西回答，"你说话的声音有点大。如果你不小心的话，他们会在录像里听到你的话的。"

一位摄影师正在房间里徘徊。早些时候，我就注意到他在对着水煮三文鱼上精致的蕾丝状美乃兹酱拍个不停。也许他会把这一段剪切到钓鱼的逸事里去？

格雷格的母亲就坐在距离露西不远的座位上，她用叉子敲响了酒杯，可当房间里的所有人都顺从地望向她时，她却红了脸。

"别担心，我不打算致辞！"她说。

"那我就放心了！"我嘟囔道。

"你能不能干脆闭嘴。"露西发出了嘘声。

"在北美洲，每当你敲响酒杯，新郎和新娘都必须找到对方并且亲吻彼此，无论他们在帐篷里的什么位置！"格雷格的母亲告诉我们。

当时仍旧坐在一起的格雷格和皮帕顺从地照做了。

所有人都鼓起掌来。

是时候切蛋糕了。新郎和新娘摆好阵势，举着一把银色的大刀拍起了照片。格雷格的父亲用叉子敲响了酒杯，害得他们不得不亲吻彼此。紧接着，这块处女蛋糕的最后一层被仪式性地切开了。餐饮服务人员飞快地移走了蛋糕，好把它切成小块。

就在客人们纷纷走回自助餐台拿甜点时，格雷格和皮帕开始在房间里来回走动起来，和自己的亲友一一打招呼。如果你等到两人处于帐篷两端时再敲响酒杯，这个把戏还是挺好玩的。可我第三次敲击时实在是太过用力，把手中的酒杯都给敲碎了。幸运的是，唯一注意到这件事情的是一个穿着白 T 恤、黑裤子、梳着马尾辫的高个子女孩。她的脸上一下子露出了可爱而又淘气的表情，差点就要暗暗笑起来了。

"你能不能再给我拿个杯子？"我问道。

"我不是服务员。"她回答。

"我是个服务员。"我的话在她听来一定毫无意义。

"那你肯定知道在哪儿能找到玻璃杯了。"她说着再一次笑了起来。

一瞬间，我们的目光交汇在一起，脸上露出了困惑的表情。我是不是在哪里见过她？

"你是谁？"我听到自己问道。

紧接着，露西拿着簸箕出现在了我的身旁。

于是大家开始注意到我了。

"我想我得出去透口气。"我说。

"好主意。"露西干脆利落地回答。

外面天色已黑，夹杂着烟叶香气的凉爽晚风令人头昏。伴着《疯狂人生》的曲调在黑暗、空旷的花园中蹦跳，我恍惚地意识到自己对于时间和空间的把握都变得有些模糊。我发现自己在秋千上坐了下来，一边摇摆一边聆听着微弱的吱吱响声。草坪的另一边，灯火通明的帐篷和贝斯的重击声似乎遥不可及。

醒来时，我的头一跳一跳地疼了起来，冰冷的脸颊正靠在条纹的垫子上。从音乐的线索中判断，时间已经过去了好几个小时。罗比·威廉姆斯正在吟唱着《天使》。我还能在帐篷的边缘看到一对对男女曼舞的身影。

帐篷的一角被人掀开了，在草地上投射下了一片三角形的亮光。从那个人高高的剪影来看，我认出她就是那个"不是服务员"的服务员。三角形的亮光在她的身后消失了。在一片黑暗的沉寂之中，我只能隐约看到她朦胧的轮廓，却不知为何看出她正在思索某些悲伤的事情。

又一抹亮光落在了草坪上。一个男人走出了帐篷。

"你还好吗？"他问道。

"我没事。"她回答。

"没有你，我是做不到这些的。"他说。

"我什么也没做。"她告诉他。

他朝着她迈近了一步。

"你和其他的女人不同。"我听到他说。

"你是怎么看出来的？"

"你拥有灿烂的笑容，但是你的心里却总惦记着什么事情。"

"好了，你说得好像我有点疯癫似的！"

"疯癫得足以成为我的女朋友吗？"

一段长久的沉默。

"星星真多呀，不是吗？"他边说边把一只手试探性地放在了她的肩膀上。

很快，她朝他转过身来。他低头吻了她。我一动不动地停留在原地，希望不要有人打开房子里的灯，发现我正在目睹属于他们的时刻。

"你到底跑到哪里去了？"看到我走过玻璃门，回到客厅里，露西问道。

"我在花园里睡着了。"

"老实说！"

"我错过了很多吗？"

"你错过了杰夫教我跳萨尔萨舞。皮帕就要走了。杰夫和我把所有的银色气球都绑在了车上。"

"你和杰夫，啊？"

"你知道大家是怎么说伴郎和首席伴娘的。"

"难道海伦不是首席伴娘吗？"

"我们两个人都是！"

"杰夫真走运！"

露西顽皮地拍了一下我的手臂。

"我应该感到担心吗？"我用鼻子飞快地蹭了一下她的脖颈。

"我不知道。"她回答，挣脱了我的怀抱，"你应该感到担心吗？"

"如果对象是那个小胡子，我可能无需担忧。"我回答。

又是一次顽皮的拍打。紧接着，皮帕出现在了楼梯的顶端，身上穿着浮夸的夏日小洋装，外面还套了一件牛仔夹克衫。穿着丝光黄斜纹布裤和马球衫的格雷格紧跟在她的身后。他的头发因为刚刚洗过澡而有些潮湿,看上去刚刚和自己的妻子激情缠绵了一番。

车道上,一辆白色的捷豹汽车正等待着把他们送去机场的酒店。就在皮帕准备上车时,海伦举着皮帕带进教堂的那一小捧花束冲了过去。我看到皮帕看了看微妙点了点头的露西。于是,皮帕没有把捧花从头顶上丢向自己在学校里的好朋友所在的方向。对方看到露西接到了捧花,不禁尖叫了起来。

"这是怎么回事?"朝着车子挥手道别时,我问露西。

"接住婚礼捧花的人就是下一个要结婚的人。"她回答。

我并没有傻到连这一点都不知道。我的意思是说她们姐妹俩之间默默传递的那个眼神。露西显然以为我并没有发现这一点。难道我惹急了她,以至于她已经对我失去了兴趣吗?我从来都不明白她当初看上了我哪一点。

"我们还没有跳上一支舞呢。"我领着她走回了帐篷。

我们的耳边响起了西城男孩的《为爱而飞》。起初,露西在我的怀抱中有些僵硬,但随着我把她拉近自己的身体,她靠着我的胸口放松了下来,让我感觉自己已经得到了她的原谅。

"我爱你。"我听到自己对着她的发丝耳语道。

她向后退了一步,望着我的脸庞。

"是吗?"

她看上去是那么的开心,让我以为我也许是真的爱她。

12

2001 年

泰丝

"阿斯伯格综合征？"爸爸重复了一遍，仿佛他知道这是什么意思似的。

我此生第一次替他感到有些惋惜，因为他是如此倔强地拒绝相信霍普身上存在任何问题。从别人的口中听到这一点对他来说一定倍感羞耻，尤其是当着我的面。我小心翼翼地不望向他，却能感觉到权威正从他的身体里一点一点地流逝，让他在会诊医生的办公室里莫名变得渺小起来。

"所以说，这不是自闭症？"爸爸的问话让我感觉他对此事的关切程度远比他流露出来的更多。

会诊医生透过眼镜的上方瞟了瞟我们。他的身上散发着一种冰冷沉着的气质，让人以为他更像是一位银行经理，而不是某个擅长和孩子打交道的人。办公室里如同诊所一般，除了办公桌上的银色相框之外没有任何的人情味。照片面向着他，所以我无法看到照片里的内容。

"阿斯伯格综合征可以被归入自闭症的范畴。但是鉴于霍普似乎没有任何值得注意的学习障碍，我们可以说她的病情不太严重。"

"所以从严格意义上来说，这不是自闭症？"爸爸还在逼问他。

"如果你愿意这么理解的话。"

"那什么是阿斯伯格综合征？"我决心不因为爸爸对于这一术语的冷漠就两手空空地回家去。

我们花了好几个月的时间才把霍普转诊到伦敦的一家儿科医院，而且一整个早上都在接受测试。霍普现在正在外面的候诊区里和一位把我误认作霍普母亲的医学院学生待在一起——她本人和我差不多年纪，所以天知道我看上去有多的可怕——爸爸承诺霍普，只要她好好表现，就带她去动物园玩一圈，但趁她不在时提问的稍纵即逝的好机会却不是无穷无尽的。

若是换做今日，你只要上网就能查到自己想要的一切，不是吗？但当时并不是所有人都能拥有一台笔记本电脑，"谷歌"也还没有变成一个动词。我每个星期都会去当地图书馆领取我们的读本，但可选的非小说类作品十分有限。即便我曾在医学字典中读到过有关自闭症的词条，也从未看到过有关阿斯伯格综合征的介绍。

"这种综合征的特征是在社会交流、社会互动和社会想象方面存在困难。"会诊医生解释道。

这些字眼对于我来说并没有什么意义，就更别提我的父亲了。

"请问，你能给我们举几个例子吗？"我问道。

"显然，每个人都有自己的困难。有些人也许拥有出色的语言能力，却无法理解人们总是口是心非。有些人也许很难交到朋友，也许只愿意谈论自己感兴趣的事情……"

"霍普和她的 CD 就是这个样子，对不对，泰丝？"爸爸大声问我。

他能够承认此事，似乎向前迈出了一大步。

"他们可能更喜欢遵循惯例，或是玩同样的游戏。"会诊医生继续说道，"他们还有可能存在肢体协调的问题、患有焦虑或压抑的毛病……"

这正好解释了霍普的情绪问题。

我不知道他是不是挑出了所有与霍普相符的症状，只为了向爸爸证明自己的观点，还是说霍普本身就是一个典型案例。

他骨瘦如柴的手上戴着一枚婚戒。银色相框里镶着的是不是他妻子的照片？或是他的子女？如果他们之中有谁出了问题，他能否第一个发现？还是最后才会知道？

"那阿斯伯格综合征是什么引起的呢？"爸爸问道。

"它在90年代才成为一种独特的病症。我们还不确定确切的诱因。"

"我妻子的去世让全家人都沉浸在巨大的痛苦之中。"爸爸说，"我的泰丝尽力了，但她还太年轻，你明白我在说什么吗，医生？"

我简直不敢相信他竟然说出了这种话！尽管我已经为了照顾霍普放弃了一切，而他的生活几乎没有任何的改变，我还是要莫名其妙地为她患上这种病承担责任！一团怒火涌上了我的喉咙。我不得不有意识地抿起嘴唇，抓紧椅子，好让自己继续坐在椅子上，而不是起身一走了之。毕竟这对霍普来说没有任何的好处，对吗？

"这和教育没有任何关系，科斯特洛先生。"会诊医生回答。

我想要冲到办公桌后面给他一个拥抱。

"恐怕这是霍普身上存在的先天性问题，而且将伴随她一生。"

那就没有什么值得拥抱的了。

"没有治愈的方法吗？"爸爸的问题听上去是那样的困惑，让我不禁再次为他感到遗憾起来。

"我们能做的就是为霍普和她生活中的人提供一些策略。"

"策略！"我的父亲叫嚷了起来，"你直接和我们说起了策略！你知道我们花了多少钱停车吗？"

在去往动物园的路上，我们在摄政公园的儿童游乐区停留了片刻。爸爸从报摊上给我们买了两只冰棒。在屋里待了这么长时间、呼吸着医院里的空气、听着我们完全不认识的人讲述一些会让我们的生活发生翻天覆地变化的事情，我想我们全都感觉筋疲力尽了。爸爸和我谁都没有说上一句话，但你还是能够听到杠杆在我们的大脑中转动的声音，为这些暗示做着重新的调配。

拿到诊断结果让我如释重负，因为这意味着我能够拿到医疗证明，从而为霍普争取某些资金并分配一个受过训练的帮手。然而坚持让她接受评估的事情却让内疚捶打着我的胸膛。爸爸是对的，如果没有什么能够发生真正的改变，这样做又有什么意义呢？

我的心里还存在着一种奇怪而又空虚的失落感，因为此刻的我再也不能安慰自己，这可能不会有事。

我看着霍普试图爬上攀登架的顶端，知道她若是被卡住，脸上的决心就会变成愤怒。愤怒难道不是一种情绪吗？为什么她有能力愤怒，却无法去爱、去同情、去拥有任何能让她的生活变得更加简单一些的情绪呢？

"好了，来吧，亲爱的。"爸爸边说边把她高高举到肩头，放在了滑梯的顶端，好让她能像其他孩子一样嗖的一下滑下来。诊断结果似乎把他整个人都掏空了，也让他暂时软化了下来。"我们要去动物园，动物园，动物园……"他开始唱了起来。

"你也，你也，你也可以一起来。"霍普和着他唱道。

我觉得让他们单独相处一会儿也许是个好主意。

"你介意我一会儿过来找你们吗？"我问爸爸。

"你要去做什么？"他的脸上一下子出现了怀疑的表情。

"只不过是到处逛逛，你知道的……"

"4 点钟的时候在动物园门外等我们，不然我们就会赶上高峰期了。"爸爸警告我。

"什么是高峰期？"霍普问道。

"每天下午 5 点到 6 点半左右，交通都会格外拥挤，因为所有的人都要下班回家了。"爸爸解释道。

"5 点到 6 点半是一个半小时。"霍普指出。

"聪明的姑娘。"爸爸的声音有点哽咽，"她很聪明，才能算出这些，是不是，泰丝？"

爸爸、朵儿甚至连戴维都觉得我走进大学学院四方庭院的举动是在发疯。可我只不过想要站在那里想象一下自己的生活本来可以是什么样子的。几拨学生正坐在草地上吃着午餐，有些人则仰面躺在那里看书，高举在眼睛上方的书本遮挡着 9 月里的阳光。我觉得他们看上去比我现在的样子年轻多了，身上带着随意自信的气质，即便是工作日也穿着毛边短裤和拖鞋，而我却为了去医院而穿了一条干练的海军蓝色长裤和一件衬衫。我意识到了一些探寻的眼神，感觉自己根本就不应该出现在那里，不过他们也许只不过是在好奇这个疯子为什么会抬头凝视着柱廊，像在欣赏某种神殿一般。

我之所以喜爱伦敦是因为这里如复杂拼图般的街道，每一条都有着属于自己的特色：大学区优雅的乔治王朝广场、大英博物馆结实的爱奥尼亚式廊柱还有七面钟周围的狭窄鹅卵石街道。那里林立的商铺橱窗里展示的商品总会让你觉得，如果你能够买得起，它们不知为何将改变你的人生，像是漂亮的茶盒、佛罗伦萨的信纸或是套在 20 世纪 50 年代巨大黄玫瑰连衣裙外面的那件复古骑手夹克衫。

我推开人群走到了河边，站在滑铁卢大桥的中间，眺望着眼前的全景，任由凌乱的微风吹起我的头发。脚下的河水搅动在一起，呈现出了牛奶咖啡的颜色。我已经忘却了自己还是少女时曾和朵儿进城四处探索、幻想我们的未来时那种纯粹的喜悦感受。

千禧年改变了伦敦的天际线。伦敦眼像一个不协调的明轮船的巨舵般立在了南岸。向东看，新的摩天大楼正在城市中拔地而起，平面镜窗在阳光下闪闪发光。就在河流的下游，他们把一座老式发电厂改造成了泰特现代美术馆。

我看了看手表。今天没有时间过去了，但还有什么会阻止我回来呢？戴维总是说他不喜欢伦敦，但他只在参加学校组织的自然博物馆旅行时到过这里一次。我们不必参观什么博物馆或艺术画廊。我可以向他展示我和朵儿曾经发现的那些小地方，或是和他一起探索某些新的地方。肯特镇、皮米里克、瑞士小屋，就连名字都引人入胜。戴维甚至连波特贝路大街都没有听说过。但谁会不喜欢酒吧、古董店和垒成山的甘美热带水果的市集摊位呢？

我坐上了前往乔克农场的 168 路公交车。小时候，我曾坚持要把地铁地图和主要的巴士路线图研究清楚，还会在去伦敦的火车上考一考朵儿。

"我在查令十字街。去荷兰公园最快的路线怎么走？"

"我们为什么一定要做这件事情？"朵儿总是会抱怨，"每一站都有地图，不是吗？"

"但如果我们去查地图，看上去就不像是伦敦人了，不是吗？"

公交车缓缓地穿过布鲁姆斯伯里和尤斯顿路，来到了卡姆登镇。我一直坐到终点才下车，步行穿过铁路桥，来到了蜿蜒着围绕在樱花草山山脚下的那条街道。人们坐在咖啡桌旁惬意地啜着咖啡，身旁的孩子则在宽阔的人行道上跑来跑去，就像意大利的孩子那样。烧烤和炸洋葱令人胃口大开的香气从餐厅的大门里飘散了出来。门口的黑板上用粉笔写着今晚的特色菜。

要是能住在这样一个地方，每个星期的每一天都能选择自己是吃希腊菜、意大利菜甚至是俄罗斯菜，还能看一部不同的电影或戏剧，该是什么样的一种感受呀？在这里，没有人会知道你是谁，这样你就能自由自在地发现自己到底应该是个什么样的人了，那又是种什么样的生活呢？

在距离动物园只有最后几百码时，为了准时赶到，我不得不跑了起来。

爸爸在街道上来回扫视着，然后看了看手表。

"狮子在睡觉，泰丝。"霍普在我们朝着车子走去的途中告诉我。

"但那里还有上百种其他的动物，不是吗？它们全都醒着！"爸爸的声音里带着不习惯和霍普独处3个小时的人才会有的犀利。

"狮子在睡觉。"霍普回答。

我开始哼唱起了《安睡的狮子》的曲调。

"你能不能动起来，快点！"爸爸边说边加快了脚步，害得我们不得不小跑着跟上去，"按照这个速度，我会错过卡拉OK的。"

"卡拉OK？"接下来的那个星期天，朵儿问道。

弗雷德的球队刚刚结束在酋长国的季前训练。她和我正坐在弗雷德的路虎汽车后座上。开车的是弗雷德，而戴维则坐在前面的副驾驶座位上。

这本应该是为我们四个人准备的温馨午餐。但朵儿的安排根本就不止午餐而已。读到酒店的设施这一项时，她为我们两个女孩预订了温泉疗法的项目，而给两个男孩预订了一轮高尔夫球，好打发时间。

"爸爸在结婚前曾经很喜欢唱歌。"我回答，"老实说，他的声音还不错。他会在浴室里练唱《溪流中的岛屿》。因为他和霍普……"

"当时她演的是凯莉。"戴维告诉弗雷德，"在头上裹上一张床单，苦恼地唱着《无法将你忘怀》。不过，听上去挺像她的，是不是，泰丝？"

我不太喜欢戴维对弗雷德谈起霍普的方式，尽管我也不知道是为什么，因为戴维和霍普的关系处得很不错。他在流行歌曲方面知识广博，能把一张专辑里的每一首歌按顺序告诉你，还能说出歌曲的曲长，分秒不差。有时候，我们开车前往某些地方，霍普会把他的 CD 从手套箱里取出来，大声念出歌曲的编号来测试他；而他到我家做客时也会拿出她的收藏来检验她。在霍普 9 岁生日那天，他买了一个 CD 机送给她，让她像脖子上套着一枚巨大的奖牌一样走来走去，还附送了耳机给她，从而改善了所有人的生活。我们大多数人对于能将 ABBA 乐队的《精选集》听上几遍是有限度的。

"所以说，你爸爸的多丽·帕顿是谁？"朵儿问我。

"你什么意思？"

"《溪流中的岛屿》。这是一首合唱曲目，不是吗？"

既然她已经把话说出来了，事情就再明显不过了。爸爸最近格外注意个人卫生，甚至还添置了几件新衬衫。但我就是从未想到过他的生命中会出现另一个女人。此时此刻，我不禁好奇这是否就是他今天如此不愿照看霍普的原因。

我想象着爸爸和某个顶着蓬松发型的女人站在镖靶前面的麦克风旁与彼此对唱的画面。事情已经发生多长时间了？他们是认真的吗？我是不是应该准备和她分享我家的房子？她会对霍普作何反应？而霍普又会怎么对待她？他们三个现在会不会正坐在我们去过的自助餐厅的老位置上？

站在路虎汽车前，弗雷德和戴维聊起了自己若是足球经理会在转会窗买谁的话题。

在两人见面之前，我一直都很好奇他们会如何相处。当我把弗雷德的身份告诉戴维时，他大吃一惊，因为他是弗雷德所在球队的终身球迷，吓得我生怕他会向我索要一张签名照之类的。感谢上帝，他并没有这么做。而弗雷德面对戴维这种年纪长几岁又会做成年男人该会的活计的人——比如疏通U形弯管或安装热水器——也心存敬意。两人都暴露出了自己在高尔夫球方面不相上下的无能。可另一方面，尽管弗雷德是个职业球员，戴维对足球的所知似乎和他不相上下。戴维和霍普说话时，我被这两人说起话来竟是如此的相似惊呆了。会诊医生曾经告诉过我们，相比女性，阿斯伯格综合征在男性中更为常见。我想也许他们都有一点病症。也许我们全都一样。

"他们俩完全是兄弟情，是不是？"朵儿边问边挽起我的手臂，领着我走向了浴场的入口。门口的工作人员拿了两条松软的大浴袍给我们，还为我们取来了拖鞋和装着芳香疗法用品的礼品篮。

"真有趣。"趁着我们在更衣室里脱衣服，她说道，"当你有钱的时候，人们总是送你些什么。枕头上的巧克力、促销礼品袋……你在旅客之家酒店可拿不到这种东西，对不对？即便你会感觉更加感恩戴德。"她边说边把手伸进了粉红色皮质手提袋里，"我从迪拜给你买了点小东西。"

只见小巧的纸板购物袋里装着一套幻彩荧光黄色的古琦牌比基尼泳装。

"你还真是说对了，这东西的确很小。"我把两件几乎衣不蔽体的泳装拿来在浴袍上比了比。

"我给自己也买了一套。"朵儿说着又从包里掏出了一套幻彩荧光粉色的泳装，让我对她奢侈浪费行为的负罪感减轻了一些。

我忍不住注意到朵儿剃干净了身上所有的体毛。这之所以有些吓人，是因为本来就身材玲珑的她看起来更像个孩子了。她大大咧咧地裸着身子站在镜子前，套上迷你上衣，还挤出了一条乳沟。

我心想，朵儿若是想检查自己的身体一定容易多了，因为她的身上几乎就没有什么肉可以供她探查，更没有你觉得肿瘤可以溜进去、躲起来的地方。

"你觉得怎么样？"她问道，"弗雷德想要我去把它们做了。"

"丰胸？"

"你不需要。"她朝着我的胸脯点了点头，"但剩下的所有人都需要。"

我把身上的浴袍拉得更紧了。我从不认为自己的胸部有什么优势。衣服在我身上永远不会是它们该有的样子。我猜这也许就是走秀模特为何都是平胸的原因。遇见戴维之前，我一直都是个乖巧的天主教女孩，发自内心地相信允许一个男人触摸自己的胸脯是在两人的感情进展到严肃阶段时才能有的举动，因为男人都是被欲望所驱使的。我甚至从未想过自己也有可能爱上这件事情。

"那你所有的衣服就不得不重新买了。"我回答。

"你应该阻止我，而不是鼓励我！"朵儿的笑声让我松了一口气，因为我在刚才的某个瞬间真的以为她在严肃地考虑接受手术。对此，我将很难保持中立。妈妈就切掉了一边的乳房。这不仅让她失去了美丽，还让她承受了许多痛苦，因此我没有太多耐心去理会那些完全健康却自愿选择挨刀的女人。

我们的按摩台紧挨着彼此。屋内的灯光十分昏暗，某处还传来了抚慰人心的流水声。我猜那大概是音响的声音，而不是现场真的有一座瀑布。

"戴维喜欢看色情片吗？"朵儿趁着按摩师用力气大得惊人的手指在我们的背上推拿时问道。

伴随着滴水的噪音，我无法百分之百确定她说的是否是"色情片"这个词，却又想象不出任何足以让我误会的同音词。我才不打算大声地重复"色情片"这个词呢。

"我是说，你们刚在一起的时候，会尝试各种事情，不是吗？"朵儿继续说道，"但是和弗雷德在一起时，我总是不得不尝试点新的花样。现在我们往往必须得把过程录下来才行！"

三年来，朵儿一直在定期做美容——比方说全身热蜡脱毛、脸部按摩或用线绞掉眉毛。出于某种原因，这样的方法比拔眉更好。朵儿已经习惯了让别人为自己服务，因此压根就不会注意到他们。然而她的所作所为却正是她在沙龙工作时最憎恨客人做出的举动。

"她们聊起天来仿佛你根本就不在那里似的。"她过去常会义愤填膺地哭诉。

就性的问题而言，我总是落在朵儿的后面。但自从我把自己的第一次给了戴维，我便天真地以为自己已经赶超上来了。但我似乎仍旧是无知的那一个，因为色情片的问题甚至从未出现在我的脑海里，就更别提亲自动手这件事情了。

"弗雷德也并非钟情于性虐待之类的事情。"朵儿继续说道，"只不过，嗯，我又不是什么该死的体操运动员，你明白我的意思吗？"

我心里有点想要承认自己什么也不明白，好让她解释给我听，因为对别人所做的坏事感到好奇是件很自然的事情，不是吗？但有趣的是，即便是面对你最好的朋友，性爱也绝对是个禁忌的话题，所以你永远不会特意提及自己的"下面"或是"门背后"都发生了些什么，就像妈妈过去常说的那样。

我不禁感到好奇，戴维和弗雷德会不会也在高尔夫球场上讨论什么限制级的问题，或者更加糟糕的，在比较我们的表现数据？我不这么认为。我完全相信戴维。他对我永远是那么的耐心和温柔。听完朵儿的坦白，我觉得自己更幸运了，竟能找到他这样的男人。

"工作的事情怎么样了？"在我们躺下来、脸上敷着某种富含海草的特别面膜，眼睛上还盖着黄瓜片时，朵儿问道。

新学年刚刚开始。在朵儿的性爱与购物话题过后，我们的"维多利亚日"听起来很差劲。霍普和我打扮成了扫烟囱的人，脸上胡乱抹了些煤烟，嘴里一路唱着"烟呀烟囱"来到了学校。尽管如此，严格地讲，《欢乐满人间》讲述的是爱德华时代的故事，但霍普有点害怕奥利弗！

到达学校时，我们从其他教职工的眼中看出了尴尬的目光，因为我理解错了活动的指示。成年人应该打扮成维多利亚时期严厉的教师模样才对。一身维多利亚女王风格黑色华服、头戴着白色蕾丝帽的科科伦夫人吩咐霍普去把脸洗干净。这引发了不少的麻烦，因为霍普并不理解她的角色。一整天，我都只能可怜巴巴地穿着一件沾满了煤灰的衬衫和用绳子系起来的、原属于爸爸的旧裤子。

朵儿笑得实在是太厉害了，以至于她脸上的面膜就像干旱的土地一样碎成了一块一块的。

"我很想念那些，你懂的。"她说。

"学校？"我感到很吃惊。

"我是说工作。我真的很想念工作。这是不是很蠢？我想念那种氛围。弗雷德参加训练的时候，我好几天都找不到一个人说说话。"

"你不会和其他女孩一起出去吗？"

"她们和你不一样，泰丝。说真的，她们也和我不一样。"她补充道，听上去充满了渴望，"我的意思是，你能买的鞋子数量是有限的。你听听我说的话。我从没有想过自己竟能说出这种话来！"

清洁完毛孔、去完死皮，我们晃荡着双腿在一个小池子旁坐了下来，任由池中的小鱼啃食着我们皮肤上的死皮。这种感觉有点痒，但并不会不舒服。

"有什么事情阻止了你回去工作吗？"我问道。

"如果我是个模特之类的，事情就不一样了。但初级造型师是做不成什么大事业的，不是吗？"

我还记得班上几乎每一个女孩都想成为发型师的那个年代。那时候，这个职业似乎就代表了魅力的巅峰。

"弗雷德说，生个孩子也许能给我找些事情做……"

我太了解朵儿了，知道她之所以随口说出这件事情，实际上是在掩饰内心更深处的担忧。

"那你现在是怎么想的？"我小心翼翼地问道。

做你最好的朋友的男友应该是件困难的事情，对吗？因为你永远都觉得他配不上她。但假若他们还在一起，你的批判也只能是有限的。

"我才 21 岁，而弗雷德自己也还是个长不大的孩子。"朵儿回答，"你觉得想要先结婚会不会有点老套？"

"如果这是你想要的，那就不会。"我边说边想着隆胸、色情片、婴儿工厂的事情。你到底怎么了？

"弗雷德说我们应该要个孩子，看看事态的发展如何。"

"不过这不是弗雷德能够决定的事情，对吗？"

朵儿的脸上绽放出了笑容。

"你这么说让我松了一口气，泰丝。"她回答，"我可以假装自己在尝试，对吗？"

这真的不是我在暗示她的意思。

再次聚在一起吃午餐时，我忍不住开始对弗雷德另眼相看。长相俊朗，没错；算不上盒子里最锋利的那把刀，但也足够幽默。如果你能忘掉色情片的事情，他可能足以做个好爸爸，但我可忘不了。话说回来，房子、车子、衣服、首饰和充满诱惑力的假期就能让他成为朵儿该嫁的那个人吗？而我又凭什么坐在这里吃着免费的午餐、接受免费的温泉鱼疗，还对别人的事情指指点点呢？

"我和奥尼尔夫人去了教堂。"刚一进门，霍普就告诉我，"我们唱了圣歌。"

按摩带来的温暖舒适感让我的双肩松了下来。

"迈克尔神父说，她很少去教堂，太不像话了。"爸爸说，"他说她应该加入合唱团。"

"你本应该问我的。"我嘟囔着。

一旦霍普养成某种习惯，就很难再摆脱它。

妈妈去世之后，我就不再带着霍普去参加弥撒仪式了。没有它，我觉得自己做得已经足够了。我知道妈妈不会喜欢我们这个样子的，但她自己也说过，你不需要通过参加弥撒仪式来相信上帝。我不确信自己是否还相信上帝，尽管我发现自己时常也会祷告——希望其他孩子能够选中霍普加入他们的游戏队伍，或是希望她不要突然火冒三丈。但我居然会祈祷她能在我们去医院接受检查时发上一顿脾气，因为如果她表现得很好，说不定会让他们以为一切都是我编造出来的。

"她是我的女儿，泰丝！"我的父亲喝道。

"那你有没有陪她一起去呢？"我问道，心里明知道他没有。他去了酒吧。我可以从他脸上的表情和他身上的味道判断出来。

寻欢作乐。妈妈过去常这么形容。我查过字典。显然这是一个 19 世纪的词语，来自法语，意思是"四处寻找乐趣"。

在接下来的沉默中，霍普开口答道："爸爸去接安妮了。"

"她就是你的卡拉 OK 伙伴，对不对？"我直视着他的眼睛。

这话让他吃了一惊，脸上出现了 "到底是谁告诉你的"的表情，让我心里因为胜利而小小雀跃了一番。

"那安妮是个什么样子的人？"我问霍普。

"安妮像是草莓奶酪蛋糕。"她说。

老实说，接下来的那个周末，当安妮邀请我们过去时，我发现她几乎是上天赐给我们的意外惊喜。她也是个寡妇，丈夫在桑当公园因为最后一场比赛的大笔累计赌注而突发严重心脏病去世。就在他的马快要到达终点时，他吐出了自己的最后一口气。就像安妮所说的那样，这意味着他是快乐地死去的——"人终有一死，不是吗？"——于是安妮就成了他为两人赢得的奖金的受益者。她拥有一座美丽的新独立住宅，还有一辆红色的马自达两座敞篷小车。和我父亲公开关系后不久，她便允许父亲开上了这辆小车（我一直不太清楚他们此前交往了多久，但我从未试图了解过）。最棒的是，安妮的厨房餐厅里还摆放着一台自动唱机，一看就是 50 年代的外形，但播放的却是 CD 唱片。

"霍普想什么时候过来我都很欢迎。"她说。

当然了，安妮对于霍普在这一点上是多么的咬文嚼字毫不知情，却又迫切地想要讨好我爸爸。我无法理解她，因为我觉得她比他优秀太多。但爸爸倒是把自己洗刷得很干净，因为只要事情符合他的心意，他就可以变得既慷慨又迷人。

生活要充实是安妮的人生观。我猜这正好也是爸爸所需要的。她显然是个令人印象深刻的女人，留着丰盈的灰金色头发，每次与你见面时都会穿着不同的紧身裙。她号称自己只有 51 岁，和爸爸一样。但从她脖子上的纹路判断，我猜她的 51 岁应该已经过了好几年了，尽管朵儿说日晒也可能让你的皮肤看上去更加的衰老。看着安妮艳粉色的口红、丰满的乳沟和紧身衣外溢出来的一小圈肥肉，我脑海中浮现出来的就只有"相貌粗俗"这个词。而她肆无忌惮的笑声和带进屋里的那种味道和疲惫感让我看不出她和我的母亲之间存在任何相似的地方。

　　我拿定了主意。说不定安妮的出现是件好事。我试图不去在意她谄媚的企图，也不介意她把戴满戒指的手放在我的手臂上、用神秘兮兮的语气对我耳语道："你爸爸说他不知道若是没有你该怎么办。"我相信他从没有说过这样的话。

　　安妮在杂志上找到了一篇提及阿斯伯格综合征的文章。文中写道，人们认为艾尔伯特·爱因斯坦也得过这种病。她这么做实属机灵，因为这为说及此事提供了谈资，甚至是炫耀的资本。爸爸总是喜欢给大家找点话题。

13

2001 年

格斯

这一天的开始和其他的早晨一样，或许更加急迫一些，因为今天是我们在医院里的综合临床护理课程开始的日子，也就是说，我们得表现得像个真正的医生一样。能够身处急诊室的深渊、把工作看作是对我和病人的生死考验，我感到十分高兴。如果我无法应付这些受伤的人，那早点发现总比很晚才知道要好得多。在检查一位建筑工人被砸伤的手、在一位用一根绳子系着浴袍的老人——他是在一间堆满了报纸还养着鸽子的公营公寓里被别人找到的——屁股上发现几处化脓的病变时，我发觉自己并没有什么神经质的地方。

让露西和我都始料不及的是众人给予我们的关注所带来的压力。因此，我们只好假装知道自己在做些什么，却没有了和同学们喝着咖啡验尸的那种黑色幽默般的情感宣泄。第一天晚上，我们到家时都已筋疲力尽。要不是露西想到病人会受不了我们的口气这一问题，我们本该从附近的印度菜馆买上一份外卖。于是我做了些干酪吐司。

"怎么样？"在我们俩都重重地坐在沙发上时，露西开口问道。

"没死人。"我告诉她。这句陈词滥调对于医学院的学生来说有着一种残酷的共鸣。我已经累到无力谈起任何细节了。

令我感到惊讶的是，露西发现儿科门诊竟然颇有挑战性。

"他们不仅没有教过我们该如何和孩子打交道，更没有教过我们该如何应付家长。一位父亲就在会诊医生的办公室里大发脾气。我和那个孩子坐在外面的走廊上，假装没有听到他的喊叫声……我只不过是不知道该如何处理这种事情而已。我真是一无是处！"

"你才不是一无是处呢。你是个优秀的医生。"我试图给她打气，"老实说，我愿意赌你稳赢。"

"真的吗？"

"显然，只押 5 镑。"

想逗她笑并不是什么难事，但第二天早上，和她相比，我觉得还是自己更有干劲一些。

在尤斯顿路的路口处，我们飞快地亲吻了彼此，然后分头上路。就在我站在那里等待信号灯变绿时，我看着露西渐行渐远的身影，心里有些期待她能够转过身来，在她消失在我的视线之前朝我挥一挥手。但我从她僵硬的步态里能够看出她心事重重。她没有转身，而我半抬着的手臂也很快放回了体侧。

画面经常会被印在一个人的脑海里真的是件有趣的事情。此时此刻，站在伦敦的街头，听着不绝于耳的噪音，感受着 9 月微凉的徐风吹过我的头发，看着我的女友一步步离我远去，这个记忆中的画面似乎成了我人生的转折点。

急诊室里总是一片繁忙：一个日本女孩晕倒在了地铁里，可除了没吃早饭之外，她的身上没有任何严重的病症迹象；一个蹒跚学步的婴儿在动物园被蜜蜂蛰伤，耳朵浮肿得令人担忧，在注射了抗组胺剂之后被留院观察，而他的母亲则准备拿着医嘱去全科医生那里领取肾上腺素，以防孩子将来再被蛰伤；一个从自行车上摔下来的通讯员被诊断患了脑震荡，拍完 X 光片后被允许住院治疗。

休息时间到了。我正准备去外面呼吸一下新鲜空气，却注意到一位老妇人正孤零零地坐在救护车入口处的一张轮椅上。

"我在等待救护车上的人。"她告诉我。

一旦我错误地开口提问，就会发现自己总是很难脱身，因为她是那么的唠叨，还像许多老人一样迫不及待地想要为自己引起的混乱表示抱歉。她解释说，自己给正在上班的女儿打了电话，是对方叫她拨打 999 急救电话的。她自己是不会求助的，因为这有可能不是什么大事，只不过是她的手臂感到有些不适。

"你说的不适是什么意思？"我问道。医生会这样提问吗？

"嗯，我的手冰凉，但又不是会冻死的那种感觉，你懂吗？"

一旦走进医院，你就会失去对于时间和天气的感觉，但我记得露西和我走路过来上班时还是个大晴天。

"你第一次注意到这种情况是什么时候的事情？"我问道。

"应该过去几个小时了吧？我突然感觉有些不太对劲。然后它就整个凉了下来，似乎怎么也暖和不起来。是我的女儿叫我打电话叫救护车的。我觉得自己有点蠢，你懂的，因为我告诉他们：'哦，我的手臂冰凉。'"

"你做的是对的。"

"那你觉得情况严重吗？"

我试图安慰她的天真想法只会让她感觉更加警惕。让我如释重负的是，两位急救人员出现了。"你还好吗，科林斯夫人？"

"我正在和这位好心的医生说话。他觉得情况可能比较严重。"

急救人员用正经医生看待医学院学生的轻蔑眼神看了我一眼。"我们现在就送你去找分诊护士。他们会处理所有细节的。"

我被叫去处理了一个舞蹈学生摔倒后扭伤或摔断了脚踝的病例。结束之后，又轮到我去吃午饭了。所以当我再次看到科林斯夫人时，她应该已经等了一个多小时了。

"你的手臂怎么样了？"

"它从没有这样惨白过……"

"医生帮你看过了吗？"

"我还在等着呢。这里很忙，是不是？"

对于手臂冰冷、发白的症状，我唯一能够想到的便是缺乏血液供应。然而，在她的衣服并没有紧绷的袖管，身上也没有戴着止血带的情况下，这对我来说似乎意味着动脉阻塞。而我知道的唯一能够阻塞动脉的东西就是血液凝块。这可不是什么好事。

我苦思冥想着另外一种解释。我凭什么觉得自己能比一位看病多年的分诊护士知道得更多呢？即便如此，一旦警报在我的脑海中拉响，就怎么也停不下来了。我走到分诊台旁询问科林斯夫人病情的进展，试图暗示这个老太太一直都在纠缠我。分诊台的护士看了看眼前的屏幕，告诉我科林斯夫人正在等待血管专科住院医师的诊断。

"有没有人告诉医师情况很紧急？"

从对方的表情中我可以看出，我的行为已经超越了自己的权限。尽管我对此心知肚明，却还是决定要给自己烙印上麻烦制造者的标签。既然祸已经闯了，我就不准备后退。

在学校里时，我从不擅长"不眨眼"的比赛，也从未设法打败过罗斯。但我已经下定决心要让这位护士拿起电话的听筒。她在键盘上重重地按了几下，然后把听筒交给了我。"由你来解释可能最好。"她的声音里带着些许胜利的意味。

血管专科住院医师显然不是什么可以和你闹着玩的人。

"什么事？"简单粗暴。还是位女士。

"您好……呃……我是个医学院学生。我也许看错了，但我觉得楼下有个病人情况很紧急，你应该下来看看……"

"那是因为？"

就在我描述科林斯夫人手臂的情况时，我才意识到自己正对着话筒里的忙音说话。分诊台护士的脸上露出了得意的笑容。

我警告了专家。我尽力了。无论如何，如果真的是血块，我也没有资格开具血液稀释剂的药方。如果她的病情并非如此，我又开了药，将会把病人置于出血的风险之中。我甚至不擅长进行静脉注射。我好几次都不得不呼唤护士进来帮我的事实已经决定性地证明了这一点。最后，你会发现自己产生了这样的想法：*如果她现在死了，也不是我的错。*

我能做的就只有这些了。

我不喜欢这句话。

它听上去是那样的合情合理、真实诚挚，把话说全的意思就是：*我们什么方法都尝试过了，也尽了自己的全力，而且真真正正是在为病人的安危考虑*。但事实上，这话很少是真实的。我并不是说医生都是懒惰的，或总是在恣意犯错，不过当急诊室里一片繁忙时，事情总是很容易被错过或耽误。幸存常常是运气的问题。

我自行走到了救护车的入口处，站在一片柴油机烟气中幻想着自己能够脱掉白大褂，像个自由人一样走出去。

　　学习医药学的第一个学年里，我曾下决心不让父母失望。第二年，露西让我相信了每个人都和我拥有同样的担忧和不安。第三年，在其他大学生毕业、开始赚钱时，我意识到很少有人真的喜欢自己的工作。至少做个医生还能拥有不错的收入。但我从未设法压抑过脑海里那个尖叫的声音——每当我倍感压力时——*我不想做这一行！*

　　回去的路上，我几乎迎头撞上了一个穿着医生白大褂的瘦小女子。和别的医生不同，她把白大褂上的扣子全都系了起来。颇具诱惑力的是，她的身上除了纯黑的紧身连裤袜之外——或者应该叫做丝袜——什么也看不到。

　　"安格斯？"

　　多少年了，除了我的父母，没有人会这么叫我。

　　"夏洛特！"

　　"你应该叫我格兰特医生！"

　　这是一个笑话，还是一条命令？也许两者都有。

　　"格兰特医生。"

　　我咯咯地笑了起来。

　　她却一脸严肃。

　　"你在这里做什么？"我问道。

　　显然她也在这家医院工作，但我以前却从未见过她，也不曾在急诊室的板子上注意到她的名字。

　　"我是血管专科住院医师。我是被某个该死的学生叫下来的。你呢？"

　　"我就是那个该死的学生。"

　　她不耐烦地叹了一口气。

　　"那好吧。人在哪儿？"

我把她领到了科林斯夫人的床边，在她拉上窗帘时退了出去。我从不理解这样做是为了什么，因为这在让病人误认为自己拥有隐私的同时也让周围的人更想要竖起耳朵偷听。我在附近徘徊着，希望能够从夏洛特冷静专业的会诊中学到点什么。

"……好了，这样吧，科林斯夫人，我们会找一位护士在你的另一只手臂里注射一些药物，看看能否让这只手臂快点好起来。"

窗帘拉开的速度比我期待中的还要快，害得我以为有人发现了我在偷听。

从她的声音里，我并没有听出夏洛特认为情况与常规相比有什么严重的地方，但她冲向护士接待台时显然火冒三丈，还用清楚有力的言辞告诉他们，尽快给科林斯夫人注射肝磷脂。

"然后我要她住到我的病房里来，明白了吗？见鬼，到底是谁负责分诊这个病人的？"

办公桌旁的护士明显退缩了。"她去吃午饭了。"

"算她走运！"

夏洛特再一次意外地飞快转过身来，让我感觉自己仿佛在跟踪她。

"干得好，麦克唐纳医生。"她一边微微朝我眨着眼，一边大步流星地走了过去。

她消失在走廊上之后，醉人的香水味仍旧徘徊了几秒钟，让我在酸腐消毒水味中短暂地舒了一口气——尽管它永远也无法完全掩盖住顽固弥漫在繁忙急诊室里的脓毒和粪便味道。

下课的时间到了。几个因为踢足球而受伤的男孩走进了急诊室，但在酒鬼们把这里挤满之前那段平静的傍晚时光当天并没有到来，因为一场连环撞车事故送来了 17 名轻伤患者和 1 名死者。

下午 5 点钟，有人问我是否能够留下来，而我仅仅抽出了一点点时间给露西打了个电话。当我们意识到彼此会在不同的地方工作时，我们就购买了两部新手机。回想起来也许有些奇怪，那时候的电话还没有连接到网络，只有在紧急情况下才会被人带在身上。伴随着警笛声越来越近，我站到了救护车驶入医院的那个地方，因为医院里是不允许打电话的。

当我说自己不是那么神经质的时候，我还没有见过那些脸被烧掉的人。奇怪的是，恐惧并没有让我想要走开，因为我知道自己能够派上用场。肾上腺素会让你勇往直前，而你只需要做自己该做的事情，也就是活在当下。我仅仅利用两辆救护车到来的间隙短暂休息了一会儿。站在自己先前还梦想着要离开的同一个地方，我发现自己心里在想，*我爱这份工作！*

从那一夜起，我开始抽烟了。大家都以为医生会为了健康的考虑拒绝抽烟。但事情并非如此。当你目睹了生命是多么脆弱时，似乎就不会那么在意未来的健康这种模糊不清的概念了。我在学校里时就曾抽过烟。这是迫不得已的——如果你不想被人贴上胆小鬼的标签的话。所以，当站在我身边的男护士为我递上一支烟时，我感觉接受它就像是在表达一种团结一致的姿态。

我一直忙到 11 点多才下班。此时我已经连续 16 个小时处于清醒的状态中了。我不累，但如果我没有在医院的入口处碰到夏洛特，我还是会直接回公寓里去。

"安格斯。"她说，"又是你！"

我分不清这样重复的相遇是受人欢迎的还是令人烦躁的。

"科林斯夫人怎么样了？"我问道。

这似乎已经是很久以前的事情了。从那时起，我说不定已经过了好几辈子了。

"我想我们设法保住了她的手臂。"她说，"你能打电话来还真是个不小的奇迹。我的同事都没有意识到情况的紧急性。"

我不知道她是否在隐瞒什么。"所以说,你喜欢这个工作吗?"她一边走在我的前面,一边微微向后仰着头与我聊了起来。一件柔软的灰色开襟羊绒衫被随意搭在了黑色的背心和轻抚着她套着纯黑色连裤袜双腿的齐膝短裙外面,高跟鞋啪嗒啪嗒地拍打着人行道。

"喜欢这个词可能不太妥当……"

"车祸?"消息显然传得很快,"很糟糕吗?"

"'糟糕'对于我看到的那些伤口来说像是小孩子的措辞。"

"很糟糕。"

我们走到了托特纳姆法院路的路口处。她要往南走,而我则要往北走。

"你有什么地方要去吗?"夏洛特突然问道,"你看上去需要喝一杯。"

这话听上去更像是一个诊断结果,而不是一种邀请。和前辈同事进行社交有什么礼仪需要注意吗?我告诉自己,这是夏洛特。我自从 13 岁起就认识她了。

我瞟了瞟手表。酒吧早就打烊了。

"我不知道我们能去哪里。"我说。

她发出了一声轻笑。

"我们可以去我的俱乐部。"她边说边举起手臂,拦下了一辆我甚至没有注意到正在靠近的出租车。

这间俱乐部是 SOHO 区众多时髦的社交场所之一,安装着带相机的应门对讲电话,前台还站着看上去很酷的员工。俱乐部里挤满了二三十岁、矫揉造作的人。

"这里大部分都是媒体人。"在我们于人群中穿梭时,夏洛特告诉我,

"但我认识委员会里的某个人。"

这个某人是男还是女？我不知道，双眼只顾紧盯着眼前乌黑的头发束成的松散发髻。是一个男人，我判断。夏洛特太吓人了。我无法想象她会和露西一样拥有一群嘻嘻哈哈的女性朋友。我的眼睛扫视着鸡尾酒吧、墙上的现代艺术品、厨房里忙碌的厨师、黑板上用粉笔写下的菜名——鼠尾草配南瓜水饺、慢炖猪腩肉、焖烧菊苣——试图接受所有的细节，好让自己能够完整地形容这个我们从不知晓的夜晚派对世界。

"这里一直都是这样的吗？"我不得不提高嗓门，好让她能够听到我说的话。

"我想今晚有点《罗马帝国衰亡史》的感觉。"夏洛特回答。

我们从一个房间里挤了出去。起初，我以为那里的人们正在观看巨大等离子屏幕上播放的什么灾难电影。

我停留了片刻，这才意识到这些报道来自一个美国新闻频道。在那些重复播放的画面中，一架飞机飞过消防员的头顶，直冲向了世贸中心的其中一座塔楼。紧接着，一个长镜头捕捉到了两座塔楼的画面：其中一座正冒着滚滚浓烟，而第二架如黑色鸟儿般渺小的飞机则迎头撞上了另一座塔楼。

"我的天啊！"看到塔楼被撞击到的地方眼看就坍塌了下来，记者喊道。

"出什么事了？"

夏洛特朝我皱了皱眉头，仿佛以为我是在开玩笑，随即才意识到我是真的感到十分困惑。

"哦，我的上帝，你是不是这个星球上唯一一个还不知道发生了什么的人？你不觉得外面太冷了吗？"

"不，我们……"

夏洛特带着我爬上了几节狭窄的楼梯，推开尽头的大门，来到一处点着柔和灯光、摆着奢侈花园家具的屋顶平台上。离开那群令人热到滴汗的酒徒，晚风让人感觉神清气爽。

一位女服务员在我们深深陷入铺着亚麻布靠枕的藤条转角沙发时走了过来。"我能为你们点些什么吗？"

"给我来一杯灰鹅马提尼鸡尾酒，干一点，挤一片柠檬进去。"

"我也一样。"看到女服务员向我转过身来，我附和道。

灰鹅原来就是伏特加，而且无疑是一种贵得出奇的牌子。第一轮酒水被端上桌之后，担心谁要来买单的刺痛感在第二轮酒水过后得到了安抚。马提尼鸡尾酒既黏稠又冰凉，一下子就让我放松了下来。在我所能想象到的东西中，它的效果是最靠近注射性吗啡的。

在夏洛特重述着自己对于纽约发生的事情的所听所闻时，我抽上了当天的第二支烟。她抽的是红色的万宝路。我记得她就是这么有胆量。丝刻或淡味万宝路可不符合她的品位。我心想，有关她的一切都是那么的酷，同时试图不去盯着她的嘴唇。

"我很惊讶他们竟然还没有封锁伦敦上空。"她说。

我们的眼神跟随着默默划过夜空、朝着西边的希斯罗机场落下的飞机发出的亮光。

"你觉得世界快要终结了吗？"她问道。

我记得自己心里想着，*如果世界真的快要终结了，那该是多么惊天动地的一种死法呀！* 和夏洛特一起啜着鸡尾酒，坐在从街道上看不到的巴洛克风格廊柱建成的神奇屋顶上。如果罗斯能够看到我和她在这里聊天，甚至偶尔逗她发笑，该是多么神奇的一件事呀。他会气成什么样子呢……

"你在这里拥有会籍有多长时间了？"我问道。

她思考了一下我的问题。"我猜有好几年了吧。"

那就不是和罗斯一起入会的。

我注意到她抽烟只抽一半，然后就会决绝地掐灭它们，仿佛是在告诉它们——告诉自己——她不需要更多了。

"你的朋友呢？那个委员会里的人？"

我已经醉到虽然能够听到自己的声音，却觉得那仿佛是从别人嘴里说出来的话的程度了。

她像只猫一样在靠垫上伸了个懒腰。

"你不是在试图打探我的生活史吧，啊，麦克唐纳医生？"

"哪儿的话！"

"你经常去剧院吗？"她问道。

多么不合逻辑的问题呀，我不知道自己是否错过了某段重要的对话。

"我从没有去过剧院。"我回答。

"哦。只不过上一次你说你去了国家剧院。"

上一次？她说的是罗斯去世后的第一个圣诞节吗？那已经是将近四年以前——或许是更远以前的事情了。我只不过是个小男孩，对于伦敦所拥有的一切都充满热情。我不相信她居然还记得。

"……所以我猜……"

"是的，没错，我还是很喜欢剧院。"我回答，"只不过我从来没有去过。"

"我们应该去那里看点什么。"她说。

我看着她空荡荡的马提尼酒杯，心想我并不是唯一一个满嘴胡话的人。她是在和我调情吗？

"再来一杯？"她问道。

"为什么不呢？"

我醉得头脑马上就要陷入一片空白，却荒谬地感觉一切尽在掌握之中。

我不记得我们又喝了多少杯，也不记得账单是怎么支付的，更不记得我走在她身旁、路过 SOHO 广场那座工程巨大却又毫无用处的小小都铎式建筑时都说了些什么。我们穿过空无一人的牛津街，沿着与之平行的一条小路走到了林立着大门紧闭的希腊餐馆和比萨店的托特纳姆法院路。

"夏洛特街……"我读着街道上的路牌。这已经不是我第一次怀疑自己是不是在做梦了。

"没错，完美，是不是？"她答道，同时活泼而又轻蔑地笑了起来，"这就是我家了。"她指了指报亭旁边的一扇门。

我模糊地记得她在当晚某一时刻曾经告诉过我，她是从巴特西搬到这里来的，为的是能够离医院近一点，但我的大脑过了好一阵子才反应过来。

"你要不要上来喝杯咖啡？"

这是一间一居室的顶层公寓，屋檐下镶着碗橱，嵌着巨大天窗的玻璃门通向了一座小小的屋顶平台。

"坐吧。"夏洛特吩咐着，顺手把水壶放了炉灶上。这间小小的厨房低矮得令我无法站在里面。

屋子里可坐的地方只有摆在小巧圆形工作台旁边的两把曲木椅子，还有那张铺着重磅白色棉布蕾丝床单的大号床铺。天花板上悬着的枝形吊灯上还挂着彩色的玻璃花。整个房间的风格像是圣日耳曼大道后巷里风格独特的古董店——那种看上去不会面向公众开放的店铺。

夏洛特回来时手里还端着两个并不匹配的陶瓷杯。

"说真的，这不过是个临时住处，但你可以过来看看这里的风景。"她和我擦身而过，打开了玻璃门。

一边是近得有些惊人的巨大电信塔，另一边的那一片房顶黑得让人有些意外，毕竟这里是如此靠近伦敦市中心。窗外宁静得几乎如同郊外一般，仿佛这里并不是 SOHO 区的一处屋顶。要不是夏天开着窗户，我们可能也听不到远处尤斯顿火车站主线上偶尔传来的遥远汽笛声和火车运行时铿锵作响的声音。

"你看，"我说道，"我觉得现在可能是时候回家了。"

"哦……"

不是好吧。只有"哦……"

屋顶平台实在是太小了，我都能闻到她茶杯里飘散出来的菊花味道的热气，掺杂着她身上强烈的香水味。她是不是刚刚才往自己的身上喷过香水？她为什么要那么做？她是不是喜欢我？当然不是了！不是那样的。所以说，这全都是个笑话？身处楼下时，我的头脑还是十分清醒的。我觉得自己已经在散步的过程中把身上的伏特加酒气全都消耗掉了。然而，此时此刻，在热乎乎的黑咖啡的刺激下，酒劲似乎又卷土重来。我感到有些紧张不安，甚至有些心怀恐惧，不知为何感觉若是把身体转向她，即便只有一度，自己都会落入危险之中。

她挪动着身体走到一旁，踢掉了鞋子，坐在床上，朝着电视机举起了遥控器。

"上帝呀！"她喊道。

"怎么了？"我在她身边的床沿上坐了下来。

电视上正在播放两座塔楼坍塌的画面。两座宏伟的、象征性的建筑就这样崩塌成了废墟。街道上的人们被灰尘和碎片引发的滚滚尘埃追得四处逃窜。这些画面意味着，世界将不再一样了。

我们两人都默默地凝视着屏幕。紧接着，夏洛特朝我转过身来，恐惧让她的脸庞变得更美了。我突然感觉自己是可以做到的，于是我们开始亲吻彼此，一边脱着对方的衣服一边紧闭双眼，似乎是要忘却现实。

原来她穿的是长筒袜，就是每只袜子上各有一节蕾丝绑在大腿上的那种。

和夏洛特做爱带来的超现实感和与电影明星在一起缠绵一样令人兴奋。她能屈能伸的肉体，饥饿的双唇，故作屈服的企图将我带到了我以前从未体验过，甚至从不知道它的存在的愉悦与痛楚的顶峰。

我伸展着四肢躺在床上，胸膛上靠着我哥哥曾经拥有的纤瘦而又貌美惊人的女友，无法相信刚刚发生的事情，更是不愿挪动一下，生怕这样的幻想会突然化作令人难以应付的尴尬。

夏洛特终于抬起了自己的脸庞，嘴唇的颜色因为亲吻而加深了许多，一头长发凌乱地散在肩膀上。

"你无疑已经长大了。"她说。

我什么话都不敢说。

她从我的身上滚了过去，挪开我的手臂，好让自己能够躺在我的身边。

"你知道吗……"她牵起我的一只手，引导着我把它放到了她的双腿之间，"我觉得还不够。"

犯罪就像撒谎一样。一旦做过一次，那么第二次似乎就不那么罪恶了。

第一次，我全部的思想都集中在试图感受她想要什么，还紧闭着双眼。此刻，我目睹着她进入高潮的那个美妙时刻，心里希望这一切永远都不要停止，手指和她一起变得湿润起来，脑袋被她紧紧地揽在了怀中。

"谢谢。"事后她说道。

我应该说些什么才好呢？我什么也没有说。

"你很英俊。你知道吗？而且一定会随着年纪的增长变得越来越帅。"

"就像奶酪一样？"

"或是葡萄酒。"她笑了起来。

我试图对她说些什么,可脑海里排练的每一句话似乎都有些愚钝或平庸。我可不想光着身子遭人鄙弃。

"我得走了。"我亲吻了一下她可爱的鼻尖。

"真的吗?"她拽起一块床单,遮挡住了完美而又小巧的滚圆胸脯。

她是不是有点生气了?因为我要走了?因为说走的人是我,而不是她?

"真的。"我回答。

她看着我穿上了衣服。

"那后会有期。"我说。

她沉默了。

我自行走出了房门,跑下四段狭窄的楼梯。

在我步行回家的路上,天已经破晓了。我径直走进了浴室,把自己深深埋进了浴缸的净水中,无法相信自己做了些什么。

这是一场意外。

都是伏特加惹的祸。

都是纽约的灾难惹的祸。

这样的事情再也不会发生第二次了。

那么,我该怎么告诉露西呢?是多说一些,还是少说一些?我开始渐渐明白了,在纯粹陶醉的那一瞬间,我让自己的整个人生都陷入了危机之中。奇怪的是,我在那一刻到来之前丝毫没有感觉到内疚,因为夏洛特和我与露西的生活实在是差之千里。如果我背叛了任何人,那一定是罗斯。

我是不是该坦白一切,让事情早点过去?如果我出面解释,我几乎可以确定露西是会原谅我的。或者,她会原谅我吗?我为什么要伤害她呢?这种事情再也不会发生了。我直到现在才碰到夏洛特,不太可能再次和她相遇。如果我们遇到彼此,她也会装作什么都没有发生的样子。我们两个都会这样做。她也许已经在后悔了。这只不过是我们生命中的一个脉冲信号而已。一股从过去涌入现在的浪花，正轰隆作响着飞溅开来，然后再一次渐渐衰退。

在我用毛巾擦拭着身体时，我开始琢磨要说些什么。不能提做爱的事情，所以也不能说到顶层公寓、俱乐部和夏洛特的名字。我用两只手捂住了嘴巴，试图闻闻自己的口气。我不知道若是不提酒精的事情能否逃得掉。不。在我的叙述中，也许我把一瓶伏特加放了那个给我递烟的男护士手里。这是痛苦的一天，因而我们需要在下班后喝上一杯。

我在客厅的沙发上躺了下来。几个小时之后，露西把我从没有梦境的沉睡中叫醒了。昨晚发生的一切似乎根本就不是真实的。

"你居然在这里睡着了，真的很贴心。"她边说边递给我一杯热茶，"不过我真的不介意被你叫醒。"

所以我什么也不用说了。

我的脑袋感觉异常清醒，身上却战战兢兢，有些湿冷，仿佛自己流出的汗水都是伏特加似的。我猜我血液里的酒精含量还是有些高得离谱，无法治疗病人，但我是绝不会在上班的第一个星期就请病假的。于是我给自己做了一份吐司，配上炒蛋和许多黄油，而露西则在一旁吃着一碗什锦麦片。

"这是不是很糟糕？"她一边听着广播里的新闻，一边问道。

"难以置信。"我回答。

那一天余下的时间里，我的宿醉让我距离心悸只有转瞬的距离。结束轮班之后，我马上就离开了，步行回到公寓里，在露西还没有到家之前便早早睡着了。醒来时，黎明还没有降临，于是我决定出门跑跑步。这是我这个星期第一次跑步。回来后，我冲了个澡，为早餐做了些烤薄饼，感觉支离破碎的自己再一次融合在了一起。

我们聊起了周末回到露西父母位于布罗德斯泰的房子里度周末的事情——如果天气晴好的话。露西在尤斯顿路的路口离开我之后抬起手臂挥了挥手。世界还没有终结。一切都还在正轨上。我向自己发誓，永远不再喝马提尼鸡尾酒，不管是灰鹅还是任何别的牌子。

下午过去一半时，我正用听诊器聆听一个小男孩的胸腔，心头又涌上了一种充满孩子气的兴奋之情，身上的寻呼机却响了起来。我忽略了它，只顾着和孩子的母亲讲话。他的胸腔显然没有问题，所以我们需要检查一下他患上哮喘的可能性。她脸上警惕的表情让我想起了露西提到自己和患儿的家长打交道的事情。成年人在听到自己的诊断结果时一般都会比聆听孩子的病情时坚强不少。

我的寻呼机再一次响了起来。信息显示内线电话有人在找我。

"你有5分钟的空闲时间吗，麦克唐纳医生？"

夏洛特粗暴的语气让我以为自己一定做错了什么事情。

"我会在顶楼和你见面。"她说道。

医院里的电梯慢得出奇，所以我选择了走楼梯，何况这还能允许我透过平台上的玻璃门观察一两秒钟她身上系着纽扣的白大褂和长筒袜。她有些不耐烦，两只脚不停地转换着，同时还在不住地看表。"格兰特医生？"

"麦克唐纳医生。"她被我吓了一跳，边说边扭转着高跟鞋，"我有些事情需要你的意见。跟我来。"

她领着我走进了后楼梯间的大门。但我们没有朝着下面的病房走去，而是迈上台阶，来到了通往房顶紧急出口的另一座平台上。她靠在门上，抓过我的手，把它放进了自己的白大褂下面。

我能够听到低层平台上正有人脚步凌乱地上下奔跑着，还有电梯发出的嗡嗡声和呼呼声。在她开始发出尖锐的喘息声时，我本能地用另一只手捂住了她的嘴巴，以防她叫出声来，不料这却让她变得更加狂野起来。她拉开了我的拉链，用两条腿紧紧地夹住了我身体，尖锐的鞋跟束缚住了我的臀部，让我别无选择地只好推进了她的体内，让她进入了一波又一波的高潮之中。

我以前还从未站着做过这件事情，就更别提穿着衣服、在医院里或是看着眼前的绿色小人图案、靠在平台的大门上了。这种感觉很肮脏，很错误，却很美妙。

我们站在那里，紧紧地卡着对方，靠在彼此的脖颈上喘息着，直到她把我推开。我拉上拉链，看着她用手指拢了拢头发，绑好了发髻，然后抚平了身上的白大褂。

"你从不穿内裤吗？"我问道。

"我并非总是这样的，如果你想问的是这个问题的话。"

我并没有这么想，不过现在倒是开始思考这个问题了。我不知道这会让情况变得更好还是更糟。

"我不能这么做。"我回答，"我有女朋友了。"

"这之所以棘手是因为……"

"我爱她。"我回答。

她不易察觉地耸了耸眉毛，却足以让我感觉自己是个伪君子。

"哦，那太可惜了。"夏洛特说，"我们在一起很合适呢。"

她伸出手触摸了我的脸。她爱抚我脸颊的动作几乎比我们做过的任何事情都要更加亲密，所以我不得不再一次亲吻她。她很擅长接吻，动作虽然缓慢却性感撩人。

"你真是这世界上最可爱的家伙。"我说。

"你也是。"她回答，"你是最棒的，安格斯。有史以来最棒的。"

14

————

2002 年

泰丝

三周年纪念日时，戴维给了我一个惊喜：带着我去伦敦度周末。他安排霍普去安妮家过夜——爸爸其实已经彻底在那里住下了——还就我们应该住在哪里的问题征求了朵儿的意见，全都没有让我知道。我们赶上了一辆满载着阿森纳球迷的火车。一群人早上 9 点就开始喝上了贮藏啤酒，让戴维在对比数据和预测比分中度过了一段快乐的时光。到达伦敦时，所有身穿红白球衣的人都愉快地涌向了地铁站。我知道他也很想跟着他们去看比赛。

朵儿显然提议帮我们预订希尔顿酒店。尽管这样的提议很慷慨，但戴维并没有接受，着实让我松了一口气。不过他选择的那家位于南岸街的酒店着实有些简陋、缺乏人情味，所以我替他感到有些失望。我们的房间朝向建筑中央一处肮脏的天井。厨房的排气管道正向外抽着咸肉的味道。

"不管怎么说，我们不会花太多时间待在这里，对不对？"我试着尽情享受这一切。"多么令人激动啊！我以前还从未在伦敦过过夜呢。还有，这些鲜花太美了。"

戴维事先打电话订了白玫瑰送上门。每年的纪念日，他都会送我白玫瑰，因为我们第一次接吻的婚礼帐篷里就堆满了这种花，所以我从未提起过我们在母亲的棺材上也摆上了白玫瑰的事情。

午餐时，我们在科斯塔咖啡吃了一个三明治，喝了一杯卡布奇诺咖啡。在其他咖啡馆引进带有奶泡机的浓缩咖啡机之前，这可是一种不可小觑的款待。戴维说下午的活动安排取决于我，因为我更熟悉伦敦。

"我们去伦敦眼怎么样？"我提议，心里知道这也是他想做的事情之一。

"把一下午的时间都浪费在排队上太可惜了吧……"他回答，坚称他更乐意到我和朵儿曾经闲逛过的地方去看看。可当我们在前往地铁站的路上经过了一家酒吧时，我看到他扭着脖子看了一眼天空体育频道播放的比赛。

"我们为什么不稍后在酒店会面呢？"我问道。

"你确定吗？"

我径直走到了滑铁卢桥，然后沿着河岸来到了泰特现代美术馆。

安妮施·卡普尔的一座血红色巨大雕塑如同飞机库里的大型喷气式客机一般占据了涡轮大厅里宽敞的空间。在我看来，它就像是一个巨大的人体器官。看到作品的标题写着《玛尔叙阿斯》，那个被剥皮的神话人物，我的判断似乎言之有理。

在画廊里，我花了很长时间观赏马蒂斯的一幅名叫《蜗牛》的剪贴画作品。螺旋状的鲜艳色彩给我带来了一种愉悦的感觉。我很高兴戴维没有在这里发表评论，说这幅画就像自己四岁时的作品一样。每当看到新闻里的现代艺术作品——比方说毕加索的画作在拍卖中获得了最高竞价——他总是会这么说。尽管我曾在一篇文章中读到，就连毕加索本人都说自己花了一辈子的时间学习如何像个孩子一样作画。

画廊外面的大厅里正在举办一个小小的展览，展出的都是小学生试图用撕碎的彩纸在白色 A4 纸上复制马蒂斯的《蜗牛》的成果。令人惊奇的是，这些画竟然各有不同。其中有几幅非常不错，剩下的那些尽管包含了同样的元素，却不知为何就是不那么出色。我不知道毕加索会怎么看待这件事情。来到纪念品商店，我买下了这幅画的一张明信片，心想霍普的班级也许可以尝试一次类似的艺术创作。

我看到了几张海报，内容宣传的是美术馆在周末晚上举办的免费艺术讲座。我想，如果我住在伦敦，一定会过来学习一下艺术，还要在夏日里站到逍遥音乐节的队伍中，学学古典音乐。这里有太多可学的东西了，即便你不是一个学生。

站在颤动的大桥上，我能够看到莎士比亚环球剧院和克里斯托弗·雷恩爵士在建造圣保罗大教堂时住过的房子，还能一路眺望塔桥。跨过桥梁，我来到北岸，坐上了一辆由佛里特街开往奥德乌奇的公交车。穿过考文特花园，我在皇家歌剧院富丽堂皇的门前停住了脚步。只见剧院奶油色的灰泥廊柱上洒满了金色的光芒。外墙上贴着新芭蕾舞季的相框广告。

几星期前，凯文给我们寄来了一份三联戏票。我一时间还没有弄明白这是为什么——他参演过许多作品，却从没给我们寄来过戏票——直到我在演职人员名单上看到了他的名字。这是他的第一部独舞剧目。除了戏票，他还寄来了一张帝国大厦的明信片，背面写着"你们什么时候来探望我们"的潦草字样。我很久以前就承诺过霍普，要带她去纽约看看。可就在我快要攒足经费的时候，"9·11 事件"发生了，迫使所有人都推掉了自己的航程。能够看到他在舞台上演出该是一件多么美妙的事情呀。我知道自己应该在霍普还能享受儿童票价时鼓起勇气出发。

　　涌进剧院的人群和大厅里一派繁荣的景象相得益彰。我猜曾经说过女人不能太有钱也不能太纤瘦的人可能是个常去看歌剧的人。有些男人戴着蝶形领结，女人则握着你在杂志上才能看到的、镶嵌着珠宝的小手包，蹒跚地踩着你在克拉克斯鞋店里永远也找不到的高跟鞋。我跟随这些人走上了铺着红毯的楼梯。

　　我的右手边是一间休息厅。那里的人们正坐在闪亮的水晶枝形吊灯下享用着开演前的晚餐。房间尽头的巨型镜面上反射着枝形吊灯华美的身影，让整个休息厅看上去就像是一个没有尽头的闪光走廊；在我的左手边，一间巨大的温室形房间里回荡着有钱人啜饮香槟时的喧哗声。

　　我溜进一扇门，来到了一处红色的楼梯前。只见不远处的弯曲走廊两边还排列着许多扇木门。我壮着胆子推开了其中一扇门，发现自己走进了一个包厢的前厅，身旁是几个可供悬挂外套的钩子。沿着楼梯迈进坐席区，我坐了下来，抬头凝视着宽敞空旷的礼堂和一层层坐席装饰着漂亮小灯的合金花饰，然后低头看了看镶着金色绳索和女王姓名大写字母的深红色天鹅绒幕布。能够当着几千张期待的脸庞登上舞台一定是件需要勇气的事情。难怪总是那么容易紧张。

　　包厢的房门打开的声音吓了我一跳。

　　"哦，抱歉！"一个高个子的男人再次退了出去。

　　"不，我只不过是看看而已。"我嘟囔着从他和他的女伴身边溜了出去，眼睛低垂，仿佛冒险闯入了一间什么也买不起的时尚服饰店。

　　来到中国城，戴维对尝试任何一家橱窗里挂着烤鸭和奇怪长相的香肠的中餐厅都不太热情，于是我们在亚伯丁牛排屋里找了一个靠窗的桌子。起码在这里你能够知道自己在吃些什么，而且量还不小，包括一大块平菇、洋葱圈和牛排。

　　我喜欢看着各种各样的人从门外走过：一群外国青少年背着同样的背包；带着走了一天、抱怨不止的小孩的家庭；走到厨房外抓紧时间短暂抽支烟的厨师；第一次约会的年轻情侣；以及越来越容易对彼此发怒的老夫妇。

　　"他们显然错过了表演的开头。她脸色铁青是因为她几个月前就把票订好了。"我说起了正在玻璃窗另一边争辩的那对夫妇。

　　"你认识他们吗？"戴维问。

　　"当然不认识了！"

　　"你有时候很怪，你知道吗？"他回答。

　　服务生帮我们点好菜，端来了两杯搭配大虾冷盘的特选白葡萄酒。

　　"这一杯敬生活！"戴维说，"干杯！"

　　我们碰了一下酒杯。

　　他斜倚在桌子上。"你能相信已经过去三年了吗？"

　　人们总是说女人才是急切需要承诺的一方。然而在我们的关系中，需要承诺的人却是戴维。每当他开始说起"我们"的时候，我的心中总会感到有些不安，因为他是我的第一任正式男友，也是和我发生过性关系的唯一一个男人，但我不确定他就是我想象中能够和我共度一生的灵魂伴侣。我的浪漫教育全部来源于小说，而我最喜欢的女主角在追寻真爱的路上全都不得不经历误解和绝望：巴丝谢芭·伊芙丁和加布里埃尔·奥克，多萝西娅·布鲁克和威尔·拉迪斯罗，麦琪和拉尔夫·德·布里克萨——这些人的感情没有一段像我与戴维这样顺利。别误解我的意思——我真的很喜欢他，和他在一起也很开心。他是个魅力四射、慷慨大方的人，偶尔——例如这个周末——还会用意外的体贴给我带来惊喜。但我只是不确定自己已经准备好和他进入下一个阶段，而我有时候怀疑他正在为此铺路。

面对面坐在卡座里，看着他专心致志地吃着三道正餐时，你是很难一直转换话题的。我喋喋不休地说起了有关路人和牛排的话题——到底是牛肉的质量还是刀子的锋利让牛排如此好切？——我点了一杯红葡萄酒来搭配我的牛排，并鼓励戴维也如法炮制。鉴于他已经喝了一个下午的储藏啤酒，他很快就从糊涂的多愁善感转而一步步地重述起了被罚给自己球队对手的那个点球是多么的不公平。

离开餐厅时，上演《妈妈咪呀！》的剧院正在散场。观众们一边欢笑一边歌唱着主题歌里的片段。庆祝的气氛中还掺杂着路边售卖焦糖坚果的小摊上飘散出来的美味甜香。我从没有尝试过这种零食，因为我总是以为它的味道肯定会令人失望，就像正经的咖啡一样。

"你觉得霍普会喜欢这个吗？"

不知为何，霍普的名字总是会跟随着我们，即便是她不在的时候。

"我们可以趁圣诞节的时候带她来看一场音乐剧，如果你愿意的话。"戴维回答。

我不确定这件事情是否值得如此挥霍。我们带她去冬景花园看哑剧时，她就格外大声地跟着唱了起来，害得演哑剧的那位男扮女装的演员——他是一位在即兴演出方面非常有名的喜剧演员——把她邀请到了台上一起合唱。霍普身上穿着一件黄色的夏日洋装，下身套着紫色的紧身裤袜，头上还顶着装了小灯的白边圣诞帽，因为她在节假日里的装扮都是由她自己选择的。就在那位演员试图在搞笑的表演中间穿插表演时，却发现自己很难让霍普离开舞台。这有可能是一个可怕的先例。在伦敦，没有人会容忍这种行为。

返回酒店的房间，戴维扭开电视，看起了《比赛日》的节目，而我则去浴室里冲了个澡。我们家只有一个浴缸，所以淋浴对我来说是种相当不错的享受。我站在强劲的喷头下、任由水流滑过我的后背，感受着葡萄酒的后劲依旧让我的意识有些朦胧。当戴维推开有机玻璃门，和我站到了一起时，我吓了一跳。

即便到了现在，迎着灯光、裸着身体面对他时，我还是会有些害羞。戴维的身体是彪悍而又强壮的。他宣称自己的身高有 5 英尺 10.5 英寸，严格意义上来说比我还要高一些，可我总是感觉光着身子站在他旁边时有些暴露，仿佛自己的胳膊和腿不知为何有点太长了。我从不知道该如何带着欣赏的眼光上下打量他，就像他打量我那样。这个男人身上没有什么好隐瞒的，却莫名让人感到有些私密。戴维亲吻了我。刚开始是在我的脸上轻轻地啄了一下。紧接着，随着"嗯嗯嗯"的声音逐渐拉长、加剧，他把我按在了淋浴房里，勃起的位置戳着我的肚脐眼。他的眼睛闪烁着光芒，眼神不易察觉地从宠爱变成了迫切。他想要在这里做爱，就在不停流淌在我们身上的流水下面。在他把我托起来时，我试图让后背紧贴着瓷砖，却不小心把调节温度的按钮从温热碰到滚烫。

"见鬼！"戴维猛地把转盘拧向了凉水那一边。

于是我们不得不把淋浴关掉，从而破坏了气氛。

"这和电影里不一样，是不是？"戴维笑了。

这是他的一句口头禅。我知道这意味着搞笑和原谅，所以我也笑了，但这一幕总让我隐约觉得自己不擅长做爱。

戴维用一条白色的大浴巾把我裹了起来，然后抱着我回到卧室，在我的身边躺了下来。我尽力将自己擦干，还在头上绑了一块毛巾，以防湿漉漉的头发浸湿枕头。

戴维爬到我的身上，再一次长时间地亲吻了我。

他很温柔，但我在他爱抚我的胸脯时总是有些紧张，却又有些期待他能够探索到我不曾发现的某些地方。我躺在那里，屏住呼吸，仿佛他是一位拆弹专家，正在搜索尚未爆炸的炸弹。

戴维总是很希望我能够享受这样的瞬间，但我有时只想对他说："你直接开工吧，我不介意。"可我却在他的耳边喘息呻吟了起来，就像那些人在电影中所做的那样。

我最享受的其实是事后躺在他臂弯里的那段时光，温暖而又满足，知道自己也满足了他。

"你还记得我们第一次见面时的事情吗？"戴维边说边用一只手撑起身体，"我在学期的最后一天返回了你们学校？"

"记得……"

"我告诉你我把某些东西落在大厅里了……"

我当然记得，但三年后再提起这件事情未免有些好笑，因为即便它被人送去了失物招领处，现在也早就被扔掉了。

"我落下的是我的心……"戴维说，"我把我的心落在了大厅里，泰丝。从我第一眼看到你时，我就爱上了你。"

我想不出任何恰当的答复——我本应是一个善于言辞的人——随着沉默的时间开始令人感觉有些拖沓，我开口答道："我也爱你。"

第二天下午，戴维不愿排队去乘伦敦眼的缘由终于有了解答。他早就为我们买好了快速通道的票。

我们眼看着就要接近顶端了。我伸手为他指着各种地标——"你看，那里是纳尔逊纪念碑，那里是电信塔。"——突然意识到整个缆车车厢里的游客全都安静了下来。我转过身，发现戴维正单膝跪在地上，托着一个小巧的蓝色天鹅绒戒盒。

"我们在一起已经三年了，泰丝……"他展开了显然早就排练过的演讲，

"这是我人生中最美好的三年，因为你是我见过最善良、最有趣的人。"

他的声音有些哽咽。求你了上帝，我祈祷着，别让他哭出来！

"我知道你不觉得自己很美……"

你为什么要当着所有人的面提这个？

"……但是你在我眼中是最美的。我想要为你创造幸福的生活。所以，我相信你也知道我接下来要说什么了。你愿意嫁给我吗？"

人群中发出了叹息的声音，仿佛他们全都在屏息凝神。即便你听不懂一句英文，也能清楚地知道眼前发生了什么。原本朝向窗外的相机镜头现在全都对准了我。

"你们快看那些美景！"我想要朝着他们大喊，"我们一分钟之内就要下去了，而他们是不会让你再坐一圈的！"

"这是一个美妙的周末——"

意识到我的答案不会是一句直截了当的"我愿意"，戴维在我有机会说出"但是……"之前打断了我。

"你需要考虑一下。"他为了所有会说英语的人补充道，"她总是想太多！"

没有人回应。我注意到，他们大多数是中国人，个子比我矮小不少，此刻正像一群在博物馆里凝视着恐龙骨架的孩子那样望着我。

"不管怎么说，先把戒指收下。"戴维催促我。

于是，我照做了，因为这能给他一个重新起身又不会有失颜面的机会。紧接着，我们飞快地亲吻了彼此，并收到了一阵短暂的掌声。

"戴维没有告诉过你他打算求婚吧，对不对？"星期一的晚上，当朵儿突然出现在我家门口，说要听听我的周末过得怎么样时，我问道。

"没有，但我猜到了。他是那样急迫地想要把一切都做好，保佑他！那我们来看看那枚戒指吧。"她说。

我走上楼，取回了蓝色的天鹅绒戒盒。那是一枚周围镶嵌着碎钻的珍珠戒指，和朵儿手臂上挂着的钻石手链相比是那样的端庄，让我几乎对它有些渴望。

"因为我们第一次接吻时我佩戴的就是珍珠项链。"我说。

"那不是我的珍珠项链吗？"

"是的。"

"所以，不管怎么说。"朵儿有些不耐烦，仿佛我才是那个打断故事叙述的人似的，"你答应了吗？"

"差不多吧。"

"差不多哦？"

"这很复杂，不是吗？"我回答，"我是说，他会不会搬到这里来？他的公寓太小，不够我们住在一起。我还得为霍普着想。"

我们正坐在厨房里聊天，因为霍普正在客厅里看《流行偶像》的节目。

"戴维和霍普相处得很好。"朵儿说。

"我知道。只不过……我以为婚姻会有所不同，而不是一成不变。"我终于承认了。

"你真奇怪，你知道吗？"

"戴维也总是这么说。我没有说不。我只是需要想清楚。"

"如果他还会留下来等你的话。你应该想想这个才对！"朵儿警告我，"戴维是个帅气可爱的男人，而且心地善良，泰丝！你妈妈该多高兴啊！"

她会的，不是吗？我不知道这是不是真的。老实说，我觉得这话朵儿说了不算。

不管怎么说，她说对了一点。妈妈总是说，要找一个能够理解你的男人。我并不怀疑戴维爱我，但他甚至都不知道我想要在伦敦生活、学点什么，探索我喜欢什么，又能做些什么。

"谁能想到你会是第一个结婚的呢？"我们沉默地坐了一会儿之后，朵儿心酸地开口说道，"我和弗雷德分手了。"

原来如此。我明白了，也十分感激朵儿一直在努力压抑自己，好让我先说说自己的好消息。

"我要不要给咱俩泡杯茶？"我问道。

我们的友谊就是这样经营的。我总是更愿意倾听她的问题，而不是让她给我提供建议。也许这和我是家中的大姐而非老幺有关。

"我们为了我工作的事情吵了一架。"朵儿开口说道，"我说：'好吧，我得为自己着想，不是吗，如果你不打算娶我的话？'他并没有说'我们结婚吧'，而是告诉我'随便你'！该死，四年啊，泰丝！*随便你*！'我会的。'我告诉他。事情就是这样。你能相信吗？我再也不需要那个混蛋了。我已经厌倦了依附在弗雷德的身上，就像某种该死的……"

"附属品？"

"管他呢。"朵儿回答，"我和弗雷德在一起有什么前途？小孩和肉毒杆菌。也就如此了。"

如果我想说的是"但……怎么办"，就像她刚刚安慰我时所做的那样，我想不出任何一句话来，因为我憎恨弗雷德越发变本加厉地规定朵儿能否被允许做些什么。

"那，你确定吗？"

"我把自己所有的东西都搬回家了。"

我知道这很自私，但一想到她又可以住在这条路上的不远处，我就感觉十分开心。"那你打算回沙龙工作吗？"

"未必吧……"朵儿诡异地微微笑了笑，"我看到了未来，泰丝，是指甲。"

"指甲？"

一瞬间，我以为朵儿说的是被人敲进木头里的铁钉，紧接着才注意到朵儿伸出了一只手。只见她的每一个手指甲上都是闪着亮光的淡粉色，还闪烁着人造钻石般的光芒。

"所有人都需要理发，对吗？"她说，"如今所有人也都需要美甲。不过美甲沙龙的开业成本更低，因为你不需要太多的空间和设备，也不需要会理发的人。"

"但是，你知道怎么做生意吗？"

"泰丝，我通过弗雷德认识了很多商人。你觉得他们应该都很聪明或是受过教育之类的，但事情并非如此。弗雷德的经纪人说，赚钱有两种方法。你可以拥有一个聪明的大创意，就像比尔·盖茨一样，或是拥有一个小创意，然后一遍又一遍地实践。所以我要做的就是美甲，而且只做美甲，做到极致，还得拿出人们可以接受的价格。我会在这个领域里拔得头筹的。"

"美甲不是只是一时的兴趣吗？"

"相信我，泰丝。我是一个接受过训练的美容师。这一次，我出手就没打算走回头路。这就像万圣节一样。"

我实在是看不出这两者有什么联系。

"我们还是小孩子的时候，无法拥有所有的贺卡、礼物、装扮和'不给糖就捣蛋'收到的成果，不是吗？可现在就不一样了，不是吗？"

她说得有道理。就连圣卡斯伯特学校都有万圣节主题周。

"你打算给自己的店取个什么名字？"我问。

"我在想，玛利亚的美甲店。你觉得怎么样？"

"叫朵儿之家怎么样？"我提议，一下子激发了她的热情。

"太棒了，泰丝！"

她从粉红色马尔伯里手包中拿出了一个粉红色的皮面笔记本，把这个点子写了下来。

"你把省略符号的位置写错了。"我指出，"你可以把它写成'朵儿之家'，那就是你的家，而'朵儿们的家'意思就是给许多娃娃准备的了。"

"少跟我提省略符号！"朵儿回答，"我是说，谁在乎呢？这又不像玩具反斗城一样是符合语法规则的，不是吗？不过，等一下，'朵儿之家'会不会听上去只有一家店？"

"我倒不是说你操之过急之类的！"

"不过美体小铺就拥有不少的分店，是不是？"朵儿乐了，"它就是从一座海滨小镇起家的，不是吗？你需要做的是塑造一个品牌……"

也许我的朋友的确很有天赋。在赚钱这方面，她总是很有眼光。从 13 岁起，她就找了一份每个星期六在理发店扫地的工作，不出几个星期就能凭借为客户洗头的服务领到小费了。15 岁时，她已经可以为母亲参加教堂社交活动的朋友们做发型了，一次 5 镑。学校毕业舞会当天，她还在自家的浴室里为同学打造发型，一单又一单，简直忙不过来。所以说，她一直以来都是个喜欢说笑打趣的人，除了在照片里光鲜亮丽之外无所事事倒也不是没有意义的。她一直都在做笔记。

"显然，你需要知名度。不过我认识一些在杂志社工作的人。"朵儿继续说道，"不管怎么说，我得行动起来了，因为过不了几个月，《玛利亚·奥尼尔与球员未婚夫弗雷德分手之后成立'朵儿之家'》的新闻就会变成《谁是玛利亚·奥尼尔》？"

"只有一个问题。"我试图提出一个现实一点的问题，"你不需要一些启动资金吗？"

我注意到她还没有把弗雷德的钻石手链还给他，心里不禁好奇那玩意能值多少钱。

"所以说，我得用上我的香奈儿，然后到银行去，是不是？"朵儿问。

"5号香水？"我的脑海里仿佛能够听到妈妈的声音："如果你嫁给了一个有钱人，泰丝，这就是他会买给你的那种味道！"

"不是香水，你这个傻瓜。是我的套装。你知道那种黑白格纹的五菱外套和能够恰到好处地露出一截大腿的短裙吗？总之，我得让自己看上去像是那种人才行。因为他说这应该不是问题。"

发现她在没有我的情况下已经在新的征程上走了那么远，我感觉自己有点被忽略了。

"你会帮我的，对吗，泰丝？"朵儿问道，因为她太了解我了，一眼就能看出我在想什么。

"我当然会了。"我说，"如果我可以的话。"

"你已经帮我想出了店名！"

我把一杯茶放在了她的面前。

"这就是生活。"朵儿拿了一片图纳克牌的焦糖薄饼，"你知道吗，泰丝，你觉得外面的世界很精彩，但我去过迪拜、圣特罗佩斯和佛罗里达，也住过五星级酒店。老实说，没有什么能够比得上坐在你家的厨房里吃着饼干的那种感觉。有时候，最棒的事情就是盯着你的脸庞，你明白我的意思吗？"

15

2003 年

格斯

第一阶段的实习开始几星期后，露西给我们预定了一次周末的短期度假。

"我在网上找到了这份最后一分钟的优惠套餐。布莱顿的四星级酒店，能让我们坐拥海景，拥有一切。"星期五一早，在我值完夜班回到家里时，她告诉我。

"哇！"

"我们可以拥有一次正经的周末幽会。"

"你的用词不会自相矛盾吗？"

她笑了。

"那我们什么时候走？"我问道。

"今天晚上，笨蛋。这是最后一分钟才放出来的优惠！住两晚只需支付一晚的价钱。我们很晚才能到达，但明天和星期天一整天都可以随心所欲！"

她给了我一个会心的眼神。"幽会"这个主意可不像是露西想出来的。我感到有些慌张。

"怎么了？"看到我脸上的表情，她问道。

"不，没什么。"我回答，"夏洛特的手里有几张戏票，不过她得找别人一起去看了。"

"你确定吗？"露西回答。这是一句反问。

在她出门上班之前，我飞快地吻了她一下。

我拨通电话时，夏洛特并没有接听，于是我留下了一则简短的留言。按下挂机键，我感到如释重负。周末是她的生日。尽管她不会对此感到高兴，但我也无能为力。

事情发生几个星期之后，我决定向露西提起夏洛特，并把她形容成自己家里的世交。老实说，我可能把她描绘成了一个绝望的人物，一个我有责任偶尔陪她出去娱乐或是看戏的人。如果露西认识夏洛特，可能疑心会更重，然而，颇具讽刺意味的是，她实际上很满意我能够拥有一位"戏剧伙伴"，因为我觉得她心里一直在暗自害怕我会提议带她去剧院。

我告诉自己，我在提起夏洛特比我"大许多"或是我觉得她是个孤独的人时其实并没有撒谎。和我遇见她那天便开始抽上的香烟一样，夏洛特就像毒瘾，比我想象中的更难戒掉。

在我找不到理由解释身上为什么闻起来满是酒吧的味道时，露西万分惊恐。

"这件事是从什么时候开始的？"听到我坦白学了抽烟，她问道。

"从 9·11 事件爆发以来。"我假惺惺地告诉她。那时，我已经很擅长说起话来亦真亦假了。

起初，我无法相信发生了什么；随着时间的推移，我找到了这样一个合理的理由：夏洛特不可能严肃地考虑和我建立什么关系。我比她小5岁，更重要的是，我还是她前男友的弟弟。和罗斯相比，我羽翼未丰、不谙世事、虚弱无力，所以我在她生命中的角色一定只不过是个临时的玩伴，直到一位真正的竞争者出现。

我并不是在试图否认我的责任，但对一个20出头、羽翼未丰、不谙世事、虚弱无力的男性来说，为和你哥哥美艳的女友这样令你望尘莫及的女人提供性方面的满足是一件让人难以拒绝的事情。

好几次，我都试图停下，还一度通过每天绕着摄政公园快跑两次熬过了将近两个星期的时间。然而，当我有一天的清晨6点遇到同样在晨跑的夏洛特时，一看到她平日里顺从的刘海任性地黏在她的前额上，还有她如雕塑般完美的双肩闪烁的汗珠，我就受不了了。我们在公园里发泄了一番，背靠着法式花园附近的咖啡屋。她甜蜜却又陈腐的口气喷薄在我的耳边，纤长、光滑的大腿紧紧地盘绕着我。在我的下体滑进她的身体里时，我感受到了如丝般的潮湿，前额撞击着散发着木馏油味道的干裂木条。

我非常肯定，她早晚会决定自己已经受够了。我不知为何说服了自己，在此期间，已经发生的事情不会进一步破坏我和露西之间的关系，所以我的罪恶更多的是一种投机主义，而并非是背叛。

露西和我到达南岸时，天色已经很晚了。我们从火车站搭了一辆出租车。靠着学生的积蓄度过这么多年之后，小小的奢侈还是让人充满了新奇的感觉。隔着车内浑浊的圣诞树空气清新剂味道，我能够感受到露西激动的心情。

这家酒店拥有一种已然失去光泽的维多利亚时代的光辉。在我们朝着前台走去的时候，我耳语道："我们是否应该用史密斯夫妇的名字办理入住手续？"

露西的眼中闪过了一丝疑惑，尴尬地咯咯笑了两声。那时，我们在一起已经快满 6 年了，而且眼看就能拿到不菲的薪水，可我们还在回避婚姻的问题。

我推开玻璃门，站到了阳台上。咸咸的微风令人神清气爽。码头上闪烁着彩灯。偶尔，风里还夹杂着一丝流行音乐和温柔的海浪拍击海岸的声音。我能够感到城市带给我的压力正缓缓地离开我的肩膀。

"你一定得抽烟吗？"露西在我点烟时问道。

出于对我身体健康的担忧，她的脸庞皱成了一团，让我不禁想到——正如我每天多次想到的那样——能够和她在一起，我是多么的幸运，却又是多么的混蛋。我决绝地掐灭了香烟，把它丢到阳台的水泥地板上踩了踩，告诉自己，这将是我此生抽的最后一支烟了。但我并没有大声地许诺。因为正如露西提醒我的那样，我以前也曾多次做出过这样的决定。这不禁让我感觉自己就是个失败者，而需求的周期又会从头开始。

我们站在一起，眺望着大海。她的身体舒服地紧靠在我的身体上。我感觉自己对她的喜爱和我们第一天建立恋爱关系时一样，心里甚至为我们即将开始做爱的事情感到有些紧张。我怎么会以为她发现不了我们做爱频次的降低，或告诉自己她也许更喜欢这样呢？

第二天一早，我们手牵着手，沿着码头的板条路散步。露西一直在讲述她在游乐场里坐过的游乐设施，以及她吃完全套的英式早餐后马上去坐旋转摇摇车会不会让她感到恶心——总之是任何能够避免两人陷入沉默的话题。我们都不想提起我昨天晚上不举的表现。比起我过于疲惫这个理由，问题也许还有更重要的含义。

我的手机在大腿旁反复振动着。是夏洛特在拨打我的电话，表示抗议。我突然意识到我们停下了脚步，而露西正在向我提出一个问题。

"什么？"

"你有没有代币机可用的零钱？老实说，格斯，你有时候就像消失了一样！你觉得你长那么高能吸到足够的氧气吗？"

我换了10镑的代币，在各种各样的游乐设施周围转了转，以便决定自己要坐哪一个。"助推器"是其中最危险的一个。高大的旋转手臂两端各有四张座椅，让其他的设施看起来都像是给小孩子玩的。

"来吧！"我抓起露西的手，拽着她朝售票厅走去，"顶上的风景一定很美。"

露西的尖叫声发自内心地混合着恐惧和兴奋，让我听了不禁有些"性起"，因为她的反应通常都是中规中矩的。随着设施越转越快，恐惧消失了，快乐却被提升到了顶点，以至于我们全都出于单纯的振奋笑出了声。随着速度开始减慢，我们歇斯底里的情绪也平复了下来。我意识到我至少有5分钟都没有想起过夏洛特了。

我们被桌面冰球台吸引到了电子游乐场里。露西还在叮当作响的水果老虎机上赢了几把。网球是我们真正一起从事过的运动。我有身高和速度上的优势，所以即便她的技术更好，也只有在我让着她的时候才能获胜。她玩桌面冰球的方法更加注重角度，而我则是"大力出奇迹"，所以她光明正大地击败了我。当她把最后一颗冰球丢进我的球门里时，她的脸上露出了欢欣的表情，让我满心都充满了对她的喜爱。

在巷道区，我们几乎每隔一间店铺便会遇到一家古董首饰店。橱窗里的钻石戒指闪闪发光。即便露西一句话也没说，在我注意到其他几对女子站在门口时也没一脸渴望地在那里徘徊，我还是突然想要通过单膝下跪、向她求婚的方式来弥补我前一晚的过失。有些话说出来也许有些滑稽，但阻止我这么做的正是一种荣誉感。我知道，在我和夏洛特一刀两断之前就要求露西嫁给我是不公平的。

我从利伯蒂百货给夏洛特买了一条保罗·史密斯的丝巾作为生日礼物。她对我表示了感谢，却没有戴上它。

"我也有一份礼物要给你。"她说。

我打开"大内密探"牌内衣的盒子里放着的包装纸，看到了一件贝壳粉色的连裤紧身内衣和一双象牙白色长筒袜。"这是给你的，对吗？"

她摇了摇头。"这是给你的。我只不过是穿着它而已。你想要我穿上这双长筒袜，还是想用它们把我绑在床上？"

有时我也曾想过，夏洛特应该或曾经做过高级应召女郎的副业。她是从哪儿学来的这些东西？

如果这一次的性爱比以往还要让人兴奋，一定是因为我知道这将是最后一次了。事后，我起床冲了个澡，穿上衣服，知道自己若是在仍旧光着身子时向她坦白肯定会感到格外的无力。

"我们开始吧。"看到我站在门边，她一寸一寸地微微摇晃着身体。

"我知道我以前也曾说过这样的话，但这真的必须是最后一次了。"我回答。

"你还没有把这件事情告诉你夫人，对不对？"

"别那么叫她。"

"那她没有怀孕吧？"

"据我所知，还没有。"我回答，试图表现得冷酷一些，听起来却像个傻瓜。

"那就有点尴尬了……"

"为什么？"我的汗毛都立起来了。如果露西怀孕了，那和夏洛特也没有什么关系呀？那样更好，我心想，只不过露西太理智了，是不会犯下这种错误的。

"因为我怀孕了。"夏洛特回答，"我怀孕了。"

紧接着，在一阵长久的沉默过后。"你就不能比现在看上去更开心一点儿？"

"如何开心？"

"亲爱的，是预备课程之类的事情，对不对？"

"我的意思是……"她无疑应该采取点什么防护措施，不是吗？

"多囊性卵巢。我从没有想过自己能够怀孕。"

"那你也应该……"

"你从没有问过。"

怎么会发生这种事情呢？看在上帝的分上，我是个医生啊。我为什么要抛弃所有的规则呢？因为我每一次都感觉这是轻易就能被自己搞砸的、千载难逢的好机会。

"多长时间了？"我的声音在我的脑中回响着，仿佛另外有人在替我询问这个不得不问的问题。

"我不会用月经周期或停经之类的名词来烦你，但是从正常指标的消失来看，我好像至少已经怀孕 3 个月了，可能将近 4 个月。"

她的小腹依旧是平坦的。这是某种诡异的笑话吗？我看上去一定很困惑。

"是的，没错。"她说道。

"什么？"

"是你的。"

"那你打算……"到了这个阶段，我还在想着这件事仅仅和她有关，和任何人都毫无关联。

"我想了很多。显然，这是一场意外，但我已经 30 岁了，而且我的卵巢有可能不会再自然受孕了。到时候，如果我能够做到外科医生，我在事业上失去的时间可能要比我做人工授精的时间短得多。"

"所以你想让我做些什么？"我问。

"你不打算让我做个体面的女人吗？"

她在开玩笑吗？

"你想嫁给我？"

"这有什么值得惊讶的吗？我们之间的性爱是有史以来最美好的。你很聪明，也有教养。我觉得你能够成为一个好父亲。"

她所说的一切对我来说都是那么的陌生。我感觉自己仿佛产生了幻觉，仿佛她是某种超现实主义的装置，穿着浅粉色的内衣躺在那里，嘴唇和乳头都因为性爱而有些泛黑。在她的肚子里，一个一半属于我的小生命正在孕育着。当我凝视她的身体时，我感觉自己现在能够看到那个小小的胎儿蜷缩的位置让她的腹部出现的圆形轮廓了。

露西的一本产科书中画了一张婴儿发育的图表，用食物的术语来形容各个阶段的胎儿大小。4 个月大时，胎儿已经比四季豆要大了，也许还没有赶上葡萄柚的大小。

在我沉默不语时，夏洛特用我从未听到过的渴望语气说道："这也许会很有趣的……你不觉得吗？"

一瞬间，她看上去是那样的无助，让我忍不住想要抱住她，安慰她一切都会好起来的。然而我还是不太确定这是否是某种煞费苦心设计出来的游戏。我唯一能够想到可以验证这一疑惑的问题就是："那你愿意嫁给我吗？"

偶尔，当我们在某个剧院大厅里喝酒时，我会允许自己幻想别人误把我们认作一对正经夫妇的画面，但我从未想到过我们如何才能进入那种状态。即便我能够想象，也绝不是通过这种方法。

"哦，安格斯，你太可爱了！"

她在床铺上跪起身来，牵住我的一只手，严肃地应了一句"我愿意"，然后奖励了我一个自己收到过的最温柔、最性感的吻。

你该如何告诉和自己相处了6年的女友，你意外地和一个不知不觉怀上了身孕的女人订了婚？而这个女人碰巧又是你从未提起过的哥哥的前女友？

从夏洛特街徒步回家的路上，我做着深呼吸，试图在脑海里拼凑一段演讲，然而我用谎言搭建起来的那座金字塔——它以前可从未让人感觉是什么会逐渐膨胀的庞然大物——此刻却似乎大得不可估量。我这才第一次渐渐明白，在揭露曾经被我认为只属于我自己的谎言时，我也在摧毁露西的人生。我不知道自己能否这么做，但却不得不这么做。因为有孩子，有夏洛特……

我回到家里时，露西刚和几个女友看完电影，此刻正在南多斯餐厅吃饭。她进门的时候时间已经太晚了，我没空和她解释，因为我躺在床上假装睡熟了。

我本应第二天向她坦白的，但她却不得不告诉一位孕妇，她宝宝的心脏已经不再跳动了。当她把这件事告诉我时，我实在是无法再向她提及此事。

我承诺要在周末时把一切和盘托出，但星期四那天，我的父亲却打电话来，说他和我的母亲有些消息想要当面告诉我。

"你没有生病吧？"

"不，不是那回事。"

但他的话听上去比决定退休或搬家更为严重。

"我得去见我的父母。"我告诉露西。

"我可以一起去吗？"

"我觉得这不是个好主意。"

她从没有去过我父母的家，现在似乎也不是串门的好时候。

"为什么？"

由于当下无法想出任何的借口，我突然意识到这也许正为我提供了一种方法，在我向她坦白之前鼓励她质疑我们之间的感情。

父亲正在火车站等待我们的到来。"我就直说吧。"他在启动引擎时宣布，"你母亲和我决定分居。"

"你父亲和牙科诊所的护士一直都有私情。"我们刚一走进正门，母亲就把心中的故事版本摊在了我们的面前。

"也许你想让我……"露西开口说道。她有些尴尬，因为这种私密的告白显然并不是她所期待的。

"不，你也许也应该听听当你在未来失去美貌和性欲时会有什么事情在等待着你。"母亲火冒三丈。

如此直截了当的叙述简直太不像母亲的作风了。我不知道她是否喝了酒或是看了什么日间电视节目。

"你母亲和我过得不太开心已经有一段时间了——"

"出事之后，我们怎么可能开心得起来呢？"母亲问道。

"——现在机会来了，我觉得我不得不试一试——"

"她才 37 岁。"母亲说。

我无法想出任何合适的评价，于是错误地望向了父亲。

"哦，我明白了。"母亲突然生气地责骂起我来，"你一直都知道，是不是？"

"当然不是了！"我表示抗议。

"他真的不知道。"露西也插话进来。

我的母亲紧盯着我。我不知道自己应该说些什么，或者她想让我做些什么。我是否应该责备父亲，或者试图阻止他？罗斯会这么做吗？此刻我才意识到露西已经发现了壁炉架上放着的那些我哥哥的照片。戴着学位帽的罗斯举着学位证的照片正好摆在我的学位照旁边，连姿势都一模一样。

沉默似乎永无止境。

"所以，下一步会发生什么？"我终于开口问道。

"我才不会离开这座房子呢。"我的母亲马上回答，"我把自己的一生都贡献给这里了。"

"那我就搬出去。"我的父亲说。

"别说得好像你做出了什么牺牲似的。"她朝着他吼叫了起来。

"我也为它付出了不少。"他说话的口气有些可悲。

"那你现在知道自己已经把一切都毁了吧？"母亲说罢冲出了房间。

我经常听到她哭泣，但这一次的哭声有所不同，像是一只受伤的动物。

"妈妈在经济上不会有问题吧？"我问道，感觉有人应该出面代表她的利益。

"是的，是的！"他不耐烦地回答，"听着，我想可能把你留在这里会比较好。有了安排我会联系你的。"

"好的。"我回答。紧接着，因为我想不出任何别的事情可做，于是伸出了一只手。他吃了一惊，满怀感激地紧紧握住了我的手。

"她放不下。"他的声音也有些失真，因为感情苍凉而变得低沉而又沙哑，"她甚至不允许我产生放下的想法。"

我一直以为他们是一个整体，因为悲痛而紧紧捆绑在一起。原来我们全都和彼此一样孤独。

"我希望你能幸福。"我只能想出这样一句话。

从他的眼中，我能够看出他觉得我的话是在讽刺他，但不知为何，即便我想要解释，一切也已经太迟了。

"这似乎不公平，对吗？"看着自动安全门在雷克萨斯轿车身后关上，露西开口说道，"其实你也无法想象自己的母亲和一个 37 岁的男人在一起，不是吗？"

她走到壁炉架旁，好近距离地端详那些照片：儿时露着牙缝的罗斯；戴着学前班帽子、穿着冲锋衣和短裤的罗斯；接受橄榄球奖杯的罗斯；和其他 8 名队友把船举到头顶的罗斯；戴着滑雪护目镜、背后是一座雪山的罗斯。

我深深地吸了一口气。

"那是我哥哥。"我回答，"就在我进入大学之前的那个圣诞节，他在一次滑雪意外中去世了。我不想让别人把我当做一个伤心欲绝的人，从而不知道该对我说些什么，你明白吗？"

"哦，格斯，我很抱歉！"

露西的双眼溢满了泪水。这可不是我脑海中设想的画面之一。

"这对你来说一定很可怕……"

"嗯，是的。但你现在做的就是我说的那种事情，你明白吗？"

"对不起。"

她不是那个应该感到抱歉的人。她应该为我误导了她而感到沮丧。

"发生了什么？"她温和地问道。

多年前，除了我的父母和随后赶到的搜救队与警察，没有人问过我这个问题，而我也一直在回避思考这个问题。

"他到滑雪场以外的地方滑雪，撞上了一棵树。鉴于他的脑损伤实在是太严重了，他们决定切断生命维持设备。"

"你也在场吗？"

"他们切断设备时？不。我的父母在场。"

露西沉默了，但我知道那不是她想问的。

"我猜你应该不会原谅我没有向你提起此事吧？"话刚一出口，我就知道自己有些不合时宜。我应该等到她能够完全理解我的暗示之后再说。

"但这里没有什么好原谅的事情呀！"露西解释道，"我只不过是为自己不能在那里陪着你而感到很抱歉！"

她转过身来试图拥抱我，但我无法举起双臂回抱她。她试图让我感觉轻松一些的努力让事情变得更加复杂了。

"他很英俊。"她边说边拿起了他背着背包准备开始自己的间隔年时拍摄的那张照片。

"是的。他英俊、出色，做什么都得心应手。大家都很宠爱他。"

"这是她的女朋友吗？"

出于弗洛伊德的视力或洞察力减退原理，我并没有发现夏洛特和罗斯打扮成莫提莎和菲斯特叔叔的那张照片。

"是的。"

"她很漂亮。"

"是的。"

这一天余下的时间里，露西一直都很安静，尽管她在我的母亲下楼来为我们准备晚饭时露出了灿烂的笑脸。一个鸡肉韭菜馅饼。如果我的母亲还是往常的自己，她一定会为露西收拾好客房，但她实在是太心烦意乱了，根本就没有想到这件事情，于是我们只好躺在我过去的卧室里。起初，再次像从前那样蜷缩在她背后的感觉——正如我们第一次躺在露西在布洛德斯泰的家中单人床上那样——甜蜜却又尖锐得伤人，但我们两人却"性致"全无。长时间的沉默过后，我意识到她和我一样无法入睡。

"你还好吗？"她在黑暗中问道。

"今非昔比。"

"对不起。我真蠢。"

"不。没关系。很抱歉把你卷进这种局面里来。"

"别为我感到抱歉。我希望能够参与进来。你没有把罗斯的事情告诉我，让我感觉很奇怪。我居然对你人生中如此重要的一部分一无所知。我还以为自己非常了解你呢。"

又过了几分钟。我们都假装已经睡着了。

"你的心跳得真的好快。"露西说，"你确定自己没事吗？"

"不！我有事！"我尖叫起来。

一瞬间，我无法克制自己的恐慌。

我坐起身来。她也跟着坐了起来，伸手拧开了灯。但我不知道自己面对她的眼神时能否把要说的话说出来。

"别开灯！"

"出什么事了？"

"我没事。不。我有事。我就是个混蛋！"

"格斯，冷静。没事的。你受到了很大的冲击。老实说，格斯。你这是恐慌症发作。呼吸。我去给你倒杯水来。"

"我不需要喝水！"

我此前从未朝她喊叫过。此刻，沉默的空气中充斥着心痛的感觉。

"露西，我很抱歉，但我们必须分手了。这个星期，早在我的父母出事之前，我就一直想要告诉你了。"

"别傻了！"

"我是认真的。"

我看不清她的脸，但我知道她还是不相信我，也许认为这只不过是冲击所带来的精神错乱。

"我和别人有了私情。而且我打算娶她。"

我竟然只敢在黑暗中对她坦白，真是个懦夫！

现在我已经无法阻止她打开床头灯了。拧亮电灯，她从我的表情中看出我并不是在开玩笑。她没有哭，当时没有哭，着实有些出乎我的意料。

"为什么？"她平静地问道。

她将成为怎样一位优秀的医生啊。

"她怀孕了。"我叹了一口气，"她想要把孩子生下来。"

"但你爱她吗？"

这话听起来有些奇怪，但我从未考虑过这个问题。我不知道夏洛特是否想到过这一点。我们都没有提起过爱。她太沉着了，而我则在试图表现自己的从容。

"是的。我爱她。"

说出这句话时，我无法靠近露西，于是跳下床，从门后的钩子上扯下了一件阿森纳的浴袍，来遮挡我的裸体。这是他们在我 12 岁那年买给我的。仅此而已。

我在床沿上坐了下来。

"不要！"露西尖叫起来，所以我再一次跳了起来，感到自己既暴露又愚蠢。

"你们没有使用什么预防措施吗？"露西的思绪豁然明朗起来，而我的罪行也开始逐步累积。

"我猜——"

"你不仅把我置于险境之中，还欺骗了我？"

感染性病之类的事情居然从不曾出现在我的脑海中。

"我确定——"

"就像你确定她在服用避孕药一样？她叫什么名字，我要顺便问一句？"

"夏洛特。"

"不是陪你看歌剧的那个人吧？哦，我的上帝！我怎么会如此低能！我信任你，格斯！我还以为你是个可爱的人！我从未想到过自己无法信任你！"

"我知道。"我回答。

"那夏洛特知道我的存在吗？"

"其实我们没有讨论过——"

"那你就乱搞？还有，你真的是去看戏的吗？上帝啊，格斯！你疯了吗？"

"也许吧。"

"你和我生活在一起！你不可能知道和她生活在一起是什么样子。这简直是疯了。疯了，格斯！"

我感觉自己仿佛凝固了，找不到任何的借口，也没有什么可以解释。

露西突然朝我扑了过来，用双拳重重捶打着我的胸部。

终于，她格外用力地长长吸了一口气，再次振作起来。

"都是因为罗斯，对吗？"她说。

我觉得她指的是夏洛特对我的诱惑力。她竟能看穿这一点，真是冰雪聪明。

我的脑海中闪过了夏洛特被罗斯带回家，试用我家的热水浴缸那天穿着白色比基尼泳衣的画面。可尽管露西在楼下端详照片时曾经称赞过夏洛特的美貌，却并不知道罗斯的女友就是我说的那个夏洛特。我这才意识到，我从未向她揭示过这其中的联系。

"一旦你撒了谎，就会失去你撒谎的对象对你的尊敬。"露西继续大声地自言自语道，"我猜，你小看了我，因为你从没有告诉我这些，好让其他的谎言更容易顺水推舟。"

这个结论也很有洞察力。

"我真应该听听海伦的话。"露西屈从地叹了一口气，"她从不信任你的那些空想。"

她抬起头，看着我穿着那件小得可笑的浴衣无力地徘徊在那里。"让我一个人静静，格斯。"

我去了罗斯的房间，躺在他的床上，看着他的奖杯朝我闪烁着光芒，听着我的女友整夜对着手机模糊不清地嘟囔个不停。

早上 7 点钟左右，门铃响了。我跑下楼，打开门，看到尼基正站在门口。露西直接从我的身边走了过去，一言不发地坐进了她母亲的车子里。

"我最不想做的事情就是伤害她！"我支支吾吾地说道。

"哦，格斯，真的吗？"尼基看我的眼神是那样的失望。我感觉自己背叛了他们全家人。

"发生什么事情了？"我转身关上前门时，母亲穿着浴袍站在楼梯顶端问道。

"我和露西分手了。"

"在这里？为什么？"

"恐怕我让她失望了。"

"你不会和你父亲一样吧？"

我想要抗议。不，不是那样的。但两者又有什么区别呢？沉默背叛了我的内疚。

"为什么会这样？"

我的母亲突然朝着天花板吼叫着，仰着头咒骂起来。

"罗斯并不是什么天使，你是知道的！"这些字眼刚一从我的嘴唇里溜出来，我就后悔了。

母亲无精打采的眼神比她平日里含糊的失望表情还要令人不安，让我不禁有些发抖。那一瞬间，我至少能够肯定她是恨我的。

"我不知道你为什么要回来。"她边说边不耐烦地挥了挥手，转身上楼去了，"你能不能离开，求你了？"

在返回伦敦的火车上，我已经再也找不到自我了。我凝视着自己的脸在车窗里的影像。曾经的那个我就是一种幻象。我开始厌恶自己，羞愧得感到有些恶心。

回到我们的公寓，我像个机器人一样把自己的衣服全都收进了一只行李箱里。对于到底是应该带走还是留下我们曾经收到过的礼物，我不确定哪个选择会引起更多的伤痛，于是决定把它们留下。

我最后一次在每一个房间里转了一圈，无法想象自己再也不能在这张床上醒来，再也不能在那个炉灶上为露西准备早饭，再也不能在冬日里窝进沙发、蜷缩在她的身旁，被子脚下还会露出我们脚上大得出奇的拖鞋。

我一时心血来潮，拨通了她的手机号码。

"你还好吗？"

"你觉得呢？"她疲倦地反问。

沉默。

"别担心，格斯，我不会做出任何傻事的……"

"我没有这么想……"

"别说了。"

又是一阵长久的沉默。

"别再打电话给我了，格斯。"说罢，她挂断了电话。

我把钥匙放进了信箱里。

仅此一次，电梯没有停运。

就在我拉着行李、沿着熙熙攘攘的街道迈开脚步时，另一种焦虑感袭上了我的心头。我用稳定拿去交换刺激，可如果刺激已经到此为止了该怎么办？夏洛特和我已经一个星期没有说过话了，现在回想起来仿佛已经过去了一年。如果她当着我的面嘲笑我怎么办？我能去哪里？我想，娜莎也许会允许我在她家的沙发上借宿，但肯定会先就我对待女性的方式问题教训我一番。我想我已经无法忍受再让任何人失望了。

夏洛特过了一会儿才接起了应门对讲电话，用冷若冰霜的声音问道："谁呀？"

"是安格斯！"

她按响了蜂鸣器，好放我进来。我的旅行箱重重地碰撞着楼梯。她公寓的大门敞开着。只见她正穿着玫瑰色的内衣躺在床上。

"我还以为你没有那个胆量呢。"她拍了拍身旁的空位。

大脑的快速适应能力是多么的神奇啊：我刚才还站在大街上为自己无家可归的境遇闷闷不乐，现在却已经爬到了情人的身上，沉浸在自己想象中"欧洲百万彩"得主心里那种不可置信的疯狂状态里。

人们总是会把中乐透形容为一种童话，却忘了童话也有黑暗的一面。对我来说，未卜先知的战栗感永远都存在，就像汉塞尔知道自己不该接受对方递过来的棒棒糖一样。

　　就在我们结婚前的三个星期，夏洛特和我在彼此的身上发现了一些两个人在同居前无从得知的事情。夏洛特不会做饭。我很后悔自己没有带走尼基在我去年生日时送给我的酷彩牌浅焙盘。要知道，那东西还能被当做煎锅来用呢。夏洛特简直是一团糟。原来，她的阁楼公寓之所以会如此整洁，全都归功于每周两次前来打扫卫生的那个清洁工。其间，夏洛特从不会把自己的衣服挂起来，也不会把它们丢进洗衣筐里，而她给出的辩护理由则是，这样比较合算。如果你花钱雇用别人来做这些事情，为什么还要浪费自己的时间呢？

　　按照她的理论，又或许是因为我曾经做过很长时间的服务生，我在替她熨衣服或把她的早饭端到她的床上时偶尔感觉自己就像个男管家。只不过男管家通常是不会穿着四角内裤走来走去的，也不会在女主人吃完早餐之后亲吻她沾满黄油的闪亮嘴唇，或是让她蠕动着身体坐在自己上面，让面包屑像砂纸一样磨蹭她裸露的肌肤。

　　我们决定在马里博恩户籍登记处登记结婚。如果我们可以马上办妥此事，说不定会邀请街上的一对陌生人来见证我们的结合，但你必须发布结婚预告、通知亲友，所以我们把事情告诉了自己的父母。夏洛特的双亲早就离婚了。虽然她已经许多年都没有见到过搬去苏格兰、组建新家庭的父亲，但他还是给我们寄来了一张贺卡，还附上了 1000 英镑。她的母亲最近刚刚和儿时的发小罗比搬去了巴利阿里群岛——他们是在朋友的聚会上相遇的——她坚持要飞回来参加仪式。

　　在听到我父母对于此事分别作出的反应之后，我决定不要求他们前来参加我的婚礼。

"但露西是个可爱的女孩啊……"我的父亲苦苦思索，试图拼凑出事情的原委，却发现我的行为实在是太过放荡，就连他也看不下去了。

"当然了，你说的不是罗斯的那个夏洛特吧？"我的母亲问道。

我给马尔库斯打了个电话。他那时已经成为金融城里一家大公司的合约律师。我想问问他是否愿意做我的伴郎。

"我很荣幸。"他回答，"让我看看我的日志。我们说的是今年的事情吗？"

"下个星期三。"我告诉他，"是我一时冲动。"

"哦。好的。恭喜你！那我得赶紧写一份演讲稿了！"

"别担心。只不过是一个简短的仪式，然后去皮亚蒂尼餐厅吃顿午饭。我们当天晚上就要飞去纽约。"

"真有你的！"他回答，"我最近参加过的婚礼开销都足够买一座房子了！那我猜也没有着装要求咯？"

"没有着装要求。"

我从马莎百货买回了一套黑西装——这是我能找到的唯一一套内侧裤长35英寸的现成西装。夏洛特从利伯蒂百货给自己买了一件奶油色的小礼服风格外套和一条新的小黑裙，尽管她的孕肚还没有显现出来，腹部却已经胖了一些。她把这套衣服挂在了玻璃门的窗帘杆上。

"让我看到你的婚礼礼服是不是会带来什么厄运？"婚礼前一天晚上，我在两人上床睡觉时开口问道。

"哦，我最讨厌那些说辞了。成年女人竟然要像个处女一样被衣服捆绑起来，就为了嫁人——现在已经是21世纪了，看在上帝的分上！"

我想起了大家为准备皮帕的婚礼而忙碌的那几个月。我也应该像个成年人一样为露西准备这样一场仪式。

第二天早上，我躺在那里看着夏洛特穿上新买的黑色内衣和长筒袜，心中不禁好奇自己是否会习惯看到她穿上那些衣服时心中兴奋的感觉，和脱衣舞正好相反却同样令人"性致大发"。

带着自己的小登机箱，我俩坐上了出租车。我们决定去纽约度蜜月，因为那里对于我们来说都是一种新的体验，而且似乎是度长周末的一个性感去处。第一年的实习生活开始之后，这是我唯一能够得到的假期了。

我们的出租车靠边停下时，马尔库斯已经站在户籍登记处的台阶上了。当夏洛特从出租车上走下来时，我看到了他脸上的表情。她的到来通常都会在现场的男性中引发这样的效果——你的眼睛就是无法不望向她——紧接着，他惊奇地发现刚刚付过车费的我就跟在她的身后。

"马尔库斯，这位是夏洛特。"我介绍两人彼此认识了一下。

"很高兴见到你。"他笑着握了握她的手。我从没见过他举手投足间竟能如此文雅、沉着。但当他转向我时，脸上却抑制不住地露出了孩子气的表情，仿佛在问"你到底是怎么搞定这种姑娘的"。我感觉仿佛赢得了一场我甚至都没有参加的比赛。

夏洛特的母亲为她准备了一小把手扎的浅粉色玫瑰花，和登记处办公桌上过分鲜艳的塑料假花形成了鲜明的对比。我们再次回到繁忙的街道上时，夏洛特的母亲向我们抛撒起了大米。米粒在我们张开嘴巴欢笑时落在了我们的头发、衣服和嘴巴里。紧接着，我们四人叫了一辆出租车，前往皮亚蒂尼餐厅。

我曾在这里为上百桌的客人上过菜，也在厨房里吃过不少次饭，却从未坐在餐厅里用过餐。斯蒂芬尼娅为我们准备了一顿婚礼早餐，在涂满黄油的藏红花意大利调味饭上撒上了一把金箔，还制作了罕见的塔利亚塔炭烤牛排，搭配淋着甜蜜香醋的芝麻菜。甜点方面，她只做了一份巧克力榛果冷霜雪糕。

轻轻咬上一口，薄薄的焦糖就会在嘴里融化开来。看到她从厨房里走出来向我们道贺，我们也为她献上了掌声。

在我将夏洛特介绍给她、两人别扭地用欧洲人质朴的方式亲吻着对方的两边脸颊时，我注意到她多看了夏洛特两眼。斯蒂芬尼娅和萨尔瓦多算不上是为我代行家长职责的父母，但他们的家族餐厅却是我多年生活中的一部分，所以我们之间的关系比老板和雇员要亲近不少。借着基安蒂红葡萄酒的酒力，我模糊不清地凝视着斯蒂芬尼娅注视我那久经世故的妻子时讶异的眼神。马尔库斯同样惊讶的表情让我感到自己仿佛通过了考验，一种耀武扬威的感觉油然而生，可斯蒂芬尼娅的表情却让我隐隐有些不安。

夏洛特用她父亲的礼金给我们订了商务舱的座位，好让我拥有足够的空间伸展我的双腿。由于她怀有身孕，我喝的酒已经够多的了，现在又有人不断为我送上香槟。

"我会习惯这种生活的。"当客舱的灯光暗下来时，我一边从空姐手中接过套着干净棉布枕套的枕头，一边昏昏欲睡地说道。

"那也无妨。"夏洛特回答，黑暗中，我意识到她的手正在寻觅我的手。

我说的是如此奢侈的生活，她说的是我们婚后的日子。

牵手这样简单的动作却让我感觉是我们做过的最亲密的事情。

"来吧。"她在我的脖颈边耳语道。

我跟着她来到厕所隔间里，在三万英尺的高空为我们的婚礼画上了一个完美的句号，衣服里还卡着米粒。

16

2003 年

泰丝

我想这种事情应该称为"高空俱乐部"吧？厕所里发生的绝对是那种事情，但我觉得在霍普用力捶门的情况下，里面的人应该会很扫兴。我以为商务舱的厕所空间会更大。我可不会冒险让霍普一个人去上厕所，然后让她把自己锁在里面——但我们实在是等不了了，于是一路走去了机舱后面昏暗的经济舱厕所。霍普全然不顾周围的人正在试图入睡，大声地宣布："我的短裤湿了！"

"你为什么不听我的话，在机场里上好厕所呢？"

"因为我那时候不需要上厕所。"

霍普已经很久没有出过"意外"了，所以我并没有在手提行李里放上可以替换的衣服。在向空姐索要擦拭座椅的毛巾时，我已经足够提心吊胆的了，可当霍普在厕所里脱下短裤，看到上面的鲜血时，情况变得更加糟糕了。

没有哪本书曾经讲到过该如何在飞机厕所里向一个患有轻微孤独症的孩子解释月经初潮是怎么回事。霍普只有 11 岁，所以我还没有预料到这种情况的发生，尽管我知道体型较胖的女孩有时会在上中学前就来例假。即便是在最好的情况下，这个过程也很难解释清楚，尤其是面对霍普这么较真的人。唯一的好处在于，当霍普垫着我在她短裤里塞着的一大堆纸巾走出厕所时，她已经叫得筋疲力尽了，因此在接下来的整个航程中都睡得很香。

凯文和肖恩正在接机大厅里等待我们，手里还举着一块用爱尔兰语写着"欢迎泰瑞莎和霍普·科斯特洛"的牌子。

这说明他们说得没错，旅居海外的爱尔兰人会变得更加"爱尔兰化"。

与和你多年未见的人重聚是一件有趣的事情，因为这个过程刚开始时总是格外尴尬。你们会互相注视着彼此，心里猜想对方会不会觉得你看上去老了许多。

我从来都不太理解那些担心自己会谢顶的男人为什么会在刚刚出现脱发迹象时就选择把头发全部剃光。但看着发际线不断从眉毛上方后退也许并不好受，更糟糕的是有些人还会变成斑秃。我猜他们的想法应该是这样的：全部剃掉总比通过梳理来遮挡要更从容一些。我不知道凯文在演出时是否需要戴上假发。我还从没有见过秃顶的芭蕾舞演员。不过，除了节礼日当天的 BBC 第二频道节目和《跳出我天地》结尾的那些饰演天鹅、被羽毛遮盖住了头发的男性舞者之外，我几乎没怎么看到过芭蕾舞演员。

我不知道凯文是怎么看我的。或许我知道，因为他和肖恩早就讨论过要帮我"改头换面"，而肖恩是在假期的后几天才向我透露这一点的。

"旅程还愉快吗？"凯文问道。

"我的下面流血了，因为我怀不上小孩了。"霍普宣称。

我想，就连凯文也不得不承认当时的霍普和她同龄的大部分女孩都不太一样。

"这是她第一次来月经……是的，在飞机上……不，显然不是意料之中的……除了那件事？哦，很好，非常好，谢谢。"

"欢迎来到'大苹果'。"肖恩说。

他似乎是个优雅敏感的男人。尽管我们才刚刚见面，但我发现他在某些方面比与我相识了一辈子的凯文更好相处。凯文总是怀抱着防御的心态。我并没有打算拿他把一切都丢给我的事情小题大做，但他还是在不断地列举原因，向我解释他为什么不能偶尔回家看看。

我们坐上一辆黄色的出租车，朝着曼哈顿驶去。起初我感到很是失望。和其他的城市外围一样，这里到处都坐落着矮小而又平凡的建筑以及随处落满灰尘的停车场和广告牌。对此，我早就应该从《了不起的盖茨比》一书中略知一二。可当我第一眼看到曼哈顿时，一切却如情景喜剧《朋友》里上演的那样亮了起来，变换了风格。乘车穿过布鲁克林大桥，我看到了许多电视和电影中熟悉的场景，这才想起双子塔已经不在那里了。有些空旷的天空每天都在提醒着纽约人，整个世界已经不再是原来的样子了。

凯文和肖恩在市中心一个名为特里贝克的区域里拥有一座两层楼的阁楼公寓。肖恩解释说，"特里贝克"这个名字是"运河街下的三角地"的简称——尽管全称听上去更有异国情调，不是吗？像是某个古老的俄罗斯人聚居地。凯文告诉我们，劳勃·狄尼洛——凯文称他为鲍勃，好像凯文认识他似的——就住在转角处。当肖恩打开大门，带着我们来到位于5层的卧室时，房子里似乎有些昏暗。霍普和我单独居住的卧室拥有朝向华尔街地区的景观，里面还有一张大个的双人床，镶木地板上还卷着一个蒲团。

凯文和肖恩同住的另一间卧室里摆着一张超级大的双人床。我不知道霍普会怎么理解这件事情。她对于男女之间"卿卿我我的事情"不太热衷，而我就更不知道她对两个男人之间的亲密行为会作何反应了。我觉得应该让她做好准备，可又不知道从何说起，于是在整个假期的过程中总是担心她会问出什么令人尴尬的问题来，还莫名感觉那是我的错。

客厅位于公寓楼的 5 层，但上面的天花板却被敲掉了一块。一段楼梯可以通往开放式布局厨房的平台，那里还有几扇通往屋顶露台的门。随处可见的玻璃给人带来一种高大通透的感觉。

"厨房为什么会在楼上？"霍普想要知道。

"为什么不可以呢？"凯文回答。正如我说的，他总是带着一颗防备的心。

"泰丝，厨房为什么会在楼上？"

"只不过是因为凯文和肖恩喜欢这样而已。这意味着你可以在楼上看着风景吃饭，明白了吗？"

我能够看出她正在思考。*你们为什么想要这么做呢？*我们在家、在学校或是在任何地方吃饭时就看不到什么风景。

"你的房子倒过来了吗？"霍普问肖恩。

"我猜你可以这么说。"他咯咯地笑了起来，"不过，请把这里当做自己的家！"

霍普可不习惯这些俗语。

"我们的家是正着的。"

我们在附近逛了逛，早早吃完了晚饭，因为现在对于我们来说已经是午夜了。这一区域里的服装店看上去都像艺术装置一样，橱窗里亮着霓虹灯，可能只会摆上一双鞋、挂上一条裙子，还没有价签。肖恩给我们预订了一家非常不错的餐馆，可对于我们这种连比目鱼和鲷鱼都分不清楚（即便它们都是鱼），只知道意大利面分为干酪口味、肉酱口味和罐头口味的人来说着实有些浪费。餐厅的服务员都很热情好客。我觉得，如果我们需要的话，他们甚至愿意出去为我们买上一罐亨氏的意大利细面。但我向肖恩表示，霍普吃蝴蝶意面配圣女果和山羊奶酪是没有问题的——尽管这种面更适合被称为蝴蝶结面。

我注意到，肖恩留下的小费比我在外吃过的任何一餐所花的餐费还要多。在返回公寓的路上，看着凯文第一次和霍普相处得如此融洽，肖恩和我放慢了脚步，好给他们留出一些空间认识彼此。我告诉肖恩，其实我们吃些麦当劳或肯德基就已经感觉很开心了。

他朝我露出了微笑。"你到纽约来都想做些什么呢？"

"我们必须去看看帝国大厦。我的意思是说登上楼顶。"

你可以从他家的屋顶平台上直接看到远处的那座真实建筑。

"霍普想不想去看一部音乐剧？"肖恩问道，"凯文说她很喜欢唱歌。"

我犹豫了一下，因为这肯定会是她最想做的事情。

我决定直言不讳地和他坦白。"问题在于，如果她知道那首歌，就会试图跟着唱起来。这世上没有她不知道的歌曲。"

"别担心，泰丝。"肖恩回答，"我一辈子都在和很难讨好的人打交道。"

他是个导演，所以他指的可能是所有的舞者和演员。但他还很明确地朝凯文所在的方向点了点头。我们交换了一个眼神，感受到了那种被人理解的亲切而又私密的瞬间。

第二天晚上，肖恩给我们买了《狮子王》的票。我们四个人的座位就位于正厅的前排。他把它们称为保留座位。来看戏的人都知道这些座位是留给乔治·克鲁尼等在开演前最后一刻才决定来看演出的人准备的。霍普坐在了肖恩和我的中间，当灯光变暗、音乐响起时，他和蔼却又不失坚定地对霍普说道："好了，霍普，你现在坐在观众席里，观众的职责是安静地坐好，保持安静，否则他们就不会再允许我们观看演出了。"

这是个冒险却又聪明的策略，因为它没有给她留出任何提出反对意见的时间。令我感到万分惊讶的是，她居然照做了。我猜，肖恩是个男人的事实对此也有帮助，因为我们过去常常会听从爸爸告诉我们的话，何况现场也让她应接不暇。演职人员像非洲动物一样挪动身体的画面实在是太神奇了，而不绝于耳的音乐也会让你的情感迸发。简直是太激动人心了。

演出结束之后，我们一迈上街道，霍普就开口问道："我现在可以唱歌了吗？"

肖恩回答："可以了，现在可以了。"

于是，在回家的途中，《哈库拉玛塔塔》的曲调一路上不绝于耳。尽管凯文有些尴尬，地铁上的其他乘客倒是很享受。如果凯文能把头上的帽子摘下来，我估计我们那天晚上一定能收到满满一帽子的零钱。

从那以后，不管是白天还是晚上，肖恩都会带着霍普和我去看百老汇的演出。《女巫前传》、《发胶星梦》、《悲惨世界》，还有她最喜欢的《妈妈咪呀！》。凯文过段时间还有演出，所以大部分日子都在排练，无法加入我们。我能感觉到他对此有些恼火。凯文喜欢成为注意力的焦点，也许他有权嫉妒，因为老实说，我有点爱上肖恩了。显然，不是肉体上的爱恋——尽管他是个十分英俊的男人，身上的衣服也很养眼，比如柔软的黄色羊绒毛衣搭配干净无瑕的牛仔裤，而且他的身上还总是带着一股好闻的味道——而是因为他总是那样的体贴，善于诱发所有人心中最好的一面。不只是霍普，也包括我在内。

肖恩是第一个和我正正经经地聊艺术的人。在凯文带着霍普去动物园时，我和肖恩去了纽约现代艺术博物馆。那里展出了一些美妙的马蒂斯画作，还有沃霍尔的作品。能够在这些作品的原创城市看到它们（我以前从未用"创造"这个词形容过艺术品，总是只会说"描绘"，而这样的措辞是不对的）。他还给我介绍了美国现代文学，从他家客厅里的书架上挑选了几本闪亮的硬皮小说给我，我每晚都会阅读它们，然后利用第二天的时间和他展开讨论。我的头脑就像一个空荡荡的花瓶，充满了对于知识的渴求。当我说到这一点时，他甚至都没有嘲笑我，而是告诉我，我应该去上学。在美国，这句话的意思指的就是上大学。

"我本来是有机会去读英语专业的。"我骄傲地告诉他，"在伦敦大学学院。但我因为妈妈的事情被迫放弃了。"

"又来了。"凯文边说边弹起了想象中的小提琴。

我们正坐在中央公园里，因为今天正好是个阳光灿烂的好日子，对于野餐来说足够暖和（我们从一间名叫扎巴尔的熟食店里买了满满一纸袋的熟食）。他说出这话时，我们身下坐着的那片草坪突然让人觉得有些冰凉，微风也变得有些刺骨起来。也许我们该离开了。

我并不想让别人把我当做殉道者，或是时时刻刻对我心怀感恩，但我的确感觉自己一直都在应对某些格外困难的局面，而且一路上都在做着牺牲。我并非是在寻求同情，但因为其他人拒绝承认这其实是个问题（以免这意味着他们有义务和我分担责任），这似乎显得有些不太公平，好像我不能获得任何认可似的。

所以我说了些类似的话，惹得凯文生起气来。

"你学的又不是什么有用的东西。"他回答。

当凯文想要学艺，成为家里最富创造力的那个人时，爸爸也说过类似的话。

"按照你的意思，就好像跳舞有什么用似的！"我反驳道。

他回答："为什么我家里的每一个人都要反对我跳舞？"

"你为什么总是要扭曲事实？你才是那个说我想要做的事情一无是处的人。"

手足之间是多么容易像小孩子一样吵起架来啊。是你挑起来的！不，是你挑起来的！很快，你就会气得根本不记得事情到底是谁挑起来的了。

"我只不过是想说，没有上大学又不会阻止你看书。"凯文回答。我本应意识到他的话是在试图给自己找个台阶下。但我那时正怒火中烧。

"它阻止了我获得学历！我曾是学校里的尖子生，现在却没有资格做任何事情！"

"但你仍旧可以去学习，泰丝。"肖恩回答，"你也应该去学习，不是吗，凯文？"

"你也应该去学习，不是吗，凯文？"霍普重复道。

那天下午，我们坐上了环游曼哈顿岛的环线游船。

站在甲板上，凯文伸手指了指。"那是——"

"自由女神像。"霍普告诉他。

"你是怎么知道的，霍普？"他的视线越过她的头顶，吃惊地看着我。

"你给我们寄了一张明信片。"

我可以看出他很高兴，也很感动。

在游船吱嘎作响地向前驶去的途中，他开始为我们指出其他的景点：斯塔滕岛渡轮、南街海港、布鲁克林大桥、曼哈顿大桥……

"那座楼就是联合国大楼总部。"霍普在我们沿着东河向上游行驶时说道，"新闻里那些人下面的字幕是这么写的。"在大多数人可能正注视着记者、聆听他在针对安理会近期的会议发表什么言论时，霍普却在注意大楼的形状、关心屏幕下方的红条上写了些什么。我能够看出凯文渐渐意识到了霍普的聪慧，不过是以一种完全不同的方式。我很高兴，因为这种事情是很难向别人解释清楚的；他们必须自己去搞明白。

"那一栋呢？"他问道。

"帝国大厦。那颗巨大的桃子就是在这里降落的。"她回答，仿佛这种问题只有傻瓜才会问。

"对了！那一栋呢？"他指向了克莱斯勒大厦。

"我不知道。"

"哦，那我来告诉你吧，好吗？"

看到凯文用一只手揽住自己的妹妹，为她介绍自己的第二故乡，我差一点就哭出来了。我想，这应该是凯文第一次把霍普看作是上天赐予我们的礼物，而不是一个麻烦。这听上去有点像是某位牧师说的话，却不失为看待她的一个好方法。

肖恩和我撤了下来，留下霍普和凯文在甲板上沟通感情。

"等她上了高中，你打算做些什么？"肖恩问我。

大学校里就没有类似的助教职位可供我选择了。即便有，我觉得跟着她一起升学也不是什么好主意。到了某个时候，霍普必须自己应付这个世界。现在似乎正是开始这个过程的好时候。如果她在未来的高考中没有慌张，达到标准等级 4，而我们现在又有了医疗需求声明，那么至少在一段时间之内，她就能得到一位护工的照料。尽管这些进展都是美好的，却仍旧向我提出了一个问题：我应该何去何从呢？

"你想过接受培训，成为一名教师吗？"肖恩问我。

"所有人都是这么说的！"

考虑到我放学后还要在家里照顾霍普，这对我来说似乎是最合理的出路。那时候，爸爸主要和安妮住在一起，而安妮并不想全天候地照顾霍普。

"全天候地照顾爸爸就已经够糟糕的了。"昨天晚上，在我向凯文描述安妮这个人时，他回答。我们心照不宣地和彼此分享了一个只有手足之间才能理解的微笑，暂时成了朋友，而非对手。

有几件事情阻止了我在成为教师的路上继续走下去。首先，我需要有一张文凭。这就意味着我要在担任助教的同时去夜校学习，而且至少要坚持三年。还有，我必须参加一年的教师培训课程，其间没有任何的收入。不过，我的主要障碍是：我其实根本就不想成为一个老师。

"我上过学，却没有升入大学，于是又回到了学校里，现在还要把自己该死的下半辈子全都耗费在学校里！"我告诉肖恩，"我甚至还什么都没有学到呢。"

肖恩举起了双手，仿佛已经听够了我的理由。

"所以你知道自己想做什么吗？"

我站在一个陌生国度里的一艘游船上，身旁站着一个几乎不了解我的男人，却发现自己竟然对他坦白了某些我不曾对任何人坦白过的事情——除了妈妈。那是我 10 岁时和她提起过的一件事，所以也许并不算数。甚至连戴维和朵儿对此都毫不知情。这就像是一次试水的机会，看看这话被我说出口来是种什么效果。如果肖恩笑了，这个笑柄也不会像在家时那样挥之不去地跟随着我。

"我想要成为一名作家。"

他并没有笑。老实说，如果我认为他哪怕有一点可能性会嘲笑我，我都不会告诉他。看来我也不是那么的勇敢。

"那你写过什么吗？"他问道。

"我上学的时候曾经写过诗，还会编故事。你觉得我疯了吗？"

"如果你问我是否觉得你可以写作，那么我在读到你的作品之前是无法回答你的。但我知道你是个读者，而作家通常都是读者。你无疑也拥有属于自己的声音，泰丝。但我能说的只有这么多了。其余的就要看你自己的了。写点什么。参加一个创意写作小组……"

我感觉自己仿佛获得了准许，倍感激动。但问题在于我该如何维持自己的生计。

"我永远都可以为朵儿工作……"

"朵儿？"

"我最好的朋友。"

很难相信，如今对我如此了解的肖恩却不知道朵儿，于是我替他回顾了一下我们之间的友谊简史。朵儿对美甲行业的预测是完全正确的，而且她在家里工作得非常卖力，把所有的时间和积蓄都投入了"朵儿之家"的建设中。如今，她的生意发展得红红火火，眼看就要开设第 4 家美甲吧了。

"她听上去像是一个女企业家。"

我感到一丝荒谬的嫉妒。朵儿一直都有不少的男性仰慕者。她无法掩饰自己的美貌，而男人们又会为了她的美貌特地对她伸出援助之手。不过她在利用别人方面也从不手软，从银行经理到商标设计师，就连戴维也为她做过不少安装水池之类的活计，却只收了成本价。我不想和朵儿分享肖恩，即便他生活在纽约，两人很有可能永远也见不到面。

"店名是我的主意。"我说道。

"但你不想和她一起工作？"他发现了我内心的矛盾，开口问道。

"首先，人们说你不应该和自己的朋友一起工作。第二，我只不过是对美容美体之类的事情不感兴趣……"

"也许你的工作不一定必须为你提供精神和感情方面的满足？也许你应该做点什么能够把自己的想象空间留给写作的事情……"

他真的是在严肃看待我的志向。

"所以说，第三点呢？"他问道。

"我看上去也不像是做这一行的人，对吗？"

肖恩放声大笑起来。

"哦，亲爱的，如果这是你唯一的问题。"他回答，"让我来告诉你凯文和我一直在计划什么。"

大变身。这个词听起来也许很可怕，但我们谈论的不是整容或肉毒杆菌之类的事情。

"你就是一块空白的帆布。"肖恩说。

"多谢。"

"我是说，亲爱的，你拥有未被发掘的潜力。你愿意让我来帮你发掘一下吗？"

霍普和我来到了发廊，让发型师按照肖恩的指示修剪了我们的头发：霍普得到了既符合她脸型又便于打理的整齐短发；而我则经历了彻底的重新打造，在沙龙的地板上留下了一大堆平凡的发卷，露出了一张我几乎认不出来的脸庞。

自从孩提时代起，我就一直留着深棕色的长鬈发。上学的时候，我会把它们梳起来或是编成辫子。自从那时候起，朵儿就会给我买各种直发器和用来抚平毛糙的精华液，可效果总是撑不过一两天。平日里，我会把它们向后束成一个浓密的大马尾。如果我想要看上去时髦一些，则会用卡子和发胶把它们绑成一个发髻。每次我这样打扮，大家都会说我看上去很像我的母亲。这很好，因为她是个颇具魅力的女人，但我觉得他们的意思可能是在说我老。

此时此刻，当我望向沙龙的镜子时，看到的却是一个年轻人。卷毛被剪掉了，奇迹般地变成了光滑的波浪卷。把头发剪短之后，我的眼睛看上去也更大了。肖恩用了"女顽童"这个词。它在词典里被定义为顽皮的假小子。

在和舞蹈公司女化妆师见面的过程中，她帮我修剪整齐了我凌乱的眉毛，还教会了我如何展示自己的颧骨。在接下来的百货商店之旅中，肖恩充当了我的私人购物专家，给了我试穿那些想都不敢想的套装的勇气，让我感觉焕然一新。也许与美国的尺码标准有关，我以前还从没有穿过 8 号的衣服呢。

我谢绝了购买高跟鞋的邀请。在美国，所有人的个子似乎都要更高一些。穿着短 A 字裙、短夹克衫或是小脚紧身长裤的我已经很难让戴维适应了，就更别提比他还要高一头的我了。

"谁是戴维？"肖恩问道。

我竟然一次都没有提起过我的未婚夫，这也许说明了不少的问题，不过这并不是因为我们还没有定下结婚日期的原因。

"戴维是个音乐人。"霍普解释道，仿佛这一句介绍就已经足够。

那天晚上，我和肖恩一起坐在屋顶露台上喝着大都会鸡尾酒，感觉自己就像《欲望都市》里的人物，望着闪亮的街灯沿着路网一直向远方延伸出去。我的高脚玻璃杯里装满了冰块，又酸又提神的酸橙和蔓越莓果汁让你一点也品尝不到酒精的味道，所以我可能喝得有些太多又太快了。

"你要嫁给这个名叫戴维的家伙吗？"肖恩问道。

"他是个可爱的男人，还在赫恩海湾拥有自己的公寓和货车。所有人都喜欢他……"

我凝视着附近的一座公寓楼，心想每一扇窗户背后一定都在上演一场小小的戏剧。数千场小小的戏剧。我喜欢城市。

"但是？"肖恩边问边靠过来，又给我满上了一杯。

真的这么明显吗？让人一听就知道这句话里还有一个"但是"？

我叹了一口气。"我似乎就是无法摆脱这个愚蠢的想法：我还应该拥有更多。我知道事情可能不会像我想象的那般精彩，但我想要自己去发现。这对朵儿来说没有什么，因为她就生活在梦境里，此刻还过着自己喜欢的生活，但我为什么要相信她的话呢？"

肖恩什么也没有说。

"同时，"我同自己争辩了起来，"我爱戴维。所有人都爱他，他就如同我们家里的一分子。就连爸爸也喜欢他！还有安妮。而且霍普要是没有他该怎么办呀？我甚至都不敢去想。所以……我不知道我为什么不能接受这一点，让所有人都快乐……"

如果我寻求的是肯定，那么肖恩肯定是不打算呼应我的。

"顺便说一句，这不是戴维的错。"我试图解释，"他爱我。但问题在于，他不了解真正的我！"

"那么他知道的你是什么样子的呢？"肖恩问道。

我又咽下了一大口手中的粉红鸡尾酒。"戴维第一次见到我时，我是个和小孩子打交道的老师。你知道孩子们的作风，他们会簇拥在你的身旁，随时都想把自己的想法告诉你，所以戴维眼中看到的就是这样一个极富同情心而又充满母性光辉的人，你明白吗？如果他是在一个学生派对上认识我的，可能会发现我独自一个人站在那里……"

肖恩的沉默给了我继续思索的空间，让我发现了自己以前从未说出过的想法。

"戴维对于生活的渴望就是一座温馨的小屋和一个家庭，可问题在于……我根本就不想要孩子！"

还是没有反应。

"我是永远也不会把一个孩子带到这个世上来的。"

这些字眼似乎在空气中回响了起来，就像教堂的钟声停止敲响后那样。

"为什么？"肖恩终于开了口。

"因为我不能去冒牺牲自己的性命、把他们丢下的风险。我不能对任何人做出这种事情来！"

眼泪突然如溪流般从我的脸颊上滑落了下来。我都不知道它们是从哪里冒出来的。

"照顾一个孩子是件很可怕的事情，你知道吗？我一直都生活在恐惧之中，因为，如果我不在的话，天知道霍普的身上会发生什么事情！"

此刻，我已经被眼泪呛得哽咽了起来。

"妈妈当初也一定有过这样的感受，对不对？所以她到底为什么不给自己做检查呢？她实在是太自私了。说实话，我真的无法原谅她。她到底在想什么呀？难道她没有想到我们会怎么样吗？"

紧接着，哭号完全掩盖了我的话语，让我的身体抽搐了起来，淹没了我们脚下车水马龙的喧哗声。

"对不起，妈妈！我知道你不是故意的……对不起！"

我感觉肖恩站在我身旁，温柔地把一只手放在了我的背后，却惹得我哭得更厉害了，因为他是那么的可爱，而我们两天之后就要回家了，我将无法找他倾诉，甚至也没有可以期待的假期了。

想到这里，我突然深吸了一口气。不能再哭了。

某年夏天，还是孩童的我们回爱尔兰度假，在海滩上筑起了一道阻拦小溪的水坝。回家时，涓涓细流已经聚集成一片巨大的湖泊。我们全都站在那里，随着爸爸数着"一、二、三"，举起铲子把水坝铲倒了，看着湍急的溪水沿着沙滩奔流进大海。紧接着，沙子一下子恢复了平坦，溪水也全部融入了大海。我凝视着太阳落入地平线，感到有些莫名的悲哀，仿佛我生命中的一小部分已经消失了。

"我应该熬过愤怒的阶段，对不对？"我问。

"悲伤不是一张核对表，泰丝，是一个过程。"

"我没有生妈妈的气。"我回答，"我比任何人都爱她。我只是希望她没有永远把别人放在第一位，因为那其实没有什么用，因为霍普需要她在那里……"

"因为你也需要她？"

"但如果她没死的话，我也不会那么需要她！"

"泰丝，有时候你几乎和霍普一样迂腐！"

每当听到人们谈起先天遗传与后天培养的问题，我总觉得他们忘记了后天培养也有两面性的现实。显而易见，孩子会模仿成人的做法，但没有人曾提起过成人也在模仿孩子的问题。那些会成为家庭用语的有趣小语录通常就出自孩子之口，不是吗？所以说，如果霍普和我在某些方面有些相似的话，也许是因为遗传，也许是她从我的身上学到了某些东西，但也有可能是我在模仿她的言行。

"我们要不要试着卸下一部分负担？"肖恩问道。

"卸下"是他常用的一个词，却不是指行李。

我点了点头。

"在我看来，这里主要的问题在于你对死亡的恐惧。"他说，"你觉得自己也会英年早逝，就像你的妈妈一样，对吗？"

"她的妈妈也一样……"

"所以，你有没有什么基因测试可做？"

"有。"我复述着自己最近读到过的一篇文章，"但只有 5% 的人会因为基因的原因患上癌症。眼下的指导方针是，除非你的近亲带有基因突变，否则他们是不会给你做测试的……"

我曾经为此去看过医生。我常见的那位和善的女医生休产假了，所以我不得不见了部门的主任，一个自从我小的时候就认识我，现在还把我当做一个孩子来看待的老男人。

"你现在多大了，泰丝？"他一边问我一边看着我的病历，"24岁！太年轻了！接受基因测试会带来各种各样的严重影响……"

有时候，你是不会有胆量问及那些可怕的事情到底是什么的——例如什么才是"严重影响"——以免把这几个字大声地说出口就会害自己更有可能被它们纠缠。所以我换了个方式提问："那我要等到什么年纪才需要接受测试呢？"

"我们会等你迈入30岁，组建了家庭之后再重新探讨此事。享受生活，泰瑞莎，别那么忧心忡忡！"

"简直太疯狂了。"肖恩回答，"如果有这样的测试可做，我觉得你应该回去要求做一次看看。戴维是怎么想的？"

"他说医生应该知道自己在说些什么。"我回答，"这话可能也有道理。"

他并没有诊断过我母亲的卵巢癌，但她也没有找他看过病，所以我不怪他。那位和善的女医生告诉过我，吃药至少能够减少我患病的几率。

"你有没有告诉过戴维你不想要孩子的事情？"

"没有。"我承认。

"为什么？"

"因为我知道他会说：'你现在是这么说的，但是……'"

"如果他的回答是'泰丝，我也不想要孩子。我只想和你在一起'呢？"

"他不会这么回答的。"

"如果他这么说了呢？"肖恩凝视着我。

"我不知道。"我坦白道。

然而，一切突然似乎明朗了许多。

最后一天晚上，我们三个去观看了凯文在《罗密欧与朱丽叶》中的演出。他演的不是罗密欧，但他是班伏里奥，在第二幕中还有一大段的独舞。从严格意义上来讲，凯文的表演激情四射，但我最喜欢的却是他赋予角色的那种自然、稚气的品质，和他的朋友茂丘西奥与罗密欧开着毫无恶意的嘲讽玩笑。这让我不禁回想起他和布兰登在家中花园里踢球的画面，忍不住有些想哭，因为如果爸爸也在这里就会看到，跳舞根本就不是什么缺乏男子汉气概的事情，而且他真的会为自己的长子倍感骄傲。我打从心底里知道，这就是凯文在这个世界上最想要的东西。

在演出后的派对上，我试图把这些话告诉他，但从别人的口中听到这些话感觉是不一样的，不是吗？尤其当那个人还是你的小妹妹时。

顺便说一句，他的确戴了一顶假发。

回家的路上，我从未见过霍普如此的活泼，一路上都在给爸爸和安妮分享旅途中的见闻。当然，她对于这次旅行的记忆和我截然不同，因为她就连地铁进站时的声音都记得一清二楚，而我甚至都不曾注意到。还有美国人在说"咖啡"这个词时的发音方法。她把在音乐剧里听到的所有歌曲全都给他们唱了一遍。爸爸简直不敢相信我们一共看了9场音乐剧，不过他应该知道霍普从不撒谎。

"那这些戏票都是谁买的呢？"他问我。

"肖恩给我们买了保留座位。"我颇有见识地回答。老实说，我不知道这是否意味着他为此出了钱，但这个答案至少能让爸爸把嘴闭上。

"肖恩和凯文之间有点不同寻常。"霍普突然开口说道。

就在我以为我们已经设法沿着一条安全的路线绕过那个问题时。

我能够感觉到房间里的温度降了下来，而我的爸爸则在等待聆听他最小的女儿被暴露在不可饶恕的大罪面前的必然证据。他看我的眼神如同短剑一般。

"他们的厨房在楼上！"霍普说。

戴维正在餐厅外接电话，所以并没有意识到我在靠近。于是，我用旁人的眼光打量了他片刻。他穿着一件朴素的海军蓝马球衫和一条合身的牛仔裤，看上去非常阳刚，也有点性感。我从纽约带回来的所有笃定全都开始动摇了。我真的要为了某种模糊的希望放弃这个可爱的男人，幻想还有更好的人在等着我吗？身处纽约，梦想是那么的容易，但这才是我真实的生活。戴维爱我、在乎我，而这一点似乎突然变得弥足珍贵。我想不明白为什么要把它输掉。也许我需要的不过是一点距离。

听到我的脚步声正在朝他跑来，他抬起头，把手机放进了口袋里。

"哇！"他来来回回看了我两遍，"你看起来不一样了！"

"你喜欢吗？"我飞快地微微旋转了一下。

"不错。"他回答。

老实说，我想要的比"不错"还要更多。

我们和彼此交换了一个简短的、几乎有些尴尬的轻吻。时间仅仅过去了一个星期，可我们却像是忘记了该如何接吻似的。

坐在桌旁，我把买给他的一顶洋基队的帽子递给了他。他把它戴在了头上，然后又摘了下来。

"所以，你想吃些什么？"他拿起了菜单。

我希望我们不要点比萨，因为纽约的比萨实在是太好吃了，以至于我发现自己一直在喋喋不休地谈起这个话题。这也许是因为时差的关系。

"来点什么开胃菜吗？"他招手示意女服务员过来点菜。

"不用了，谢谢。"

这种感觉几乎有点像我们的第一次约会。那时的我一心渴望给他留下个好印象，却又不知道他喜欢聊些什么。我对自己发誓先暂时不要提起我计划找份不同的工作，然后动笔开始写作的事情，但这个话题一下子就从我的嘴里溜了出来。

"写作小组？"戴维重复着。

"我只是想看看自己有没有这个能力。"

"你怎么会想要做那种事情呢？"

"因为我觉得自己也许能从写作这种富有创意的事情中找到些许满足。"我的答案有点敏感，就像凯文一样。

"你和你的那些大话！"

这句话似乎在我们之间回响了起来。

"你最近有没有见到朵儿？"我问道。我的意思是说，他有没有在为她的新店铺设管道。然而，戴维是个会把什么心事都写在脸上的人。我一眼就看出。第一，他们见过面。第二，他以为我说的不只是修水管的事情。

"你和朵儿？"我支支吾吾地说道。

我刚刚才在她的答录机上留下了一条口信，说我们已经回来了。但她并没有马上打电话来向我坦白。

"我很抱歉，泰丝……"

"如果我没有问你，你会不会告诉我，或是会在我的背后搞鬼？"

"不是你想的那样……"

"怎么不是我想的那样？"

"我们是认真的。"他说。

他是对的，因为我根本就没有想到过这一点。我想的是放纵。我似乎无法理解这样的想法是更好还是更糟。

我感觉有些置身事外，仿佛正身处一部电影之中，而有人要求我问一句："这件事情已经发生多久了？"

"就在这个星期。我们一起工作到很晚，试图把新店装修好，然后——"

我举起一只手拦住了他。我不想听到细节。

"仅仅一个星期，你们俩就*认真*起来了吗？"我模仿着他一本正经的口气。

"不过朵儿和我已经认识好多年了，不是吗？这倒不是说我曾经设想过我们有可能……"

这句话暗含的意思就是，任何心智正常的男人都会选择朵儿，而不是我。一想到性或是其他什么东西，戴维的脸上就露出了微笑。

"看在上帝的分上！"我喊道。

接下来，我想不到任何可以说的话，于是哧啦一声推开椅子走了出去，留下他拿起了账单。

半小时之前，我还因为自己的发型和造型感到自己成熟了不少。此时此刻，就在我坐在回家的公交车上时，却感觉自己仿佛回到了第一场学校迪斯科舞会，看着所有的男孩怂恿着彼此去邀请朵儿跳舞，而我却像根本不存在似的。

朵儿大大的蓝眼睛在她打开门的那一刹那愣住了。

我意识到，她在等待戴维。难道他们说好了要在事后向彼此汇报情况吗？他们是不是计划好了要坐在那里分析我的反应，或是奔到楼上去耳鬓厮磨？

"事情就这么发生了……"朵儿说。

"怎么发生的？"

"你真的想知道吗？"

"不！"

看到我怒不可遏的表情，她看上去有些沮丧。

她摸了摸我的手臂。"我们进来说吧。"

我挥臂把她的手打掉了。

"还有什么好说的？"我怨恨地问道。

"别让我选择，泰丝！"她哀诉道。

"你还有胆量试图把我说成那个不讲道理的人，却把自己说成是一个倒霉的受害者……"

"倒霉？"

"不幸。"

"我很抱歉。"她回答，"我知道你会生气，但我想——"

"什么？你觉得我会给你我的祝福吗？"我突然火冒三丈，"没问题，朵儿，带走我的未婚夫吧。你想做什么就做什么好了。反正你一直都是这副德行。总是为了自己索取，索取，索取。不是吗？我要这个，哦，还有那个，两个颜色都要，谢谢。会有别人来替我付账……"

"你这个该死的家伙！"朵儿发起了反击，"我从你那里拿走过什么东西？"

"我的作业，我的想法……我该死的未婚夫！"我尖叫了起来。

"但你不是真的想要和他在一起，对吗？"朵儿问道。

这个问题是没有答案的。对此她也心知肚明。我发觉，她竟敢利用太过了解我这一点来获取秘密信息，这才是对我最大的背叛。

"别走！求你了，泰丝！"她追着我跑到了马路上，"你会找到自己的梦想的，我知道你会的……"

"什么？"我转过身来面对着她，"好让你把它从我的手中夺走吗？"

"这不公平！"

她停住了脚步。

我大步流星地向前走去，心里有些期待她能够继续追上来。但她并没有这样做，后来也没有到我家来看我。

在这之前，我们仅仅在 8 岁那年的夏季学期里大吵过一架。那时朵儿突然宣布赛瑞斯·麦夸里才是她最好的朋友。

"我觉得你离开她反而会更好。"我记得妈妈曾经这样说道。

*你说得对，但我已经没有别人了。*我默默地告诉她。

MISS YOU

第 三 部 分

17

——

2005 年

格斯

"你会推荐我生小孩吗？"马尔库斯问我。

我们的眼神都在注视着我的女儿芙洛拉。她的身上只穿了一块尿布和一双粉红色的果冻小鞋，正把手伸向水边。只见她蹲了下来，展示出了惊人的平衡感——要知道，许多蹒跚学步的婴儿在刚开始走路时都要花上很长一段时间才能学会这一点——用手中黄色塑料桶舀起了海水。

这是一个星期日。马尔库斯邀请我们到北肯特海岸来玩。为了在周末时逃避位于克勒肯维尔的那间用床垫厂改装的顶楼公寓，他最近在惠茨特布尔买下了一间改装的渔夫小屋。眼看着就要成为金融城某法律大公司合伙人的他已经可以依靠自己的薪水过上舒服的生活，同时还能将手头令人眼馋的奖金投入一些很酷的事情中。无可争辩的是，他比我要成功得多，或者一向如此，但我已经是一位父亲了。我们之间无言的竞争从不曾带有敌意，但却一直都没有停歇过，仿佛我们就是要通过比较来评估自己的生活。

"毫无保留地推荐。"我回答。

"这难道不会阻止你做某些事情吗？"他问道，随手拾起一颗石子，朝着海面打起了水漂。我们都看着那颗石子，在心里默数着。一下，两下，三四五六七下。

我很想告诉他："我们已经不会在看歌剧时在包厢里做爱了。"

但我知道这跨越了友好地胜过对手和炫耀之间的界限。

我也拾起一颗石头，打了个水漂。七下。

"你几乎不会那么想了。"我说，"和孩子的需求相比，你的需求就显得不那么重要了。"

"此话怎讲？"马尔库斯在反复询问证据方面是接受过训练的。

拾起另一颗石子，斜斜地扔出去，我在心里寻找着准确的例证。

"我总以为自己终于开始挣钱之后可以带着家人去意大利度假，但拖着芙洛拉四处逛教堂对她来说不是什么有趣的事情。老实说，她在这里和在马尔代夫的某个岛屿享受温泉一样开心。"我补充道。马尔代夫曾是夏洛特理想的度假目的地，直到她认真思考了一下要带着芙洛拉坐上 10 个小时飞机的事情。

"所以说，不后悔？"马尔库斯问道。

"不后悔。"我表示肯定，不确定自己若是告诉他，唯一让我感到后悔的就是在育婴假结束之后，将自己的实习项目从医院转入全科诊所的过程中回去上班的决定。

创造一个温暖而又有爱的家比我期待中的更有价值。我加入了一个每周活动两次的母婴团体，一边唱着《巴士上的车轮》，一边扶着迷迷瞪瞪的婴儿站在自己的大腿上，让他们伴着歌声转起圈来。每天下午，我总是格外享受在市场里的摊位摆得满满当当时采买水果和蔬菜，同时向芙洛拉介绍《好饿好饿的毛毛虫》里出现过的那些真实的物品。我还把每天晚上为夏洛特烹饪一顿美味的晚饭当做自己的日常工作，还不忘勤勉地为开始食用固体食物的芙洛拉用有机食材做些粥糊。当我把为母婴小组烘焙的饼干带去活动现场时，用夏洛特的话来说，我变成了"漂亮妈咪们的宝贝"。

"显然，你也会想念自己的老朋友。"我承认，心中好奇这是否才是马尔库斯想要知道的答案。自从芙洛拉出生以来，这仅仅是我们第二次有机会相聚。

头几个月里，娜莎是我有小孩之前认识的朋友中唯一一个会和我经常见面的人，因为她白天有空和我一起推着婴儿车在巴特西附近遛弯。不过她现在正在美国的一部医疗电视剧中客串一个角色，所以搬去了洛杉矶。

"你的工作进展如何？"马尔库斯问道。

"不错。"我回答，"显然，学起来并不容易。"

我很难放心地把芙洛拉托付给别人，但在自己努力工作这么久之后还无法获得职业资格的话就太疯狂了。我们雇了波兰的心理学毕业生卡西亚作为我们的保姆。尽管她在幼儿护理方面没有正式学历，但她很聪明，很负责，也很热衷于练习英语，所以芙洛拉现在也开始跟着尝试许多新的活动，比方说婴儿健身房和婴儿游泳课。夏洛特也许是对的，我对芙洛拉的思念说不定比她对我的思念还要浓烈。

在四下无人、耳边只听得到海浪温和拍打鹅卵石的韵律时，我霎时间有些忍不住要向马尔库斯坦白，我憎恨全科医师的工作，但出于对夏洛特的忠诚，我决定闭口不提。她是在纽约的回程飞机上提出这个问题供我们讨论的。全科医师的工作会不会更加灵活？面对住院医师微不足道的平均薪水，谁又能抵御得了全科医生高收入的理想前景？由我来休育婴假会不会划算得多？

不幸的是，让我为那些自己从未见过、不间断涌进诊所里的人做决定对我来说就像是某种噩梦。我在每个病人身上都花费了过多时间，导致候诊室里人满为患，不仅激怒了同事，还迫使我不得不加班加点。这既不是我需要的，也不是我期待的。

马尔库斯又打出了一个水漂。石子在水面上弹跳了十一下，也许是十二下。

我弯下腰拾起了一个被潮水磨平了的牡蛎壳。

"过来看看这个贝壳，芙洛拉。"

"贝盒。"芙洛拉用口齿不清的娃娃音重复道。

"不要把它放进嘴里，芙洛拉。"我警告她，"它很尖锐。"

"尖内。"

"我们把它拿回去给妈妈看，好吗？"

"桶桶。"

"好主意。我们装上一整桶的贝壳带回伦敦，放在我们家的花园里，好吗？"

"玛丽，玛丽，恰恰相反……"芙洛拉不着调地唱了起来。

"你的花园怎么样了？"我加入进来，为她能够自然而然地把贝壳和花园联系在一起而感到高兴。

马尔库斯看着我，仿佛在犯傻。

"你在旺兹沃思的房子有花园吗？"他问。

"很小的一个。"我告诉他。

如果身处夏洛特小小顶层公寓的生活就像飘浮在空中一样，那么旺兹沃思的房子就让我们接上了地气。我们之所以选择了这片街区，是因为这里居住的都是和我们一样年轻、经济地位处于上升趋势、刚刚有钱买房的中产阶级夫妇。坐在前门旁的小小凸窗上向外望去，你会看到络绎不绝的新手父母推着和我们一样的设计师品牌三轮儿童车从门前走过。然而街道却很阴郁，二层小楼里也很黑暗。

"你为什么不搬家呢？"马尔库斯问道。

"因为我们喜欢的区域价格在我领到全科医生的全薪之前是超出我们价格范围的。"我告诉他，"这对你来说应该不成问题。"我补充道，猜想这应该就是他提问的原因。

他的新婚妻子惠子是一位银行经济师。我猜他们正在运用自己的分析头脑权衡成为家长的利弊。

"性生活方面如何？"马尔库斯压低了嗓门问道，以确保这话不会被芙洛拉听到。

一瞬间，我感觉我们仿佛回到了小学，回到了我们仍旧以为性爱是由十分神秘的女性赏赐给那些格外幸运的男孩的事情。

夏洛特和我之间的性爱仍旧令人醉生梦死，只不过不那么频繁了，也绝不会发生在家门以外的地方。这些日子里，我们还会一边听着《波西米亚人》的歌剧一边耳鬓厮磨，只不过是用 CD，而不是在演出的过程中。"有趣的是，性爱似乎也没有那么重要了。"我回答。这么说似乎不对，因为听上去仿佛我们根本就不会再做爱了似的。

马尔库斯做了个鬼脸。

"但你很幸福，你和夏洛特？"他问道。

我犹豫了一下。"幸福"这种词并不属于夏洛特。我每天醒来时仍旧会为她能够躺在我的身边而感到惊奇和荣幸，但如果我问她"你和我在一起幸福吗"，我猜她会笑一笑，仿佛自己还有什么更高级的事情要忙似的。不过，毫无疑问，出于对芙洛拉共同的爱，我们之间存在着某种独特的联系。

我知道所有的父母都认为自己的孩子很特别，但芙洛拉出众的美貌和聪慧是一种客观的存在。根据政府下发给所有新手父母的儿童成长小红书里所列的清单——许多人要不就忘了填，要不就在最初的几个月把书给弄丢了——芙洛拉都能提前达到每一个发展目标。1 岁生日未到时，她就已经迈出了人生的第一步；18 个月时，她已经学会了足够量的词汇，并能表达自己想要表达的大部分意思。她还继承了母亲美丽的乌黑长发和我的蓝眼睛。如此令人眼前一亮的组合总是会引来无数称羡的目光。

"妈咪，漂亮的贝盒！"芙洛拉朝着沿着沙滩走回来的夏洛特和惠子喊了起来。只见她们的手里还拿着从海港那里捡回来的牡蛎。

"真棒，亲爱的。"夏洛特边说边抱起了芙洛拉。我真希望自己能够拥有一台相机，捕捉下这两张相似的脸庞紧挨着彼此微笑、任由黑发被欢快的微风吹拂起来的画面。

渔夫的小屋已经被改造一新，尽可能展现除了现代极简抽象派艺术家的风格，拥有巨大的窗户和侧边敞开的楼梯——后者就像是从杂志里直接复印出来的，对于蹒跚学步的婴儿来说却是一片危险的游乐场。看到芙洛拉的果冻鞋踩在看上去十分昂贵的地毯上时留下湿乎乎的团团沙子，我的心中有些惊慌。

"能够和不想与你讨论如厕训练的成年人聊天真是一种享受。"夏洛特说着从马尔库斯的手中接过一杯泰丁歇香槟酒，向后靠在了铺着浅绿松石色天鹅绒的沙发上。芙洛拉就在距离沙发不远的地方，眼看就有把沙发弄脏的危险。"我们这些日子实在是太无聊了，对吗，安格斯？"

马尔库斯的唇边露出了饶有兴致的微笑。在我妻子如探照灯般的目光下，我发现我的朋友已经不再是过去那个满脸雀斑的小伙子了，而成了一个风度翩翩的有钱男人。夏洛特只知道马尔库斯是个充满魅力的成功富人。我把车子停在他的保时捷轿车旁边时就看到她眼中赞许的眼神。

"妈咪，漂亮的贝盒。"芙洛拉一边把牡蛎往喉咙里塞，一边伸手指向了夏洛特。

"这叫牡蛎，亲爱的。"夏洛特说。

"贝盒，贝盒，贝盒！"芙洛拉还在口齿不清地喊叫着，同时想要挣脱我的怀抱。

"她显然会在未来的证券交易行业里大展拳脚！"马尔库斯说道，想要把我们固执的女儿引起的这番略显尴尬的场景搪塞过去。

"过来，尝尝……"夏洛特拿起另一只牡蛎，往芙洛拉的嘴巴里倒了一点里面的汁液。

芙洛拉一下子就吐了出来，恰好没有吐在绿松石色的天鹅绒垫子上。

"尖内！"她尖叫了起来。

我喜欢她的小脑袋思考的方式，能够把我用来指示危险的词用在自己不喜欢的味道上。

我把她放在了吃午餐用的塑料小桌椅上，然后去帮惠子准备大人的饭菜。

"这是日本人的做法吗？"在惠子把黑鲈从冰箱里拿出来时，我一边用木头榨汁机榨着酸橙一边问道。

她微微朝我笑了笑。"是杰米·奥利弗的做法。"

起居区域里的对话还在稍显喧闹地进行着，显然是为了让我们听见。

"威尼斯，你这个幸运的家伙！"夏洛特说道。

"我们要去那里参加双年展。"马尔库斯回答。

"我一直都渴望去看双年展！"夏洛特说，"安格斯！"她叫了起来，"我们为什么不去看双年展？我确定卡西亚能够应付得了……"

我无法想象自己会丢下芙洛拉，飞离这个国家，但我什么话也没说，因为如果我提出反对意见，夏洛特更有可能不妥协。

"卡洛琳会喜欢这样的安排的,安格斯!"夏洛特说,"我不知道人们为什么要对自己的婆婆如此恐惧。我的婆婆就是上天赐给我们的!"她告诉马尔库斯。

母亲对于我们婚姻的敌意随着芙洛拉的出生而变得烟消云散。芙洛拉看起来和罗斯小时候一模一样,她告诉我们。就在我从医院里打电话把她升级做奶奶的消息告诉她之后,她第二天就突然出现在了我家的门口。

"我也是这么想的。"夏洛特表示赞同。

"至少她的头发不是姜黄色的!"我的母亲评论道。

"没错!"

"就假装我不在这里好了。"我回答。

"女孩可不一样,安格斯!"这两个人异口同声地说道。

不可否认的是,能有一个备用保姆的确很省心,因为卡西亚周末是不工作的。不过,无论我多么努力地欢迎我的母亲回到我们的生活中,每当她在场时,我就是无法摆脱自己碍了她的事这一想法。我尤其憎恨她用第一人称复数来称呼芙洛拉,好像她知道我的孩子在想些什么似的,特别是当"芙洛拉的"大部分想法似乎都和她不谋而合时。

"我们喜欢胡萝卜,对不对?我们不喜欢蔬菜什锦,不。我们觉得爸爸在他的菜里放了太多的大蒜,对不对?"

"也许我们可以带着芙洛拉去威尼斯?"我朝客厅里喊道。

"你明白我的意思了吗?"我听到夏洛特说,"他完全误解了我的意思!"

"说实话,你们现在应该很难订到高档的酒店了。"马尔库斯答道,勇敢地拒绝了和她联起手来与我作对,"我们好几个月前就已经订好了酒店。"

"你喜欢现代艺术吗?"我问惠子,试图在我们之间另外发起一段对话。

"喜欢。"

　　我不确定她是对自己的英语没有信心，还是只不过天生内向。两人的关系中是不是总要有人处于主导地位？我猜想。马尔库斯能否应付得了夏洛特这样的人？

　　"你能不能在我去车里拿些换洗的东西时帮我照看一下她？"我问惠子。

　　我回来的时候，她正蹲在椅子旁边，用浓密光泽的黑发遮挡着与芙洛拉玩着捉迷藏的游戏，逗得一直试图用小手抓住她头发的芙洛拉边笑边尖叫"惠～子～惠～子"。

　　"随身用品可真不少呀，是不是？"看到我抱着芙洛拉和换洗包向楼上走去，马尔库斯评论道。

　　"看到家里那些塑料玩具，我有时真觉得自己一手撑起了社会经济腾飞！"夏洛特说。

　　马尔库斯站起来跟在了我的身后。

　　"想要练习一下吗？"我提议，把更换尿布用的垫子铺在了浴室的地板上。

　　"你猜！"

　　"我是个医生。"

　　"不到万不得已的时候，还是算了。"我的朋友可怜巴巴地笑了笑。

　　"你觉得马尔库斯和惠子在考虑要孩子的事情吗？"在开车回家的路上，夏洛特问道。

　　"她已经怀孕好几个月了。"我说。

　　"真的吗？"

　　有时候，我觉得夏洛特之所以会成为外科医生，是因为她非常不善于阅人，除非那些人正处于麻醉状态，任由她为他们开膛破肚。

　　"你觉得我们应该再来一个吗？"她突然问道。

"孩子？"我吃了一惊。

"不,再要一瓶香槟,你觉得我在说什么？"夏洛特就像是在故意为难我。

"哦。"我回答。

我知道大家普遍认为只要一个孩子是不公平的,或者不知为何是自私的。我带着芙洛拉出门时被问到的第一个问题通常都是: "她是你的第一个孩子吗？"语气中带着我还会继续生下去的假设。好几个"漂亮妈咪"已经怀上了第二胎,可我却从没有想过我们会有第二个孩子。夏洛特大方地承认自己不是怀有慈母胸怀的人——她称之为"慈母型的人"。我从未想象过她会想要第二胎。

也许我也不太善于阅人。

"芙洛拉能够有个小伙伴也不错,是不是？"夏洛特用甜言蜜语哄着我。

我不知道她是在试图引诱我积极的响应,还是仅仅向她保证芙洛拉一个人也能过得非常好。我为自己的矛盾感到有些困惑。拥有芙洛拉绝对是我人生中最美好的事情,但夏洛特能够建议再生一胎意味着她肯定对我们的生活十分满意。不过,在我们刚开始享受安定生活的时候做出改变会是一个好主意吗？

我瞟了瞟后视镜,看到芙洛拉已经睡着了。

我还能如此深爱我的第二个孩子吗？

等我们在家门口的马路上找到一处停车位时,太阳已经落山了。我把所有的随身物品都用力拖进了家门,包括坐在安全座椅中熟睡的芙洛拉。房子里很暖和,卡西亚出去了。一家三口聚在一起的感觉很温馨。

"想不想喝上一杯？"我问夏洛特, "在我们的露台上？"

这是房产中介给我们房子里那块一亩三分地的平台取的宏伟名称,不过每逢夏日的夜晚，坐在那里歇歇脚的感觉还是十分惬意的，何况那里是我们唯一可以抽烟的地方，只要芙洛拉不在附近玩耍。

"伏特加汤力，谢谢。"夏洛特回答，从手提包里拿出了十支一包的万宝路，给了我一个邪恶的微笑。

我倒了两杯冰块。

"我们没有伏特加了。"我边说边查看着橱柜。

"那就琴酒好了。"

琴酒也剩得不多了。我把所有的存货都倒进了夏洛特的杯子里，然后打开了一瓶新的汤力水。

混合后的液体在炸裂的冰块上冒着泡泡。

我们拿着饮料站到外面，默不作声地坐下来抽起了烟，烟头在飞快降临的夜幕中闪着亮光。

"家里的独生子女是寂寞的。"夏洛特继续着我们的话题。

家里有两个孩子也可以是寂寞的，我想要说。

"反正也不太可能发生。"她补充道。

"上一次似乎就发生得挺容易的。"我回答。

我心照不宣的赞同像电流一样连接起了我们之间的性冲动。

在我第一次的体验中，怀孕是我脑海中最意想不到的事，所以我也从不可能体会到自己真正想要试图怀上一个孩子时那种令人讶异的兴奋感。显然我们天生就喜欢性爱，可当原始的本能和目的达成同步时，却又打开了几乎属于精神层面上的新局面。

事后，我忍不住想要打电话给马尔库斯，告诉他原来性爱还是那么的重要。

18

2005 年

泰丝

每当我感觉到口袋里那部刚买的手机振动起来时，都会感到一阵慌乱。虽然现在是我的休息时间，但在员工休息室里不能闲聊是一条不成文的规矩，所以我站起身来，走进厕所，接起了电话。

"你好，哪位？"

发现电话不是霍普的学校打来的，我最初的颤抖变成了脑袋里模糊不清的敲击声。对方是医院的接待员。在等待了将近四个星期之后，我设法抑制住了内心的恐惧，但此刻又整个人栽了进去。

"你拿到结果了吗？"我问道，心跳的速度也越来越快。

从她干脆利落的态度来看，我猜到她不打算在电话里向我透露检测的结果。其实她也不需要告诉我什么，因为当她提出要为我和我的会诊医生预定第二天早上 10 点钟见面时，我就已经知道结果了——如果结果是阴性的，我为什么还需要和会诊医生见面呢？

不过，按下挂机键的同时，我的想象力却立马开始编造起了事情为什么不一定如我想象的种种理由：我和我的遗传学会诊医生珍在我选择接受测试之前通过聊天建立起了很好的关系。也许她想要亲自告诉我这个好消息，还要在把我送出大门之前握握我的手？或许她想要提醒我，在某个阶段，我们需要考虑让霍普接受测试，然后讨论一下这件事情的策略？

"你还好吗，小甜瓜？"刘易斯在我穿过店铺走向收银台时朝我眨了眨眼睛。

产品经理对我有点意思。这个职位非常不适合他，因为他可能利用所有东西表达各种下流的暗示——不是香蕉就是黄瓜，而他对待新鲜无花果的方式也让我们大多数女孩一颗都不想拿来尝尝——但他并不是个坏人。一切都在愉快的心情中完工。

"一切还好吗？"当我请求上司准许我第二天晚点来上班，好让我能去看医生时，对方问道。

"没什么，我很好，就是女人的问题，你知道的……"

我们是十分友好的一群人——其中有些人每个月还会出去打一次保龄球——但没有人和我熟到足以让我袒露自己的心声。

自从这间新的维特罗斯超市开业以来，我就一直在收银台工作。他们在面试时曾经因为我的高考成绩询问过我是否愿意考虑接受管理方面的培训，但我告诉他们，我更愿意把收银看做一份工作而不是一份事业。我想要把肖恩提起过的想象空间全都用在写作上，而且在这里工作能够拿到一笔不菲的奖金，比在其他超市的收入好多了。我们不只是员工，还是企业的"合伙人"，听上去不错，不过我倒不是很在乎被称作什么。这里之所以适合我是因为工作时间很灵活，而这就意味着我可以陪伴霍普。在停车场里收集购物车的其中一位"合伙人"就有学习障碍，所以他们能够理解这种问题。

这倒不是说霍普还像以前那么需要我。和任何一个青春期的少女一样，她也在为自己奋力争取更多的自由。对霍普来说，这并不意味着和自己的朋友在海滨电子游乐场里玩耍——因为她其实没有什么朋友——更多的是在无人陪伴的情况下步行上学，还要有些零花钱能够供她给自己买些 CD——我猜还有一站店里的糖果。

那天晚上有个学校招待会。起初，我们遭遇过不少校园霸凌的问题，但霍普现在似乎已经没事了，上课时还能从助教那里得到一些一对一的支持，而功课方面也有我的辅导。

平日里，古德夫人是我最期待见到的老师，因为音乐课一直都是霍普的强项。由于我满脑子都在思考自己的事情，所以花了好一阵子才明白她在告诉我，霍普不能继续待在合唱团了。显然，合唱团出了几件事情，有人说了些不太中听的话，引发了别人的抱怨情绪。古德夫人瞟了瞟坐在我身边、凝视着地板的霍普。我这才满心惶恐地恍然发现，这件事情中欺凌别人的人竟然是我的妹妹。

"也许霍普会喜欢学些个人乐器？"古德夫人提议，迫不及待地提出了一个替换选项，"她很喜欢钢琴，不是吗，霍普？"

"我不确定我们能够承担得起钢琴课程的费用。"我回答，"何况我们家也没有钢琴。"

"我和校长谈过了，学校准备借给霍普一台电子琴。凭借她的天赋，我相信她很快就能学起来。你还可以找些书给她看看，如果她发现自己很喜欢学习弹钢琴，我们可以考虑一下学费的问题……"

她提起了"马丁乐器行"这个名字。圣卡斯伯特的中产阶级家长们过去常在那里给自己的孩子购买乐器。那是一间昏暗的小店，位于主商业步行街尽头的一条小巷里，就在我们过去修补鞋跟的那家店对面。我们常常隔着窗户朝里面张望，却从没有进去过，因为爸爸不喜欢让霍普摸到一台录音机或是一把四分之一大小的小提琴，因为她可能比大多数孩子更容易闹出不小的噪音。

"我们可以去马丁乐器行里看看吗？"霍普在我们步行回家时问道。

"那里现在已经关门了。"

"我们可以等它开门的时候过去吗？"

"可以，霍普，但前提是你发誓要友好一些。"

她什么话也没说。我不知道她是否也会感到自责？即便我认识了她一辈子，也还是一丁点也不知道她的脑袋里在想些什么。

"霍普，你知道一站店外面的那些男孩朝你喊叫时说你是个胖子吗？"我问道，"你心里会不会感觉怪怪的？"

"这一点也不好笑！"

"我说的是一种不舒服的感觉。"

我把她的沉默当做了肯定。

"是这样的，霍普，当你对合唱团的艾米丽说她唱错了调子时，她的心里也会产生那种不舒服的感觉。所以这是种不友好的做法，对吗？"

"艾米丽唱得确实都不在调子上。"

是呀，你很胖，我想要说，但你不会跑调，对吗？

那天晚上，我辗转反侧，可当我终于在凌晨时分昏睡过去时，却梦到自己推开会诊医生办公室的大门，看到我的会诊医生珍正举着一瓶香槟站在那里。伴随着瓶塞穿过房间朝我飞来，我被一阵得意的心情惊醒，一下子回到了恐惧之中。

我看了看闹钟。还有 4 个小时。在整个镇子还在沉睡时，我从床上爬了起来，沿着崖顶走了很长时间，看着太阳从海面上升起，把整个天空染成了粉红色。清晨的彩霞。如果我还没有收到测试的结果，那时的我就已经猜到了。

霍普显然对此毫不知情，而我则像往常一样穿着我的超市制服，所以她对我格外冗长地拥抱了她之后挥手看她上路的行为感到很奇怪，也很反感。现在她已经独自步行上学了，但我没有一个早晨不在提心吊胆，直到早上 9 点才放下心来。因为我知道，如果她没有去上学，老师在那个时候就该给我打电话了。

公交车司机说："振作起来，亲爱的。事情也许永远都不会发生呢！"鉴于我只不过是询问了一下去医院的车费，他的话让我感觉有些麻木不仁。

我试图强迫自己露出伪善的微笑，然后坐下来，心中好奇一个女人是否会对一个男人说出同样的话，而男人们在听到这句话时心里又是怎么想的。我是说，他们是真的想要让你的日子变得活跃起来，还是只不过在说"你是个可悲的婆娘"，还能侥幸逃脱？

当我紧张地打开会诊医生办公室的房门时，珍说了一句"进来吧，泰丝"，眼神甚至都没有离开电脑屏幕。

"请坐！"现在她开始朝我微笑了，但我能够看出她眼中闪烁的恐惧。

一瞬间，我心想，我不必这么做。我为什么不告诉她我改变主意了，然后在什么都不知道的情况下一走了之呢？我常说不知情是最糟糕的事情，然而此刻这似乎突然变成了一个颇有吸引力的选项。只不过我已经料到了。

"我恐怕结果是阳性的。"

我以为自己已经事先想好了在听到这几个词时可能产生的所有感受——

因为人人都会这么做，不是吗？希望自己若是能够想到最糟糕的结果，就能侥幸阻止它的发生？——然而事情却并没有按照我的任何一种设想发展。我猜这就是他们为什么要让你坐下的原因，因为你感觉自己仿佛正在坠入一个空洞之中。以前我从不理解坐下来对于事情能有什么帮助。

珍的嘴唇在移动，但我真的听不到她在说些什么，大脑里已然乱成了一锅粥。我做过所有的调查。在我们离开纽约时，肖恩还送了我一台笔记本电脑用于写作。可家里刚一通上互联网，我就感觉自己发现了一座无穷大的图书馆，每天都要花不少时间阅读，而且读的不只是关于癌症的内容。我知道，当你被查出遗传了乳腺癌易感基因 BRCA1 或 BRCA2 时——珍说我体内携带的是 BRCA2——你有两个选择。你可以选择预防性的外科手术。先是双侧乳房切除手术，然后是卵巢移除，提早进入更年期。或者你可以选择监视。这意味着你每年都要接受乳房 X 线检查和核磁共振。万一出现什么问题，你可以迅速采取行动。

然而珍现在似乎是在告诉我，这真的不是我的选择。虽说癌症在经历了几代人的遗传之后有可能会提早一些发作，但他们仍旧不太情愿在我 25 岁时就对我采取激进的外科治疗方法，尤其是在我还没有生育之前。

"话说回来，如果你已经提出要为我每年做一次乳房 X 线检查和核磁共振，就说明你觉得我是有可能发病的了，对吗？"我争辩道。

"这种可能性是非常小的。"

"但我被测出阳性的可能性也非常小，不是吗？"

珍看了看自己的笔记。

"你的外祖母是 51 岁去世的。你的母亲是 48 岁。"她回答，"你还有很多的时间。"

"但妈妈第一次患上癌症时是 43 岁……所以我 40 岁就有可能发病……"

"我们无法预测一个日期，泰丝。"珍回答，"你可能永远也不会发病。又或许直到 70 岁才会发病。"

"但这种事情也有可能明天就会发生！"

珍叹了一口气。她不打算对我撒谎。

"如果我做了手术，那么患上癌症的几率就能回复到和别人一样的水平上了，对吗？"

"没错。"

"所以说，这样的几率也不会为零，对吗？"

"不会为零，是的。"她叹了一口气，"是这样的，泰丝，你需要一点时间来消化这件事情……你不必现在就做出任何决定。我想让你记住的是，泰丝，知识就是力量。"

在咨询的过程中，这是我们达成的共识。当我终于得到测试准许时，我曾经如释重负，几乎忘了接受测试并不是真正的战役。

知识就是力量。在我走回公交车站时，我感到前所未有的无力。生理学上的一个随意的选择判了我死刑，可我想要改变却无能为力。

我去医院看病的消息一定被人传播了出去，因为往日里总是会和我开些无伤大雅的玩笑的同事今天似乎格外安静。也许恐惧写在了我的脸上。值班时我一直都在放任自流，脑子里一遍又一遍地大声重复着自己的选项，好几次都忘了询问顾客是否需要付现折扣或是给他们发放慈善代币。

"你还好吗，泰丝？"我的上司过来整理堵住的收银台传送带时问道。

"我很好。"我回答。

这是真的，不是吗？我并没有生病。我是一个身体十分健康的女子，却感觉自己的体内正在孵育某种可怕的东西，就像《外星人》演的那样。奇怪的是，那根本就不是外星人，而是我的遗传基因，和鬓发一样属于我身体的一部分。我需要搞清楚的正是这点不可能的事情。

用监视这个词来形容观望方法有些古怪，会让人感觉癌症正在监视我，而不是我在监视癌症。

平日里，我会根据顾客购买的东西在收银台旁默默编造一些有关他们的故事。你可以从购物车里的内容看出一个人身上很多的信息。我说的可不只是他们准备举办一场派对或是家里养了只猫之类的事情。

此时此刻，朝我移动过来的传送带上放着的每一样东西似乎都拥有了额外的意义。

石榴子不应该是抵御癌症的超级食品吗？

"你打算用它们做什么？"我询问那个穿着奈科斯特牌简约小套装的年轻职业女性，因为超市鼓励我们和客户建立密切的关系。

"其实什么都可以。"她心不在焉地回答，"把它们撒在沙拉上之类的。"

那她为什么要买健怡可乐呢？在美国，这种可乐实际上还会被贴上一个标签，说其中的一种成分被认为会在老鼠身上引发癌症。

潮热真的像人们所说的那样糟糕吗？我想要询问一个购物筐里放着一包更年期营养片、一盒添宁纸尿裤和一罐选择牌低卡热巧克力的中年妇女。

难道那个买了"买二送一"立体脆、一罐蘸酱和四提储藏啤酒的家伙没有听说过保持合理体重、每日五蔬果的建议吗？

"晚上打算呆在家里吗？"

"想来加入我吗？"他反问道。

我假装什么也没有听见。如果你知道这份工作能让我获得多少类似的邀请，一定会大跌眼镜。

我倒是对那个购物车里装着巴马火腿、脆皮意大利面包和一包芝麻菜的男人更感兴趣。不过他正处于一段认真的恋爱关系中，还为自己的伴侣选了丽尔莱斯牌的卫生巾，而且并没有试图把它们隐藏在卫生卷纸的后面。

"你还好吗，泰丝？"刘易斯在我下班后步行穿过蔬菜水果货架时问道。

要是我胸部扁平，他还会迷恋我吗？我不禁怀疑。

既然我目前没有男朋友，现在是否就是接受手术的理想时机？或许是最差的时机？如果做手术的目的是为了让我今后能够幸福地生活下去，那它会不会反而摧毁了我获得幸福的机会？

我步行向家走去，心想时间会帮我理清脑袋里所有的问题，但事实并非如此。

即便我接受了手术，也有可能因为别的事情死去。BRCA 基因突变会增加你罹患胰腺癌的几率，而这种癌症在到达晚期之前通常是不易察觉的。

不管怎么说，我什么时候才能找时间接受手术呢？

手术难道不存在风险吗？我这么倒霉的人很有可能会死在手术台上。那霍普怎么办呢？

如果我坚持要做手术，那就没有回头路了；如果我不去管它，他们也许还能找到治愈它的方法。

"不知道该怎么做的时候就什么都不要做。"妈妈过去常说。

但是，看看这样的做法让她落了个什么下场。

这就是想象空间的问题。它总是给了你太多的时间去思考。

路过奥尼尔家的房子，我差一点就忍不住上前按响门铃，抱着一杯茶坐在厨房的桌旁对奥尼尔夫人倾诉衷肠了，就像我们过去放学后常做的那样。但奥尼尔夫人只会告诉我上帝自有他的理由。总之，我需要倾诉的人不是她。朵儿才是那个一直在为容易陷入深思的我找回平衡的人，而她已经不住在那里了。

朵儿有了自己的婚礼，而戴维也有了自己的妻子。这话听上去像是在嫉妒，可我真的不嫉妒他们，因为我发自内心地知道他们在一起会过得很好。当地报纸上刊登了两人的一张合影，背景是一座拥有按摩浴缸的乡村酒店。颇具讽刺意味的是，同天报纸的头条是《弗雷德出局》，因为弗雷德拉伤了小腿十字韧带，在接下来的整个赛季中都无法再出赛了。

我也曾想过要给他们寄去一张贺卡，但就是找不到适合的贺词，因为我仍旧在为我们曾对彼此说过的话而心痛。我的措辞听上去似乎是在说我恨她，但这不是真的。我无法忘却她的所作所为，而我们也无法假装什么都没有发生过。如果我自命清高地认为拒绝和朵儿做朋友是对她的惩罚，那就是在搬起石头砸自己的脚，因为失去陪伴和乐趣的人反倒是我。

有时，我希望朵儿能够出现在我的收银台前，约我休息时出去喝杯咖啡，仿佛一切并没有什么了不起的。但人们对于自己喜欢的超市总是十分的忠诚，而朵儿之家的生意又时刻都在壮大，所以她可能并没有时间购物。

或许有人把我在这里工作的消息告诉了她，所以她在故意躲避我？

人们总是以为自己若是一辈子都和某人相识，就一定能够想象出对方在某个既定情景下会说的话，即便他们不在那里。可朵儿万事都有自己的想法，看待事情也总是偏向于乐观，而我自从妈妈去世之后就变成了一个倾向于悲观的人。我想，此时此刻，也许有个关于乐观和悲观的笑话在等待我们开口。我们曾经一起经历过人生中所有的转折点——第一天上学、第一次参加圣礼、第一次月经来潮、第一次接吻、第一次有家长去世、第一次认真交往男友——所以她对于我陷入严重健康困境的事情竟然毫不知情似乎有些奇怪。

我仍旧相信如果我拨通她的电话，告诉她测试的事情，她会直接抱着一瓶灰皮诺葡萄酒——如今有可能是桑塞尔白葡萄酒之类时髦客人喜欢配着黑鲈鱼购买的高档货——冲到我家来。不过,婚后的她应该会先回家把此事告诉戴维。我无法忍受想象他们两人在一场激烈的性爱之后躺在超大尺寸的双人床上说道:"可怜的泰丝!"

回到家里,我拨通了肖恩的电话。在接受咨询和测试的过程中,他一直都在鼓励我,所以当我听到一阵吃惊的沉默时,心中不禁有些沮丧。我意识到他一直以为我的测试结果会是阴性的,所以此时不仅感到有些惊讶,还不知为何感觉自己要为此负起责任来。

我发现自己反倒安慰起他来了:"知识就是力量,肖恩。我们得相信这一点……"

但作为凯文的伴侣,肖恩已经不再仅仅为我担忧了。"凯文有没有可能也遗传到这些不好的基因?"

"我想应该有一半的几率吧。"我的回答有些不耐烦。我无法忍受肖恩此时此刻把问题的焦点集中到别人的身上。

"请别告诉凯文。"我恳求道。

"我想我必须告诉他,泰丝。"肖恩回答。

仿佛又有一扇门关上了。

我感觉很可悲,打算不去参加写作课了。不一会儿,霍普推着一辆特别的小车、带着学校承诺给她的电子琴回家了,并马上投入了试验之中。我相信如果我呆在家里,一定会发疯的。

创意写作课是专科学校成教项目中的一部分。我们的导师里奥是一位会把满头杂灰色长发从脸上向后捋,还故意不刮脸的大学教授。这个班上一共有5个学生。利兹想要写一部发生在邮轮上的浪漫爱情电影剧本。维奥莱特已经退休，她的孙子们想要她把自己讲过的有关战争的故事全都写下来。艾希礼是个十几岁的电脑极客，正在以斯诺克和嘉德卢恩为主角书写一部奇幻小说。

　　我们各有不同，却聚集在了一起——还有退休警察德雷克。他认为自己总是高我们一筹，因为他曾经自费出版过一部探案小说。一天晚上，他在我前往公车站的路上一把抓住了我，说我们是知心伴侣，还问我是否愿意出去喝上一杯。不过我告诉他，我觉得这样做会打扰自己创作的动力。我知道警察很早就会退休，但 50 岁的年纪几乎是我的两倍了，而且老实说，他书中那些谋杀女性的可怕描述让我感到有些困扰。

　　这门课程的意义不仅仅在于读出我们的作品。里奥还会为我们安排一些练习，以便促使我们精进写作技巧，比方说让我们根据他带来的旧照片里的人物创造角色——和我与妈妈为咖啡厅里的那些人编造的故事有点像。术语叫做"背景故事"。

　　还有一个星期，我们被要求讲述三则发生在我们生活中的奇闻趣事，其中两则必须是真实的，另一则是虚构的，看看全班同学能否猜得出孰真孰假。这是一种训练故事叙述技巧的练习。

　　我发现技巧在于描述故事的背景。你不用说自己遇到了乔治·克鲁尼，只需要给他们描绘出所有的细节，比方说你正步行穿越莱斯特广场，突然发现一大群人正在电影院门外等待某些明星到达红毯。你突然间意识到自己无心闯入了警戒线内，而一辆豪华轿车恰巧在你的身边停了下来。看到所有的摄影记者都凑了过来，你简直无法挪动脚步。紧接着，这个男人走下轿车，一边整理领带，一边来回摆弄着夹克衫的纽扣，就像访谈节目上的那些男人一样——我觉得这是紧张的表现，但也许因为他们害怕弄皱自己的衣服——他距离你那么近，以至于你都能闻到他身上须后水的味道。他望着你，露出了"你还没意识到我是谁吧，对吗？等等！现在你知道了"之类的笑容，然后伴随着嘈杂的发动机声迈开了脚步。

他们全都被这个故事给蒙骗了。

留作业时，里奥会给我们选择一个词语，比如"贪婪"或者"冬天"。我们可以任意发挥，但必须写点什么出来：一段描述、几句对话、一首诗歌、一个故事，我们可以随心所欲。但这么做是很重要的。

"作家是做什么的？"如果有人提出了什么借口，他便会提出这样一句反问。

"写作。"我们异口同声地回答。

我喜欢学习一项新的技能。我猜这就是逃避主义。当我坐在电脑前时，Word 文档以外的所有东西都会烟消云散。我的作品通常都过于冗长，所以里奥建议我丢掉字典，一切从简。

不过，他的词汇量也很大，还总是在课上蹦出一些例如"置于上下文中进行研究"和"卡夫卡式"之类的词语。他的阅读面也大得惊人。无论他何时提起自己仰慕的某位作家，我都会记下来，从图书馆里订阅他们的书籍——纳博科夫、昆德拉、格拉斯——对我来说，这更像是一门欧洲文学课，而不仅仅是创意写作课，因为我心想，这些作家都这么优秀，为什么我还要自找麻烦呢？不过里奥说，我们来上课并不是要成为伟大的作家，而是要成为更好的作家。

"写些你知道的事情。"他说。

"谁会想阅读有关超市的书呢？"

不知为何，我成了班里那个爱开玩笑的家伙，而我上学的时候可从没有充当过这种角色。身处一个没人认识你的地方，你就可以做一个不同的自己，对吗？以某种方式更忠于自我，或是去做你想要成为的那种人。

"谁会想阅读有关小镇家庭主妇的书呢？"里奥反驳道。

"我不是家庭主妇。"我回答。

"不，但爱玛·包法利是。"

偶尔，里奥会对我露出顽皮的微笑，但并非是自恃高人一等或是想表现自己乐于助人。我不太确定应该用什么词汇来描述它。

"我不是福楼拜。"我回答。

"不。"里奥言简意赅地说，让我希望自己刚刚没有试图炫耀。

他有能力让你感觉自己真的很聪明或是真的很愚蠢，而两者之间的张力既可怕又令人振奋。"张力"这个词一听就出自里奥之口。

全班同学下课后经常会到酒吧里去坐坐，有时里奥也会同去，为我们讲述令人着迷的逸事和引言。我最喜欢的就是他的声音。那是一种旋律优美、略带威尔士口音的声音，很像安东尼·霍普金斯或迈克尔·辛，像演员的音域一样，既可以低语也可以咆哮。

一次，他提起了自己写过的一本小说是如何被出版商加上一个可怕的封面、搞砸了他的声誉的。这也是你为什么无法在书店里找到它的原因。

"他们的确说过，无能的人才会去教书。"里奥站在吧台边时，德雷克说道，让所有人都觉得他实在是自大、吝啬到难以置信。

我在图书馆定了里奥的小说。这本名叫《出于学术兴趣》的书是一部阴郁戏剧，讲述的是 80 年代大学校园里一位英语讲师的故事。一拿到书，我就马上读了起来。书中的语气让我隐约想起了自己读过的美国作家约翰·厄普代克的笔触。当我说起这一点时，里奥的眼睛亮了起来，所以我并没有告诉他我不太喜欢这种类型的写作。

写作课让我的思绪暂时飘离了测试结果，然而，几个小时之后，我刚一踏出教室时，它就重新席卷上了我的心头。站在公交站旁，我心事重重，甚至都没有注意到一辆车缓缓停在了我的身旁，直到里奥摇下车窗，俯身靠在了副驾驶的座位上。

"上车！"他说，"我送你一程。"

"不用了。没事的。不是很远……"

"求你了！"他说，"我想要送你。"

这样看来，拒绝似乎会显得有些粗鲁。

刚开始的那几分钟，我只是坐在那里凝视着挡风玻璃窗，注意到他会趁停车等红灯时偶尔朝我的方向看过来。

"你打算把问题说出来吗，泰丝？"他终于问道，"你似乎不太像平日里那个兴奋的自己。"

"说来话长。"我回答。

"那你为什么不告诉我呢？"

他的话听上去像在布置作业。起初，我想了想，*不行*，可转念又一想，*说说又何妨呢？我们还有至少半个小时的车程，总不能只是沉默地坐在这里吧*。于是我从母亲罹患癌症开始讲起，一直讲到了笼罩在我头顶上的阴云，以及我是如何动用自己所有的关系说服医生为我进行基因测试，现在又是如何讽刺地希望自己从没有做过这种蠢事的。

"但你还没有患上癌症？"里奥提问的声音既温柔又犹豫，显然很像《幻境》而非《沉默羔羊》中的安东尼·霍普金斯。

"没有。"我回答，"但我很有可能患上，在某个时间。"

不知为何，大声把话说给某个聪明而富有同情心的人听似乎很有帮助，尤其是在肖恩对我爱莫能助的时候。

　　"我可以采取某些步骤去预防，但都比较极端，我搞不清楚……"我继续说道。

　　"你现在就得做决定吗？"

　　"除非我做出决定，否则就无法不去想它。我就是这样的一个人。"

　　里奥在最后的几英里的距离中什么话也没有说，可当他把车停在我家门口时，他熄灭了引擎，朝我转过身来，非常严肃地望着我的双眼。

　　"在我的办公桌上。"他说，"我摆了三个分别标注着'进来'、'出去'和'待定'的托盘。当我不确定某些事情该怎么办时，就会把它放进'待定'的托盘里。这样一来，就算是我已为它做了些什么，你明白我的意思吗？"

　　他总是有办法从不同的角度来解读事情。你本以为他只不过是把信息提供给了你，紧接着就会恍然大悟，原来这是一种比喻。

　　"你是说我可以不必现在就做决定？"我澄清道。

　　他被我的反应给逗乐了。我发现自己不禁好奇他是如何把胡楂维持在同样一个长度的。这绝对不是清早刮过之后傍晚又长出来的胡楂。所以他可能每两三天就要刮一次胡子。但如果是这样的，一个星期共有七天，那么在某个星期四，他脸上的胡楂就应该比其他日子里更长一些才对。也许他只会在星期一的早上刮胡子，而我们又总是会在同一时间与他见面。到了星期日的晚上，他可能已经快要长出络腮胡，然后第二天早上再刮掉，开始新的一轮循环。

　　我注意到自己正在凝视着他的嘴巴。

　　"你为什么不写写这件事情呢？"他温柔地问道。

　　"这有点私密，不是吗？"我答道，突然意识到自己的身体比之前与他靠得更近了。

　　远处，我可以听到霍普正在弹着电子琴。她已经设法凭借听觉记忆在琴键上一个音一个音地演奏《这是去阿马里洛的路吗》的曲调了。多亏了《喜剧救济》，到处都能听到这首歌。

"格拉汉姆·葛林说，作家的心里有一块冰。"里奥说，"你觉得他是什么意思？"

"他们看待事情的方式比较超然？"我猜测道。

"没错！"他回答，"作家把眼前发生的一切都看做素材。"

他的眼睛又注视了我一会儿。一瞬间，我确定他就要吻我了，可他却只是靠过来打开了副驾驶旁边的车门，好让我能够下车，然后什么都没说就驾车离开了。他当然不可能吻我了！站在人行道上，我告诉自己，感觉有些头重脚轻。他结婚了，妻子在大学工作。可我仍能感觉自己正在发抖。直到我试图让霍普离开电子琴、上床去睡觉，他的声音仍旧停留在我的脑海中。

我在笔记本电脑旁坐了下来。里奥给我们留的作业提示词是"假期"。

我发现自己回想起了我们一家度过的最美好的一个假期。那应该是1995年夏天的事情。颇具讽刺意味的是，那正好是BRCA2基因被发现的那一年。我记得那是一段美好的时光。霍普还是个蹒跚学步的婴儿，而哥哥们的离去给家里腾出了些许的空间。我的中考成绩不错，妈妈也刚刚做完化疗，于是爸爸挥霍了一把，为我们购买了前往特纳利夫岛的旅行套票以示庆祝。他在克里斯蒂亚诺海滩上的爱尔兰酒吧里演唱了一首《你的奇迹》，从而获得了"最佳猫王模仿者"的奖杯，而妈妈则买下了如今摆放在厨房小饰品架上的那个彩绘盘。那个时候，身穿白大褂、戴着口罩的科学家获得了突破性进展，正在某个地用新闻里经常出现的吸液管将彩色液体射入试管里，发现了某些将为我们所有人招致灾难的东西。显然，这倒不是说发现这种病是科学家的错。

我发现自己正在描写加那利群岛上一个坐在泳池边的家庭。我也不知道是为什么，站在妈妈的角度思考问题，想象她在万里无云的蓝天下穿着带有填充杯的连身泳衣躺在那里是种什么感觉竟然让我找到了些许安慰。

　　我不确定那应该是一个故事还是一首诗的开头，但我还是给了它一个标题："今天是你余生中的第一天"。

　　下一次上课时，我在朗读作业时比任何时候都要紧张，因为它不知为何包含了某种意义。

　　待我朗读完毕，教室里陷入了长久的沉默。

　　"这就是永不满足的人发出的声音。"里奥心平气和地说，"比那些一无所求的人的心声要好得多。"他补充了一句，还设法朝我悄悄挤了挤眼睛，同时对着德雷克所在的大概方向点了点头。

19

2007 年

格斯

也许，在事事如意时，你是不该通过试图做得更好来蔑视命运的。

我们的第二个女儿一出生就面临着比芙洛拉棘手得多的人生。夏洛特怀孕时遭受了严重的孕吐折磨，后来又遭遇了晚产，打乱了时间表。

由于夏洛特急着尽快回去工作，我想办法拿到了一个月的陪产假，用来代替假日。我们早就提前做好了决定，让卡西亚利用这个好机会返回波兰进行一年一度的探亲。鉴于预产期几乎恰好与芙洛拉的幼儿园新学期开学的日子重合，时机看上去十分完美。我们甚至没有想过孩子有可能不会遵循我们精心策划好的计划。

生产的过程是艰辛的，因为孩子的头没有蜷向她的胸部，而是向后仰着的，仿佛是想要看看自己准备去向何处。我们早就决定要为她取名贝拉，可即便是最宠爱小孩的父母也不会称她是一个漂亮的新生儿，因为她的脸上满是医用镊子留下的淤青，还长着一头如同稻草人般的红发。

当你的孩子能像芙洛拉平日里那样安睡时，你很容易便会相信自己天生就是个放松、能干的家长。我在不小心偷听那些漂亮妈妈抱怨睡眠不足的问题时就曾允许自己在心里偷偷这么想过。贝拉就是自鸣得意的我遭受到的报复。夏洛特刚刚回去上班不到两个星期，芙洛拉就被一个尖叫着夺取了自己全部注意力的婴儿惹得有些不太开心。我发现自己时常会在凌晨时分在伦敦南部到处乱逛，而身旁坐在儿童座椅上的贝拉则在信号灯之间断断续续地睡着。

自从接受培训成为全科医生以来，我就失去了医院医生不规律的长时间工作习惯，所以现在的我时常处于僵尸的状态，意识很有限，一坐下来眼皮就像将死的鸟儿扑腾的翅膀一样抽搐闪动着，咽下的浓缩咖啡让我的血压一路飙升，以至于我有时会感觉自己的心脏是我身上唯一一块还能活动的肌肉。

夏洛特开诚布公地承认自己真的不太愿意"去做"带孩子的工作，仿佛这是我们都可以做出的选择似的。如果我感到筋疲力尽，那也是我自找的。于是，夏洛特承担起了确保不让芙洛拉感到被人忽视的那份责任，每天晚上总是会花上大量的时间陪她阅读，周末还会带她去看午后场的芭蕾舞表演、逛蝴蝶屋。

芙洛拉一天一天越来越像她的母亲，不管是措辞的方法——"真的吗"——还是着装的选择。夏洛特最喜欢讲述芙洛拉在赛弗里奇百货里试穿一条粉色芭蕾舞派对裙时曾经开口询问售货员的事情："这件衣服有黑色的吗？"

六周大时，贝拉开始出现湿疹。刚开始的那几天，我说服自己她脸上的一块块颜色只不过是健康的玫瑰色。然而当这些印记扩散到她的全身时，我就再也无法回避这个诊断结果了。

湿疹并不是什么值得引起过多同情的病症，通常也不会危及生命，除非你对它置之不理、从而引发葡萄球菌感染。然而对于一个孩子来说，这种病又痒又痛，看上去也十分丑陋。当你拥有一个健康的宝宝时，是不会意识到善意的陌生人常会窥视婴儿车，给予欢快的评价的；可当你的宝宝得上了湿疹，你就会敏锐地察觉到他们的脸在看到那些赭色流脓的皮疹时是如何垮下去的了。

我很后悔，当那些绝望的母亲带着患了湿疹的孩子来到诊疗室时，我只是漫不经心地给她们开些氢化可的松软膏，安慰她们这种病症会随着孩子逐渐长大而慢慢消失。对于她们心中的担忧，我是多么的无知；而在让孩子少遭些罪方面，我又是多么的愚昧。大部分孩子在两岁时就能摆脱湿疹的状况，可当你的孩子只有六周大时，这种感觉就像是被判了死刑。很有可能，这个孩子还会在湿疹消失之后患上哮喘。

我把停工的这段时间全部都用在了上网搜索支援机构方面，并证明了自己的做法比我身边的任何一位全科医生同事所给的实用建议都更加有用。卡西亚在贝拉的婴儿连身服上绣上了小小的棉布连指手套，以减少抓挠所带来的伤害。

只要是自己的孩子，你肯定能够找到半夜爬起来的精力，因为唯一能够安慰她的就是怀抱着她轻轻摇晃，即便你还做着一份全职的工作。如果你只不过是一位雇员，就无法找到取之不尽，用之不竭的父母之爱了。卡西亚尽全力为我们分担了几个月的负担，但她找了一个迫切希望她能够返回波兰、帮他经营网络业务的男友，而我们也没有理由让她留在英格兰。

从她的手中接过辞职申请时，我的脸上一定露出了绝望的表情，以至于她连声承诺会等到我们找到自己喜欢的人选之后再走。然而这并不容易。夏洛特和我都已经返回了工作岗位。唯一一个我俩都认为有戏的候选人在前来面试那天却正好碰上贝拉的皮肤病大爆发，在我们试图向她介绍情况时明显露出了退缩的表情。

尽管没有人认真怀疑过湿疹是一种过敏性疾病，但夏洛特却发展出了一种理论，女儿的病、卡西亚的离开和我们遭遇的其他问题全都是旺兹沃思的房子所造成的。

"这里实在是太低洼、太黑暗了。我相信空气中充满了微粒物质。"她频繁地叹起气来，直到我终于明白了她希望我提出的问题："你觉得我们应该搬家吗？"

我猜她正在考虑离开伦敦，搬到空气更加干净的萨里郡去，因为我们小时候都曾在那里居住过。然而她看上的房子却坐落在拉德布罗克丛林路附近那些立着白色拉毛粉饰前门的新月形街道上。那里的房子高大、优雅，却超出了我们的价格范围。

"在你进去参观之前，什么话也不要说。"在我们跟随房产中介迈上前门的阶梯时，她对我耳语道。

这座建筑包括地下室在内一共有四层。"而且楼顶还有加盖的潜力。"房产中介热情体贴地指出。

他和我年龄相仿，却散发着那种会开红色跑车、用发胶把黑色短发全都竖起来的人才有的自信。

"如今许多人也会选择向下面发展。"说到这句双关语，他朝着夏洛特眨了眨眼睛。

她假惺惺地笑了笑，以示回应。

这里曾经居住着一位老妇人。我猜房子至少从 50 年代起就再也没有装修过。厨房立着一个独立灶台，镶嵌着泛黄的橱柜，看上去很像是约翰·奥斯本戏剧中布置的道具。整间屋子都散发着猫的臭味。

"这对我们来说太大了。"我在夏洛特耳边低声说道。

"没错。"她回答,"我在想,我们可以把这里分成两间公寓,一间在地下室,一间在顶层,这样中间还是一座不错的房子。"

我猜,夏洛特之所以会带我走进这扇房门,唯一原因就是这座房子实际上是被人遗弃了的——用电视上那些房产中介的词汇来说就是"供低收入者使用的国民住宅"。家里有两个年幼的孩子所带来的其中一个弊端就是,你会累得什么电视节目都看。

"住在顶楼公寓的人肯定要走过我们那一部分区域。"我边说边好奇自己为什么会考虑这样的一个建议。夏洛特是我认识的最不切实际的人之一,而我连搭个架子都从来没有动手做过。我们是不可能成为房地产开发商的。我能想到的唯一一个有能力帮助我们的人就是我父亲。但我们已经和他与他的新婚妻子失去了联系。这也许是因为我们双方都缺乏努力,也许是出于对母亲的忠诚——根据我的喜好,我们之间的见面有些过于频繁。

夏洛特在我还没有抗议之前就忽视了我想要说的话。"卡西亚认识许多建筑工人。先等到你看过花园再说……"

杂草丛生的花园本身十分娇小,不过尽头有一扇大门,通往一处与附近几座房子的后院共享的私密小公园。即便是如此阴冷的 11 月末的一天,这里仍旧感觉像是城市中心的一处秘密花园。两棵高大茂密的落叶树中,一棵低垂的树干上挂着一个秋千,另一棵粗壮的树干上则修建了一座树屋。一只林鸽哀伤的咕咕声让我意识到这里是多么的平静,几乎听不到车水马龙的声音。

"女孩子会不会爱上这里?"夏洛特把她的手臂绕在了我的手臂上。

我们站在那里,想象着夏夜里坐在这片枝繁叶茂的伊甸园中,看着孩子们嬉戏玩耍,手边摆着冰镇的桑塞尔白葡萄酒,也许还有烧烤的香味从邻居家的花园里飘荡过来。

"星期六的早上可以去波特贝路市场。"夏洛特确切地知道应该采取什么样的行动，"所有的博物馆只需步行穿过公园……"

"那可要走上好一段时间呢。"我指出。

她为我破坏了她的兴致而皱起了眉头。

"有什么想法吗？"房产中介问道，眼神依旧落在自己的手机上。

"我们有些话得聊一聊。"

"正如你们所知，这是遗产销售，所以他们很渴望把它处理掉，不过等着来看房的人还在排着长队呢。"他说，"所以，如果你们感兴趣的话，别聊太长时间。"

说这段话时，他始终都在看着夏洛特，同时陪着我们穿过走廊走了回去，然后握了握我们的手，拿起钥匙朝着红色跑车按了一下。车子顺从地发出了滴滴声。

"等等。"看到我从口袋里拿出了车钥匙，夏洛特强装着笑脸，用腹语对我说道。

"好了。"看着房产中介的车子驶上拉德布罗克丛林大街，她才松了口，"我不想让他觉得我们是那种会开毕加索汽车的人。"

"但我们就是这种人啊。"我回答。

"好吧，我不是这么看待自己的。"她反驳道。

夏洛特认为自己应该开着更加时髦的车子，住在诺丁山一处美丽的粉饰灰泥墙宅邸里。我猜她完全有权利这么想，因为如今的她已经当上了会诊医生，领着可观的薪水，还应该嫁给一个与她收入水平相当甚至更高的人。

"等我做到自己的第一个合伙人职位。"我承诺，"我们就搬到这个区域里来。"

"那就太晚了。"堵在路上，她语气坚定地回答，"你不觉得这是我们的一个机遇吗，安格斯？不出几个月，这里就会超出我们能够承受的范围。目前的价格之所以还比较平稳是因为圣诞节快要到了。等到开春时节，市场就会再次火爆起来。我们能够顺道来看看只是因为它需要重新装修。"

"那意味着我们还要在自己本来就支付不起的价格上再投入更多的钱！"我抗议道。

"但我们是在增值。我们可以通过卖掉其中一间公寓把它们全都赚回来！"

"我明白你的逻辑。"我回答，试图不让自己听上去太过消极，"但我看不到首付款在哪里。"

"嗯，其实，办法是有的。"夏洛特说，"如果你的母亲卖掉她的房子，而我们也把旺兹沃思的房子卖掉，就能凑到足够的首付款，然后用我的工资支付剩下的房贷。地下室那一层拥有自己的房门，可以成为一间完全独立的公寓。"

我突然意识到她打算说些什么了。"我母亲要搬过来和我们一起住？"

"她喜欢这样，安格斯。"

"你是和我母亲一起梦想这个主意的？"

"也不能这么说。"夏洛特回答，紧接着微微有些羞怯地承认，"她的确说过，在卡西亚即将离开，我们又处于困境的情况下，她不介意全天候照顾两个女孩。若是她不搬过来和我们同住，我不知道这一点要怎样才能实现。"

从她拒绝看着我的眼睛这一点来判断，我怀疑她们婆媳之间的谈判已经发展到了更加深入的阶段。

车流再一次动了起来。我们缓缓向前挪动着。

"这会让一切都变得容易起来的。"夏洛特说罢颇为老练地停顿了一下，好让自己的提议能够沉淀一会儿，"何况她很善于照顾贝拉。这是符合逻辑的，安格斯！"

我的母亲曾经是一个牙科护士。每个周末，她到城里来照顾贝拉时，总是会在为她小心翼翼地洗澡、润肤时格外注意卫生。如果她真的自愿全职接手卡西亚的工作，我知道我应该感恩戴德才对，可我身上的每一根纤维都在反抗这个主意。

回家的路上，严肃地坐在副驾驶座位上的夏洛特在接下来的路途中一句话也没说，任由我的直觉和智慧纠缠在一起，试图想出一个论点证明我的母亲和我们生活在一起为什么会是个糟糕的主意，却什么也想不出来。

"我们几乎看不到她，你知道吗？"就在我的脑袋用光了所有的借口时，夏洛特打破了沉默。她真应该做个职业扑克牌玩家，因为她知道何时该静观事态的发展，何时又该加大筹码。"我相信她和我们一样珍视自己的独立。"

"我们要分享同一座花园……"

"但那是多么美的一座花园呀！"

有时候，人总是会让自己相信，如果你仅仅改变生活中的一件事情，那么其他所有事情就都会顺势变得有条不紊。想象着一家人身处那片枝繁叶茂的宁静之中，我允许自己憧憬我们的生活会出现奇迹般的转变。等我终于获得全科医生的执业资格，我会去附近的诊所找一份工作，因为我是绝不会从北岸通勤前往克里登上班的。也许我更喜欢换个环境工作；我的新同事会把我视为一个经验丰富又有家室的男人，而不是一个一团糟的学生；我可以挣到一份不错的工资，好让夏洛特不必那么辛苦。女孩子可以安全地在花园里学骑自行车；星期日的早上，我们四个人还可以去参观自然历史博物馆或在曲折蜿蜒的水池里划船，经营一个快乐的家庭。

当车子驶入我家的街道时，夜幕已经降临。和诺丁汉整洁的白色别墅相比，旺兹沃思低矮的红砖排屋显得更加压抑了。

"那好吧。让我们来听听她是怎么说的。"把车子停在家门口时，我开口说道。

接下来的那个周末，母亲的到来让我意识到这个提议已经经过了她们详细的讨论。

"你不觉得应该先去看一眼吗？那里的房子真的很糟糕。"

"哦，大部分问题都是表面性的。"意识到说漏了嘴，母亲一下子脸红了。

接下来的那个星期一的早上，夏洛特为房子出了价。按照契约条件规定，接手这座房子的条件就是把我母亲的房子和旺兹沃思的房子全都投放到市场上去。一周之后，当卡西亚离开时，我感到既紧张又兴奋，心中五味杂陈。我们将置于一片未知的领域中，已经没有回头的余地了。

我的母亲每个星期日到星期四的晚上都会留宿在卡西亚曾经居住的卧室里，星期五晚上再回到自己家中，利用周末的时间清空和打包行李。几个星期之内，这样的安排进展得出奇顺利。我可以开车上班，而不是搭地铁外出，因为我母亲有自己的车可以载着孩子们出去。贝拉几乎一下子就可以一觉睡到天亮了。周末时，她似乎有些易怒，证实了夏洛特认为我过于迎合她需求的看法。

母亲和我相处时总是十分小心。每当她说了些什么惹恼我的话，我都会反击自己脑海中沉默的尖叫声；每天晚饭后，她会尽职尽责地消失。回到自己的屋里看电视。某天深夜，她显然开着电视睡着了。当我试图溜进去把电视关掉时，却发现她的房门竟然上了锁。

"是你想让她自食其力的。"当我嘟囔着噪音的事情回到屋里时，夏洛特说。

自从芙洛拉出生以来，我的母亲每年圣诞节都会和我们一起度过。我想，这是我们母子俩每年最惧怕的一段时光。每当电视上的所有频道标识上都出现了雪花，新闻后也开始播报滑雪天气预报，而每一则插播广告里都会出现一大家子人坐下来享受盛宴的画面时，我总是不时感觉罗斯的鬼魂正设法跟踪我们，钻到我家的客厅里来。

不管我试图成为怎样一个耐心、热情的儿子，我相信自己的出现对于母亲来说都是一个不受欢迎的暗示，于是我的解决方法就是大部分时间都躲藏在厨房里，假装需要为火鸡涂油或是搅拌酱汁。偶尔，我也会在客厅的门口伸个头询问大家是否想要喝杯茶或是再来一杯香槟，匆匆瞥见我的母亲、妻子和女儿正在一起做着颇有圣诞气氛的事情，仿佛她们是另外一个人的家庭。

令人好奇的是，在我们即将于新年搬到一起的前景之下，我们在旺兹沃思度过的最后一个圣诞节竟然感觉不那么别扭了，也许是因为我们都在有意识地展望未来。平安夜那天，我的母亲带着从维特罗斯超市买来的一块烟熏三文鱼和一个昂贵的圣诞节原木形大蛋糕赶到了我家。她并没有急着跑去和夏洛特聊天，而是举着一杯金汤力酒站在厨房里和我说起话来，询问我的工作如何、是否想好了是做烤火鸡还是烤鹅。

作为回报，我称赞了她为芙洛拉和贝拉挑选的礼物，仿佛我们已经在心里悄悄决定原谅彼此对自己发过的牢骚。我心想，也许厌恶真的是有诉讼时效的，这才几乎有些惊讶地意识到今年已经是罗斯去世后的第 10 个圣诞节了。

圣诞节当天，看到母亲帮助芙洛拉把珠子穿在绸带上做成项链，我的心里突然涌上了一股骄傲之情，为她能够在孙女们身边找到乐趣而感到高兴。

芙洛拉蠕动着从她的大腿上跳了下来，朝我跑来。

"爸爸，明年，我们要有一棵大大的圣诞树！"她说，"大到我们需要一把四脚梯能把星星放到树顶上去！"

"没错！"我边说边回想起了我们即将搬进去的那个被全部刷成了白色的新家客厅里高高的天花板。

"什么是四脚梯，爸爸？"

"就是自己能够站住的梯子。"

"你能把它画在我的笔记本上吗，求你了？"

芙洛拉对词语很感兴趣，所以我从琥珀切斯文具店给她买了一个有着鲜艳塑料封皮的笔记本。我会为她把新的词语写在上面，还总是会画上一幅插图。在四脚梯旁边，我画了一棵圣诞树，树边就是那些诺丁山住宅一楼会有的凸窗，旁边还立着一把四脚梯，梯子顶上站着一个伸手举着星星的小女孩。

我把笔记本还给了芙洛拉。

"四——脚——梯。"她拼读着音节，用手指着那些字母。

"4 岁就会认字了。"夏洛特骄傲地说。

"罗斯也很早就认字了。"母亲回答，"安格斯就晚多了。"她飞快地补充了一句。

"奶奶还可以在楼下摆一棵属于自己的圣诞树。"芙洛拉显然是在重复我母亲说过的话，"这样我们就能有两棵树了！"

"花园里还会有许多树呢。"我也加入了策划的过程，"所以我们没准可以在树上绑些彩灯！"

此时此刻，夏洛特正在朝我微笑，而贝拉则坐在她的大腿上，手里举着一只柔软的小象。小象的一只耳朵会发出噼里啪啦的声音，另一只耳朵则会发出吱吱的刺耳噪音，甩动起来时肚子里的铃铛还会叮当作响。贝拉的皮肤状况今天还不错，顶着一头橘黄色鬈发的样子看上去很可爱。

我试图在脑海里捕捉家中三代女人济济一堂的画面，知道如果我拿出相机，她们的姿势就会变得僵硬起来，身旁环绕着的满足的光芒也会消失。

"你为什么不过来和我们坐在一起呢？"夏洛特说，"你一整个早上都很辛苦……"

"和我一起做个手镯，爸爸。"芙洛拉说。

火鸡正在腌制，肉汁也已做好。即便蔬菜有可能会略微烤煳，但那又何妨呢。

我仍旧穿着母亲送给我的海军蓝白条纹围裙，在她身边的沙发上坐了下来，从她的手中接过一个装满各类珠子的托盘。芙洛拉顺势爬到了我的大腿上。

壁炉里，仿照煤炭效果的煤气取暖炉发出了噼里啪啦的声音。随着凸窗外的光线逐渐消失，我们的圣诞树上挂着的彩灯似乎亮得更加耀眼了。我发现自己心里在想，如果有人正从外面望进屋里，应该会看到一个快乐和谐的完美家庭。

20

2007 年

泰丝

大家都以为英国的人口在圣诞节期间翻了一倍。我不知道那些人是如何在自己的冰箱里找到空间存放那些装满了亮晶晶的果冻和蔓越莓盖着的鸡肝酱的陶瓷锅的。而且如果斯提尔顿干酪真的那么好吃，我们为什么不能一年四季都吃它呢？那些依靠一包雅各布牌奶油饼干就能快乐地度过一年的家庭为什么突然都必须吃大罐的"奶酪饼干"？谁会笨到放弃 12 磅表面撒着诱人糖霜的巧克力果酱蛋糕卷？这个国家真的会有人喜欢圣诞布丁吗？还有，延续刚才的话题，当你在一年里的其他时节只需花上三镑就能买上两兜橘子的时候，为什么要花更多的钱在这个时候去买中间夹着一片橘子的布丁呢？

人群，队伍，消费。超市里并没有出现什么节日的善举。我被升任为主管，所以大部分时间都在客户服务柜台前处理没完没了的抱怨和偶尔由布丁引发的插曲。

"科斯特洛小姐请到第 4 走廊，谢谢。"

烘焙柜台的旁边，两个男人正在为了最后一盒布丁争论不休。

"如果你们的东西快要卖光了，为什么还要播放那些该死的电视广告？"没有抢到布丁的那个男人朝我吼叫了起来，脸色变成了令人担忧的粉红色。

这东西值得你为之血压升高吗，我想要问他。说不定还没等到你咬一口里面的白兰地黄油，你就已经心脏病突发了。

"我能否在向您表达歉意的同时赠送您一份果子甜面包，以弥补您的失望？"

"那我也能得到一份吗？"他的对手问道。

"如果您愿意把布丁让给这位先生的话……"

我从没有想过自己竟会说出这种话来。

我发现解决问题最有效的方法就是把握一切可能、卑躬屈膝地拿出赠品。

"这能缓解局面。"我向更倾向于主持公正而不是乱送免费赠品的副经理解释道，"这样一来，他们就能带走一个免费的蛋糕以及一个能够和自己的亲友分享的故事了，并且以后还会回来，而不是去看马莎百货的食品超市有什么存货。"

"你真应该考虑一下去做营销。"他回答。

我并不情愿接受他们为我提供的职业发展机遇，一部分原因是我猜测他们会发现我其实除了一点常识之外并不具备"人际交往能力"或"领导素质"之类的品质。我认为自己在一家超市里是没有未来的，尽管随着时间的推移，我有时也会好奇自己到底在等待什么。自从我寄给报社的那个故事石沉大海之后——我写的是一位收银员根据顾客篮子里的物品为他们的生活编造故事的事——我已经放弃了以写作为生的疯狂想法。也许我应该干脆接受写作不会比零售业强到哪里去的现实。有时候，最好的东西往往就在你的眼前，朵儿过去常说。

这话对她来说十分奏效。今年，当地新闻还报道了她主持镇上圣诞节点灯仪式的事情。

"玛利亚·纽伯利，北肯特的年度企业家！"记者把话筒塞到了她的面前，"或者我是否应该说，女企业家？"

"我也不知道，你觉得呢？"朵儿说起话来还是和以前一样风情万种。

"很多人都在讨论女性在职场上会遭遇限制某些群体晋升高级职位的障碍。你有没有试图做出什么突破？"

"朵儿之家没有这样的障碍。"朵儿告诉他，"因为这就像是，嗯，我正坐在屋顶上，不是吗？"

他喜欢这个比喻。

"玛利亚·纽伯利，朵儿之家的创始人。"他转向了镜头，"那里的员工前途无量！"

当我问霍普想要什么圣诞礼物时，她说想要一架大钢琴，因为马丁在店铺上的公寓里就有这么一架钢琴。

她和马丁已经发展出了某种密切的关系——从严格意义上来讲应该是小马丁，因为他的店主爸爸老马丁患上帕金森病之后就搬去了滨海大道上的一间安老所。这有点像是她与戴维之间的友谊，是建立在两人在音乐方面资料库一般的大脑的基础之上的。我真的很为他们开心，因为我怀疑霍普也很思念戴维。

"我不喜欢朵儿。"她在看到报纸上的婚礼照片时说道。

21岁的马丁在做生意方面还是稚嫩了一些，因为这里不止一家乐器行，后面还有一间可供他修理单簧管、为吉他上弦之类的工作室。起初，他在我们进店为霍普购买一本电子琴自学教程时露出了被人打搅的恼怒表情，但我觉得那更有可能是与社会隔离的表现，而不是故意的粗鲁。他的母亲在他还是个孩子时跟随一位爵士萨克斯风乐手私奔了。所以这也许能够说明许多事情。在我们回来购买更多高级教程时，他对霍普的天赋表示印象深刻，偶尔还会免费给她上课。

今年的圣诞节只有我和霍普在家，因为爸爸和安妮去了安妮在阿尔加维的分时度假小屋，而我一直要忙到平安夜当天超市关门的那一刻。整个上午，我们都只顾穿着睡衣吃着巧克力。霍普似乎很满意对我买给她并藏在爸爸床下的全尺寸电子琴，想要立刻开始练习马丁推荐给我的那本适合她水平的经典曲谱。这架电子琴的音色比学校那台要好得多，听上去很像是一架正经的钢琴、管风琴或是羽管键琴——无论霍普选择哪种音色。在她犹犹豫豫地弹奏选段时，你会听到自己这辈子在广告中听过，却从不知道曲名的所有乐曲，比如《献给爱丽丝》和《月光奏鸣曲》。

和她一起放松的感觉很不错，尤其是在知道我们的晚饭只需要在饿的时候加热 4 分钟就能做好时，因为我买了可以用微波炉加热的圣诞即食餐，里面包括火鸡、蔬菜、契普拉塔香肠等一大堆东西。

"为什么有三份？"看到冰箱里的食物包装盒，霍普开口问道。

我了解霍普的胃口，心想她可能会想要再来一份，何况今天又是圣诞节。不过我是不会先把这些话告诉她的。

"买二送一。"我撒了谎。

"我们可以邀请马丁过来吗？"

那时已经接近下午 4 点钟了，外面也已经暗了下来。

"我猜马丁自己应该有计划了。"我回答。

"他去探望他的爸爸了。"霍普说，"然后就没事了。"

"如果你想邀请他，就打个电话给他吧。"我告诉她，然后惊讶地看着她径直走到了电话机旁，因为霍普从不喜欢打电话。我猜她应该是为拨打电话过程中的不确定性而感到心烦。

我由衷地希望自己不必上楼梳妆打扮、整理好包装纸，却又为霍普想要邀请朋友到家里来的主意感到激动不已，即便这多半是因为冰箱里那三盒数量不平衡的即食餐，而不是她在惦记马丁只能一个人过圣诞。

半小时之后，他出现在了我家的门口，还带了一份礼物给她：一本名为《音乐剧之歌》的乐谱。乐谱外面并没有包装，显然是他在离开乐器行时随手从货架上拿下来的。

我坐在沙发上看着他和霍普一弹一唱，身后立着银色金属丝做成的树，心想眼前的画面似乎和维多利亚时代小说中的圣诞节有点相像——曾经，家人总是会聚集在钢琴旁边自娱自乐。

当霍普唱起《难以抗拒的真爱》时，马丁开口说道："她应该去上歌唱课程。她是个花腔女高音。"

虽然不太清楚那到底是什么，但我在爸爸打电话来祝贺我们圣诞快乐时提起了这件事情。

"歌唱课程？她已经会唱歌了不是吗？"他大喊着，试图压过酒吧里的噪音。

我买了一盒非常昂贵的饼干，因为在平安夜的下午，它们的价格基本上就等于白送，于是霍普、马丁和我头顶着金色的皇冠在厨房的餐桌旁坐了下来。我注意到马丁对待吃这件事情十分严肃，仿佛它本身就是一个目标，而不只是达到一个目标的途径，和霍普简直一模一样。我们吃了一个覆盆子奶油蛋白甜饼作为甜点——它的口感还有点冰，因为我没有及时把它从冰箱里拿出来。然而霍普并没有多要，吃完自己的那一份之后便从椅子上一跃而起，回到了电子琴旁边。

　　我一边听着两人唱和声一边洗刷着碗盘，突然为某个一直困扰在我心头的问题想到了一个解决方法。霍普学校里的所有学生都必须在十年级时进行为期两周的"工作体验"。她的大部分同学都选择在老人院帮忙，可没有人认为霍普能够应付得了这份工作。其他向往教师行业的孩子则会在小学里实习。

　　如今，霍普已经很少发脾气了，大动肝火的频率间隔也越来越长，但你永远不会知道什么会惹恼她。即便有学校肯要她，也有可能必须派专人来照顾她。这样一来，这种工作体验还有什么意义呢，对不对？看来霍普就只能在家里窝上两个星期的时间了。不过去马丁乐器行里工作又能有什么坏处呢？只需在那里工作一个早上，她就能知道每一张活页乐谱和每一本书的位置，还能为马丁节省放下布头、油蜡和改锥去为客人服务的麻烦。

　　"我需要付她工资吗？"当我趁着马丁离开之际把这个主意告诉他时，他问道。

　　"不需要。"我回答。

　　"那好。"

　　霍普上床睡觉之后，我坐在客厅里凝视着树上的灯，心想母亲若是看到霍普交到了一位朋友该有多高兴。我这才突然想起，这已经是我们没有她的第 10 个圣诞节了。10 年是霍普认识妈妈时间的两倍。在那段时间里，她已经从一个小女孩成长为了一个小女人。可剩下的一切，就连那棵闪烁的金属丝圣诞树在内，都还是原来的样子。

　　霍普小的时候，我从未带她到墓地去过，因为我知道妈妈躺在地下某个盒子里的画面会吓到她，何况妈妈也不想这样，但我决定在节礼日那天带她一起过去，从我们步行前往公墓时路过的加油站里买一束康乃馨鲜插花。

"詹姆斯挚爱的妻子和凯文、布兰登、泰瑞莎以及霍普深爱的母亲。"霍普念着墓碑上的铭文，"谁是詹姆斯？"

"那是爸爸的全名。"

"爸爸和妈妈还是夫妻吗？"

"哦，是的……"

"妈妈是永远也不会停止爱我们的，泰丝。"

"没错。"

"我不记得妈妈了，泰丝。"

"嘘。"我耳语道，"别在这里说这样的话。"

其实我也并非真的相信妈妈能够听见我们的话。

趁着音箱播放莫扎特的乐曲，马丁则在工作室里和着曲调吹口哨，我把霍普留在了柜台后面。就在我打开门，迈向门外时，铃铛响了起来。霍普用手做了一个驱赶的动作，似乎在说："走吧！我再也不需要你了！"

那是1月里的一天。阳光灿烂得让人睁不开眼睛，冷风却有些刺骨。这也许就是为什么我在向下朝着海滨走去时眼睛会感到刺痛的原因，因为我根本就没有理由哭泣。其实，我应该感到如释重负，因为突然之间，霍普似乎有可能找到生活的轨道了。对她来说，能够找到适合自己的职业难道不好吗？我最想要的就是让霍普能够自给自足。

不过幸福有时候的确会让你哭泣，不是吗？就像我们在希斯罗机场送别凯文时，妈妈会一边微笑，一边挥手，一边哭泣一样。

这过去的10年不就是为了让霍普能够获得独立吗？

然而，我忍不住心想，现在我的目的又是什么呢？

新年通常是个乐观的时节。伴随着白天越来越长，商店里充斥着情人节的贺卡、心形的巧克力和贴着粉红色标签的普罗塞克葡萄酒，但我似乎就是振作不起来。不知为何，10 年这个数字似乎变得如此重要起来。不过，让人感到荒谬可笑的是，它和 9 年相比只不过多了几天而已，而我之前从没有把它当一回事。

我感觉很低落，决定旷掉新学期的第一堂写作课。然而接下来的那个星期一的晚上，里奥出现在了超市里。我首先注意到了他购物车里的商品。狗粮现在买一送一，但促销信息有时候并没有在收银机里登记。

"有什么需要帮忙的吗，先生？"

"当然了，希望如此！"

那个声音，那张脸庞，那张刮得干干净净的脸庞，证实了我的剃须理论。

"我不知道你还养了一只狗。"我说道。

"我喜欢保持些许的神秘感。"他轻佻地耳语道。

"有时候软件会出现短暂的延时。"我告诉他，专心一意地按着收银机上的按钮，希望他不会注意到我通红的脸庞，"如果你能够把收据给我，我可以为你安排退款。"

"没问题。"他回答，"是这样的，你什么时候下班？我需要请你帮个忙。"

下班前的 15 分钟，我在脑海里编造了各种各样的故事来解释他的要求，结果没有一个是正确的。

在尼罗咖啡厅里，里奥为自己和我分别买了一杯浓缩咖啡和一杯拿铁，并把它们全都端到了桌上。

"我遇到了点问题，我买了下个星期五国家大剧院演出的《无事生非》戏票。我的妻子本应和我同去的，但她忘了在自己的日程本里写上当天她有部门聚餐……”

我点了点头。

“……所以她说：‘你为什么不带上你总是提起的那个创意写作课上的女孩呢？’”

我过了一会儿才明白过来，因为我还在以为他是真的打算请我帮忙，而这只不过是他表示客气的一种富有魅力的方式呢。

“我？”我问道。他回报了我一个灿烂而又顽皮的微笑。

回到家，我把自己所有好看的衣服全都丢在了床上，开始试穿起来。我想朵儿应该会用“休闲时装”来形容适合这种场合的服饰。最终，我选定了一件从乐施商店里买来的50年代鸭蛋蓝色开襟羊毛衫——我本以为自己永远也找不到场合穿它了。上面绣着柔和的蜡笔色珠花，还加上了丝绸衬里。配上新买的紧身牛仔裤，我觉得这套装扮恰好达到了一种平衡，既满足了剧院所需的华丽，又满足了乘坐火车所需的实用。发现自己正对着镜子噘嘴，我斥责了自己一顿：这不是一次约会；里奥只不过是一位对自己的学生很感兴趣的优秀教师。何况他已经有家室了。我感觉到的任何存在于我们之间的吸引力只不过是我自己的想象，所以我绝对不能欺骗自己。尽管如此，我还是无法全然压抑内心的激动之情。

人们以为英格兰南部的天气会比这个国家的其他地方温和许多，可出于某种原因，如果预报有雪，雪花通常都会落在肯特。这样的天气意味着霍普从马丁乐器行回家时乘坐的公交车延迟了，所以我一直都在担心她，以至于在她终于迈进家门时朝她吼叫了一番。这不公平，因为这也不是她的错，但我确定自己就要迟到了。

　　"你为什么要这样胡闹下去？"霍普问道。这是我在她某次发脾气时对她说过的话，所以它让我感觉很糟。

　　"我不得不等到霍普回来……"我为我们差一点赶不上火车的事情上气不接下气地向里奥道歉。

　　"霍普？"

　　"我妹妹。"

　　我从未在班上提起过霍普，此刻感到自己有些不忠，但这其实更多的是与拥有一个不被她来定义的、属于我自己的人生角落有关。

　　"她有阿斯伯格综合征。"

　　"那不是小说里的东西吗？"里奥问道。

　　"《夜色下的死狗之谜》？是的。"

　　因为这部小说，如今很多人都知道了这种综合征。

　　"你有没有想过以霍普的视角来写作？"里奥问道。

　　我笑了。"我这一生花了很多时间试图透过霍普思维的棱镜来看东西，却从没有成功过。"我回答，"我不知道霍普的生活是什么样子的，就像我不知道你的生活是什么样子的一样！"

　　"试一试也许会很有意思……"

　　"也许有一天我会这么做吧。眼下，我试图去发现的是自己的生活应该是个什么样子！"

　　等我们赶到市里时，雪已经下得很大了。厚厚的雪花在南岸边的路灯橘黄色的光晕中舞蹈着。

　　"这就好比身处莫奈的其中一幅《英国国会大厦》画作之中。"我说道，试图展示自己在文化方面的知识，"显然，除了大雪替代了大雾。"

里奥朝我露出了愉快的表情。

"你知道莫奈其实是因为法国的普法战争而被流放到伦敦来的吗？"我继续问道。

"不知道。"里奥回答。

"艺术画廊的网站能让你学到很多东西。"

"是吗？"

"你能相信印象派画家起家时竟然没有人喜欢他们吗？"我问道。

"真正的艺术家是不关心自己的受欢迎程度的。"里奥终于让我闭上了嘴。

我们来到国家剧院时刚好还能趁幕布升起之前喝一杯，于是点了杯金汤力，在休息室里坐下来聆听着爵士乐队的演奏。我的打扮还不错。有些女人穿着长裙和高跟鞋，可其他人只穿了牛仔裤。外面的暴风雪让所有人的发型看上去都有些凌乱，脸颊上还顶着粉红色的斑点，不管他们花了多少时间或者多少钱在自己的妆容上。

尽管我曾经看过《罗密欧与朱丽叶》的电影，还为高考读过《奥赛罗》、看过 DVD，却从未看过现场的莎士比亚戏剧。随着灯光变暗，我的脉搏也开始加快，不确定是在为自己还是为演员感到紧张。然而我根本就不需要担心，因为他们看上去真的很享受自己的演出。我本以为这会是一次更加正式、可敬的经历，但其实很有趣，不只是"朝着彼此点头、自鸣得意地微笑"那种有趣，而是"大声捧腹大笑"的那种有趣。

幕间休息时，趁着里奥去上洗手间的工夫，我端着第二杯金汤力酒靠在墙上，试图不显露出自己正在偷听周围人谈话的表情。我注意到，伦敦的戏迷们说起话来比从影城里走出来的人大声许多，几乎是故意想要让别人听到自己的观点似的。

在我的身旁，两个中年男子和一个女子正站在一个更加年轻的女子身旁，而且三个人的注意力大多都集中在了这个年轻女子的身上。从她针对戏剧提出的颇有独创性的观点来推测，我觉得她可能就是一位女演员。她长得足够美丽，留着长长的深色头发，举手投足间让人感觉她仿佛应该身处一场鸡尾酒派对之中，手里举着带有长滤嘴的香烟，即便她只穿了一条朴素的黑色定制长裤和一件黑色的开襟羊毛衫——我想也许是羊绒的。其中一个男人显得格外专注，略微带着外国口音谈论着最近看过的作品。

"你从没有去过萨尔斯堡音乐节吗？"他惊讶地问道，"山川和戏剧，你懂的。景致非常特别。"

"听上去太无忧无虑了。"那个女子回答，绿色的双眼朝他闪烁着光芒。

也许这是另外两个人为他俩安排的一次盲目约会？他对她来说似乎太年长了一些。年长却富有。绝对很富有。若非如此，你是不会在浅棕色的花呢夹克衫下面穿一件高翻领套衫的。

"我们是不是应该回去了？"他们的东道主在十分钟铃声响起时问道。

"我丈夫竟然错过了这场演出，真是可惜……"那个美丽的女子说道。

"那我可太走运了。"她的仰慕者低声对她耳语道。他站在一旁，一只手徘徊在她后腰上方一英寸的地方，让她先一步过去。

"准备好了吗？"再次出现的里奥问道。

"是的。"我很快回到了自己的故事中，跟着他走回了礼堂。

门外的雪已经演变成了一场暴风雪。我们设法跋涉着穿过河畔的积雪，又迈过了查令十字人行天桥，可当我们到达火车站时，所有返回肯特的火车都已经被取消了。

我对霍普将一个人在家过夜的事情十分焦虑，可当我拨通安妮的电话时，她已经把霍普接走了。

"你怎么办？"她问道。

在我的想象中，一部电影正在播放：一个年轻女子和她的教授被困在令人眼花缭乱的城市中度过了一个神奇的夜晚——他们在国家美术馆的台阶上背诵着《无事生非》的台词，用公园里洁白的积雪堆着雪精灵……

"我们要不要去试试普瑞米尔酒店？"里奥问道。

酒店里的单人间和双床间都已经住满了；事实上，我们拿到了最后一个大床间。通过交涉，我从前台要来了一把折叠牙刷和一管小小的牙膏。当我从浴室里走出来时，里奥已经躺在了床上。我的牛仔裤被大雪浸湿了，绣着珠花的开襟羊毛衫又太脆弱，不能当做睡衣，所以我决定坐在床上，脱得只剩下短裤、背心和内衣，然后直接钻进被子里，看都没有看他一眼便关掉了自己那一边的台灯。

"我要不要在我们之间放一个枕头？"里奥充满金汤力酒气味的呼吸拍打在我的脖子后面。

"没有必要。"我咯咯地笑了起来，"我又不会突然猛扑到你的身上！"

我本打算把它当做笑话来说，展示我从没有想过那件事情，但话一出口，听上去倒像是一种邀请。

"即便我这样做也不行吗？"说罢，他在我的颈背上留下了一个如羽毛般轻盈的吻。一阵电流沿着我的脊柱向下蔓延，让我全身都抽搐了起来。

我不敢转身，以防他是在开玩笑，却发现自己的鼻子距离他被逗乐的脸庞只有一英寸的距离。

"这样呢？"他边问边把手掌从我的手臂下面伸了过来，温柔地托住了我的胸脯。

我转过身来，发现他正一脸严肃地望着我。我们亲吻了彼此，先是试探性地，随即变得越发贪婪。那些抵着我皮肤的胡楂比我想象中的还要扎人。

里奥说我拥有奥黛丽·赫本那种最诚挚的无辜感，却又长着克劳迪亚·卡迪纳莱的身体。在谷歌上搜索过后者的名字之后，我更加珍惜这样的描述了，并且时常注意到自己超市制服下的身体曲线，仿佛皮肤最上面的一层已经被人撕了下去，将我的神经末梢都暴露在了涤纶纤维的布料下面。我站在顾客服务台旁，低头凝视着冷冻食品通道，脑海里缓缓重复着他说起"撩人性感"这个词的四个音节时嘴里发出的声音。我一直把手机放在上衣口袋里，这样一来，他的短信发过来时，手机正好能在我的胸口振动起来。

大多数晚上，里奥都会在下班后带我去没有人能够认出我们的乡村俱乐部，和我聊聊诗歌，事后再与我在车中缠绵。

"你就是一丝清新的空气。"他说，"简直让我无法把手从你的身体上移开。"

我沉默而又顺从地听着他的赞赏，无法找到足以引起共鸣的词汇来形容自己一生都在等待他的到来那种势不可挡的感觉。

我没有把我们之间的私情告诉任何人。我不想听肖恩的观点，也不允许自己去想妈妈会怎么看待此事。有关她脸庞的记忆已经融入了那座圣母玛利亚的彩色雕像中。在我还是个小女孩时，我们两个就会在她的面前祈祷。她有着平滑光亮的肌肤，微噘的嘴唇呈现出了淡淡的草莓色，双眼冷漠地凝视着我的身后。她不在那里，所以她的看法也不重要。

讳莫如深的态度加强了我心中美妙的幻想。里奥是仅属于我一人的。

我想我一定说服了自己去相信，正是他的妻子心照不宣地唆使了这段感情。尽管他很少提起她，但我猜她已经由于更年期而失去了"兴趣"。我就像只爱捡垃圾的海鸥一样不肯放过一丁点的讯息。

　　他们两人是在牛津大学上学时因为在花园中搭档出演戏剧《愤怒中的回顾》而相识的。

　　我在亚马逊上订购了这部剧，却为吉米·波特激烈的长篇演说感到失望。

　　"你演的是愤怒青年吗？"我问里奥。

　　"我演的是一个摔了一跤，跌进工人阵线的威尔士男孩。"他回答，"他对于生存的绝望让我感同身受。"

　　"但你现在是中产阶级了……"我说。

　　"你觉得这是一种进步，对吗？"他朝我皱起了眉头，然后又突然大笑起来，表情一下子从恼怒变成了纵容。

　　他的不可预测令人感到兴奋。我时常感觉自己仿佛正冒着失宠的危险，沿着绷紧的受宠的绳索踮着脚行走，但我一直都知道真爱不应该是令人恐惧、仓促轻率的。所有伟大的爱情，从《日瓦戈医生》到《英国病人》，讲的不都是令人痛苦的着迷中那些偷闲的时光吗？折磨不正是"激情"这个词真正的意义所在吗？

　　如果里奥是文学作品中的一位浪漫男主人公，他肯定是罗切斯特先生。这不仅是因为他的年龄和婚姻状况——显然他的妻子没有发疯或是被他锁起来——而是因为他的心理也有阴暗犹豫的一面。他的创造力因为向工作和家庭的义务妥协而被扼杀了。我告诉自己，我们是灵魂伴侣。正如他的爱让我感觉完整一样，我的爱也成全了他。正如简·爱所发现的那样，让动乱不安的灵魂振作起来的挑战是引人入胜的，每一个稍纵即逝的微笑都值得让不起眼的追随者快乐 100 个小时。

　　一天下午，我早早下班之后，里奥开着车载我去惠茨特布尔。我们沿着海滩边的水泥小路散步。随着太阳逐渐消失，银色的海面褪成了青灰的颜色；拂过水面的风也微微有些刺骨。

"闭上眼睛。"他突然吩咐我。

随着他后退的脚步声，我开始因为荒谬的恐惧而颤抖起来，生怕他会把我遗弃在这里。

"别偷看！"

我听到了金属互相碰撞的声音，还有挂锁的咔嗒声，紧接着便是朝我走回来的脚步声。一只温暖的手牵住了我，指引着我，而我还在顺从地紧闭双眼。

"走下楼梯！低头！"

一扇门在我们的身后关上了。我闻到了龙虾网、木馏油和陈腐得几乎有点甜腻的湿毛巾的味道。

"你现在可以睁眼了。"

我们正身处在一间小屋里，周围环绕着一箱一箱的书籍和几件破损的家具，两把帆布椅旁摆放着一张立着一根蜡烛、两只高脚杯、一瓶里奥哈葡萄酒和一小碟杏仁的桌子。

"这地方是我用自己拿到的第一笔预付款买下来的。"里奥告诉我，"一处写作的地方，你懂吗？我从来都没有修缮过这里。有人告诉我，这里现在可值钱了……"

"你会在这里写作？"我问道。

"这里冷得要命。但也许，既然你来了……"

想到自己能被他当做灵感女神，我欣喜若狂。葡萄酒的口感既柔滑又温暖，像是夏日里的黑莓，而杏仁则是甜咸参半。里奥牵起我的手。我们爬上一段易碎的梯子，来到了一片狭窄的阁楼空间里。他小心翼翼地脱下我的衣服，在我躺在冰冷潮湿的床垫上时，迎着忽明忽暗的烛光凝视着我雪白的皮肤。

"你就是我的侍女。"他耳语道，"现在我要狠狠地爱你，让你好几天都能感觉到我的存在。"

　　他爬到我的身上，直接进入了我的身体，直到我们不断碰撞的肢体全都大汗淋漓。我被他的需求彻底淹没了。筋疲力尽、心满意足的我们瘫软下来，胸口剧烈地起伏着，眼睛则凝视着倾斜的屋顶上裸露的木板。紧接着，他用一只手臂抱住了我，把我粗鲁地揽到了胸口上，无尽温柔地亲吻着我的脸庞。

　　蜡烛熄灭时，我们摸索着下了梯子，锁上身后的房门，然后跌跌撞撞地在黑暗中朝他的车子走去。微风吹拂得我滚烫的皮肤一阵阵刺痛。

21

2008 年

格斯

广播里预报今天有雪。

从我起床的那一刻起，一种预感就在我的身边挥之不去。前一天夜里，我起来了好几次，因为贝拉染上了风寒——不只是鼻塞而已，而是胸腔感染——每一次咳嗽都会让我的体内涌上一阵怒火。

我慌慌张张地搅动着麦片。夏洛特已经上班去了，关上前门时嘴巴里还叼着一片吐司。我的母亲正在厨房的餐桌旁和芙洛拉聊天。我走上楼去，再一次测了测贝拉的体温，几乎有些期待她能够烧得高一点，好让我有借口不去上班，然而刻度上的读数仅仅超过了正常数值一点。

"确保她多喝些水。"我一边把厚厚的冬季外套穿在套装外面，一边叮嘱我的母亲。

"我自己也养大过两个孩子，你是知道的。"她的双眼放空了一下，然后又把自己拽回了现实之中。

"如果她的病情恶化了，给我打电话，好吗？"我边说边迈上了阴郁的旺兹沃思大街。灰色的天空阴暗得让人感觉有些不祥。"也许芙洛拉今天可以不去幼儿园，这样你就不必带着贝拉在这种天气里出门了，你说呢？"

"她会没事的。"我的母亲回答，"我们可不想旷课，是不是，芙洛拉？"

路上的车流比平日里稀少很多，也许是因为天气预警的原因，所以我很早就到达了诊所。一整个早上，我似乎都在无休止地接待和我女儿一样咳得撕心裂肺的小患者。对于那些发着高烧的孩子，我同样建议家长给他们多喝些水，还会开些扑热息痛，反复说着抗生素是不会对病毒起效的之类的安慰话语，既是在安慰那些母亲，也是在安慰我自己。

午餐时间，大雪终于来临，悄无声息的厚重雪花落在了我诊所窗户门外的一小片花园里，从窗口反射进来一抹白色的光晕。我凝视窗外，迷迷瞪瞪地回忆起自己小时候的美妙片段，想起了大雪对于我来说只意味着乐趣的那段时光。我想象着芙洛拉第一次看到雪花时快乐的神情。周末时，我们可以一起堆一个雪人。也许我应该在回家的路上给玩具反斗城打个电话，给她订购一个雪橇？我幻想着芙洛拉和小朋友们兴奋地把小脸挤在幼儿园的窗户上，等待着老师允许他们奔跑到室外那片柔软的白色地毯上，长筒雨靴的鞋底下嘎吱作响。当我的手机响起、上面显示出了幼儿园的电话号码时，我恍惚间以为那是自己用意念拨通了电话。

"我们不知道是否会有人来接芙洛拉……"幼儿园老师问道。

"抱歉，你说什么？"

"她已经等了 20 分钟了。"

"我的母亲可能被困在大雪中了。"

　　我的脑海一下子想到了超速驾驶，想象着母亲在光滑的路面上打滑，然后撞伤了脑袋的画面。罗斯的脸若隐若现地出现在了飘着小雪的窗外。他的牙齿雪白，双眼隐藏在滑雪护目镜后面。

　　"这里没有下雪。"老师回答。

　　"你给她打过电话了吗？"

　　"手机和座机都试过了，还打了两次。"她说。

　　我想象着母亲因为心脏骤停而摔倒在厨房地板上的画面。

　　或许贝拉的病情加重了？此刻，我仿佛看到她们正神情焦急地坐在全科诊所的候诊室里。

　　我就知道我不应该来上班。

　　"你能否帮忙照看芙洛拉一下？"我答道，试图控制自己胡思乱想的假设，想出一个切实可行的计划来，"我会尽快赶过去的。"

　　"如果你愿意的话，芙洛拉可以参加下午的课程，我们可以喂她吃些午饭。"

　　我忘了下午还有课程。

　　"好的！好主意。谢谢你。我下午下课后会去接她的。"

　　挂上电话，我按下快速拨号键，拨通了家里的电话，一只手不断地颤抖着。无人应答。

　　在我像个站在校长面前的旷课学生一样试图解释清楚情况时，诊所的资深合伙人正坐在办公桌旁吃着三明治。

　　"你当然可以走了，安格斯。"她用百无聊赖的声音回答道，"不过应该不会有事的。通常都是这样。"

　　工作中冷静沉着、不带任何感情地审时度势的作风似乎也渗透进了他们的个性之中。或许想要成为全科医生的人天生就是如此，而我并不是这块料。

　　我回来的时候，母亲的车子依旧停在房子外面。天气似乎还未决定到底是要下雪还是下雨。打开房门，我的耳边传来了震耳欲聋的电视声，让我不禁好奇这是否就是母亲没有听到电话铃声的原因。她的耳朵聋了吗？也许我应该建议她去做个听力测试？

　　我在起居室里找到了熟睡的母亲。只见一个装满了水的玻璃杯还歪歪扭扭地倚在椅子的把手上。我关掉了电视。回到楼上，我在贝拉的小床上看到了仍在熟睡的贝拉。她的前额很烫，尽管我能够感受到她的心脏在胸腔里跳动的声音，她的呼吸却比今天早上浅薄了不少。没有人送命。我的心跳在我向楼下的厨房走去的过程中平复了下来。

　　我往水壶里装满了水，警觉地注意到滴水板上放着一瓶几乎空了的乐购超市自有品牌伏特加。

　　夏洛特总是会买灰鹅牌的伏特加。

　　夏洛特几天前给自己倒上一杯伏特加汤力酒的画面飞快地在我的脑海中一闪而过。

　　"你是在试图告诉我，我有酗酒之类的问题吗？"她问我。

　　"什么？"

　　"你是不是在我的伏特加里兑水了？"

　　"当然没有了！"

　　她嗅了嗅杯子。

　　"我确定这酒没有以前那么浓了！"

　　"那没准你的确喝出问题来了。"我回答。

　　我们一笑了之。

　　我盯着伏特加的酒瓶，紧接着想起了母亲椅子上的杯子。最近在某些场合，她的饮酒量让我略微有些担忧。圣诞节的午餐还未开始，她就已经灌下了三杯香槟，用餐时也喝了不少的葡萄酒，而临睡前还要为自己再添几杯。我什么话也没有说，毕竟那是圣诞节。

想必她不会每天都喝成这个样子吧？不会在白天吧？不会在她负责照顾我们的孩子时吧？不会在她还打算开车时吧？

我拿起酒瓶，沿着走廊回到了起居室。

母亲缓缓睁开了双眼，眼神一下子定在了我手中的酒瓶上。

"只一点点。"她结结巴巴地边说边飞快坐起身来，把身旁的杯子撞翻在地板上。我拾起酒杯闻了闻。

"我想这可能不只是一点点而已。"我回答。

"这能帮……帮助她睡……睡觉。"她说起话来已经有点口齿不清了。

我的心猛地跳了一下，意识到她说的是贝拉。

我跑回厨房，嗅了嗅桌子上已经空了一半的婴儿奶瓶，还拧开奶嘴，喝了一点里面的液体。掺了酒精的配方奶粉。这不就是婴儿版的白俄鸡尾酒吗？难怪她睡得这么香！

母亲此刻已经走到我的身后，为自己寻找着借口。"她烧得太高了，而且哭起来很吵！"

"她是个婴儿！"

"当然了，你也是一样的。很容易肚子绞痛。"

"那你当时也给我下过药吗？"我问道，期待她能够对我的暗示表示蔑视。

"偶尔会让你吸一点麻醉气，在我们就住在诊所楼上时。"

"该死！难怪我的脑袋老是晕晕乎乎的！"

我的母亲看上去很困惑，仿佛一下子无法明白我为什么会在家里。

"你能不能告诉我，你今天喝了多少？"我问道，试图让自己的声音像个医生一样保持平稳。

"仅仅一杯。不超过一两个单位。"

当你询问自己的病人喝了多少酒时，那些有着酗酒问题的人对推荐的饮酒量总是心知肚明，因而只会随口承认自己喝得远不及那么多，仿佛他们从未真正思考过这个问题似的。

"我不经常这么做。"我的母亲说道，"只有今天……"

她凝视着窗外橘黄色街灯映衬下纷纷落下的雪花。

"因为下雪吗？"我问道。

她朝我露出了一种精神错乱却又充满感激的微笑，仿佛我终于能够理解她了。

"所以，你每个星期要喝几瓶这样的酒？"我拾起酒瓶，试图让我的语调保持客观。

"最多一瓶。"她回答。

我瞥向了天花板。

"我要去看看贝拉怎么样了，好吗？"她说道，可我却在她迈上第一节台阶之前冲到了楼上。

她忘了锁上自己卧室的房门。她的行李箱里有两个空荡荡的伏特加酒瓶。她是星期天晚上到这里来的。她一天会喝半瓶伏特加，还要加上她晚餐时总是要喝一些葡萄酒，而我们却从没有发现过。

贝拉开始咳嗽。我把她抱了起来。只见她的鼻子被黄色的黏性物质堵住了，尿布也装得满满的，但她似乎并不会比今天早上更糟糕。

"她来了，小宝贝！"母亲在我把她抱下楼时说道，仿佛她已经忘记了我们刚才争抢着上楼的比赛，"我要去接芙洛拉了，可以吗？"

"不行！"

"我可以开车。"

"你当然不能开车了！"

我为贝拉穿上了防雪装，然后把她抱上了我的汽车。

芙洛拉为自己能够像大孩子一样在幼儿园里度过一整天而兴奋不已，喋喋不休地说着他们在操场上堆的那个雪人。为了奖励她的良好表现，我从穿梭餐厅为她买了一份开心乐园餐。坐在静止的汽车里，看着密密麻麻在我们身边落下的大雪，我不知道自己到底该怎么办。

夏洛特打来电话时心情很糟糕，因为我一直没有回复她的短信，告诉她开演前我们应该在哪里见面。她所在的部门领导邀请我们去国家剧院看戏。

"出了点事情，我来不了了。"我回答。

"但你知道这对我来说有多重要！女孩们还好吗？"

"她们没事。"

"所以呢？"

"我现在真的没法跟你解释。我们都很好。"

"卡洛琳在吗？嗯，到底为什么……"

"替我道个歉吧。说我得了感冒，或者是某种恶心的传染病，如果你觉得这样更好的话。你觉得你散场后还能回家吗？"

"哦，看在上帝的分上！"夏洛特回答。

她是午夜过后才回来的，脸色微红，一直在用演出是多么精彩来刺激我。她轻而易举地在滑铁卢大桥上打到了一辆出租车。

"我不知道这个该死的国家怎么了。"她边说边钻进我身旁的被子里，

"下了这么一点雪，一切就都中断了。我是说，我们这里又不是从来都不会下雪。伦敦的纬度可是和莫斯科一样的啊。看在上帝的分上。在瑞士，扫雪机一出动，一切就又回复正常了。对不起，我是不是吵醒你了？"

"没有，我醒着呢。我想要解释一下。"

"解释"这个词也许是个错误的措辞，因为它让我听上去像是要道歉似的。

"没错，那个天大的秘密到底是什么？"

"你知道贝拉自从我母亲来了之后就一直睡得很好吧？嗯，今天我发现其中的原因了。她一直在给她的奶瓶里掺伏特加。"

我本以为她至少会惊呼"哦，我的上帝"。

"我记得我的祖母说她们过去有时也会这样做。"夏洛特被逗乐了，"这俨然很有效！"

"你不是在暗示这是可以的吧？"

"哦，放轻松，安格斯，看在上帝的分上！她好得很，不是吗？我觉得这无伤大雅。"

"我真的一点也没有料到一位医生居然会赞成——即便是默许——给婴儿灌酒。"

"好了，好了。我同意你说的话，如果这能让你感觉开心一点儿的话。"夏洛特打了个哈欠，转过身去，仿佛这个话题已经结束了。

"我妈妈是个酒鬼。"

这个词很难启齿。我不知道自己此刻的心情是否就是那些第一次走进嗜酒者互戒协会的人所经历的。

"别说傻话了！"夏洛特嘟囔着。

"你还记得自己曾经多么担心自己喝酒喝出了问题吗？好吧，结果问题并非出在你身上，而是出在她的身上。你的伏特加被她拿走了。她一直都在偷偷带酒过来。我在她的行李箱里找到了两个空酒瓶，夏洛特！幼儿园之所以会打电话给我，是因为她并没有去接芙洛拉，而当我赶回这里时，她已经昏了过去，酩酊大醉，却在我叫醒她时仍旧觉得自己可以开车。"

夏洛特突然坐起身来，打开了床头灯。

"你确定吗？"

"她对于孩子们和她自己来说都是一个威胁。"

"那好，我们必须找人帮帮她。"

"是的，但是与此同时……"

"什么？"夏洛特问道。

"我们还得再找一个人过来。不然我就不得不照看她们……"

"你不是认真的吧？"夏洛特尖叫起来，"我们下个星期就要交换房屋合同了。"

"我们交换不了合同了。"

"想想吧，安格斯。我们的买房计划会失效，卡洛琳的梦想也会终成泡影。如果我们失去了那座房子，就永远也搬不了家了。毫不夸张地说，房价每天都在上涨！"

"那我们就只能留下来了。"我回答。

夏洛特瞪着我。

"哪个更重要？"我坚称，"是女儿们的安全，还是搬进高端社区里去？"

"上帝啊，你真是伪善得要命！"夏洛特尖叫着下了床，还裹走了羽绒被。她走下楼，重重地摔上了起居室的门。

第二天早上，我醒来时发现她正坐在梳妆台前化妆。

"你今天还要上班？"我吃惊地问道。

她并没有回答我的问题，却凝视着我在镜子里的影像简单地陈述道："我不会再睡到沙发上去了。"

"很好。"我睡眼惺忪地回答。

"从现在开始，你要到沙发上去睡觉。或许你可以搬到保姆房里去，既然你的母亲已经走了。"

"走了？"我坐起身来。

"她说她知道自己在这里永远也不会受到欢迎了，所以就在路面还结着冰的情况下开车离开了。这样好了，我希望你满意了！"

"但这太疯狂了。一切又不是我的错。我想要帮助她……"

"她说你把一切都夸大其词了，就像往常一样。"

"那你也是这么想的吗？"

"我可不准备在旺兹沃思过一辈子！"夏洛特喊叫道。紧接着，仿佛是被自己制造出来的噪音吓到了，她拿起手提包，出门上班去了。

这和性爱没有太大的关系，因为我们自从贝拉出生以来就很少再做爱了。起初，我很怕伤害到夏洛特缝针的伤口，而后我们又似乎总是那么的疲惫。但我想念能够与她共享一张床铺的那份陪伴，想念我妻子呼吸时那种熟悉的韵律，甚至还有我起身去照顾女儿时她生气地把被子拽过去盖在头上的样子。

说来也怪，金融危机为我们提供了一线希望。几个月里，伦敦的房价直线下降，并突然转变为了买方市场，而我们正好为波特贝路大街尽头的一处小房子报出了一个低价。卖家接受了我们的报价。就连夏洛特也不得不承认这座房子的大小更适合我们。荒谬的是，正是我母亲的离开让这一切变成了可能。我休了几个星期的停薪假期，然后就一直没有回去上班，直到克里登全科诊所的负责人将其称为"双方共有的分手意向"。在无需支付儿童托管和重新装修费用的情况下，伴随利率的下降，我们手头的钱刚好够用，而我也有空去寻找最佳的按揭方案、组织行李打包。女孩们都在茁壮成长，而夏洛特也在进一步提升自己前途无量的职业道路上自由自在地做着自己所需的事情，比如工作到深夜，或是飞去蒙特卡洛和多哈之类光鲜亮丽的目的地参加会议。

搬进新家之后，我们邀请了母亲前来做客，可她却说自己还在为我的指控感到难过。我觉得问题更多地在于她觉得自己无法在脱离酒精的情况下挨过一个周末。最终，夏洛特也承认事情有可能的确如此，于是决定每几个月带上两个女儿前去探望她一次。面对那些不愿承认自己有问题的人，你是帮不上他们什么忙的。

周末的波特贝路大街挤满了游客，水泄不通，但平日里，尤其是每天的清晨，这里几乎空无一人。遇上好天气，在把芙洛拉送去学校之后，我会带着贝拉一路走下去，在古董店的橱窗里寻找帕丁顿熊，试图猜测其中哪一只才是格鲁伯先生的。这本故事书实在是被我们读过太多遍，以至于书页都掉落了。一天，贝拉兴奋地指向了一只和实物大小一样的玩具熊。只见它的身上也穿着带帽粗呢大衣，头顶水手防水帽，脚蹬威灵顿长筒靴，就站在一间店铺深处的一把躺椅旁边，让我不禁为我们寻宝之旅的终结感到十分失望。然而它第二天就消失了，也许恰好证明了它对于顾客而言比二手家具更富有吸引力。于是，我们的探索才得以继续下去。

古董商店逐渐消失之后，街道变成了食品和服装市场。在我们最喜欢的咖啡馆里，我经常会趁着贝拉熟睡的时候点上一杯咖啡和一个表面带有一层焦糖的美味小蛋挞，读读报纸，打发时间。春日里的一天，就在我推着婴儿车进门时，听到身后有人喊道："格斯，格斯。"

已经很多年没有人叫过我格斯了，所以我过了一会儿才认出那是娜莎正在马路对面朝我招手。芙洛拉出生后，我就再也没有和她见过面，但偶尔会在电视上看到她的身影，因为她参演的那部美国医疗电视剧在英国也大受欢迎。染着深红色头发的她看上去比以前更优雅、更聪明了。就在我们挤过人群来到咖啡馆最里面那张能够摆下婴儿车的桌旁时，我意识到其他顾客在认出她之后都在互相推搡着彼此。

"你回来准备待多久？"我问道。

"我恐怕不会回去了。我遭遇了一场摩托车车祸。"她告诉我。

"你还好吗？"

"不，其实我死了。"娜莎回答，"哦，等一下，你们这里只播到了第二季，对吗？那些有胆量的女性领导者就会遭遇这种结局，要不就被驯服，要不就得离世……"

"太可惜了。"我飞快地补充了一句，"大家都觉得你演得很不错呢。"

"真的吗？"娜莎回答。

我在她修饰得完美无瑕的外表下看出了她曾经那股讨人喜欢的渴望。

"就连夏洛特也是这么觉得的。"我告诉她，"她现在可真的是个会诊医生了。"

"哇！"娜莎边说边轻轻拂动着肩头上闪闪发亮的浓密秀发，"所以，你最近在做什么呢？"

"还是在照看孩子们。说来话长。顺便说一句，这是贝拉。"

"可爱。"娜莎说着看了看我熟睡的孩子，然后一脸钦佩地长时间凝视着我，"我从不觉得你会成为一个医生。"

"此话怎讲？"现在我倒是成了那个充满渴望的人了。

"你太缺乏安全感。要想加强自己的决策能力，你需要某种自信……我为了自己的角色做了很多的研究。"

"这还用说嘛。"我回答。

"那你打算做什么，格斯？"她问道。

在伦敦，这是一个你会被反复问到的问题。身处如此繁荣的首都之中，你的工作定义了你的特征。

"我还没想那么远。"我回答。贝拉醒了，开始扑腾起来。"这样吧，你为什么不到我家来吃顿午餐呢？"

我家的前门打开后正对着一个被用作起居室、餐厅和厨房的宽敞房间。我还在墙上贴了块毡板，用来展示女儿的艺术作品和我为她们画的一些素描。

在我为午餐准备着简单的意大利面配樱桃番茄和罗勒时，娜莎看着那些画作。"这些是谁画的？"

"我画的。"

"它们真漂亮，格斯。我一直都知道你肯定拥有不为人知的天赋！"

"也许那就是我力所能及的事情……你知道的，在考文特花园，给游客们画像的那些人？"

娜莎瞪着我。"上帝啊，格斯，只有你会在 30 岁时还把街头艺术家当做是一种职业。"

我把一碗热气腾腾的意大利面放在了她的面前。

"那成为一个儿童肖像艺术家怎么样？"她用叉子卷起一些面条，吹了吹，"这附近肯定有不少有钱的父母吧？"

"有些父母的确问过我，你知道的，在他们来接串门的孩子时，但我从没想过要收费……"

"上帝啊，格斯，你还是一点也没有变！"娜莎笑了。

"为什么这么说？"

"你实在是太——我也不知道该用哪个词才对——也许是，超凡脱俗？不谙世故？不切实际？"

"抱歉。"

"不用抱歉。我说的这些特质——我又没说这是缺乏吸引力的表现。"

"夏洛特就不这么觉得。"

我不假思索地脱口而出。

"是吗？"娜莎很感兴趣地问道。

我一直相信夏洛特和我之间的事情能够有所改善。搬进新家之后，我们通常还是会睡在不同的卧室里，但在某些场合，比方说孩子们过生日时，在所有的小客人都拿着免费礼品袋离开、两个女儿抱着新玩具在床上睡着之后，我们也会打开一瓶香槟，互敬彼此在共同的旅途中又迈过了一个里程碑。一个晚安之吻会演变成某些更加亲密的动作。我们的身体已经太过于了解彼此，于是接下来的一切就交给肉体的需求了。

我相信终有一天，也许是在我们一起度假时，一切都会奇迹般地回到过去的模样。我们曾在康沃尔北海岸边的一座小木屋里租住过一周。在海滩上，我们看上去就像是会在柏登牌服装目录里出现的一家人，穿着随意却又不失优雅地在阳光下微笑，浑身上下都透露着中产阶级的气息。在养育孩子方面，夏洛特和我总是会统一阵线，一致要求她们遵守餐桌礼仪、限制她们食用高糖零食、倾听她们想对我们说的话，并鼓励她们去探索潮水潭、用海草作画。夏洛特对于坐在脏兮兮的地上挖沙这件事情不像我那么积极，却十分好胜；所以，如果我提议玩一局圆场棒球或是比赛搭建最好的沙堡，她都会热心地投入挑战。就连下雨天我们也能乐在其中，探访伊甸园和泰特圣艾夫斯美术馆，买上几大网兜的进口贝壳，把糖纸摊在厨房的桌上，用 UPVC 胶水粘连这些贝壳，制作艺术作品。

　　直到我们在女儿们睡前亲吻完她们、关掉她们房间的灯，我们的关系也就中止了。夏洛特看书；我负责洗洗涮涮。我们也许会提起孩子们说过的某些有趣的话，可其他时候那条不可逾越的沉默的鸿沟却仍旧横亘在我们之间。我会先爬上床，在夏洛特躺到我旁边时假装睡着了，然后静静地、满怀焦虑地躺在那里，直到睡意掩盖住了悲伤，一个新的早上伴随着小孩子爬上床时所带来的喧闹拉开帷幕，为新的一天创造了活力。

　　"你和妈妈在家时为什么不睡在一张大床上？"芙洛拉曾经问道。

　　我望向了夏洛特，寻求答案。她总是比我更擅长找些没有意义的托词。

　　"爸爸的呼噜声太吵了。妈妈睡不着，而且妈妈还要工作。"她回答。

　　于是我就得帮忙闭上眼睛，尽可能地大声打起呼噜来，身边洋溢着两个女儿的欢笑声。

22

————

2010 年

泰丝

    安妮赞成在一间菜品美味的时髦餐厅里组织一次聚餐；我觉得霍普可能更愿意在比萨快递餐厅里吃上一顿，但最完美的建议竟然是爸爸提出来的。"这是霍普的 18 岁生日。你年满 18 岁的时候会做什么呢？会去酒吧！"

    正在我们打算拒绝的时候，他又补充了一句："而且星期四是卡拉 OK 之夜！"

    于是我们预订了一张桌子，准备早些去吃晚餐，因为那里会有烧肉车和沙拉车——取决于你的肚子到底有多饿。紧接着，霍普问道："马丁可以来吗？"

    霍普现在已经是马丁乐器行的全职员工了。在她的实习期结束之后，他询问她是否愿意每个星期六都来上班，并表示会为她支付最低工资，因为正如她骄傲地对我所说的那样："我是个有用的人了，泰丝。"

于是，马丁会在她参加完中考之后向她提出全职工作的邀请好像是件再自然不过的事情了。

有顾客光临时，霍普勉强能够做到不像马丁那么粗鲁，而他也能接手更多有利可图的乐器维修工作，所以这样的工作安排对于两人来说都很合适。

推开酒吧沉重的大门，我感到了某种拉力，仿佛有人正走在我的身后。我转过身去。

母亲正穿着参加婚礼时会穿的海军蓝色连衣裙和西装短外套。

"哦，我的上帝！你来了！"我尖叫道。

"我岂能错过这样的场合，不是吗？"她朝我微笑着说道。

我醒了，心中兴高采烈的得意劲儿瞬间在早晨冰冷的空气中泄了气。我躺在那里，紧闭着双眼，试图找回她在我身边时的那种感觉，告诉她："霍普已经 18 岁了，妈妈。她很好，你知道的。你会为她感到骄傲的！"

我想要补充一句："……也会为我感到骄傲的！"

然而，伴随一串冰凉的泪珠从我的脸颊上滚落下来，我对这一点似乎也不是那么确定了。

他们给我们安排了一张六人位的长方形餐桌，所以爸爸和安妮、马丁和霍普面向着彼此坐了下来，而我的对面则是一张空着的椅子。那是为妈妈留的，我心想，仍旧在为今天早上如此清晰地梦到她而感到困惑。

我感觉自己就像是家中未婚的姑妈，坐在桌子的尽头，但至少安妮戴着戒指的手指是抓不到我的手臂的，而她也无法喷着满是丝刻牌香烟味道的口气如往常一般安慰我，爱情永远不会太晚，"真命天子"随时都有可能到来。

没有人知道我已经恋爱了。不过，我最近偶尔会发现自己不禁好奇这是否只是一段伪造出来的感情，而那间荒凉的小屋就是某种成人版的娃娃屋，好让我们能够扮演一对正经夫妻的角色。这里没有厨房，是由液态气体煤气炉代替的；没有卧室，是由一张旧床垫代替的；没有电视可看，于是我们会一起阅读散发着霉味、书页都随着年代变黄了的企鹅出版社橙色封皮书。而我还要瞎忙一气，为里奥斟着一杯又一杯的茶水，满怀焦虑地希望此举能够对他有所启发。我们是否骗过了住在隔壁那间返修小屋里的夫妻马尔库斯和惠子呢？他们装修时使用的全部都是玻璃和宝路莎牌的瓷砖，每周都会带着可爱的英日混血宝宝从伦敦过来度周末。他们会不会一眼就能看出我是里奥的情妇？

我一直都在为我们之间这段令人难以置信的罗曼史感到不知所措，相信我们在一起的时光比其他夫妇更加刺激，所以局面为什么会变成这样的问题此前从未真正出现在我的脑海里。既然霍普已经长大了，里奥的孩子也都离开了家——一个去了加州的斯坦福大学读研，另一个在金融城做着收入不菲的保险精算师工作，里奥对后者十分鄙视，却经常在马尔库斯面前吹嘘——我们为什么不能开始畅想我们的未来，或者至少一起做些普通夫妻会做的事情呢？

去参加格拉斯顿伯里音乐节的想法浮现在了我的心头。

各个时代的乐队都会云集在那里……

"还有泥巴。"里奥回答。

"但你不觉得在人山人海之中体验那种力量是件很神奇的事情吗？"

"甜心泰丝，你是如何设法保持如此百折不挠的乐观心态的？"

细想起来，他对我的夸赞近来日益转变成了批评。

然而他却总是许下可望而不可即的承诺，告诉我事情有一天终会改变。

就像上一次那样，做爱之后，里奥问我："我们是不是应该私奔到西班牙的某座庄园里去，泰丝？我们可以坐在橄榄树的树荫下吃午餐、品美酒、种橘子，然后做爱做到仿佛不会有明天？"

"或者是意大利？"我提议，心中不太确定庄园是什么样子的，"我总是想要回去。"

他朝我露出了顽皮的表情，让我感觉自己就像个傻瓜，没能理解这只不过是他的另一个比喻，就像许下的愿望一样并不真实。

尽管如此，我还是告诉自己，即便是个比喻，也说明他在某种程度上是怀抱着这种向往的，不是吗？

马丁在和我说话。准确地说，他并不是在说话，而是在发表声明。

"霍普想要去上歌唱课程。"他说，"她现在已经 18 岁了，可以去做自己想做的事情了。"

"好主意！"我表示同意。

"你们阻止不了我！"霍普插进话来，"我 18 岁了！"

发现桌旁所有的人都在注视着我，我不禁好奇自己刚才到底在里奥的世界里沉浸了多长时间，又是否错过了些什么。

"我从没有试图阻止过你！"我笑了。

"你不允许她去上歌唱课程。"马丁强调道。

"等等，"我表示了抗议，"我从没有阻止过霍普做任何的事情！"

给她买电子琴的人难道不是我吗？这些年来聆听她唱歌的人难道不是我吗？

"你说学费太贵了。"霍普说道。

"哦，是的，我说的是钢琴课，而且那也是很久以前的事情了，不是吗？没有人提过歌唱课的事情呀。"

"马丁提过。"

"是的，但是……"我以为他不过是在表示自己的善意。

我望向了爸爸和安妮，寻找支持。

"你应该早说的。"安妮如今也加入了进来，"你只需要开口就好了。"

马丁补充了一句："那教堂合唱团的事情呢？霍普说你不让她去参加……"这时，爸爸泰然自若地开口了。

"好了，她说得很有道理，泰丝。"爸爸说道，"你不是一直都竭力反对她去教堂吗？"

我的内心在尖叫。你怎么敢这么说？我做的难道还不够吗？

我想起曾经告诉母亲，她应该多为自己辩护一些，现在我却像她过去常做的那样保持着沉默。

问题在于，我想不出一种方法能在把话说出来的同时不让霍普觉得自己是个负担。我不想那么做，而我认为这也是母亲不愿为自己出头的原因。

我低头凝视着盘中那些肉汁里灰色的羊肉切片和炸土豆球，视线变得模糊起来。妈妈总是说我们不可以在过生日时掉眼泪，因为这会给我们带来厄运。

"我有点儿头疼。"我低声说道，同时向后推开了自己的座椅，"我想我还是离开好了。"

没有人开口说上一句"别傻了"或是"你当然不能走了"之类的话。

事实上，当我在门边回望他们时，爸爸居然拿起菜单问道："好了，霍普，你想吃黑樱桃芝士蛋糕还是香蕉太妃派？"

我在酒吧门外的街道上站了几分钟，不知道自己是不是太过敏感、应该回去，心里有些期待他们中的某一个人会出来接我。意识到这样的事情是不会发生的，我茫然地迈开步子朝着海滨走去。我不想回到一座到处装饰着旗布和气球的房子里去；我也不能打电话给里奥，因为他正和妻子参加一场毕业典礼，所以肯定是不愿意电话铃声在坎特伯雷大教堂里响起来。

我站在那里，低头凝视着海岸，看着与土地的深色轮廓形成鲜明对比的淡杏黄色暮光，品尝着在微微的海风吹拂下仿佛更咸了的泪水。

一直以来，在我认为自己才是那个做出了牺牲的人时，难道我真的妨碍了霍普做她想做的事情吗？我是否对她期许太低，以至于阻止了她成为她想要成为的那个人？霍普的话让我感到无比震惊。我甚至不确定妈妈能否给我任何的安慰。自从她去世以来，我比任何时候都感觉凄凉。

我知道，这世上只有一个人能够告诉我——一个从一开始就陪伴着我的人。我发现自己拨通了一个很久都没有拨通过的电话号码。

电话铃只响了一声就被接起来了，根本就没有给我时间重新考虑一下。

"我是泰丝。"我说道，"我能和你聊聊吗？"

"你在哪儿？"朵儿问道，一下子就听出了我声音中的绝望，"待在那儿，泰丝！待在那儿！我叫辆出租车去接你。"

出租车靠近朵儿和戴维的家时，大门自动打开了。我笨拙地在包里翻钱包。

"车费已经付过了。"司机告诉我，"纽伯利太太有一个储值账户。"

纽伯利太太。玛利亚·纽伯利太太是个名人，经常出现在《今日南方》和《子午线》杂志上，针对全部都是女性的决选名单和学徒制的重要性发表观点。纽伯利太太拥有一座巨大的宅邸和一份欣欣向荣的生意。然而，在我们分开的这段时间里，我却没有任何值得拿出来展示的成就。如今的我们说的已经不是同一种语言了，也不可能有什么话还能对彼此倾诉。我为什么要打电话给她呢？

就在我准备按响门铃的时候，房门开了。

"我喜欢你这样的发型。"朵儿说。

她迈步向前，紧紧地拥抱着我，仿佛是在试图将自己所有的后悔和歉意直接传送到我的体内。我也拥抱着她，直到我们两人又哭又笑地颤抖了起来。

客厅里立着一面完整的玻璃墙。就在我们各自在巨大白色皮沙发的两边坐下来时，外面的日光也渐渐褪了下去，让窗户变成了巨大的电视屏幕，上面映照着我们两个的身影。

朵儿倾听着我的诉说，丝毫没有打断我的意思，直到我停下来喘气时才开口说道："泰丝，我真的松了一口气，因为你打电话过来的时候，我以为你肯定得了癌症。你懂的，因为你妈妈那么年轻就患上了这种病。对不起。这话没有什么帮助。我的意思是，显然，这件事的坏处有所不同……"

"你觉得马丁说的是对的吗？"我问她，"他们所有人显然都是这么认为的。"

"首先，泰丝，我并不是想要冒犯你之类的，但你的爸爸一直都是一个为了自己的利益什么话都敢说的混蛋，而安妮又是一个和他沆瀣一气的愚昧泼妇。"

"如果你想要冒犯我，会怎么措辞？"我问道。

"还有霍普，是的，她也会说一些话，不是吗？但她无法像你一样理解话中所有的意思。"朵儿继续说道。

"潜台词。"我说出了里奥最喜欢用的词语之一。

"不管怎么说。"朵儿回答，"你知道霍普并不是故意要表现得如此无情。况且她其实也不知道该如何表现出友善，不是吗？还有这个叫做马丁的家伙，他听上去也是这个路子的人。他们显然很般配。"

"他们之间的关系不是那样的！"我抗议道。

"不是吗？"

"霍普的身体里就没有浪漫细胞！"

"你怎么知道？"

"我就是知道！"

"你都不知道自己在阻止她做些什么。"

这话有点刺耳，但正是我来找她的目的。

"但不是……你能肯定吗？"

我从未想过霍普会和马丁产生什么感情，不过，现在想起来，我确实注意到他接过了她脱下的外套，还像个绅士一样为她把它挂了起来。他们之间肯定没有？

"这不就是所有青少年的家长都在经历的事情吗？"朵儿回答，"你得学会放手。"

"说得轻巧。但如果事情出了问题，谁来收拾残局？"

"你说得没错。"朵儿承认。

"也许是我的保护欲太强了。也许我并非事事都是对的。"我承认。

"这世上没有人能说你没有尽力。"

"但我真的尽力了吗？也许我应该带她去参加弥撒仪式。"

"然后让迈克尔神父来吓唬她，警告她——"

"——肉体的愉悦！"我们异口同声地说道，还模仿着他那种不祥的语气。

我紧张地环顾着四周，仿佛这位老牧师有可能正在四处徘徊，躲在阴暗的地方偷听。

"弗雷德说，迈克尔神父担任裁判时，足球队从没有换人换得这么勤过。"朵儿坦白道。

"你之所以不愿在教堂里结婚，就是因为迈克尔神父吗？"我问道。

"这简直要了我妈妈的命。她现在仍然觉得戴维和我会直接下地狱！"

戴维的名字一出现，我们之间就浮现出了某种阴郁的气氛。

"关于戴维的事情，我很抱歉，泰丝。"朵儿终于开了口。

"哦，那都是些陈年往事了。我都忘了要为它生气了。"我告诉她，"或者我为什么要生气，真的。"

"我曾经相信他就是你的真命天子，泰丝。"朵儿回答，"老实说，我的确是这么想的，可是后来，当他和我在一起时，仿佛命中注定出现了一个光点，在告诉我，他其实是我的真命天子。"

"你真的相信宿命吗？"我问道，"应该是你有机会发现戴维是个可靠而又浪漫的男人、手握活塞时还挺心灵手巧才对吧？要是你在一家迪斯科舞厅里偶然遇到他，你就不会这么想了……"

朵儿凝视着我。"上帝啊，我实在是太思念你了，泰丝！你从来就不会为了任何事情放过我！"

"你对我来说也一样！"我回答。

我的思绪一直在被不断扯回霍普身上。

"你尽力了。"朵儿说，"每一个家长不是都会经历这些感情吗？没有人能够比自己尽力时做得更好，不是吗？"

她在明知我其实并不是一个母亲的情况下还不断提到"家长"这个词的说话方式让我不禁感觉她仿佛是在思索自己面对的一个挑战。我猜这只能意味着一件事情。"你怀孕了吗？"

她凝视着我。"上帝啊，我的肚子已经开始显形了吗？"她用一只手抚摸着白色牛仔裤平坦的正面。

"没有！"

"那你是怎么知道的？"

"因为我了解你。"我回答。

"我们尝试了很长时间，本以为永远也怀不上了。可现在孩子已经 12 周大了。我刚刚做完第一次超声波，所以你打电话过来时，我还以为是戴维想要询问情况怎么样。他本想昨晚从贸易展销会上赶回来，不过他的航班延误了。不管怎样，我很高兴打电话来的人是你。"朵儿说，"因为你是第一个知道这件事情的人。何况如此重要的时刻也是我最想念你的时刻，泰丝。"

"我也是。"我回答。

朵儿举起遥控器对准窗户按了一下。一张白色的帘子垂了下来。

"所以，你和你的他怎么样了？"她把膝盖抱到了沙发上来，期待着一段闺蜜间的谈话。

"什么我的他？"我问道。

"别来这套！我几个星期前看到你们了！"

"在哪儿？"

"我去惠茨特布尔的牡蛎养殖场吃午饭。我有时候会带自己的特许经营商去那里会餐。不管怎样，我坐在户外的甲板上，假装听着他们谈论数据之类的东西，却突然看到你正坐在距离我大约 50 码的一张帆布躺椅上看书……"

"你在说什么呀？"我笑着，仍旧以为能够躲开这个话题。

"一个男子把你拽了起来，给了你一个大大的拥吻。然后你们两个一边走回沙滩一边把彼此脱得精光。这倒不是说你的身上穿了很多的衣服，只有我从迪拜给你买回来的那套黄色比基尼泳装。你还记得吗？我和弗雷德去迪拜的那一次？"

"那你是怎么想的？"我问道。实际上，我为自己终于可以和某人倾诉这事而感到如释重负。

"他的年纪已经不小了，对吗？"

"他是个教授。"我回答。

"我猜到了。"朵儿说。

"你怎么猜到的？"

"《小妇人》里的乔和那个老教授！"

"你想要成为艾米……"

"因为她很漂亮。而且她还得到了可爱的劳里。"

这还用说吗。

我们沉默地对坐了几分钟。

"你应该回去看看霍普唱歌，泰丝。"朵儿说，"我很想和你一起去，只不过我想要留在这里向戴维展示我拿到的第一张照片，你知道的，就是他们给我拍的超声波照片。"

她把我送到了门口。可就在我把手伸向门把时，门开了。戴维就站在距离我一英尺的地方。只见他穿着剪裁合身的套装，头发有点长了，身上的肤色是有钱人才会有的棕褐色，然而他的笑容却和以前一样，也许要更亮白一些。

"你还好吗，泰丝？"他问候道。

"很好。"我回答。

"太好了！"

我向后退了一步，好让他把行李箱拖进屋里，然后和他飞快地交换了一个尴尬的吻面礼。

"你的书写得怎么样了？"他问道。

"写书？"

"你说过，你知道的，上一次……你要参加一个写作小组？"

我为他竟然还能记得感到惊讶。

"我动笔了。"我告诉他，"很快就停笔了。"

我们全都笑了，紧张的情绪这才得以缓解。

和里奥在一起，我的所有想象空间似乎都被我们的爱情所占据了。我猜这样的风险更高，因为如果我把自己写的东西拿给他看，却被他撕成碎片，我肯定会感到不知所措。我再也没有回去上过他的课，因为我知道利兹和小维能够看出发生了什么。偶尔我也会好奇她们是否会提起我，但我并没有开口问过，以免里奥觉得我在犯傻。

"我现在从事的是人力资源行业。"我说，"在维特罗斯超市。"

"那是一间很不错的公司。"戴维说。

所有人都这么说，只有里奥无法理解我为什么想在一间超市里工作，尽管从严格意义上来讲，我被提拔之后已经不用再待在店面里了，而是搬到了楼上办公。身处学术的世界，里奥不明白在世界经济衰退的情况下想找一份好的工作——或者是任何一份工作——到底有多难。最近，我们在登出一份货架理货员招聘广告之后竟然收到了 70 份申请，全都是冲着一个职位来的。要是你目睹过候选人必须经历的面试程序，说不定会以为我们在寻找首席执行官呢。为了获得这一职位，他们必须用意大利面和棉花糖搭出一座塔来，还得回答"如果把自己比做一种食物，你想要选择什么"之类的问题。

"我是部门主管。"我回答。

"下一步，你就要管理整间店铺了。"朵儿说。

我突然记起了有人认为你很聪明时的感觉是多么的美妙。

他们全都微笑着看着我。

"是这样的，我得走了。我还要去看霍普唱歌呢。"

"替我问候她。"戴维说。

"我会的。她会很高兴的。"

"你得让我们知道,她下一次登台演唱是什么时候。"朵儿说。

"只不过是卡拉 OK 而已。"

"我们很愿意去看看她,是不是,戴维?"

"没错。"他说罢便进了屋,留下我们互相道别,仿佛感受到这些个"我们"已经开始让我感到有些尴尬了。

朵儿又给了我一个紧紧的拥抱。

"祝你好运!"她说,"我明天再给你打电话,好吗?看看事情进展如何。"

"好呀,明天再聊。"我回答,就像我们过去常说的那样。

我推开酒吧的大门时,正好看到霍普被我的爸爸拽上了舞台。他总是幻想自己有点像路易斯·华兹,却不知道外界都在谣传那个男人是同性恋。

"现在,听好了!"爸爸边说边敲了敲麦克风,"这里有一个拥有一副好嗓子的姑娘。她的名字叫做霍普·科斯特洛。你们将在这里听到她的第一次献唱!"

霍普站在那里。安妮把自己的七分袖黑色连衣裙借给了她,而她则搭配了一件 GAP 牌的栗色连帽衫和一双运动鞋。拿起麦克风,她直视着前方,目光恰好望向了我,不过我不知道她在如此紧张的状况下能否看到我。

歌曲《疯狂》的前奏响了起来。霍普错过了第一个提词的信号。一阵充满同情和尴尬的叹息声在房间里四处响了起来。我的双手在体侧握得紧紧的,心脏跳得飞快,脑子里一直有个声音在催促她,*加油,加油,霍普,求你了,你可以做到的!*

霍普闭上了双眼，仿佛是要屏蔽眼前的人群。她在乐曲进行到第二段时准确地跟上了调子。

如果你闭上眼睛，说不定会以为此刻在房间里演唱的就是佩茜·克莱恩本人。我猜这一定是马丁亲手挑选的歌曲。乡村音乐有可能是你在卡拉 OK 点唱机上能够找到的最接近古典乐的类型了。他无疑十分清楚什么样的歌曲适合她的嗓音。

在霍普唱完最后一句歌词、伴着乐曲的最后几个音符离开麦克风时，房间里所有的人都吃惊地沉默了一下。紧接着，欢呼声几乎要把房顶给掀翻了。

一个月之后，霍普告诉我，她想搬到马丁在乐器行楼上的公寓里。我猜他们两人都不觉得我会对这件事情抱有任何的看法。霍普还从未感受过悲伤、孤独或者全然不知所措是种什么感觉。

我不知道该如何与霍普谈起他们之间感情的本质。他们俩似乎都对肉体上的接触不太感兴趣，可谁又知道关上门后会发生什么事情呢？霍普从不喜欢"卿卿我我之类的事情"。如果你拥抱她，她会站在那里僵硬得如同一块板子，默默忍受着，直到你抱够了为止。这么多年以来，无论我何时试图聊起有关繁衍后代或避孕的话题，霍普都会告诉我，学校老师在"个人、健康与社会"的课程中讲过这些事情了。

我也一直在拖延着不去提起我们不可避免要提起的基因检测话题，心想适合的时机一定会出现，也许是等到我决定自己接受手术的时候，因为霍普不太擅长处理与假设相关的问题。如今，由于担心遭人指责自己再次令她失望，我带她去看了那位和善的女医生，在她为霍普解释服用避孕药的原因时我坐在门外。看到她拿着处方走出来时，我这才舒了一口气。

"你也会吃这些药吗，泰丝？"

"是的。"

"如果你没有准备好照顾一个婴儿，这倒是个好主意。"

"没错。"

这差不多就是我们最接近女人之间推心置腹的一次对话了。

马丁身上最大的优点就是他从不会把霍普当做是什么与众不同的人。正如朵儿所说的那样，他自己可能就是这个范围内的人。也许我们在某种程度上全都是一样的。"范围"这个词不就是这个意思吗？

当然，他们都不知道我们所住的廉租房还存在租赁的问题。若是房子只剩下我一个人住，爸爸是不准备继续承担房租的。他为什么还要支付这笔费用呢？我已经是个能够赚钱养活自己的成年女子了，而现在也是时候让我自己来解决住宿问题了。我之所以尽可能拖了这么长的时间，只不过是因为霍普是个墨守成规的人，所以我担心她无法适应一切都在发生新的变化。不过，正如她每次与我在海滨见面喝奶昔时所说的那样："这样的安排对于上班来说更方便。"

马丁家的公寓占据了乐器行楼上的整整三层楼。阁楼是一间音乐教室，从大大的窗户向外望去，可以隔着屋顶眺望大海。如果你在夜晚店铺全都关门后在主街上闲逛，有时还能听到霍普在楼上歌唱，而马丁则在为她弹琴伴奏。偶尔，你还能听到笑声，可能是马丁弹错了一个和弦，或是霍普忘记了歌词，然后两人便会从头开始。

听起来他们无疑十分快乐。

这倒不是说我在跟踪霍普之类的。我只不过是很难停止担忧——在担忧了这么多年之后。也许我才是那个墨守成规的人？

我的工资足够租下一间一居室的公寓，还带有一座独立的小花园。我想要拥有一片室外的小空间，因为里奥的狗埃博尼——一只岁数很大的拉布拉多犬——有时候会跟着他一起到我的小屋里来。老实说，我的确以为只要我有了自己的房子，我们就可以花一部分时间住在那里，但我不必去想里奥和我会一起组建一个家庭。或许我是在拿自己开玩笑。这也是我为什么会要求他陪我去逛宜家家居——尽管我说自己就是为了找辆车来运货。我一眼就看出他对这个主意并不十分热衷。前一个星期五，他打电话过来要求我和他在惠茨特布尔见面。我感觉事情有些不太对劲，可就在我急匆匆地沿着海滨的水泥小路赶过去、看到小屋的门敞着时，我的心跳和往常一样有些加快，兴奋地期待着能够见到他。

那个女人留着一头夹杂着几缕灰发的深色长发。她穿着用印度布料制成的夹棉粉橙图案针织棉外套，看上去有种半正式的波西米亚风格。我忍不住注意到她脱掉了橘黄色勃肯鞋，脚指甲上涂着和外套一样的深粉色，霎时间让我感到有些好奇，不知道她是不是朵儿的顾客之一。她的打扮有某些元素传达出了一个词："中产阶级"。

"你一定就是泰丝。"她说道，抬起头来看着我站在了小路上。

我差一点就说出了"泰瑞莎"这几个字，因为我根本就不认识她，而且据我所知，她正坐在我的椅子上。

"我不明白。"我说道。

"哦，我觉得你明白是怎么回事。所有美好的事情都必然会走到尽头，我确定你的母亲应该告诉过你！"

"我的母亲去世了。"我说，"而且她这一辈子从未说过这样的话。"

那副目空一切的面具垮了下来。

"哦，我很抱歉。"她说。

"没关系。你是不会知道的。"

她和我想象中他妻子的模样看起来不太相同。我总以为她会穿着圆领的柔色针织上衣,配上一件深色的西装外套,身上唯一的一处亮色便是脖子上的丝巾。我心目中的她还会穿着带点鞋跟的鞋子,鞋跟在她沿着大学的走廊奔向下一堂课的路上嗒嗒作响。

"你知道的,你并不是他的第一个情人。"她说道,"我猜他应该没有告诉过你,自从他的上一任情人以性骚扰的名义投诉了他,他就不得不从大学里辞职了。"

"这不是性骚扰!"我回答。

她皱着眉头朝我笑了笑。"我不知道你们这些人看上了他哪一点。"

"那你又为什么要和他在一起?"我反问道。

她百无聊赖地叹了一口气,就像里奥听了我说的某些缺乏教养的话时所做的那样。

"里奥纳德和我在一起已经将近 40 年了。"她说,"我们是老朋友了,很享受彼此的陪伴。"

"里奥纳德?"我重复道。

"哦,他不会又在玩'里奥'那一套吧?"她咯咯地笑了起来,"我不知道他为什么觉得里奥听上去会更好一些。"

我是这么觉得的。里奥听起来像是一位作家。这也是他小说上的名字。里奥听起来像是里奥波德或里奥纳多之类的名字的简称。不是里奥纳德。里奥纳德只不过像是酒吧里的一个家伙,或是会戴着白色平顶帽打保龄球的人,某个年纪很大的人。

天空中下起了毛毛雨。

"他知道你在这里吗?"我问道。

她凝视着我。

"你很可爱，真的。我应该坚持让他自己来收拾这个烂摊子。"

"我才不可爱呢。"我回答。

可紧接着，我又不知道该如何证明自己才对，手边没有可以供我摔碎的咖啡马克杯或是砸向她的鹅卵石，所以我只是站在那里，脑海里闪过我们在一起偷情的点滴画面。

"是你让他约我出来的！"我说道。

"很抱歉，你说什么？"

"你用不了的戏票，在国家大剧院。《无事生非》……"

她的眼神看起来仍旧十分空洞。

"我们被困在大雪中的伦敦那一次。"我补充道，试图唤起她的记忆。

"哦，已经这么长时间了吗？"

此时此刻，她变成了那个一脸恼怒的人。想到自己就这样在她的面前把他供了出来，我因为瞬间的愧疚而感到有些心痛。我怎么会知道他讲述的是个什么样的故事呢？

"为什么是现在？"我听到自己问道。

"你这个年纪的女人想要孩子是件再自然不过的事情了……"

"可我不想要孩子！"

里奥知道这一点，不是吗？难道我打算做手术的困局不是一直都笼罩在我们的头上吗？难道不正是这一点促使我们在做爱之后伴随着沉默而感到剧烈的痛楚吗？难道我们一直都处在那只比喻性的"待定托盘"之中，直到其中的一个人决定鼓起勇气面对不可回避的事实？他应该是不会忘记我们的第一次谈话，第一次正正经经的谈话吧？我应该不会是唯一一个认为正是这种联系让我们之间的爱变得格外深刻的吧？

天空仍然飘着雨，淋湿了我的头发，浸湿的制服粘在了我的皮肤上。

"你在要求他做出选择。"里奥的妻子回答，"和大部分男人一样，他疯了。即便是想一想离开他温馨舒适的家，都需要花上很大的力气。不管他是多么希望自己还是一个愤怒的青年，他还是更习惯自己的套间浴室和他的妻子出钱让他下榻的四星级酒店。61岁的他是不会回去露营或是住进卧室兼起居室的房子里的，对吗？"

"61岁？"

她的唇间露出了一丝微笑。

"你为什么要告诉我这些？"我问道，依旧紧握着心中疯狂的希望不肯放手，期望这一切真的不曾发生。也许他并不知道她在这里？也许这只不过是她在试图拆散我们，只要他一到就会弄巧成拙？我回头看了看身后，却遍寻不到他的身影。

"再见，泰丝。"他在电话里说。他以前从没有用过这样的措辞。

"仅供参考。"我说道，试图维持自己的尊严，"我从未要求他做出过什么选择。这些都是他杜撰出来的。"

"好吧，他是个作家。"她回答。

我突然意识到了自己为什么会陷入这种局面之中，站在她的面前，任由头发在大雨中粘在我的前额上、顺着我的脸庞滴水，感觉既诡异又莫名有些熟悉。里奥的小说《出于学术兴趣》中就曾经出现过这样的一幕，主角的妻子告诉他的一个女学生，他们之间的私情已经结束了，只不过不是在渔夫的小屋里，而是在一场员工露天招待会的露台上。

作家会把发生的一切都视为素材。

"该死的懦夫！"朵儿骂道。

　　"比起他，我更为自己生气！"我告诉她。

　　我怎么能这么愚蠢呢？他告诉过我，他最喜欢的英语小说名叫《爱到尽头》。难道我不该从这一点以及我读过的所有素材中得知情妇永远不会有好下场吗？

　　"现在我一无所有了。"我说。

　　"你可以这么想。"朵儿回答，"或者你也可以把这视为是你梦寐以求的一个机会。"

23

2010 年

格斯

娜莎总是会一时性起地展开这样或那样的减肥计划。她说我是这个世上唯一一个能把扁豆做得如此美味的人，所以在我家吃午饭就成了常有的事。

"你应该去参加《我要做厨神》节目。"她说道，总是迫不及待地要为我策划一份新的职业。

"真的会有人这么做吗？"

"我在开玩笑！"

娜莎在找工作方面也遇到了不少困难。她在美国时收入不菲，以至于如今能够配得上她的角色似乎十分罕见。我觉得她有可能很难找到工作，因为她对其他演员总是出言不逊。她喜欢和完全不属于她世界的人聊八卦，却没有人可以倾诉。即便我想听，她也不该告诉我那么多。我还听说了她和男人之间的不少逸事。"我是不是说得太多了"变成了她最喜欢的一句话。

　　偶尔，在我把芙洛拉从学校里接回来之后的某个下午，娜莎也会陪着我们到肯星顿公园去走一走。趁着女孩子在彼得·潘公园里玩耍的工夫，我们会坐在长椅上聊聊天。

　　某个星期五，我的两个女儿在海盗船上爆发了一场争执。

　　芙洛拉总是扮演温蒂，而贝拉则会扮演需要温蒂照看的迈克。和往常一样，这样的安排似乎很好。但这一次贝拉想要扮演小仙女。

　　"哦，对不起，但是不行！"芙洛拉干脆利落的语气听上去像极了夏洛特，让人感觉很不舒服。

　　"为什么不行？"贝拉的提问并不是没有道理的。

　　"姑娘们，"我介入了进来，"你们为什么不轮流来呢？"

　　娜莎突然站了起来。

　　"你这个该死的讨厌鬼，我已经忍了你好久了，芙洛拉！你来演彼得·潘，贝拉来演小仙女，你们换换角色！"

　　我不知道是那些骂人的话语吓到了我的大女儿，还是因为这是她第一次被人责备，她退缩了，变乖了，而贝拉则被允许像个疯子一样转来转去，直到喘不上气来。

　　"芙洛拉拥有得太多了。"娜莎说道。

　　我感觉自己受到了谴责。

　　"贝拉也得学会维护自己。"她又补充了一句。

　　"是的。你说得对。"

　　"你不想让她在幼儿园里受人欺负，对吗？"

　　"不想。"

　　难道恶霸就是这么养成的吗，我心想，在父母心照不宣的默许之下？我得更加关注这个问题才行。

"那你打算怎么办？"娜莎问道。

"我也不确定。"我回答。

"上帝啊，你无药可救了！你介不介意我提出一个建议？去上烹饪学校。"

"那得花上一大笔钱呢。"

"那好，找一间餐厅，找份供应午餐之类的工作。距离你家不远的街道上就有一家米其林星级餐厅。你为什么不去找主厨聊一聊呢？我相信你会想出某种交换条件来的，比如学徒之类的。你曾经当过服务生，不是吗？"

"夏洛特是不会接受我去做服务生的。"

"哦，看在上帝的分上！"娜莎被激怒了，"你总是让别人以为你的妻子对你很失望！"

我并没有意识到自己使得夏洛特给别人留下了这样的印象，何况我也一直避免和娜莎谈起自己的婚姻。

"她的确对我很失望。"我回答。

"那你们两个还在一起做什么？"娜莎问道，"我就是不明白。你们有什么共同之处？"

"我们都会把孩子的利益放在第一位。"我说。每当我的内心满怀忧虑时，总是倾向于让自己的话听起来有些浮夸。"等你有了孩子，你就会明白了。"我补充了一句，结果却让情况变得更加一发不可收拾。

"哦，别跟我说这些废话。我清楚地知道拥有一对互相憎恨的父母对于孩子来说是种什么感觉，非常感谢。"

"对不起。"我回答。

"别总是对不起。"娜莎说，"卑躬屈膝是你最不招人喜欢的模样之一。"

"夏洛特和我并没有互相憎恨，顺便说一句。"

　　颇为讽刺的是，就在我刚说完这句话的同一天，夏洛特告诉我她有外遇了。

　　我也曾有所察觉，因为她周末外出开会的频率愈加频繁。出于某种原因，我想象对方会是一个比她年轻不少的男子，也许是另一个实习医生，穿着皮夹克，留着一头长发，浑身上下都散发着性感的能量。和往常一样，我完全想错了，因为他是一个比夏洛特年长许多的男人，秃顶、健壮，从事制药行业。他的名字叫罗伯特。

　　"你们是怎么认识的？"我问道。

　　身处楼下的那个房间里，夏洛特正坐在我对面的沙发上，故意不与我进行眼神接触。

　　"在剧院里。他在你让我失望的那个雪夜出现在了我的生活里。"她说，"显然，我们也并非是一拍即合。"她终于看向了我。

　　这件事情发生多长时间了？不知为何，我竟然感觉提出这个问题是缺乏绅士风度的表现。

　　"所以说，你为什么现在把这件事情告诉我？"

　　"嗯。"夏洛特回答问题的随意态度让人感觉她仿佛在概述自己一天的计划，"问题在于，罗伯特想让我们去瑞士和他一起生活。"

　　"我们？"刹那间，我疯狂到以为她把我也囊括到了这个计划之中。

　　"女孩们喜欢他。他也喜欢她们。"

　　"等一下！两个女儿甚至都不认识他！"

　　"其实，她们认识他。"

　　此时此刻，夏洛特低头凝视着地板。

　　"马略卡岛的那个星期。"她含糊地嘟囔着。

夏洛特是独自带着两个女儿前去探望她的母亲的，声称自己很少有时间和她们在一起享受黄金时光。我则留在家里重新装修两个女儿的浴室，因为那里有些发霉，不利于贝拉的哮喘病。当女孩们回来后满口都在念叨自己和罗伯特一起做过的事情时，我还以为她们说的是夏洛特的继父罗比。如此相似的名字对于夏洛特来说是多么的方便啊。

她有没有带着他一起去探望过我的母亲？夏洛特会不会要求她们全都对我撒谎？

"那是唯一的一次。"夏洛特说道，仿佛读懂了我的心思，"很抱歉我撒谎了，但这是我能想到的、在不引发感情危机的情况下测试这种安排的唯一方法。"

"好极了。这样一来就不会有人情绪激动了。"我回答。

"挖苦讽刺并不适合你。"夏洛特答道。

"所以你的母亲就对这个罗伯特表示了赞许，对吗？"不知为何，听说别人也参与了这个阴谋，我的心中感觉更加羞耻了。

"是的，没错。这倒不是说她的看法对我有多重要。"

那什么对她来说才是重要的呢？她曾经以为什么才是重要的呢？我凝视着我的妻子，仿佛这是我第一次见到她似的：一个35岁上下、风韵犹存、正处于事业巅峰的女子。和我们第一次在她的屋顶套房里做爱时相比，我还是不清楚她的心里到底在想些什么。这一切都是个幌子吗？还是说只有这过去的几年？

"嗯，我很抱歉辜负了你不带感情、谨慎策划出来的计划，但我是不会同意的。"我告诉她，"我是不会允许你带走两个女儿的！"

"我觉得你其实没有选择。"夏洛特回答，"你一个人怎么照顾她们两个？"

"我会去找一份工作的。"

"那你还得雇佣一个住家保姆，因为你得利用所有的时间来工作才能还清抵押贷款。这还是得在有地方愿意雇佣你的情况下！"

"那我们就不得不换个小一点的地方居住了。"

"我不知道你注意到没有，房价正在上涨。"

"那我们就搬到伦敦以外的地方去好了。大家都是这么做的，你是知道的。"

我能够听到自己在说话，仿佛我已经变成了另一个人似的，而我所说的一切听起来都是那样的差劲。

"你可能准备好了要让两个女儿堕落到你那种贫穷的环境里去，但我可不愿意这么做。我是她们的母亲。你觉得法院会支持谁？"

"你已经准备好了要把她们卷入争夺监护权的战役之中，是不是？"我绝望地试图夺回道德的高地。

"如果你选择和我对抗，会发现自己是在孤身迎战。"她反驳道。

我心想，她本可以成为一名律师的，因为她拥有这个职业所需的冷静分析头脑。我这才恍然大悟，她肯定已经找律师谈过了。罗伯特的手头说不定还有一支法律团队可以供他调遣。在夏洛特已经把每一条论据都排练好了的情况下，我是处于绝对劣势的。也许我应该请求暂停，以便准备好自己的辩词？我应该打电话给马尔库斯。在我们不言而喻的竞争之中，现在的我将成为第一个戴上绿帽子、第一个离婚、第一个争夺监护权的那个人。

"如果我们是一个普通家庭，你一个星期都见不到她们几次，对吗？"夏洛特理论道，试图让尖利的语气变得缓和一些。

一个普通家庭。这就是我想要的呀。难道我让所有人失望了吗？

"你们要去瑞士的什么地方？"我问道。

"日内瓦。"她说，"罗伯特拥有一座湖景房。"

我想起来了，大约 6 个月以前，那里曾经召开过一场会议。还是说那里本来就没有什么会议，而是另一个谎言？

"你在那里能够找到工作吗？"我想要知道。

"我已经拿到了几份邀请，不过我不着急。女儿的事情是我要优先考虑的。"

"这倒是一大改变。"我酸溜溜地说。

"我其实没有选择，对吗？"她勃然大怒。

"我看不出这对女儿有什么好处。"说罢，我意识到唯一有可能让我取胜的论据就是提及她们的未来。

"不到一个街区以外的地方就有一所国际学校。贝拉不会感觉有什么不同的。我们也知道，芙洛拉的适应能力很强。"

我认为她之所以会提及这个事实是为了指出芙洛拉上的是公立而非私立学校的事情。如果我们担负得起，夏洛特肯定更喜欢私立学校。

"现在正是让她们搬家的好时候。"她补充道。

这是不容争辩的。如果要搬家，最好还是趁她们年幼的时候，趁她们还没有和朋友、老师建立起感情的时候。

"日内瓦是个成长的好地方。她们可以说好几种语言，遇到有趣的人。其实，罗伯特是个伯爵，尽管他不经常使用自己的头衔。"

"我以为瑞士是个共和国呢。"

夏洛特的表情僵硬了起来。

"他在奥地利有一座小屋。"她回答。

"你不会想让她们去滑雪吧？"

"你不能因为自己的愧疚而阻止她们拥有完整的人生。"夏洛特说。一丝淡淡的笑容浮现在了她的脸上，似乎是在品味胜利。

"这不是愧疚，是理性的恐惧——滑雪是危险的，记得吗！"

我想象着我的哥哥横冲直撞地在白色中穿梭，同时瞥向身后，想要看看我是否追上了他。

这是恐惧，但也是愧疚。我们都心知肚明，尽管在我们婚后的这么多年里，谁也没有提起过。难道夏洛特和我的母亲一样，认为我应该对此负责？难道，一直以来，她的背后都握着一把刀，等待着把它插进我腹部的那一刻？

这是你在复仇吗，罗斯？

我怎么会以为自己能够逃脱抢走他女友的罪责？我怎么会以为自己值得拥有这么漂亮的两个女儿？

"没有人必须去滑雪。"我像个痴呆的人一样说道。

紧接着，我突然号啕大哭起来。自从 13 岁起，我就再也没有哭过了。进入公立学校的第一个学期，我学会了如何压抑自己，因为哭泣是软弱无能的表现。现在我却因为眼泪而哭泣了，仿佛多年来被我筑坝拦截的感情的蓄水池已然崩溃，正如洪水暴发般从我的眼睛、鼻子和嘴巴里涌出来，眼看就要将我淹没。

在某一时刻，我感到有人温柔地、踌躇着拍了拍我的后背，而我却猛吼了一句"滚开"，吓得夏洛特如触电般把手缩了回去。

她一直等到我的双肩停止了起伏，才伸手递了一张纸巾给我。

"你还是可以见到她们的。"她说着，语气柔和了许多，仿佛我刚才的崩溃已经昭示了我失败的事实，"日内瓦只有一个半小时的航程，真的不会有什么不同，除了你会成为那个周末才能见到她们的人……"

"不要胡扯了！"我边说边呼哧呼哧地吸着眼泪，突然变得冰冷决绝起来，"她们太年幼了，不可能每个周末都飞回伦敦一趟。"

"好，那就一个月一趟。"她说。

条件已然进一步恶化了。

"你不觉得我们应该看看女儿对此有什么想法吗？"我突然问道。

夏洛特显然有些吃惊，好像我在她的头顶上打出了一记快速直球。我能看出她并没有预料到这个方案，而我也几乎能够看出她的大脑在飞快地算计着些什么，承认拒绝她们的发言权是不太合理的。

"我们明早和她们聊聊此事吧。"我逼迫她，"她们还有一整个星期的时间可以提问。"

"那好，但我们必须聚在一起谈论这件事情。"夏洛特满怀焦虑地确立起了基本规则，"而且必须保证问题的简单化，不能给她们太大的压力……我们可以说些类似'爸爸妈妈已经不再爱对方了，但是——'的话……"

"但是那不是真的，对于我来说不是……"我打断了她。

夏洛特不耐烦地看着我，仿佛我正不必要地试图将事情复杂化。

所以我错过了询问她是否也曾爱过我的机会——正如她刚才所暗示的那样——想到这一点，外加芙洛拉和贝拉可能提出的所有问题，我几乎一整夜都没有合眼，直到黎明时分才伴着苍白的寒意沉沉地睡去。

我在一股吐司的香味中醒了过来，于是睡眼蒙眬、头发凌乱地奔下楼，发现夏洛特和女儿已经在厨房的餐桌旁坐好了。

"早安，懒虫。"夏洛特的话逗得两个女孩咯咯直笑。

"我们吃点煎饼如何？"我一边补充一边在夏洛特向我递来眼色时试图夺回失去的阵地，"你不在的时候，我们周末通常都会吃煎饼。"

一家四口能够聚在一起是件多么不寻常的事情啊，我心想，大脑仍旧因为哭泣而感到麻木和空洞。难道夏洛特说一切并不会有太大的不同是真的？我从咖啡壶里给自己倒了一杯咖啡。

"我们有些事情要告诉你。"夏洛特欢快地说着，眼神望向了我。

我试图回忆起我们商量好的每一个字。

"妈咪要去和她的朋友罗伯特生活在一起了。"我开口说道。

"其中一个原因就是，我想要有更多的时间和你们两个待在一起。"夏洛特突然插嘴进来，听上去像是在逼迫我。

"问题在于，我们都很爱你们，也都想让你们和自己住在一起。"说罢，我为自己把所有事情都交待出来的速度感到有些愤恨。我望向了桌子的另一边，本以为自己会看到眼泪，不料孩子们的脸上似乎只是有些好奇，手里的汤匙仍旧在舀着麦片。

"你们要离婚了吗？"芙洛拉问道。这种情况对于她来说并不陌生。她的好几个朋友家里都出现了父母分手的情况。

我看着夏洛特。

"顺其自然吧。"她回答。

她以为分别只有 7 岁和 3 岁的两个小孩子该如何理解这句话呢？

"你们可以留下来住在这里，就像现在这样，如果你们愿意的话。"我说道。

"或是和我一起住进罗伯特的家里。"夏洛特边说边凝视着我。

"我想要和爸爸住在一起！"贝拉马上喊叫起来，仿佛我们谈论的是在朋友家过夜的有趣事情似的的。

我的心头充满了怜爱之情，一个微笑如同阳光般在我的脸上绽放开来。

"罗伯特的房子是什么样子的？"芙洛拉冷冷地问道。

"嗯，那里很大，还有一个游泳池。"夏洛特回答。

"这不公平。"我嘟囔着。

"你更愿意让我撒谎吗？"夏洛特问道。

"那里有花园吗？"芙洛拉想要知道。

"有一座很大的花园。"

"有秋千吗？"贝拉也开始插话了。

"那里是比不上肯星顿公园的……"我绝望地抗议起来。

"你们为什么不能轮流照看我们呢？"芙洛拉突然笑了，仿佛为自己找到了一个显而易见的解决方法。

"我们会轮流的。"夏洛特回答。在打破僵局的可能性方面，她的脑袋比我更加的警觉。"我们唯一需要决定的事情是，你们要在哪里上学。贝拉很快也要上学了，是不是，亲爱的？"

"你会送我去学校吗，妈咪？"贝拉问道。

"是的，我会的。这是不是会很有趣？"

马尔库斯帮我联系了一位女离婚律师。对方很热情，却没有给我太大的希望。她暗示我，如果我能够表现出认为这是个好主意的样子，对女儿的伤害会小一些。令我感到惊讶的是，娜莎竟然也同意这个看法，声称对于孩子来说，最糟糕的就是要假装自己和分手的父母一方在一起时更加快乐的那种压力。可我心中却暗自期待她能够坚持要我加倍努力、奋勇抵抗。

"可是闹上法庭又不能恢复现状，对吗？"娜莎的话让我明白了自己想要的局面是无法发生的。

如果我决定不去抗争，至少还能保证每隔几个周末以及每一个假期都能看到两个女儿。

我和罗伯特见了面，并把丘园选作了见面地点。我也不确定那是为什么，因为我这辈子还从没有去过那里，但我觉得那里能让我们在无人打搅的情况下一起散散步，而且他也无法回避任何苛刻的问题。实际上，丘园是个非常美丽的地方，拥有几座令人惊叹的维多利亚风格温室，但我怀疑自己再也不会到那里去了。

把车子停在丘园外的铸铁大门前时，我注意到一个男人正在距离我几辆车子以外的地方，举起钥匙扣指向了一辆小小的绿色 G-Wiz 电动汽车。想起来有些愚蠢，一个像他这样高大出众的男人竟然会开着这么一辆玩具一样的汽车。在我的想象中，夏洛特情夫的座驾至少要比白色敞篷奥迪轿车还要时髦。于是我一路跟随他来到了橘园咖啡厅——我们商议好的见面地点。

在餐具柜台旁尴尬地站了几分钟之后，罗伯特挑着眉毛大胆地朝我走了过来，一边微笑一边有力地和我握了握手，好像我们即将展开的是一场商务会谈似的。

"安格斯？"

"罗伯特？"

说来也怪，我的第一反应竟然有些释然，因为他实在是比我年长太多，以至于人们肯定会把他误认为我两个女儿的祖父。也许是年龄上的差距，我似乎就是无法对他感到愤怒。毕竟，从根本上来讲，是夏洛特决定要离开我的；罗伯特又怎么能怂恿或说服她违背自己的意愿呢？如果她想要的是一个富有而又保养得很好的男人，我是永远也无法和他抗衡的。罗伯特显然是个有钱有势的男人，不仅是一家艺术基金会的董事，还经营着一间喜剧公司。尽管他在我们见面当天穿的是牛仔裤和珊瑚色的拉夫·劳伦马球衫，我还是轻易就能想象出他在萨尔斯堡音乐节上身着正装的样子，还有跟在他身边、穿着昂贵而又华美的晚礼服的夏洛特。

在我们沿着大道向湖边走去时，他开诚布公地向我坦白了他的历史。他和第一任妻子是友好分手的，家里还有一个在布鲁塞尔工作的儿子。他显然并不想代替我在芙洛拉和贝拉人生中的地位，但还是提到了一些关于她们的、颇为深刻的事情，以便展示自己是非常关切她们的需求的。

"如果你的女儿即将和我们住在一起，我将很荣幸邀请你到我家来做客。"他承诺。

我不太明白，如果我拒绝他的请求，我怎么就变成了那个没有教养的人。

"我们不会那么说话。"我听到自己回答。

"抱歉，你说什么？"

"在英语里，我们会说：'如果你的女儿要和我们住在一起……'"我告诉他。看到他那欧共体官员才有的眉头之间出现了片刻的尴尬神情，我感到了些许愚蠢而又刺激的胜利感。

"另外，我还会让芙洛拉和贝拉纠正我的英语！"他笑了，顺水推舟般重新恢复了镇静。

几个小时过去了，当我们在大门口分道扬镳之后，他举起一只手友善地朝我挥了挥，让我几乎为他接手了冷若冰霜的夏洛特而感到抱歉——尽管我相信他很清楚自己该如何应付她。可我紧接着便失落地回想起来，当一切都如她所愿时，夏洛特其实根本就不是一个冷若冰霜的人。

夏洛特带着两个女儿去和我的母亲告别了，因为我仍旧在为自己打电话向她宣布这件事情时得到的反应而感到伤心。

"我很吃惊你们的婚姻竟然维系了这么多年。"

分别只有 7 岁和 3 岁的两个女孩其实无法想象自己的生活会发生怎样的转变，因而也不会想到自己应该感到难过。我试图不在她们面前表现出自己有多悲哀，但又不想让她们在恍然醒悟事情并不像她们被引导去相信的那样时认为我毫不在乎。趁着我们在一起的最后几天，我们做了些父女间最喜欢做的事情。她们惊讶地发现，自己每次要求吃些糖果和冰激凌时竟然都会得到我的准许。我经常会拥抱她们，还会说些诸如"我会万分想念你们"以及"记得随时打电话来或是和我视频，妈咪和罗伯特都知道该怎么做，所以只要找他们帮忙就好"之类的话。我甚至说出了一些颇为夸张的话："我太爱你们了。没有你们，我的人生将会大不一样！"

对此，芙洛拉的反应是："但是你还会住在我们的家里，不是吗，爸爸？我们的房间也还会是一样的？如果我们回来度周末或是度假，就像哈里、赫敏和罗恩从霍格沃茨学校回来时那样？"

最后一天晚上，我为全家人做了她们最爱吃的三色沙拉和奶油沙司鸡蛋意大利面，搭配冰激凌和草莓作为甜点。吃完饭，我又让她们在任天堂游戏机里的网球赛中大胜了我好几场。爬上床，在我刚刚合上《一只名叫帕丁顿的熊》的最后一页之后没过几秒，她们就进入了梦乡。

我在黑暗中坐了一会儿，吸着刚刚洗过澡的孩子身上散发出来的、无以言表的舒心气味，聆听着她们睡着时平和的呼吸声，任由两行泪水汹涌地从脸颊上落下。

在我下楼时，夏洛特仍旧坐在桌旁。

"我一年都吃不了这么多的碳水化合物。"她边说边靠在沙发上伸了个懒腰。

我自然而然地开始收拾起了碗盘。

"别。"她说着指了指天花板，"你会吵醒她们的。"

我面对着她坐下来，用手背擦了擦鼻子，像个忘了带手帕去上学的孩子。

"很抱歉让你经历这些磨难，安格斯。"她说。

"你很抱歉吗？"

我最不想做的就是在如此体面地处理完一切之后又变得蛮不讲理，但我在自己身边筑起的所有防卫都已经分崩离析。

"我试过了，安格斯。我非常努力地试过了。我真的试过了……"

我突然意识到她也在哭泣。我此前从不记得见她哭过。即使是在罗斯的葬礼上。

"问题在于，你从不让步，决不妥协。"她有些说不上话来。

我简直不敢相信自己的耳朵。我？我？她把事情说反了吧？我们总是顺从她的想法，而不是我的意愿。

"……作为家里唯一有收入的人……还有要照顾所有人时的那种压力……只不过你好像没有想到过……你就是不明白！你是否花过一分钟的时间想一想我是不是也想多留点时间和自己的孩子在一起？我不想成为一个过时的全职妈妈，不，但大部分人都会找到些许平衡！"

"可我以为——"我以为事业对她来说才是最重要的事情。她看上去很乐意把自己从日复一日的家务中解脱出来。

"你想过没有？你有没有曾经好好想过？"

显然我想得还不够深刻。

夏洛特深吸了一口气。"我知道你在试图摆脱罗斯给你带来的影响，在我们第一次……"

他的名字让我的心仿佛被人重击了一拳，因为这个词一直是我们之间的禁忌。

"……但你曾否想过，我也抱着同样的心情？我当时就快要嫁给他了，安格斯，我的整个人生都被颠倒了过来。我不得不学会照顾自己。我知道自己如何才能摆脱这个悲剧性的角色、和别人交流。和男人出去约会时，我总是害怕他们会问起：'像你这么漂亮的女孩为什么还会单身呢？'和你在一起时，我什么都不必提起。"

我凝视着这个将要成为我前妻的女人。我即将面对一段没有她的人生，而此刻的我却感觉自己似乎过去也不曾拥有过她。我总认为她是个冰冷而又性感的控制狂，就像壁炉架上照片里的吸血鬼一样。如今回想起来，我不禁感到有些好奇，如果她那天打扮得如同天使一般、穿着带有翅膀的雪白衣裙，我是否会对她抱持不同的看法？

"和你做爱是能让我最接近无意识状态的方法。"她说。

"谢谢。"

"不，我是说，这样很好。就像毒品一样。当我怀上身孕时，一切就像是，我也不知道……我不能不要这个孩子……对吗？"

"不能！"

没有芙洛拉的世界是令人无法想象的。

"我们挨过了一段日子，暂时。"夏洛特说，"不是吗？"

我没有照顾好她。她需要人来照顾。这个意思她表达了两次。可我还以为自己很擅长照顾别人。

那天晚上，夏洛特穿着大内密探牌的贝壳粉色内衣、跪在床上告诉我她怀孕了的画面闪过了我的脑海。

"你就不能比现在看上去更开心一点儿？"然后，她用我此前或者以后再也听不到的微弱而又渴望的声音问道，"这也许会很有趣，你不觉得吗？"

"我们还能够继续吗？"如今换做我结巴了起来，"还有机会吗？为了女儿？我愿意做任何事情——"

"哦，成熟点吧，安格斯，看在上帝的分上！"

现在，她找到了能够照顾她的人。我们都心知肚明，他能比我做得更好。

沉默还在延续，直到我终于开口说道："我可以喝上一杯。你呢？"

她给了我一个揶揄的微笑。"我以为你永远都不会问我呢。"

冰箱里还放着一瓶某个更加欢乐的场合留下来的香槟酒。我们碰了碰酒杯。

"停战？"夏洛特建议把这一句当做祝酒词。

"停战。"我附和道，尽管我通常都不太确定自己附和的是些什么。

"我知道这从来都不是命中注定。"我说。

"这世上有什么东西是命中注定的吗？"夏洛特问道，"如果我们生活在这样的基础之上，就永远都不会接受任何的责任了。"

"我爱我的孩子。"我说。

"她们仍旧是你的。"她回答。

"我们必须得找个行得通的方法。为了她们。"我试图让自己听上去更成熟、更负责。

"为了这个，我得喝一口。"夏洛特再次同志般地碰了碰我的酒杯，然后回到了自己的房间。

第二天下午，当我回到安安静静、空空荡荡的家里时，发现她用过的那只还剩一半香槟的酒杯依旧立在餐桌上，不禁好奇这是否是为了不让我在机场里大吵大闹而做的准备。

MISS YOU

第 四 部 分

24

2012 年

泰丝

开着棉花糖般花朵的树木，黄色的水仙花，石灰绿色的青草；如同颜料盒般成排的房屋，蓝色，粉色，浅绿色；成堆的橘子，红色和紫色的果实。我房门的钥匙，我眼前陡峭的木头楼梯……

每天早上，我都会伴随着沉重的失望醒来，然后爬下床，脚下踩着裸露的木板走到窗前，拉开一点百叶窗，向外望去。楼下的街道上，市场摊贩们正在安营扎寨，一边任由手中的杆子铿锵作响，一边互相呼喊着彼此。一辆垃圾车正在倒车，旁边跳过了一个慢跑者。一位穿着考究的妇女拽着一个打着哈欠、穿着校服的小孩沿着人行道行走。羊角面包香甜的气息从隔壁的咖啡馆慢慢飘了上来。一切都证明这不是一个梦。

我开始练起了跑步，因为在伦敦，每个人都会从事某种运动，不像在家时那样，报了桑巴课没几个星期就开始寻找各种借口，比如天上下起了雨、你又太累或是电视里正在上演《重案组女警》。在伦敦，当被人问及你是如何保持身材时，你必须给出一个答案，尤其是在奥运会期间，所有人都在用健康的方式为自己加油鼓劲。我们的大部分客户都会去健身房，不过大部分时间都待在室内的我还是更喜欢到室外去运动。开始时，我每个早上都会出门散步，但鉴于走去公园要花上足足 15 分钟的时间，我给自己买了一双跑鞋和一件运动内衣，开始逐渐提高速度，直到我一个小时能跑大约 6 英里。我以前还从没有跑过步，可一旦我的双腿知道了我对它们的期许，奔跑就成了让人有些上瘾的事。

人们总是说他们之所以喜欢纽约是因为它就是电影里的样子。我喜欢伦敦的原因则正好相反。我看过的电影没有一部能够捕捉到伦敦的多样性：皇家阿尔伯特音乐厅荒谬的红砖圣诞蛋糕形状建筑上，金色的阿尔伯特雕像在阳光下闪闪发光；马儿在罗敦道上奔驰；疯狂的游泳者潜入曲折蜿蜒的水池；还有，海德公园角附近，我在回家的路上会经过一片遍植甘美草本灌木和玫瑰藤架的花园——它的培育似乎没有什么别的原因，只是为了满足人们的眼睛对于色彩的需求。

有时，我会发现自己在心里列举着这些花朵的名字，就像霍普和我曾经走路上学时做的那样：剑叶兰、熏衣草、美洲石竹、阿堪萨斯百合，这些名字一遍又一遍地出现在我的脑海里，直到我毫无意识地跑过了好几百码的距离，然后转向车水马龙的贝斯沃特路。

我总是会在波特贝路大街的街口慢下脚步，不禁好奇那些住在彩色喷涂房屋中的人们每天早上醒来时是否会像住在大街另一头的我一样情绪高涨。

我说的是我的公寓，但其实它是朵儿的。她说这是一项商业决策，但她决定把自己的第一家伦敦分店开在我一直梦想居住的地方未免太过于凑巧了。

在离开里奥之后的一段时间里，我似乎对任何东西都失去了兴趣。要不是朵儿每个星期都像过去那样带着外卖和一张 DVD 来探望我，我都不知道自己能做些什么。

当她说我应该把新的自由视为一次机遇时，我以为她指的是大学，不过鉴于大学提高了学费，这件事情应该是永远都不可能发生了。从理论上来说，人们毕业后若是能够挣到更多的钱，就能偿还自己的学生贷款，可大学毕业生和其他人一样很难找到工作。何况我对大学教授也已不再抱有任何幻想。我过去曾经倾听过里奥说的每一个字，但不确定它们是否值得我每年花上 9000 英镑来听课，何况这还不包括账单和食宿。

"我说的不是大学。"朵儿说道，"我说的是像我们一直计划的那样在伦敦生活……"

"伦敦太贵了，朵儿。我能够找到的工作甚至都无法支付房租。"

"说到这一点，我就有用了。"

"我是不会要你的钱的。"我立刻回答。

朵儿是个很慷慨的人，但慷慨得有些离谱了。她送给霍普的 18 岁生日礼物是一条带有饰物的金手链，一看就价值不菲，却和我们多年前在老桥上购买的那件首饰一样直接被收进了抽屉里，再也没有被我们拿出来看过。

"我不是要主动给你钱——我有一份商业提案。"朵儿说，"我在西伦敦买下了一处房产，是一间楼上带有公寓的小店铺。如今，在欧元遭遇危机、资本飞离欧洲的情况下，那里的房价正在飞涨。伦敦被认为是一处避风港，后来还出现了寡头政治的执政者。如果我现在不进驻那里的市场，就永远也没有机会了。"

如果你看过朵儿的中考成绩，一定会为她自学商业和经济的成果感到惊奇。

"在孩子眼看就要出生的情况下，我是无法同时顾及那里的生意的——"

"我对美甲一窍不通。"我打断了她，因为大家都说，你是不应该为朋友工作的，而我也不想再冒险失去她这个朋友。

"但你拥有可以转化的技能。"朵儿不慌不忙地继续说道，"你知道该如何雇佣员工、保证健康与安全、安排排班表之类的人力资源事务。而且你很聪明，所以最多花不了一个下午就能学会订购流程和卫生法规。"

我正准备张开嘴巴反驳她，突然意识到她对我说的正是我经常为那些中年妇女打气时所说的话——她们生完孩子之后想要重返工作岗位，却丧失了信心，也不相信有人愿意雇佣她们。

"我需要一个可以让我信任的人，因为我在这件事情上押下了很多的赌注。我知道你是不会搞砸的。"

"就像我从未搞砸过人生中任何其他的事情一样？"我意志消沉地回答。

此时此刻，朵儿露出了不耐烦的表情。我感觉自己就像《飞黄腾达》节目里的候选人，即将受到一顿恶狠狠的训斥。玛利亚·纽伯利是不会容忍别人对她哭诉的，所以如果我想要把握这次机会，就不得不振作起来，抓住它，不管她是不是我最好的朋友。

"店铺在什么位置？"我问道。

"所以说，情况是这样的。"朵儿回答，"店铺在波特贝路大街上。"

我本来还在担心朵儿在经济大衰退的境况下会因为急于求成而失败，但她说得对：美甲的费用和购买一杯焦糖拿铁咖啡差不多。当你没有过多的余钱可供花销时，你会削减泡温泉和下馆子的开销，但你依旧值得获得一点点享受。

　　妈妈过去常说，如果你带着一颗快乐的心去做某件事情，那么它也会给你带来快乐。每天早上醒来之后迈步来到波特贝路大街上，急匆匆地走进一间葡萄牙咖啡馆，点上一杯卡布奇诺和一个杏仁羊角面包，谁会感到不开心呢？在我成为"朵儿之家"波特贝路分店的经理之前，我还从未做过美甲，就更别提让别人为我修剪指甲了。和跑步一样，我惊异地发现自己很快便上了瘾。如果你以前告诉我，我会为了搭配一套新的泳衣而对绿松石色的指甲油心怀渴望，我会用生命和你打赌这种事情是绝对不会发生的。如今，我不管看向哪里都能发现潜在的美甲新样式：衬着湛蓝色天空的粉红簇状樱花会在我们的日本客人中大受好评；银黑相间的装饰艺术和许多女商人的早餐会场所沃尔斯利餐厅的镜面风格内部装饰相得益彰；午夜蓝的底色加入一颗小小的金箔星图案在圣诞节期间颇受欢迎。我们还是第一家复制 2012 年伦敦奥运会标志的美甲店，直到有人警告我们这属于侵犯版权的行为。

　　我注意到，在一片萧条之中，所有店铺中唯一欣欣向荣的就是文身店。我从不敢文身，心想一定有很多人和我一样。于是，我设法搜集了一些用有机蔬菜染料制作的漂亮临时文身贴，不仅看起来很酷，而且不会弄伤皮肤，只要不用丝瓜络太过使劲地擦洗，冲几次澡都不会脱落。朵儿为我给生意带来了"增值"感到十分高兴。

　　我参加了城市文化学院的一门写作课。不是虚构文学。和里奥在一起，我已经受够了虚构文学。这门课叫做生活写作，吸引了不少像我一样正经历人生转折、没有固定工作的怪人。

　　萨拉的前夫是个非常有钱的男人。对方为了一个嫩模而喜新厌旧，因为她曾经也是一个模特。虽然她现在仍旧身材苗条、走起路来还在迈着猫步，可焦虑的感觉却被蚀刻进了她那张曾经光滑的脸庞上爬满的皱纹里。

　　洛肯是一个摩托车快递员。在经历了一次几乎致命的交通事故之后，他一直都在试图重建记忆。我们各不相同，却因为分享了许多个人信息而很快自在地相处在了一起。

后来，一个名叫盖尔的澳大利亚布景设计师出现了。听到她朗读对于前男友蓄着短胡须的幻想的有趣描写时，我就知道我们会成为朋友。她在墨尔本和前任老板有过一段 6 年的婚外恋。显然他和里奥一样忍受着"存在主义的绝望"。盖尔称之为"中年危机"。

她和我下课后常会出去喝一杯或是一起去看场电影。夏天的星期天，我们还会排队参加逍遥音乐节或海德公园里的免费演出。能拥有一位同龄的女性朋友一起做些事情，我感觉十分的欣慰。担任助教和在维特罗斯超市任职时，我总是和一群中年女性朋友待在一起。除了朵儿。而朵儿又不喜欢文化类的活动。

"你的创造力终于释放出来了。"肖恩在和凯文回来度假时对我说道。

他们住在菲茨罗维亚的一间精品酒店里。我大部分晚上都会和他们见面，感觉自己老练了不少，因为如今的我熟知哪些餐厅正在流行，哪些戏剧又是非看不可的。我们也会做一些游客爱做的事情，比如在福特纳姆梅森百货喝茶，在萨沃伊酒店的美式酒吧享用鸡尾酒，即便酒水的价格离谱到让我不禁想起自己能用维特罗斯超市里的一瓶哈瓦那俱乐部朗姆酒、一袋青柠和一包新鲜的薄荷做出多少杯莫吉托鸡尾酒来。

"你怎么样？"趁着凯文去探望爸爸和霍普的那天，肖恩在与我独处时问道。

当时，我们正在皇家艺术学会参观大卫·霍克尼的展览。我实在是太喜欢这个展览了，所以反反复复参观了 5 次。他的大部分画作都与树木有关，可即便我这一辈子已经看过了不少的树木，这些画作还是改变了我欣赏它们的角度。霍克尼的用色有时过于明艳，几乎不加掩饰到有些矫揉造作，但当你真正看到春日里的阳光洒在新叶之上或是冬日里的篱笆墙上长着的红色嫩枝时，你才会发现它们是那样的栩栩如生。对我来说，这个展览真的会让世界变得更加多姿多彩。

我们所在的展厅里摆着几幅巨大的帆布画，上面画着同一片小灌木林在不同季节里的样貌。

"我很快乐。"我告诉他，"我决定接受手术了。为此我还不得不经历一系列的流程，通过心理咨询来看自己是否在心理上做好了准备，还要参加外科医生的会诊，所以这也许要花上一年或者更长的时间……"

肖恩点了点头。我看不出他是否认为这是一个好主意。

"即便你知道了手术日期，事情也不是不可改变的，因为如果有人比你的需求更加紧迫，他们还是会推迟你的日期。"我继续说道，"不过我已经进入这个程序了，并且对此感到很积极。"

我们走进了一个挂满白色山楂花画作的展厅。

"以前，我总是感觉自己若是移除了一切就会放弃生活，可现在我却感觉自己是在拥抱人生。"我停顿了一下，"你肯定不会相信，但我也决定要做重建手术。起初我想，那就不是我了，但转念一想，为什么不呢？反正是免费的。这又不像是植入硅胶，因为他们会从你的大腿或肚子上抽取组织，所以它会和你一起变老……"

"你看起来也没什么东西可以让他们抽取。"肖恩边说边望向了我最近越发健壮的双腿。

我勉强笑了笑。"我一直都想拥有一对小一点的乳房。"

肖恩朝我微笑了起来。他同意了，我心想。实际上，他同不同意都不重要，因为我知道这对我来说是对的选择。

参观结束之后，我们去绿园散步。透过绿荫如盖的树木，阳光随意洒下的亮白色光点随着在微风中摆动的树枝在柏油马路上跳起舞来。

"看起来你的境况不错。"肖恩说。

"境况不错"也是朵儿过去常说的几句口头禅之一。

是的，我总是想要说出口。*我在伦敦!*

"那你的生活中有没有出现一个新的男人？"肖恩问道。

"没有。"我回答。

其他所有人似乎都知道该如何开始一段新的感情——朵儿，爸爸，甚至是霍普，看在上帝的分上——唯独我不行。

盖尔一直都沉迷于网恋。她在Match.com和eHarmony等网站上均有注册，还总是劝说我也该试一试。不过，老实说，她告诉我的那些关于她的际遇的有趣故事打消了我的念头。有时我甚至怀疑她之所以去约会只不过是为了把对方的故事给写下来。

一天晚上，当我们守着一瓶长相思白葡萄酒，坐在考文特花园歌剧院门外的广场上，欣赏转战室外继续演出的《爱之甘醇》剧目时，她让我问她几个问题，好帮她为一次速配活动做练习。我问了她几个人力资源方面的面试问题，比方说，"你的朋友会用哪三个词来形容你"，以及"如果要你把自己比做一种蔬菜，你选择哪一种蔬菜"。

"洋葱。"盖尔回答。

"为什么？"

"因为它有很多层……"

"但是它的味道会一整天在你的手上挥之不去，还会让你哭泣。"我指出。

"那好。我会说是番茄。"

"从严格意义上来讲，那是一种水果。"

"你在速配方面真是无药可救了。"盖尔说。

"我知道。"我回答。

"你是怎么想象和某人相遇的？"盖尔问道。

"我觉得还是顺其自然一些吧。"我回答。

这些新奇的方法之所以会让我兴致全无是因为你坐在那里时脑袋上好像竖着一个标语："我想找个男朋友。"我的幻想属于标准的"理查德·柯蒂斯电影型"。一个陌生人撞洒了我手中的拿铁，当我们望向彼此的双眼时，一切就都不言而喻了。

"说到这里，你应该试试这个名叫 Tinder 的新应用软件。"盖尔说，"它能显示附近区域里和你使用同一软件的人的照片。所以，如果你喜欢某人的外表，就点击'是的'，如果对方也给出了同样的选择，你们配对成功后就可以和对方互传信息了。这有点像是你在地铁上与某人的目光相遇，你懂吗？但你会为之采取行动。"

她拿出苹果手机，向我展示起来。附近有 7 个男人正在使用这款应用软件。我不知道他们是否就在这片人群之中，或者甚至是在剧院里。这有点吓人。盖尔对其中的两人点选了"是的"。其中一个人与她匹配成功。*你在做什么？*他发来信息。*看戏*，她回复道。他并没有回复。

"剩下了不少的时间。"盖尔说。

"你有没有真的和任何人见过面？"我问道。

"三个男人。其中两个是笨蛋。第三个床上功夫了得。你应该试一试。"

"你会和陌生人上床？"我用常常被朵儿称之为"小尼姑声音"的音调问道。就在这时，人群正好在序幕拉开时突然沉默了下来。

"你有什么好失去的吗？"在我们每两个星期召开一次的商务会议上，朵儿问我。

"我的尊严？"我回答。

"那就没什么大不了的。"

我们笑到把面包渣都喷到了桌子上。

我们经常会在大街尽头的那间米其林星级餐厅吃午饭，但有时朵儿也会把我的教女艾尔熙带来，所以我们便会在我的公寓里吃着法棍面包，看着艾尔熙用我在她以前到访时为她买的木质厨房玩具做着午饭。

"来吧，"朵儿说，"趁你改变心意之前，我们来给你报个名。"

她对于此事比我还要热情投入的态度让我感到有些警觉，不禁想起她曾经是怎样纠缠着要我和戴维在一起，原因却是因为她自己在潜意识里想要和他在一起。

从我的脸书主页上选出了一张照片之后，朵儿突然停了下来。

"不行。"她说，"没有人会点击这张照片的。"

"谢谢。"

"我这么说只不过是因为你的照片拍得太烂了。"她说，"你试图展露性感时的表情简直让人忍无可忍；如果相机抓拍到了你不经意的瞬间，你看上去又会有点疯狂。这并不是你在现实生活中的样子，我发誓。我们需要的是一张专业的大头照。如果是为了宣传使用，拍摄费还能免税。"

于是，我和一位妆发师一起在某摄影工作室里忙活了一下午，拍出了一系列看起来一点也不像我的狂野照片。我心想，这未尝不是一件好事，因为即便没有人会点击我，我也不用介怀。

盖尔给我买了一包避孕套，因为唯一一件你不可以去做的事情就是在毫无保护的状态下和陌生人做爱。为此，她还从蔬菜摊上给我买了一根小胡瓜，以防我需要练习如何才能为对方戴上避孕套。

"见鬼！"看到它的尺寸时，我惊呼了一声。

"如果拿一种蔬菜来作比喻……"她的眼睛里闪烁着光芒，"那里奥像是什么？"

"应该更像小黄瓜吧。"我邪恶地回答，心想他该多么憎恨我会这么说呀。

不管你如何告诉自己这只不过是玩玩而已，无论如何都无需担忧，单向的点选给人带来的感觉并不太好。我之所以会坚持下去只不过是因为盖尔和朵儿一直在发短信询问我最新的进展。

星期日的早上，我坐在隔壁的咖啡馆里，手里举着一份《观察家报》，被手机软件发现配对信息时发出的振动声吓了一跳。卡尔。他和我都是洛肯的脸书好友，这不禁让我感到些许的安慰。

托马斯·哈代还是大卫·尼克尔斯？ 他在短信里写道。我觉得他的问法很聪明，因为其中一个作家写过《德伯家的泰丝》，而另一个的作品《一天》中则在开头引用了泰丝的一句话。

*皆有。*我回复道。

咖啡？

正在喝着一杯。

在哪儿？

卡尔说自己距离这里只有不到 10 分钟的路程，所以我没有机会改变主意。他的个子很高，肩膀宽阔，留着一头慵懒的金发，年纪在 21 岁上下。当他在咖啡厅里环顾四周、眼神直接从我的身上移开时，那种感觉真的很可怕。但他随即便笑着扬起了眉毛，而我也回敬了他一个微笑。

"泰丝？"

我不确定自己是应该站起身来、继续坐在那里还是隔空与他飞吻之类的，于是开口说了一句"请坐"，仿佛他是来面试的。

他穿着一条牛仔裤和一件紧身的灰色 T 恤衫，所以你可以看到他胸部的轮廓。他的身上还散发着一种温暖的、微微带些肉欲的、刚刚醒来的男人的气息。我想象着他慵懒地躺在一张大大的双人床上，手机倚在枕头上，睁开一只惺忪的睡眼看了看我的照片，没能看出来我至少要比他老上 10 岁。

"我能为你点些什么吗？"

"我能吞下一个培根三明治。"他回答。

我又给自己点了一杯拿铁咖啡和一只小小的蛋挞。

他告诉我，他是英国文学专业的学生，有冰岛血统，因为他的母亲来自冰岛。出于某种原因，我告诉他我也曾经学过英国文学，于是我们交流了一下彼此最近读过的书。当他问及我的职业时，我说我是个作家。

"哇喔！"他边说边紧盯着我的嘴巴。

"怎么了？"我问道。

"你沾了一片点心渣……不，是另一边。"

这段对话似乎自然而然地走到了尽头。也许他不相信我是个作家，也许作为一个英俊的年轻人，写作是他最不愿意做的事情。

"好了，我们现在该做些什么？"他问道，眼神紧紧地盯着我。

"我们可以去散个步？"我提议，"今天天气不错。不过我需要换一双鞋。"我的脚上正穿着拖鞋。"我的公寓就在隔壁。"

"好的。"他说着和我一起站起身来。

我并不是那个意思。我也不确定那是不是我想要的。如果他喜欢扼住别人的脖子该怎么办？不过此时再提出"不，你就坐在这里等我好了"听上去似乎有点粗鲁。何况我回来的时候他有可能早就走掉了。

"我其实不是这个意思，你知道的……"我结结巴巴地说道。

他缓缓地露出了笑容。"这个主意很糟糕吗？"

比我小 10 岁，却比我成熟得多。

这是一片新的领域。随意地和一个我可能再也见不到的小白脸上床。也许他是个杀人凶手，但也许真相是因为他是伴着晨勃醒来的。

"那好吧。"我回答。

我的公寓真的只有一间大屋子，一头是厨房用具，另一头则是一张双人床，床边就是一张可以俯瞰街景的框格窗。我直接走到水池边，往水壶里灌满了水。可就在我转过身来说出"咖啡"这两个字时，他已经脱掉了 T 恤衫，上半身看上去如同雕塑一般。

"你会用蜜蜡给自己脱毛吗？"我出于专业的好奇心问道。

"我不需要。"他回答。

他年轻得都不曾长出体毛。

"我不怎么做这种事情。"我说，"所以我真的不知道过程应该是怎么样的。"

他温柔地笑了。

"放松就好。"他边说边朝我走了过来，接过我手中的水壶，把它放在了桌子上。

在他把我身上那件宽松的丝绸衬衫拉起来时，我顺从地举起了手臂。随即，他摘掉了我的内衣，像是要称重似的托起了我的胸脯，然后每一边亲吻了一下，还解开了我牛仔裤上的纽扣。看到我迈开步子、脱下了裤子，他牵起我的手，把我拉到床边，然后躺在了我的身旁，手指寻觅到了别的男人不曾寻觅到的地方。一种令人意想不到的痒痒的愉悦感涌上了我的脑海，让我失控地笑了起来。

"怎么了？"他抽身退了回去。

"没什么，别停，这种感觉很美妙！"

"你想让我戴上避孕套吗？"

"当然。"我回答。

卡尔从我的手中接过避孕套，小心翼翼地把它戴了上去——这不禁让我松了一口气，因为即便是在小胡瓜上训练了一番，我还是找不到那种自信——然后又缓缓地向我露出了微笑。

从陌生人那里接受指示的感觉有点奇怪，但当我低头注视着他俊俏的脸庞放松下来时，却发现做对了事情的感觉让人很有成就感。

"很好。就是现在这样……是的……就是这样……哦，没错！"

我曾经爱过里奥，却从未与他在做爱时说过什么。然而，这个我一无所知的男人却让我感觉比里奥还要投入 100 倍。

事后，我躺在他的胸膛上，胸脯紧贴着他如同雕塑一般的胸大肌，两人的身体同步喘息着。紧接着，他小心翼翼地把避孕套用纸巾包裹了起来。

"许多女人到了你的年纪都会想要个孩子。"他说道。

在我们做过这些事情之后，我感到他如此提及我的年纪略微有些无礼。

"所以你还是照做不误吗？"我一板一眼地问道，"你不怕自己到处都有孩子吗？"

"这个想法有这么糟糕吗？"

上帝啊！

他开始穿衣服了，可我仍旧躺在床上，盖着被子。说来也怪，我现在竟然会为在他面前裸体而感到尴尬。

卡尔。

出于某种原因，那则曾经随处可见的广告闪过了我的脑海。我再一次笑了起来。他不知所措地看着我。

"卡尔啤酒能够振奋其他啤酒无法振奋的地方！"

（"你能相信他年轻到都不知道那则广告吗？"他离开之后，我直接拨通了朵儿的电话问道。

"这是喜力啤酒的广告吗？"她问。）

"所以，这样的邂逅结束之后，你应该说些什么才对？"我在他系鞋带的时候问道。

"我玩得很开心。"他靠在床边给了我一个道别的吻。

"我也是。"我用短促而又尖锐的声音答道，把被单拉到了下颚上。

他打开门，看着我。我用露在被子外面的手向他挥了挥手。房门关上了。他走了。公寓里安静得出奇。一瞬间，我本以为自己会哭出来，心里却非常的清晰和快乐，全身上下一阵阵瘙痒，仿佛是被重新唤醒了似的。*肉体的愉悦*，我心想，感觉有些眼花缭乱，于是把一只手伸向了下体那片仍旧感觉温暖而不安的地方，另一只手则轻轻地盖在了胸脯上，感觉乳头在我的指尖下皱了起来。我停了下来，拿开那一只手，然后又稍加用力地摸了摸。

那个肿块就位于我的乳头下方，并不在我总是想象自己会发现它的胸部边缘。

（"哦，见鬼。"朵儿回答。）

拥抱人生所带来的麻烦就是你会忘记去担心最糟糕的情况。此时距离我上一次做年度核磁共振检查仅仅过去了 6 个月。在那之后，还有一位顾问医生曾经为手术替我检查过身体。此外，我也时常自检，但显然还不够认真，因为肿块已经长成了榛子般大小。

如果要把自己比做一种坚果，你会选择哪一种？

我的代理全科医生说这有可能是一个囊肿，因为我这个年纪的女性罹患乳腺癌是十分罕见的。

"你看看我的病历。"我说。

他的脸色变了。那一刻我就知道，一切毫无疑问。

人们总是会说起国民保健制度的候补名单，不过在癌症面前，一切都进展得十分迅速。你享受着人生，和一个北欧学生随心所欲地发生了关系。两个星期之后，你却穿着医院的病号服躺在那里，等待着被推进手术区。你心里在想，如果我没有遇到卡尔会怎么样？我现在是否会像往常一样围着海德公园骑车？那个肿块又会长到多大？这种自我感觉良好的日子又能延续多久？

爸爸和安妮带着霍普来探望我。

"先是我的妻子，现在又是我的女儿。"爸爸开口说道。安妮赶紧指使他到外面去透透气。

"你很坚强，泰丝。"她边说边攥紧了我的手，几枚大金戒指嵌入了我手指下面的皮肉里，"你有能力战胜这些东西。"

但我知道事情不会这样发展下去。我的母亲也是一位坚强的女性。沉默，却又坚忍。没有人会束手就擒，不是吗？

"你有粉色钻石吗？"霍普问道。

"粉色钻石？"我附和了一句。

"朵儿有预防乳腺癌的粉色钻石。"霍普回答。

护士问我是否准备好了服用术前的药物。

安妮给了我一个吻，然后留下我和霍普单独相处。刹那间，我本以为我的妹妹会模仿安妮的样子吻我一下，但她并没有这么做，只是站在那里。忽然，我真的很需要感觉霍普笨拙、沓嚞的重量压在我的胸前，好让我嗅一嗅那股熟悉的欧莱雅儿童草莓香波气味——我用这种香波给她洗过太多次头发，以至于她现在仍在使用它，因为她是绝不会想到要去尝试其他种类的香波的。

　　我会永远无条件地爱着霍普，但仅此一次，我也想要得到她爱的回报。

　　"你是不会死的，泰丝。"她突然宣称。

　　尽管已经陷入迷糊的状态，我还是能够想象霍普在听到对话中出现"癌症"这个词时开口问道："泰丝会死吗？"

　　这时候，安妮和我的父亲会尴尬地看着彼此，不知道该作何反应。紧接着，在沉默被拖得太长，他们之中的一个人——也许是安妮——会答道："不。她是不会死的。"

　　因为我们这么多年来已经记住了，霍普是不会接受"可能"或"迟早"这样的答案的。她需要的是自己问题的答案。

　　其实我们剩下的人也一样。

　　知道自己对她来说还是有些意义的，一股充满喜悦的释然感涌上了我的全身。也许这只不过是药物在起作用。

　　"你睡着了吗？"霍普问道。

　　"快了。"我低声答道。

　　"我可以唱歌给你听吗？"

　　"好啊，请唱。"

　　于是，我在她音准完美地哼唱着 ABBA 的《我有一个梦想》中平静地进入了麻醉状态。

25

2013 年

格斯

　　在距离我工作的地方只有 5 分钟路程的一条铺满落叶的马路上,我环顾四周之后才按下门铃,以便确定没有人会看到我,仿佛我的预约莫名其妙地成了什么神秘兮兮、伤风败俗的事情似的。

　　这里没有可供我躺下的躺椅,只有两张舒服的椅子。多萝西比我想象中更加朴实,似乎不那么机灵。在回顾过我的历史之后,她问我能否为她讲讲那次事故的前因后果。

　　"这就像是在我脑海里循环播放的电影。"我说道。

　　"电影里都演了些什么?"

　　我看到罗斯的脸透过从天而降的浓密雪花回望着我。他的牙齿是雪白的,双眼隐藏在滑雪镜后面。雪花飘落在了他向后梳起的深色头发上。

　　"他就在我的前面。"我回答,"高速滑行着,然后他回过头来想要看看我是否跟在后面。紧接着，一棵树出现了。他错过了自己需要躲避它的那一瞬间……"

"但你当时在场吗？"

"不，不过我们比赛过好几百次。他一直都是这么做的。"

"那好，我们假设事情就是这样发生的，即便你并不知情。如果你当时在场，就跟在他的后面，又能给事情带来什么影响呢？"

我从未想过那个眼神、那棵树、那次撞击和那种强烈的恐慌之后的事情。

我回答不出她的问题。

我们似乎沉默地对坐了好久。

"罗斯的伤势。"她终于开了口，"如果你当时在场的话，你能挽救他的性命吗？"

"不能。"

"即便你曾经是急诊室的一名医生？"

我笑了。也许这就是我为什么会进入急诊室工作的原因？

"不能。脑损伤是毁灭性的。"

"但你相信，在某种程度上，是你导致了他的死亡？"

"我本应该和他在一起的！"

"为什么呢？你知道那样做是危险的。你试图阻止过他。"

我听到自己回答："也许我努力得还不够……"

这句话承认了我向自己发誓永远也不能承认的事实——无论是面对我的父母、救援队还是警察。我本应该更加努力的。但我走开了。

我的眼里溢满了泪水。多萝西让我哭了出来。

"从他的身边走开时，你心里的感受是怎样的？"她轻柔地问道。

"我感觉很好。"我吸着鼻子，"仿佛我已经放弃去在乎他是否还会喜欢我了。"

"所以你就把他丢在了无力的状态之中？"

"是的。"我再一次啜泣了起来。

"这就是事情为什么会发生的原因吗？"

大声地把这句话说出来的感觉是那样的荒谬。

"你哥哥去世的时候，你有没有感觉如释重负？"她问道，"你是否感觉他对你的欺凌到此为止了？"

"我似乎什么也感觉不到。麻木中掺杂着片刻的恐慌。一点也不释然。"我回答。

"因为他对你的欺凌并没有真的到此为止，不是吗？"她温柔地反问道，"你已经习惯了被他欺凌，所以即便是没有了他，这种感觉也仍旧会跟随着你。"

说来也怪，一句话竟能让我 16 年的感受全都变得合乎情理起来。

在我终于解释清楚罗斯的遭遇之后，是娜莎说服我去找个人聊聊这件事情的。

"我有个患有类似适应症的病人，病情已经进入第三阶段了。"她说，"我很确定你也患上了创伤后神经紧张性精神障碍。"

在学了这么多年医药学之后，我不知道自己为什么从没有想到过这一点。

"也许是因为你没有向任何人坦白过？"娜莎回答。

我们正坐在她的俱乐部里喝酒——不是夏洛特和我在 2001 年那个决定性的日子里去过的那一间，而是沙夫茨伯里大街上一家相似的私人专属会员俱乐部。

"我把我的左翼凭证留在衣帽间里了。"娜莎轻松活泼地告诉我，抢占了我预想中她在为我们签到时可能说出的任何讽刺评价。

俱乐部背靠着另一座秘密花园，就在你认为几乎不可能拥有花园的一条街道上。娜莎是个肆无忌惮的烟鬼。我仍在假装自己不爱抽烟，尽管偶尔也会买上十支一包的香烟，点上一支，吸上几口之后就把它掐灭在鞋跟下。于是我们走上露台，友善地保持着沉默，仿佛不愿转移到另一个话题上似的。

终于，娜莎开口说道："你知道我一直都很喜欢你。"

"我也一直都很喜欢你。"我回答。

"我想你应该没有兴趣成为我热情而又不幸的爱情生活中的受害者吧？"她问道。

恐慌之情从我的胃里油然而生，撕开我的喉咙，涌入了我的大脑。自从两个女儿离开之后，娜莎一直都是我的靠山，还连续好几个月借钱给我，让我缴纳完成培训所需的款项，支持我挨过了重返工作岗位之后最初的那几个令人筋疲力尽的星期，为我很难诊断出深静脉血栓的烦恼并且经历了她曾紧急接诊过的酸侵蚀病例时的心存恐慌表示同情。娜莎和我知道彼此最糟糕的地方，可她就是对我没有任何的吸引力，何况我也知道自己若是和她在一起就是孤注一掷。

我想说的是："请不要停止做我的朋友！"

但面对她勇敢提出的这个问题，我知道我必须鼓起勇气、发自内心地回答她。

"没有。"我说，"我很抱歉。"

我不能在娜莎的身上使用"我还没有准备好"之类的借口。而我也不确定自己若是开口说"你是个好人，但是……"的桥段，她会不会感到气恼。

我们长久地默默停顿了一会儿。她把喝干的杯子小心翼翼地放回了桌子上。我相信她不会站起来离开我的生活。果然，她点燃了另一根香烟。

"好吧，这话倒是澄清了事实。"她回答，隔着桌子朝我吹来了一阵诱人的烟雾。

我决心留下这座房子，以防两个女儿厌倦了和夏洛特生活在一起的新鲜感，想要搬回来和我住。我觉得她可能以为我不能设法支付抵押贷款，但我做到了，还在工作中找到了莫名的安慰，就像我一向在急诊室这片忙乱的世界中所做的那样——强迫自己必须完全活在当下。正如我所担忧的那样，我能够见到女儿们的周末时光间隔得越发遥远，因为我不想坚持这样的监护安排，强迫她们颠覆自己正在逐步建立起来的新生活。

我又开始跑步了。到达公园最快的方法是穿过诺丁山大门站繁忙而又狭窄的交叉路口，然后沿着贝斯沃特路一直跑到第一座大门处。夏日的夜晚，人行道被白天的日头晒得滚烫，空气中充满了噪音，还飘荡着廉价烹饪油脂的味道；冬日的清晨，值完夜班之后，我有时会感觉自己仿佛是这座城市里唯一醒着的人，脚步沉重地踏在水泥人行道上，看着黑暗偷偷地让步给清冷的灰色晨光。

由于白天没有固定的跑步时间，我无法像在摄政公园时那样结交路过的其他跑步者——曾几何时，我还能通过他们的剪影或者运动服的颜色认出他们，彼此点点头或是说上一句"早安"。*长距离跑步者的孤独*，我有时会这样想，不知道父亲是否比我所承认的更具洞察力，而他又是否会感激我和他取得联系。不过我一直都没有找到动力实践这个想法。

休息时，我会在跑完步之后冲个澡，然后沿着波特贝路大街走到我们最喜欢的咖啡馆去，从不曾厌恶咖啡馆蛋挞上那层奶香浓郁、味道鲜美的焦糖外壳。葡萄牙裔的咖啡馆老板和我聊了几句有关天气的话题。我拿着报纸在窗口的高脚凳上坐了下来，看着世界在我的眼前经过。偶尔，我会认出曾在芙洛拉学校门外出现过的某位母亲。我们会挥一挥手，但成人之间的友谊并不是我们所拥有的。我们之间的唯一共同点就是自己的孩子。没有两个女儿，我就不是一位单身的父亲，而只是一个单身汉。

当一位高级肿瘤科医生出现在急诊室里，前来检查一个大腿出现巨大肿块的病人时，我认出他就是曾和我下过棋的医学院同学乔纳森。他最近娶了一位剧院制作人，还没有生小孩，因此比如今已经有了一儿一女的马尔库斯更容易找时间出来陪我喝上一杯。

在一次明目张胆的相亲约会过程中，乔纳森和米里亚姆邀请我和她的一位名叫盖尔的同事一起去参加某晚餐派对。她热情洋溢地为我们讲述了在网络约会世界中的冒险经历。她比我想象中的相亲网站候选人更有魅力一些。在我们一同步行走向地铁的路上，我试探性地建议有空出来喝一杯，可她却说我的精神负担对她来说过于沉重了。看来她早就明白了直言不讳才能节省大把的时间。

出于好奇而非自身迫切的需求，我在网站上注册了一个月的免费试用期，发现露西的姐姐皮帕也在寻找另一半。在将再度见到她的尴尬之情与可能的愉悦进行一番权衡之后，我决定给她发去一条信息。通过几封往来的电子邮件，我得知露西已经嫁给了托比，生了三个孩子，现在正怀着第四个宝宝，可皮帕却离婚了，无儿无女地住在草莓山。我们约好要在某个星期六的下午在泰特现代美术馆五层的"友人的房间"外见面。那里是伦敦最好的观景点之一。

皮帕和她婚礼那天看上去一样纤细脆弱。那时我还曾担忧体型壮硕的加拿大人会用自己的身躯和纯朴将她淹没。

"我当时在想些什么呀？"她边说边用叉子来回推搡着盘子里的布朗尼蛋糕，"看在上帝的分上，他是那么的体面、和善和正常。那些会把生活搞得一团糟的人才更有趣，你觉得呢？"

我能看出她并没有兴趣参观保罗·克利的展览，尽管她说如果我如此迫切，她也乐意奉陪。我们沿着河岸向东漫步，在博罗市场里的一家西班牙风味小吃馆里喝了太多的里奥哈葡萄酒。就在我们迎着落日往回走时，皮帕不断摇摇晃晃地撞到我的身上，以至于我们最终只好手臂挽着手臂，试图拼凑奇想乐队的那首《滑铁卢日落》的歌词。

在火车站，我试探性地朝她的脸颊靠过去的动作演变成了缠绵的拥吻，充满了悔意和承诺。她那件单薄的夏日洋装下的身体是那样的凹凸有致。

"我们疯够了没有？"她低语道，嘴唇因为亲吻而变成了覆盆子般的红色。

我们即将进入的那个领域令人感觉既危险又邪恶，却充满了性感的意味。

"你在寻找什么？"我问道。

"我在寻找那个能够与我终老的人。"

我想起了尼基的脸庞。真的吗，格斯？

"我不认为我可以成为那个人。"我回答。

"是的。我也这么认为。"

"那我们保持联系？"

"当然！"

我们颇有节制地亲吻了彼此的双颊。在我挥手目送她走下站台时，我知道自己永远也不会再见到她了。

"我还是觉得你应该训练自己成为一个厨师。"7月的某一天，就在我的两个女儿回来过暑假的前一天，娜莎说道。

我们在诺丁汉大门附近看了一部电影，于是她跟着我回来吃晚饭。为了迎接一次重要的试镜，她正在使用杜坎纤食法，所以我做了辛辣的泰式豆腐沙拉，还在上面铺了些水萝卜、黄瓜和大葱。

"这话听上去和我白日做梦时思索若是自己赢了乐透该做些什么一样现实。"我边说边把酸橙风味的调味品和姜末、辣椒末一起放在果酱罐里摇匀。

"你会去买乐透彩票？"娜莎问道。

"不会！这正是我要说的。"

她又扎了满满一叉子的沙拉。

"其实，现如今你不必拥有很多的钱——只需要让大家聚集到你的家里来。你可以称之为晚餐俱乐部。这东西一旦在社交媒体上广受好评，就会成为最炫酷的东西。到时候你想收多少钱，就可以收多少钱了。"

"但你必须要有人脉啊。"我回答。

"老实说，格斯，你真是个该死的噩梦！"娜莎突然尖叫起来，"难怪夏洛特会突然离开你。你什么事都能找到借口，为什么就不能挺身而出呢？"

"我不是在制造借口！"我抗议道，"我*就是*不认识那么多人嘛！"

"可是我认识啊，不是吗？"娜莎说，"我在推特网上有 5 万个粉丝呢。你在市里最炫酷的地方拥有一座小巧美观的房子、一张适合晚餐聚会的不错的厨房大桌，而且你还是个出色的厨师！"

"可我还做着一份全职的工作，会做的菜色也十分有限。"

"好吧。"娜莎边说边把椅子向后推了推，"我放弃了。我真的放弃了。我不会再提起这件事情了，以防我最后会杀了你。"

"你会杀了我吗？"我问道。

"会的。我已经受够你了，格斯。"

"那你还会过来探望女孩们吗？"

我突然有些紧张，生怕她们会感到无聊。娜莎总是会带她们去逛普里马克百货——那里如今似乎成了伦敦最大的景点之一。

"那要看我感觉如何了。"娜莎说，"此时此刻，我只想勒死你。"

夏洛特对于伦敦房地产业的繁荣忧心忡忡。

"我总是会看到将其称为泡沫的文章。"把女儿们从机场送来时，她说，"泡沫是会破裂的！"

伦敦正在经历酷暑，所以我在花园里筑了一个戏水浅池。过去，芙洛拉会脱光衣服，直接跳进去，但9岁的她变得害羞了。3个月未见，她的脸部线条拉长了不少，正从一个漂亮的小孩向一个漂亮的少女转变。贝拉的个子也长高了，可她还是那个满脸雀斑、顶着如瀑布一般姜黄色鬈发的淘气鬼。我拥抱了她们，让她们上楼去寻找过去穿过的游泳衣。我很惊讶夏洛特居然接受了我留她喝杯咖啡的邀约，因为我之所以会这么说只不过是出于礼貌而已。趁她倚靠在沙发的边缘啜着冰水的工夫，我打开了浓缩咖啡机。

显然，她和罗伯特准备向我提出一笔交易。如果我把房子卖掉，在偿还完按揭贷款之后，他们会支付给我一半的净值——按照目前的价格来看可能会超过50万英镑——远比我投入的份额更高。

她脸上的表情告诉我，她以为我会为这份慷慨的提议表示感激。

"不管怎么说，这也许是我应得的。"我冷酷地告诉她，"考虑到我们结婚的年头和我在女儿的抚育方面的付出。"

夏洛特的一边眉毛吃惊地挑了起来。

"总之，我是不会卖掉这座房子的。"我回答。

现在，轮到夏洛特放下眉峰，皱起了鼻梁。

"你不觉得三年来一直扮演委屈丈夫的角色已经够长了吗？"她疲倦地问道。

"难道你不觉得自己给她们的生活带来的破坏已经够多了吗？"我反驳道。

我本应该知道会为这段小小的争吵所带来的嘈杂付出代价。如果我告诉她，我会考虑一下，等到假期结束前的最后一天再告诉她我的决定，也许才是更加聪明的做法。

让我没有想到的是，她竟然想到了操纵两个女儿——尽管我没有证据证明这些话都是她教她们说的。

"这个房子对你来说太大了，爸爸。"就在我们站在街口挥手送别她们的妈妈时，芙洛拉叹了一口气。

"你一个人住在这里不会感觉寂寞吗？"贝尔问道。

以往，她们会在自己昔日的卧室里因为重新发现了些什么而开心地尖叫；如今她们的反应却只是缄默。

"在家里，我们都有自己的卧室。"芙洛拉告诉我。

"我还有凯蒂猫的墙纸。"贝拉附和道。

她们长大了，而我也乐意看到她们对自己的生活感到很满意。不是有句俗语说得好，你的快乐程度和你不快乐的孩子一样。

我递给她们两杯我亲手制作的粉红色柠檬水。

"尖内！"

我很高兴她仍旧会使用这个家族词语来形容我们不太喜欢的味道。

"如果你们愿意，我们可以趁你们住在这里的这段时间重整你们的房屋？"我提议，"你们可以选择颜色、窗帘和所有的一切。"

发现此话没有引发任何的反响，我又将提议提高了一个等级。

"你们可以一人拥有一个房间？我们可以把妈妈过去的房间改造成贝拉的卧室……"

"要是我们只会在这里待一个星期的时间，这样做还有什么意义吗？"芙洛拉问道。

"一个星期？"

"我相信我提过这件事情了。"当我打电话给夏洛特时，她抗议道，"女孩们迫不及待地想去和朋友们参加夏令营。我没想到你会想阻止她们。"

我不知道自己若是答应夏洛特的交易，是否还能拿回自己的三个星期时间，但现在再澄清规则已经太晚了。

这样一来，至少我们不会面临厌倦彼此的危险——尽管我的两个女儿还和以前一样容易沟通。我们经常通过视频聊天，但我却很难记住她们那些我从未见过面的好朋友的名字和国籍，特别是因为她们这个年纪的孩子换朋友总是十分频繁。

相比蛋挞，芙洛拉如今更感兴趣的是咖啡馆隔壁店铺橱窗里的文身图案。

"你还太年轻，不适合文身！"我说。

"但这些文身是可以洗掉的，爸爸！"

夏洛特看到女儿们身上出现文身痕迹时可能会露出的惊悚表情在我的脑海里挥之不去。

芙洛拉在自己的肩膀上贴了一只海豚，而贝拉则在自己纤细的手腕上贴了一颗星星。

"我们一路乘船去了格林尼治，我们坐着缆车跨过了泰晤士河，我们还去了牛津的基督教会学院参观《哈利·波特》的拍摄地。"我在电话里告诉娜莎，"可大部分时间里她们只想用通讯软件和自己的朋友们聊天。"

"你别再像对待游客一样对待她们了。"娜莎建议，"她们说不定只是想和你一起度过一段平静的时光。天气很好。带她们去布莱顿玩一天吧，叫她们把手机留在家里。告诉她们手机和沙滩不配！"

"布莱顿的海滩上都是鹅卵石，不是吗？"

"哦，看在上帝的分上，那就带她们去别的地方！"

我知道哪里的沙子又软又黄。鉴于我已经不再是有车一族了，我们坐着火车去了来明顿，在巴克勒哈德换车前往新福里斯特。

"我们要去哪儿？"芙洛拉问道。

"我们要到大海的另一边去！"

到了雅茅斯，我们在一间可以眺望索伦特海峡的酒吧花园里吃了些三明治。海峡里停靠的游艇和巨型邮轮就像是一缸湛蓝的洗澡水里漂浮着的不太匹配的儿童玩具似的。

也许因为这里是一座岛屿，怀特岛有点像是一座时空隧道。商店仍旧售卖着水桶、铲子和可供插在沙堡里的小纸旗，以及椰子糖、盒子上印着风景画的软糖和只卖9毛9、吃起来总是带些许陈腐味道的巧克力片——和我的童年相比，这里几乎就没有改变过。

由于我没有想到要带毛巾，而上好的沙滩还要再坐一趟公交车才能到达，我们买了几根绳索和一包带有条纹的培根，一整个下午都蹲在酒吧附近的小码头垂钓，直到我们的桶子里装满了毫无戒心地被我们从水里拽上来的螃蟹。

"我们现在该怎么处理它们？"芙洛拉问道。

"我们要看它们赛跑，回到大海里去。"我回答。

"你怎么知道哪一只是你的？"

"你要用眼睛紧紧地盯着自己的螃蟹！不许作弊！"

除非你是一位家长。每一次芙洛拉的螃蟹跑在前面时，我都会确保自己那只胜出的螃蟹变成了贝拉的。最终结果显示，芙洛拉和贝拉每人各有6只螃蟹胜出，而爸爸只有3只。

"你小时候会和谁比赛，爸爸？"贝拉问道。

她一直都是个心思细腻的孩子。有时我总是会感到好奇，不知道她年幼时遭遇过的问题是否让她变成了一个比她姐姐更具有同情心的人。

"和我的哥哥，罗斯。"

"是已经去世了的罗斯叔叔吗？"芙洛拉问道。

"是谁告诉你有关罗斯叔叔的事情的？"我试图保持语气轻柔、中立。

"是奶奶说的。妈咪本应该嫁给他，但是他死了，所以妈咪就不得不嫁给你。所以其实我们也是他的女儿。"芙洛拉回答。

这是美好的一天，何况你还能和自己的孩子待在一起，我心想。算了吧。

"罗斯叔叔死的时候多大年纪？"贝拉问道。

"22 岁。"我回答。

她的小脸皱了起来。

"那大多数人活到几岁的时候就会死掉？"她问。

"罗斯很年轻。人的寿命各有不同，但大多数人都会活上很长一段时间。"

"你多大了，爸爸？"

"我 34 岁了。"

"这对于成人来说还不算老，对吗？"

"是的，我亲爱的，这对于成人来说还不算老。"我向她保证。

"罗斯叔叔的事情让我很难过。"贝拉说。

"你不能一辈子都沉浸在难过之中。"芙洛拉回答。我仿佛听到了夏洛特轻快的声音。

"为什么？"我问道。

"因为这会让你周围的人也感到难过。"

"你什么时候会感到难过？"我温柔地问她。

"有时候在我和你通过视频聊完天之后。"芙洛拉承认。

"那时候我也经常会感到有些难过。"我回答。

"难过没什么大不了的。"芙洛拉说,"只要你大部分时间都很开心就好了。"

"没错。"我回答。

阳光照射的角度让水面变成了珍珠般的白色;空气也很轻柔。

"我喜欢怀特岛。"贝拉说,"我们可以每年假期都回来玩吗?"

我设法在回家的火车上找到了一张桌子。在两个女孩自娱自乐地玩着我们在火车站买来的游戏杂志时,我拿起别人留下的报纸读了起来。当一切都安静下来时,我望向了桌子对面,发现贝拉已经靠着芙洛拉睡着了,而仍在看书的芙洛拉则保护性地用一只手臂搂着妹妹的肩膀。发现我正在看着她们,她把一只手指放在了嘴唇上,俨然是在十分严肃地对待自己作为姐姐的职责。

我给娜莎发了一条短信。在从海边回来的火车上。很棒的建议。明天有空去购物吗?

一条回复的短信很快蹦了出来。*好的,但是要早一点,下午两点与发型师有重要约会。要去洛杉矶参加最后一轮试镜!*

祝贺你! 我回复道。

没什么大不了的。

她要试镜的角色是电影《选择》中与空军上校彼得·汤森共谱浪漫史的玛格丽特公主。这不仅是因为她拥有公主那种略微有些蓬乱的性感,还因为她真的很有天赋演绎自负而又执拗的人脆弱的那一面。这种角色——皇室题材、传记电影、时代装束——通常是要赢得奥斯卡奖的。不过我并没有把话说出来。和娜莎在一起,你总是不得不在称赞和拿命运冒险之间小心翼翼地画一条线。

"你什么时候走？"第二天早上，当我们在普利马克店铺外面的大理石拱门站见面时，我开口问道。

"今晚。我只能错过滚石乐队的演出了。"她说。

"不管怎么说，多么令人兴奋啊！"我试图让声音显得比我内心的感受更加热忱一些。

我请了三个星期的假。然而此时此刻，仅仅过了一个星期，我的女儿就要离开了，而我的朋友也将无法陪伴我。

离开商店时，我们的手里提了好几个棕黄色的大纸袋，里面塞满了无数的连衣裙、上衣、长筒袜和背包，还有一大堆闪亮的东西和发饰。我的心里涌起了一阵邪恶的乐观感，因为夏洛特肯定必须放弃些什么，以免在返程时缴纳行李超重费。人行道上挤满了购物的人群，而娜莎已经要迟到了，所以我们没有时间好好地与彼此道别。我给了她一个拥抱，祝她好运。就在她转身跑开后不久，她突然想起了什么，把手伸进手提包里掏了半天，冲回来把一个信封递给了我。

"好好享受！"她边说边再次跑开了。

"娜莎是你的女朋友吗，爸爸？"贝拉问道。

"她不是我的女朋友。她是我的一位好朋友。"

"那她是你最好的朋友吗？"芙洛拉问道。

"是的。我猜是这样的。"说罢，我一脸怜爱地望向了那个穿着高跟鞋消失在伦敦布满裂缝的人行道上的身影。

"我饿了！"贝尔说。

环顾四周寻找餐厅的过程中，我发现自己的目光落在了赛弗里奇百货熟悉的廊柱上。

"我知道一个吃午饭的好地方。"我回答。

自从我的父亲过去常趁带我们来观赏圣诞节街灯的机会来这里吃一顿咸牛肉三明治以来，布拉斯·雷尔餐厅几乎就没有发生过改变。不过，如此闷热难耐的天气实在是不适合食用夹着脂肪横流的牛胸肉的厚厚黑面包三明治。于是我们在"哟！寿司"店里找了几张高脚凳坐下，在眼前的传送带上挑选着我们认为最好看的寿司。吃完饭，我还让两个女孩一人挑选了一个杯子蛋糕作为甜点。在她们的坚持下（我知道这里几乎没有夏洛特不喜欢的东西），我还买了一个颜色鲜艳、撒着粉紫色糖霜的玫瑰紫罗兰蛋糕，好让她们带回去给自己的妈咪。

在开着空调、气温凉爽的化妆品部，我鼓励女孩们在指甲上尝试不同颜色的指甲油，或是在身上随意洒些香水。把她们两个送回她母亲身旁时，两个女孩都因为吃了许多甜食而兴奋不已，身上还带着一股凯蒂·佩里的"紫猫香水"的味道。

夏洛特准备好了《玛蒂尔达》的门票，没有把我包含在内，因为她以为我不愿意和我的母亲一起去看音乐剧。最后一晚，芙洛拉和贝拉将住在剧院的酒店里，因为她们还要去赶一早的飞机，而夏洛特无法忍受等待我把她们送去机场的压力。她们上一次到访时——尽管这并不是我的错——我们就碰上了皮卡迪利线的地铁延误。就在我刚刚好准时把她们送到二号航站楼时，夏洛特已然火冒三丈，因为地下没有手机信号，她一直都联系不到我。

当女孩们意识到我当晚不能再陪伴她们时，两人都大吵大闹起来，让我颇感满足。

我弯下腰来给了她们每人一个拥抱。

"谢谢你给我们买了这么多的衣服。"芙洛拉说。

"我不想让你走，爸爸。"贝拉开始吸起了鼻子。

我把她脆弱的小身板拉到了胸前，任由她悲伤的脸庞湿漉漉地贴在我的脸颊旁边。

"我明天会去机场送你们。"我承诺。

"如果地铁运行正常的话。"夏洛特附和道。

"你为什么一定要像个泼妇一样呢？"趁着我们看在孩子们的面上拘谨地交换着吻面礼时，我在她的耳边低语道。

她的表情一下子从兴高采烈变成了"说得有理"。夏洛特的特别之处就在于，她能够直抒胸臆，也能够坦然接受。我不知道为何总是会忘却这一点，因而面对想要的东西只能好言相劝而非恶语相向。

海德公园被一大群滚石乐队的粉丝淹没了。走在回家的路上，我竭力回想着那到底是哪一首歌，最后判定它一定是乐队用来暖身的歌曲。尽管售票区周围支起了巨大的栏杆，人群还是里三层外三层地挤在狭窄的缺口处，想要偷看一场免费的演出。被阳光暴晒了一整天之后，热得简直能将人融化的热气似乎在期待中颤动了起来。

"我从来都不是滚石乐队的铁杆粉丝。"当娜莎在年初提议早些买票时，我告诉她，"我的爸爸是。米克·贾格尔的舞步不是60年代的人才会做的事情吗？"

"这是遗愿清单里的一件事，不是吗，看一场滚石乐队的音乐会？"她回答。

"遗愿清单？"

"哦，你能不能跟上潮流，格斯！就是你死前要做的事情。"

报纸上说，演出的票开售不到三分钟就售罄了。

此时此刻，随着气氛的高涨，我几乎有些后悔自己当初竟是如此的不情愿。

　　我选择的那条小路好几百米都看不到一个人。我喜欢伦敦从疯狂变为平和的那种方式。这也是我在其他大城市不曾体验过的。在伦敦，即便是一条人口稠密的街道也可以变得和郊区一样慵懒而寂静。

　　返回家中，我决定洗个澡，振奋一下精神。

　　就在我脱下短裤时，娜莎的信封从我的口袋里掉了出来。

　　里面放着的第一张票是滚石乐队的音乐会入场券——这是她在发现我不太热情之后给自己购买的。

　　第二张票是用我的名字于同一天早上预订的假期订单，内容是两天后就要在托斯卡纳开课的、为期两个星期的烹饪课程。

　　她用潦草的字迹在打印出来的订单上写道：*就算是你也知道该如何设法在网上办理登机手续吧？*

　　我立马拨通了她的电话，可是她的手机关机了，所以我猜测她的航班应该已经起飞了。从某种程度上来说，我很高兴她没有接到我的电话，因为一个人在不知所措时总是很难找到合适的措辞，而我不想再让自己听上去像个傻瓜一样。

　　等我赶到音乐会现场时，太阳已经开始落山了，乐队也准备停当。舞台距离我还有很长一段距离，不过现场铺设了一条天桥可供米克·贾格尔在上面来回踱步，一眼望去仿佛他正在人群中冲浪。巨型屏幕上播放着跟随音乐一起闪烁的艺术视频，其中还点缀着现场拍摄的乐队成员布满皱纹的脸的特写镜头。

　　《酒馆女人》的曲子演奏到一半时，我意识到自己也跟着唱了起来，嘴巴自然而然地唱出了歌词，就像哼唱幼儿园的歌谣一样。与众多拥有共同爱好的人相聚在一起的体验是释然的，仿佛自己是某种更加庞大的集体中的一员。我从未参加过格拉斯顿伯里音乐节之类的活动，然而这个炎热的夏日夜晚，身处在 15 万的人群之中，我突然理解了人们对于这种活动的热爱。在一首歌的时间里，你可以忘记已经过去或即将到来的一切，只活在阳光灿烂的当下。随着每一首歌的结束，所有人都会欢呼雀跃着朝着彼此微笑。这一刻，即便是陌生人也能够团结在一起。

夜幕在我未曾发觉时便降临了，伴随着乐队开始弹奏《想你》的曲调，巨大的白色蝴蝶出现在了闪烁的 LED 屏幕上，造成了蝴蝶在人群上空扑腾飞舞的错觉，短暂地照亮了每一个人的脸庞。

与我相隔 6 个人的前方，我注意到一个高个子女子正追随着那个短暂飘过她头顶的银白色影像，脸上的表情无辜而又雀跃得像个孩子正凝视着马戏团的荡秋千演员，嘴唇与歌词同步一张一翕。她仿佛感觉到了我正在注视着她，我们的目光相遇了。她的嘴巴停止了嚅动。时光如同静止了一般。很快，蝴蝶飞走了。她的脸消失在了黑暗之中。

似曾相识的感觉是如此的强烈，而可供我分辨对方是谁的时间又是那样令人着急的短暂。我不知道她是否是我见过的某个人还是某个名人。从舞台上猛然喷薄而出的烟火蒙蔽了我的视线。我的眼睛徒劳地在人群中搜索她的身影。

乐队返场演唱的歌曲《满足》持续了太长时间，以至于我感觉自己被卡在了无限循环的合唱中。紧接着，一切突然间结束了。掌声达到了巅峰，并且一直乐观地持续着，直到大家意识到乐队已经疾驰着离开了公园才逐渐平息下来。人群筋疲力尽、情绪低落地朝着出口走去，就像一群离开生日派对的孩子。

人潮原本移动得颇有秩序，直到某人在距离我几码之外的地方晕倒了。

保安不得不介入进来阻止人们的行进。

在极度兴奋的耳语声中，我听到了仅在电影中听过的尖叫声。

"这里有医生吗？"

"我是个医生！"

人群让出了一条路，以便让我通过。

只见几个人正蹲在一个失去意识的女子身边，争论着正确的急救流程。

"你不应该把她的头放到她的双膝之间吗？"

"你是说让她处于复原体位？"

一个保安正试图让人群靠后，另一个保安则在用帽子为病人扇风。他们身上的对讲机不时地发出嘶嘶的响声，在一片焦虑的声音中传递着令人无法理解的信息。

没有明显的头部外伤；她似乎没有发作痉挛，也没有吞下自己的舌头。她穿着一件背心、一条牛仔短裤和一双拖鞋，所以没什么衣物可供我松开。跪在她的身旁，我要求那位保安背冲着她坐下，然后把她的一双长腿垂挂在了他的肩膀上，好让血液供给流向她的大脑。她还在呼吸，可是脉搏却十分缓慢和紊乱。

在我的身旁，我听到一些外行人正在低声嘟囔着自己的诊断结果。

"我估计她有点儿喝多了。"

"可能只不过是中暑。"

"你们打电话叫救护车了，对吗？"我向保安核实道。

仿佛是为了回答我的问题，远处的警笛声响了起来。

"她会没事的，对吗，医生？"他问道。

她的脸色惨白。

"加油，醒醒。"我听到自己催促着她，"赶紧醒过来吧！"

突然间，她猛地睁开双眼，眼神直直地望向了我。

是那个蝴蝶女！

"我认识你吗？"她问道。

"我叫格斯。"我回答。

我能够听到急救人员正在推开人群。"让开。给她留出一点空间，伙计们！"

那个女子已经坐起来了。人群再次移动起来，仿佛有些遗憾戏剧性的事件就此结束了。

"我们这就送你去急救室，亲爱的。"急救人员说。

"我没事，真的。"她回答，"我没事。"

"你叫什么名字，亲爱的？"

"泰丝。是这样的，你们真的不必——"

"我们只想为你做些检查，泰丝。"急救人员继续说道，"你想让我们用担架把你抬上车，还是你觉得自己可以走路？"

"我可以走路！"她边说边仓促地爬了起来，紧接着微微摇晃了一下。

我迈步上前想要扶住她，可是一位急救人员先我一步伸出了手。

"让我们扶你上车吧，亲爱的。"他说。

灿烂的笑脸突然变得黯淡起来。就在我们的眼神再次相遇时，她向我发出了无声的祈求，紧接着，仿佛是接受了自己的挫败，她顺从地躺到了担架上。

就在救护车的车门即将关闭的那一刻，她朝着我微微挥了挥手。

司机绕到了车前。我追了上来。"我能和她一起去医院吗？"

"你是她的伴侣吗？"

"不是！"

"亲戚？"

"也不是。"我承认，"不过我是个医生。"

他对我露出了一副自从我成为一个经验不足的医学院学生以来许久不曾看到的蔑视眼神，然后重重地摔上了驾驶座的门，还把一只多毛的硕大手臂放在了敞开的窗户边上。

救护车开始移动了。我优柔寡断地愣在那里。紧接着，随着车子开始加速，我的双腿突然跑了起来。

"你们要把她送去哪里？"我喊道。

如果信号灯没有变红，我是不可能赶上去的。司机挑衅般地瞪着我，然后，随着信号灯再度变绿，他似乎对我萌发了一丝的同情。

"圣托马斯医院，兄弟。"

他打开警笛，一脚踩在了油门上。我赶紧向后跳了一步，双脚险些被车子的后轮碾过。

人潮的主体正朝着皮卡迪利广场移动。我抄小路跑过白金汉宫的围墙，然后沿着圣詹姆斯公园的南侧跑到了威斯敏斯特大教堂。国会广场上几乎空无一人；探照灯让大教堂看起来变成了奇怪的二维画面，就像一幅巨大的舞台背景。走到桥上一半的位置，看着圣托马斯医院就在我眼前几百码的地方，我放慢速度，停下脚步，汗水正从我的背上滚落下来。

一个名叫泰丝的迷人女子在我的面前晕倒了。现在她正在接受良好的照顾。我在她生命故事中的小小角色已经结束了，我想要再去看看她的冲动是不理智的。这样出现在医院里只会让人感觉我很古怪。

靠在桥边，我俯视着脚下。照在水面上的灯光让河水看起来又稠又黑，像石油一般。

我听到了娜莎的声音："你为什么就不能挺身而出呢？"

我再一次迈开步伐，尽可能快地奔跑了起来。

酷暑中的星期六夜晚，急诊室里挤满了脸上泛着亮粉色光芒的中暑病人。我没有看到那个十分纤瘦、留着精灵短发、笑容中焕发着才气的女子。

"我正在寻找一个刚刚送进来的女子，也许是半个小时之前的事情吧。她是被救护车送到这里来的。"我告诉接待员。

"名字？"她问道。

"泰丝。她在滚石乐队的音乐会结束之后昏倒了。我只是想来确认一下她没事。其实我也是名医生。"

"姓氏？"

"我不知道。"我承认。

"如果你也是医生，就应该知道我是不能告诉你有关病人的任何信息的。"

"当然。抱歉！"

我转身准备离开，紧接着又停下了脚步。

"我能否只是问问她是否住在这里？"

"我不能告诉你任何的信息。"

"如果我留下一张纸条，你能帮我转交给她吗？"

那个女人犹豫了一下。

"我真的是一个医生……"

"你可不像我遇到过的任何一个医生。"她回答。

"求你了……"

这可不是医生会对资历较浅的员工说的话。

"如果你留下一张纸条，我会试试转交给她的。"她终于同意了。

"你这里有没有纸可以借我用一下？"

她不可置信地摇了摇头，然后递过来一个宣传某品牌抗抑郁药物的记事簿。

"我猜你也需要一支能够写字的笔吧？"说罢，她又丢了一支圆珠笔过来。

"其实，不需要了。算了吧。"我回答。

这是个疯狂的主意，也许我才是那个有些中暑的人。

现在轮到那个接待员露出失望的表情了。她叹了一口气，拿回了笔。

"对不起。"我边说边望向了脚下，希望自己若是有一天要到这里来工作，不会被她一眼认出来，不过一切为时已晚。

外面的空气仍旧热得令人窒息。我感到口干舌燥，想起滑铁卢车站里有几家食品店关门很晚，于是朝着马路对面走去。我买了一瓶冰矿泉水，站在付款的队伍中，眼睛紧盯着出口处的那几桶鲜花。

你为什么就不能挺身而出呢？

这简直是太疯狂了，不是吗？我居然想到要给一个陌生人送花？

"请到第9收银台。"一个空洞的声音指引着我。

我感觉到站在身后队伍里的那个人在我犹豫不决的时候吞吐了一口气。"对不起，你介意我再去多拿一样东西吗？"

当我抱着一捧紫罗兰和粉红色玫瑰走到急诊室的前台旁边时，接待我的却是另一位接待员。

"这些是送给我的吗？"她边说边微微朝我眨了眨眼，"闻起来好香啊，不是吗？"

比起第一位接待员，她显然要友善许多，不像是守在禁锢公主的城堡门外的喷火巨龙。

"不知道我能否把这些花留给一个病人？"

"名字？"

"泰丝。"

"等一下。你是不是就是那个……"

我点了点头。

"太浪漫了！"她朝我露出了笑容。

"我可以等一下吗？"我在拥挤的候诊室里寻找着空位。

"我觉得她可能需要住院观察一夜。"

"那我明天一早就过来，可以吗？"

"我也无法向你保证！"

我想起明早还要为乘坐 8 点航班的两个女儿送行。

"实际上，我来不了。"我回答，"我得去看我的孩子。"

友好的表情消失了。我想要说，*不是你想的那样*。一切都变得太复杂了。

"你能不能帮我个忙，把花给她，好吗？"我把花束塞给了她。

"那这位医生，你怎么称呼……"

"格斯。格斯就好。"我说罢便逃走了。

我在滚石乐队的音乐会现场，不，那不是滚石乐队的音乐会，是皮帕的婚礼，只不过风琴演奏者弹奏的是《你无法永远得偿所愿》的曲子。我一路跑向了教堂，汗水将衬衫粘在了我的背后……前排的长凳上坐着一个留着短鬈发的高个子女人。我知道我必须走到她的身边去，于是我踮起脚尖，希望没有人会注意到我。可当她转过身时，我却看到了露西的母亲尼基……我在大帐篷里跳舞，头顶上的迪斯科球在帐篷里投射着闪光的亮点，短暂地点亮了周围人的脸庞，随即却又转移开来。我想要它停下来，好让我能够看清那些人的长相，可他们一直都在逃避我。我跑到了花园里，在秋千椅上躺了下来。帐篷的帘子被人掀开了，在草地上投射出一片三角形的亮光。一个又高又瘦的女子走了出来，她身后的三角形亮光随即消失了。一片黑暗之中，我甚至不确定自己能否看到她朦胧的身影……

我惊醒过来，整个人比刚刚入睡时还要筋疲力尽。赶到机场时我才发现，航班延误了。机场是个如此冷漠无情的地方，让我感觉现在并不是和女儿话别的合适时机，只有令人沮丧、无穷无尽的边缘地带。这里开设了不少可以让夏洛特闲逛的零售店，所以她假装看不到我们在科斯塔咖啡厅里吃着白巧克力覆盆子玛芬。到了她们不得不进入出发大厅时，我们已经没有什么话好说了。芙洛拉用通讯软件聊着天，而贝拉则在玩着水果忍者的游戏。

在我踮着脚站在安检大门外想要最后看她们一眼时，她们谁也没有回头看我。转身走开时，我的双眼溢满了泪水，却又远远不如往常那样强烈而又汹涌，以至于我会冲到观景台朝着任意一架起飞的飞机挥手，然后沮丧地坐上回家的地铁。

我们全都习惯了分离。我不知道这是否是一件好事。

坐上皮卡迪利线地铁，我没有在南肯星顿站下车、步行穿过公园回家，而是继续换乘朱比利线来到了绿园。

圣托马斯医院急诊室的接待员又换人了。就在我打算开口说话时，透过她身后的行政办公室敞开的大门，我注意到那束紫罗兰和粉玫瑰仍旧包裹着玻璃纸和薄纱，立在办公桌上的一只医院水瓶里。

"我能帮你什么忙吗？"

"那些鲜花。"我指了指，"我昨晚把它们留给了这里的某个病人。"

"你就是那个人？"她问道。

我成了大家当下的谈资，显然是被人嘲笑的对象。

"我们试图把它们转交给她，但她说把它们留在这里让大家振作精神可能更好。"

"那她没有住院吗？"

"医生们想要把她留下，但你的朋友一点也不愿意妥协。"

我知道，面对这样的答案，开口询问她是否留下了转寄地址肯定是徒劳的。

"不过，你真是个好人。"那个女人用和蔼而又充满母性的声音说道，仿佛是想试图让我好受一些。"花香让这里的味道改变了许多，哦，你懂的，不是吗——有人说你是个医生？"

"她有没有问这花是谁送的？"

"我们告诉她了，是格斯。"

从接待员的语气判断，泰丝并没有做出任何反应。

我认识你吗？

我叫格斯。

她刚刚从晕厥中醒来。

我的名字对她来说没有任何意义。接待员和我都心知肚明地看着彼此。

紧接着，我转身离开了。

MISS YOU

第 五 部 分

26

2013 年 7 月

泰丝

当朵儿真的很喜欢什么东西时，她会说自己已经死了，要上天堂了。我躺在自己的房间里，望着天花板时就是这种感觉。胖乎乎的小天使正把花环挂在浅蓝绿色的天空上。枝形吊灯的吊饰在墙壁上反射出了小小的彩虹。宽敞的床铺让我可以把手脚都伸展成海星的形状都碰不到床角，床单是用纯白的棉布料子制成的，分量让人感觉很安心。我身上的毯子有点太热了，但在开着空调的情况下，入夜后的房间里又显得有些清冷。

我裸露着双脚、踩着冰凉的瓷砖地板走到窗户旁边，推开百叶窗，望着起伏的山峦、浓密的灰绿色橄榄树林和高耸向蓝天的深色柏树林。远处，我还能依稀看到小镇赤土色屋顶。我想那里一定就是达·芬奇的出生地。

这里的无边泳池是网页上吸引朵儿的一大特色。沉入如镜面一般的清凉池水之中，默默地推开一个蛙泳的姿势，我意识到其他的客人还在附近熟睡。

我感觉自己仿佛可以永无止境地游下去，一直游进天空之中。蜻蜓疾驰过水面；空气中洋溢着茉莉花的馨香，还有从厨房里飘散出来的第一缕咖啡的香气。

芬奇亚娜别墅对前来追寻个人艺术追求的客人只有一条规则，那就是所有人必须一起用餐。这么做是为了让大家找到一种社区的感觉，尽管在报到的第一天，我们这些新人和那些已经在这里待了一段时间、建立了友谊小圈子的人并不是十分合得来。自助餐摆放在了用餐区旁边的几张隔板桌上：几大盘熏火腿和奶酪、切片瓜和几篮内馅是果酱、蛋黄酱或杏仁蛋白软糖的小点心——不咬下一口你是分不出来的——全都十分美味。

并非所有的人都是单身。有些人是带着伴侣来的，不过这样成双成对的人通常都很安静，因为他们已经习惯了一早醒来就能看到彼此。我们之中那些昨夜从比萨机场坐着迷你巴士赶到这里的人谨慎地询问着彼此的来意，以防在认识之初就侵犯到别人或是暴露太多的信息。除了创意写作课程，芬奇亚娜别墅还提供意大利烹饪、石雕、瑜伽和艺术与文化课程——尽管由于噪音问题，石雕课会在几英里外的一家改建后的橄榄油压榨厂里进行。

早餐过后，课程总监卢克雷齐娅为我们概述了课程和短途旅行的内容。你能够听懂她的英语，但她经常会用错词语。对于艺术课的学生来说，早晨是单独作业的时间，因为这时的阳光还不算太炙热，我们的创造力也最活跃。漫长的午餐过后是一段娱乐的时间，紧接着是6点钟的集体研讨会。晚餐是清淡的自助餐。你可以吃到刚从炉火中取出来的比萨。

坐在敞开的窗前那张小小的木头书桌旁，我为能够身处这片神奇的土地兴奋不已，迫不及待地想要发一封电子邮件告诉朵儿，客房窗外的景致就已经足够值得那笔额外的开销了，但我还没有拿到无线网的密码，而且心里有些害怕卢克雷齐娅。她似乎是个颇为严苛的人。我猜，为了将40多个人各不相同的需求组织得井井有条，这是你必须拥有的特质。反正朵儿若是知道我把时间都浪费在了向她形容这里的景致上，说不定会火冒三丈，因为我到这里来的全部意义就是动笔创作我的书。

一个小时过后，我仍旧凝视着空白的屏幕。我正坐在托斯卡纳的一座豪华住宅中，却要试图在脑海中回忆一段发生在差劲的英格兰海滨小镇市建住房中的生活。这种感觉难道不会有点奇怪吗？

我想要写完我的书，但写完它真的有什么意义吗？有时候，我想我甚至有点害怕写完它，因为在那之后会发生什么？我不知道是否每一个作家都经历过这样的时刻。

我决定去周围探索一番。如果我无意中遇到了卢克雷齐娅，可以假装正在构思之类的。我推开椅子，缓缓地站了起来。我不想再昏倒了，不想倒在如此坚硬的瓷砖地板上。我在手臂和双腿上抹了点防晒指数为20的防晒霜，然后戴上了大草帽。

这座度假农庄包括我所居住的一大片别墅，一座看起来像是教堂、房顶上却没有十字架的建筑以及不少平房——那里曾经可能是马厩，后来才被改建为艺术疗养和文化中心。农庄坐落在一座陡峭的山上，这也是这里的露台为什么能够建造无边泳池的原因。支撑起泳池的高大围墙下面是一片立着帐篷的露天平台，瑜伽课程的学员就在那里练习。一条布满石块的陡峭小路通往另一座平台，那里遍布着橙色、绿色和红色果实的藤蔓。我突然意识到，这些就是维特罗斯超市里出售的昂贵小番茄。藤蔓上的小番茄！我还从未看到过正在生长中的番茄。我伸手摘下一颗，看到一只白色的蝴蝶短暂地落在了我手边的一片叶子上。在它随意扑腾着在这一排番茄藤上时起时落的过程中，我紧紧追在后面，直到突然意识到一个穿着卡其色 T 恤衫和短裤、手臂上挎着浅底果篮的男子正在看着我。

"早上好！"

我踏空了一步，一屁股坐在旁边平台上的土路上，只好用手掌根撑住了自己的身体。

"你还好吗？"上面传来了一个声音。

"我没事，谢谢……"我尴尬地不敢四处乱看。

事实上，我被擦破的双手一阵阵刺痛。还好只不过是皮肉伤。我直挺挺地站起身来，带着受伤的自尊，踩着拖鞋，尽力昂首挺胸地走开了。

格斯

　　我看不清她的脸，因为她的头上戴着一项巨大的帽子。紧接着，她就溜走了。

　　我踮着脚透过藤蔓的顶部向下俯视，发现她正坐在旁边平台的土路上。她手脚并用地迅速爬了起来，继续向前走去，没有意识到白色短裤后面还沾着一大块土褐色的泥巴。

　　耀眼的太阳高高地挂在空中。时间已经接近正午。也许我也应该戴上帽子，因为高温正在捉弄我的思维。我带着小番茄回到厨房里，把它们放在了窗边的巨大不锈钢水池里清洗。就在这时，那个戴着帽子的女孩走了过去，一只手臂托着另一只手的手腕，掌心向上，像个刚刚摔倒在操场上的孩子。

　　"古斯！"主厨叫道。

　　"什么事？"

　　"我们要不要做意大利面？"

　　"当然可以！"

　　今天早上，我在机场买了一本常用语手册，开着租来的汽车一边向农庄驶去，一边听着配套的 CD。在只学了几个小时意大利语的情况下就选择这种语言的导航简直是个错误，但我最终还是找到了目的地。

　　烹饪课程仅有的三个学员需要帮助两位主厨准备午餐。其中一个学员是个体型硕大的德国人，圆鼓鼓的肚皮把围裙的腰带都遮盖了起来；另一位学员是个 45 岁上下的美国离婚妇女，满口都是和我迥然不同的英语烹饪词汇——茄子、炙烤、长柄平底煎锅。柯特正努力做着烩牛膝；南希已经进入了素食菜肴"菠菜烤茄子配热奶酪"的最后准备阶段；作为新来的学员，我被安排负责制作番茄意大利面，必须在上菜之前加入准备好的简单原料。所以我有点无所适从，直到主厨指着新鲜的水果，让我按照他的需求吩咐我把它们切好。

　　为 40 个人准备饭食的工作过程比我想象中的还要燥热，特别是穿着厨师的白色外套。不过我也获得了更多的满足感。就在我将最后几份面条端出来时，耳边还传来了餐桌旁的食客络绎不绝的赞美。

　　"太新鲜了！"

　　"意大利面烹煮得正好！"

　　"你觉得他们会不会出售这种橄榄油？我一定得买点回家！"

　　我抬起头来。是她！是她！是那个蝴蝶女！

　　她摘掉了帽子，可汗水却压平了她头顶上的短发，精致、潮湿的发卷看上去就像是刚刚洗过的婴儿的头发。她正在一脸疑惑地盯着盘子里的最后几根意大利面。

　　"罗勒。"我听到自己开口说道，感觉大脑已经被一种压抑的紧张感所吞噬。

　　"怎么有种菠菜的味道？"她的声音里带着些许的鼻音，不是埃塞克斯郡的口音，不过应该不会太远。

　　"不见得吧。"

　　"再来一点。"

在向她递过来的碗里添放番茄橄榄油的过程中，我的手一直都在抖个不停，以至于不小心洒了一些在她的大拇指上。

"真抱歉！"我抓过肩膀上挂着的茶巾，可她已经把大拇指放在嘴里吮吸了起来，还沾了些番茄酱在她的T恤衫前面。

"见鬼。"她说道，"这已经是今天的第二件衣服了。"她把手转过来向我展示着手掌上的一大块膏药。"俗话说祸不单行，对吗？"她说，"不过身处在这种地方，事情也不会坏到哪里去，不是吗？"

她的脸上突然绽放出了熟悉得有些荒谬的笑容，让我恍然以为我们早就认识彼此似的，脉搏一下子狂飙了起来。

"古斯！"主厨喊道。

"是的，主厨。来了！"

*我来了。*这句话用意大利语这么说对吗？还是说，和英语一样，这句话在意大利语中也有那个意思？

"水果！"他愤愤地说。

还有一大堆草莓在等待我拔去花萼、用我还没有来得及榨取的橙汁浸泡。对了，还有洗刷碗盘的工作。

等我再一次从厨房里钻出来时，大部分食客都已经离开了用餐区，到另一端的阴凉小酒吧里享用咖啡去了。当我看到那个戴着大草帽的女孩依旧独自坐在那里、在笔记本上潦草地写着什么时，我的心都要蹦出来了。

你为什么就不能挺身而出呢？

因为这样做看上去很古怪，不是吗？她显然并没有认出我来，而且即便这完全是一个巧合，她也永远都不会相信，尤其是在我曾经给她送花之后。她说不定会以为我在跟踪她。

她起身朝我走了过来，拖鞋拍打着木头地板。

"很好。"她边说边把盘子递给了我，"百分之百诚实地说，我还是更喜欢没有罗勒的味道。"

"我会记得的。"

"这是你做的吗？"

"我在这里上烹饪课程。水果也是我准备的。"

"水果美味极了。"她回答，"尤其是西瓜。西瓜通常都有许多的子。"

"切西瓜是有技巧的。"

"那你得演示给我看。不过我回到英格兰以后也不太可能买上一整个西瓜，不是吗？我总是吃几天就腻了，你呢？我更喜欢黄瓜，而且在烹饪方面我简直是无可救药，就连烧烤都能把所有的东西烤煳。"

"没有谁能在烧烤的时候不把东西烤煳的。"

"真的吗？"

我点了点头，然后得到了一个赞赏的微笑。

"你在这里是因为……"

"写作。"她回答，"无论如何，应该是这样的。我得回去了，否则我会有麻烦的。"

我想不到有什么方法能够阻止她离开。

"也许，下次再会？"我说。

"那是肯定的，不是吗？"

泰丝

我希望自己紧张的时候不会喋喋不休地讲个不停。他是个彬彬有礼的人，但也会有个限度，不是吗？他是那种会随着自己的举止彻底变换表情的人。聆听的时候，他是严肃而又专注的，但只要你逗他发笑，他就会像个毫无隐瞒的男孩一样。他的脸上长着许多的雀斑，和《悲惨世界》中出演马吕斯的演员很像，浑身上下散发着一股孩子气，实际上却又不失性感的味道。他的确有点像那个演员，只不过要更高一点。他的个子非常高。

他是和别人一起到这里来的吗？还是只身一人？为了逃避某些创伤？他的眼睛是蓝色的，却又泛着某种金光，眼神总是在欢乐与焦虑中来回闪烁。

显然，这种带着公立学校口音之类的男人是我高攀不起的。不管怎么说，这也不是我来这里的目的。

完成你的初稿。

新手作家总是很难完成自己的初稿……

课程时间表上的红色标题和吸引朵儿的网站广告词一模一样。她之所以会想到托斯卡纳，是因为我总是提到自己想要回去，可她又担心我没有她的陪伴会感觉寂寞，因为她不仅要照顾艾尔熙，还怀上了第二个孩子，如今已经有 7 个月的身孕了。

……让我们来为你指路。芬奇亚娜别墅坐落在芬奇镇起伏的托斯卡纳山峦之中——这里诞生了世界上最具创造力的天才之一——是创造力的平静避风港。每一间装有空调设备的套房都配备了可供日常使用的书桌。晚上，由专家导师领导的集体研讨会还将为你提供讨论措辞技巧、专家批评和支持性反馈的机会。

第一天

学员将在大家面前介绍自己、展示作品。

我们聚集在了瑜伽课学员清早使用过的那片头顶着泳池的阴凉区域。班上只有 5 个人，其中还包括班导师杰拉尔丁。我计算过，截至目前，瑜伽应该是最受欢迎的课程，因为学员的数量至少有 20 人，而早在开课之前我就考虑过是否要换课，即便我此前从不喜欢瑜伽。

在飞往目的地的航班上，我对另外两位学员的第一印象并不是太好——一对中年夫妇组合。毕竟，墨西哥炸玉米片卖光了又不是空姐的错，而且，如果你乘坐的是瑞安航空却还在期待能够吃到各种各样的零食，你一定是疯了。当他们第三次把她叫回来时，我差一点就转过头去告诉他们："你们应该在机场吃饱了再上来，不是吗？"

幸亏我没有这么做，因为我发现和自己挤在一辆小巴车上的人正是他们两个。

些许竞争的气氛一下子就蔓延开来。都是些"你的草稿有多长"之类的事情。中年夫妇格雷姆和苏都是地理老师。他创作的是一部以实地考察为背景的惊悚动作片，而她写的则是有关两个老师的浪漫情感电影。她还要求我们根据她的描述猜测她的书名。显而易见，我们对此都感到有些不太自在。

"你为什么不告诉我们呢？"杰拉尔丁亲切地问道。

"《教员休息室里的恶作剧》！"苏得意洋洋地回答。

"太酷了！"体型庞大的美国女人艾丽卡称赞道。

她在为青少年创作一部吸血鬼小说，并向我们保证她的作品和《暮光之城》没有半点的相似之处。如果她说自己的书走的就是《暮光之城》的套路，我可能会更加高兴一些，因为我真的很喜欢那套书。

此时此刻，他们全都望向了我。艾丽卡的年纪很难揣测，但我想我可能是班上最年轻的学员。

"我的作品不是小说。"我开口说道。

"有意思。"艾丽卡说。

我注意到苏和格雷姆交换了一个会意的眼神，仿佛我是个没有认真阅读考试题的淘气女学生。

杰拉尔丁朝我露出了鼓励的微笑。我相信她是个和善的女子，但她那一头掺杂着灰色发丝的长发和身上土耳其长袍一般的连衣裙却让她看起来和里奥的妻子有几分相似。

"书名叫做《和希望一起生活》。内容讲述的是我的母亲和我患有阿斯伯格综合征的妹妹的故事。"

"所以这应该是一部自传咯？"苏用略显盛气凌人的语气问道。

"更多的应该说是回忆录吧。"我告诉她。

格雷姆用手捂着脸笑了起来，仿佛我是个傻瓜似的。也许这两个词并没有什么区别？也许回忆录听上去要更好一些？

"这种书有个名字，不是吗？"艾丽卡问道，紧闭着本来就像猪一样小的眼睛努力回想着什么。

杰拉尔丁介入了我们的对话："我们不用太过拘泥分类的事情。"

"是这样的，我妹妹的名字就叫霍普……"

"太酷了。"艾丽卡说。

杰拉尔丁为课程制定了几项基本规则，内容提到我们该如何尊重彼此、试图保持乐观，和我在专科学校成教项目中听到的差不多。紧接着，她要求我们安静地坐在那里注视周围景致的特征，倾听耳边传来的声音，为进行全局描述做好准备，然后逐渐放大其中的一组特征。

格雷姆打破了平静的沉思瞬间。"'太阳正从托斯卡纳的山峦上落下，蟋蟀在歌唱……'你想要的就是这种描述吗？"

"你理解得没错。"杰拉尔丁说。

"哦，那我已经想好要怎么写了。"格雷姆说道，仿佛第一个完成任务会有什么奖励似的。

我们的头顶上传来了烤比萨的沙沙声。一阵不易察觉的焦炭香味飘散而来。

想不到我竟然又饿了。

"如果你们能够利用时间完成这个练习，我们可以明天再来朗读，然后讨论一些磨炼批评技巧的方法。"杰拉尔丁为这一堂课画上了句号。

"痛苦回忆录！"艾丽卡突然尖叫起来。

所有人都看着她。

她指了指我。"这就是你在写的那种书。"

"不，不是的。"我回答。

"是的，他们就是这么称呼这类作品的。"她坚称。

　　我正打算说"我书里的内容一点也不痛苦",却意识到自己并不希望她或其他任何人再知道更多的内容。他们和我在专科学校成教项目中遇到的同学不同。我不想让他们把我人生中的重要篇章肢解开来,不管他们的意见是多么的"富有建设性"。事实上,我也不准备和他们分享。

　　回到房间,我的心情有些沉重,因为朵儿为了这个课程体贴地花费了那么多,我不想让她失望。

　　我在电话里告诉她,我还是会享受这个过程,因为这里是如此的美丽,而无边泳池又是那么的壮观,何况我还可以每天乘坐迷你巴士出去进行短途旅行。也许我会参与文化类的课程,又或许我可以学习一些文化类的知识。

　　朵儿说:"你想做什么就去做什么!这本来就该是一个假期!"

　　这话倒是让我倍感安慰。

　　"有没有合适的男人?"

　　"我在这里还没有待满一天呢!"

　　"我明白啦——"她回答。

　　他正站在燃烧着柴火的比萨烤炉旁值班,用轮刀切割着大块的比萨。

　　其中一种铺着番茄酱、点缀着松软马苏里拉奶酪和被他称为牛至的香料的比萨吃起来很开胃,带有传统意大利菜的口感。你在英格兰吃得到的都是晒干后的牛至,而这里的都是刚从别墅花园里新鲜采摘下来的。如果你喜欢的话,还可以加入凤尾鱼或些许的意式香肠。他们会把生面团围成一圈,放在巨大的平铲中推进烤炉里烤制几分钟,所以饼皮都还是热乎的。

　　也许是因为站在如此靠近烤炉的地方,也许是因为红头发的人很容易被晒伤,他的脸明显泛着粉红色的光芒。尽管他十分友好,在身后还有一大堆饥肠辘辘的人在排队的情况下,我们能够聊天的时间也很有限。

　　我避免和写作课的人坐在一起，可剩下的人似乎都成群结队地和自己的同学坐在一起，似乎没有人愿意让出一个座位给我。很晚才赶回来的石雕课学员身上覆盖着幽灵般的白色粉末；瑜伽课的学员全都吃惊地瞪着我的比萨饼上撒着的香肠，因为他们全都是素食主义者。所以我只好一个人在尽头的一张桌子上坐了下来，看着他为大家做菜。我觉得他在这里应该没有同伴，因为他一直瞥向我所在的方向，而我则不得不假装自己的眼神正在放空，仿佛是在为我的书构思之类的。

　　吃完开胃比萨，我们还可以去派对领取表面上撒满了新鲜水果和食糖的比萨。我不知道比萨还可以是甜的。

　　"吃起来像是杏子馅的丹麦点心！"我惊呼。话音刚落，我就感觉自己几乎像个傻瓜一样，"只不过里面放的是桃子。"

　　"而且是意大利菜。"他附和道。

　　不过真的很好吃。苏和格雷姆肯定不会这么说。

　　"等我下班之后，你想不想去喝杯咖啡？"他问道。

　　"我晚上不能喝咖啡。也许我可以喝杯软饮？"我飞快地补充道。

　　"那就等我们打扫完之后在酒吧里相会？"

　　相会！

　　直到我打开衣柜的大门，才在墙上镜子里的影子中看到我短裤后面沾着的泥巴。等我换好衣服，洗完脸，思量过后决定不化妆，还在身上洒了些免税店买的香奈儿 5 号香水之后，酒吧里已经挤满了人。整座别墅都被笼罩在了黑暗之中，四周充斥着只能在郊野才能感受到的沉寂。

格斯

　　我明白餐厅的厨房必须擦得一尘不染，但娜莎花钱是送我来度假的，而别墅只雇佣两位厨师和一位厨房搬运工的做法似乎有点类似于欺诈，以至于烹饪课程的学员不得不担负起大部分准备、烹调和清洁的工作。等我忙完手头的活计，咖啡馆里已经空无一人了，蝴蝶女也放弃了等待，回去睡觉了。

　　回到自己位于泳池旁的客房，我清醒地躺在床上聆听着蝉鸣的声音和远处农场里的小公鸡偶尔不合时宜的啼叫声。想到她正在附近的某个地方安睡，我在黑暗中露出了笑容。

　　伴随着叮当作响的餐具声和羊角面包散发出来的香甜的黄油气息，我从无梦的睡眠中醒了过来。

　　就在我朝着早餐的平台闲逛过去时，注意到正门口外的砂石路上正停着一辆迷你巴士。车子开走时，她的脸透过车窗望向了我。她挥了挥手，正如她当初被推进救护车的后车厢时所做的那样，然后突然皱起了眉头，仿佛刚刚想起了什么。

　　"这辆迷你巴士要去哪里？"我问课程总监卢克雷齐娅。

　　"佛罗伦萨文化之旅。"

　　"那他们什么时候回来？"

　　"今晚，没错。"

泰丝

在我们下车的火车站门外，一个举着红色雨伞的导游正等待着带领文化小组的学员展开一段旅程。我告诉她我打算去购物，以免"我想要跟随自己行程"之类的话听上去过于粗鲁。

回顾我们在这个假期中去过的其他地方，我的记忆就像明信片一样：维罗纳深墨色天空下泛着灯光的圆形露天剧场；那不勒斯蔚蓝的海湾；西斯廷教堂天花板上令人喜出望外的鲜活色彩；但是对于我们在佛罗伦萨无忧无虑地度过的最后一天，我的人生彻底改变之前的最后一天，我却几乎能够一个小时一个小时、一步一步地回忆起来。

我坐上了前往菲耶索莱的公交车，站在敞开的车窗旁感受着流动的空气从我的脸边拂过。汽车在终点站把我放了下来，喷出一团柴油之后调头向城里驶去。广场上一下子平静了下来，清凉的山风如低语般吹拂着我裸露的双臂。在罗马圆形剧院里，我坐在其中一节温暖的石阶上，真切的回忆让我几乎能够听到年轻的自己正站在舞台上呐喊："明天，明天，明天！"

我拍下一张照片发给朵儿，还附上了一则消息：*想你！*

在咖啡馆里，我在一处阴凉的葡萄藤下坐了下来，喝着气泡矿泉水。我点了一份不加罗勒的番茄意面，边吃边凝视着远处如同利奥纳多画中背景里的小人国一般的佛罗伦萨。

格斯

主厨正在教我如何制作金枪鱼小牛肉。我从没有试过制作这道菜，因为我总是觉得它的口感有些奇怪。我对小牛肉和金枪鱼都不着迷，但是混合在一起呢？这怎么可能好吃呢？主厨向我保证，只要我严格按照他的食谱来做，味道肯定不会差。

首先，我必须烘烤小牛的关节，确保将它们烤熟却又不至于烤干，然后放在一旁晾干，因为这是一道冷菜。接下来，我用蛋黄、柠檬汁和橄榄油制作了美奈兹酱，还加入了一些切碎的酸豆、少量山萝卜碎和花园里的香葱调味。调好酱汁之后，我把捣碎、腌好的凤尾鱼和沥干的碎金枪鱼罐头加了进去，用机器将冷牛肉切片，上面放上搅拌好的美奈兹酱。这道菜的外表看上去希望不大，但是口味绝佳。

"完美！"主厨边说边微微点头以示肯定。

和我相比，负责制作意大利面和甜品的柯特打扫起厨房来又快又高效。3 点钟时，我发现自己整个下午已经无事可做了。

泳池里早已人满为患。鉴于我的皮肤不适合晒日光浴，我决定开着租来的小车去附近转一转。

我看到的第一块路牌上指示佛罗伦萨就在 50 公里以外。所以我驶上了通往"佛罗伦萨—比萨—里窝那"的高速公路交流道，不到 40 分钟就开到了城市荒凉的外围区。在路牌的指引下,我驶向了米开朗琪罗广场的停车场。就在这辆菲亚特熊猫汽车沿着曲折的道路朝山顶攀爬时,我逐渐意识到自己身在何处了。

当我迈出开着空调的车厢,来到几乎堪称世界上最美的停车场时,热浪如同火炉中的火苗一般朝我涌来。以鲜艳的蓝天为背景的教堂景致简直和明信片上的风景画没什么两样,看上去是那样的不真实。我朝着其中一个满是足球衫和米开朗琪罗《大卫》雕塑塑料复制品的纪念品摊位走去,买了一瓶防晒指数为 50 的防晒霜和一张地图——其实我并不需要地图,因为我仍能清楚地看出自己上次到访这里时从城市跑向不相称的郊外的路线。

刚开始时,沿着绿树成荫的主路走了几步,我似乎想起前方会出现一段台阶,通往我多年前住过的那家酒店顶层泳池处能够眺望的华丽教堂。

泰丝

一定有辆公交车能够到达圣米尼亚托大殿，可人们却总是告诉我不同的公交站，或者是我无法理解他们的指示，于是我决定按照朵儿的作风来行事——如果她也在这里，一定会拦下一辆出租车。道路在看起来与其他小镇并无二致的郊野间盘绕，然后爬上了树木繁茂、点缀着高档别墅的山坡。在这片远离满是杂乱中世纪街道的老城区的清冷区域里，出租车把我放在了通往教堂的石阶脚下。我是唯一一个足够疯狂、敢于顶着沸腾的阳光爬上这些陡峭台阶的人。中途，我为了喘口气不得不先后停下来两次，但我并没有允许自己左顾右盼，直到爬到了顶层的平台上。

这里的风景美得令人震惊。就像多年前那样，我的双眼一下子溢满了泪水。那时的我面对眼前的人生还不知道自己的问题在哪里，对于即将到来的一切也是一无所知。我只记得曾经心想这里会是一个结婚的好地方。这很奇怪，因为我并不属于那种会梦想自己穿上白纱的女孩。

走进教堂，从耀眼的阳光一下子步入幽暗的室内，我一瞬间根本什么也看不到。即便是摘掉帽子，把眼镜推到头顶，我的眼睛也依旧花了好一阵子才适应过来。我走上通往凸起高坛的台阶，敏感地意识到自己的拖鞋正无礼地拍打着地板，于是伸手把一枚一欧元的硬币丢进了投币机。拱顶上一下子亮起了金色的光芒。

凝视着耶稣严肃的脸庞，我的心里产生了一种强烈的渴望，想要向他道歉。

"我不是不相信你。"我默默地告诉他，"而是不喜欢教堂。老实说，我觉得你也不会喜欢教堂的，如果你如今还会四处走访的话。"

随着沉闷的金属声，灯光突然灭了，仿佛是在惩罚我的异端思想。

然而，短暂的停顿过后，灯光又再度亮了起来。我转过身去。

芬奇亚娜别墅里的那个高个子男子正站在投币机旁边。在金色的灯光照耀下，他的头发呈现出了琥珀般的颜色。

我们对视了几秒钟，然后异口同声地说道："你就是那个人！"

"我就知道在哪里见过你！"我尖叫道，"你来过这里，就在我拿到高考成绩的那一天！"

"你也在这里。后来你还在老桥上和我说过话。"他说。

"你给我和朵儿照了一张相。那天我们俩还一起看过这张照片呢！"

"你还跟我说起了维亚德奈利街上的冰激凌店。"他说。

"是吗？"

深藏在我记忆里的一幅画面突然一下子展开了。在我们赶去乘坐前往巴黎的过夜火车时，我在桥边那间漫天要价的冰激凌店前面的队伍中发现了他的身影。我不知道是什么控制了我的情感。

然后朵儿边走边说："你喜欢什么样的？"因为通常她才是那个喜欢和别人搭讪的人。

"那你去了吗？"我问道。

在教堂里进行这样的对话未免有点古怪。

"两次。"他回答。

灯光计时器再一次停了下来。他又投了一枚一欧元的硬币。

　　我们站在彼此身边，虔诚地凝视着耶稣肃穆的面容。不一会儿，他开口问道："你觉得它还在那里吗？"

　　"什么？"

　　"冰激凌店。"

格斯

走出昏暗的教堂内部，大理石平台白得光芒四射。

我的旅伴漫步到栏杆旁，靠在那里凝视着远处的美景，身上带着一种渴望的光环。

"到达这里的前一天。"她低声说道，"我发誓自己还会回来，你知道的，就像你 18 岁会做的那样？"

"我也是这么向自己承诺的。"我吐露着心声，"我觉得身处如此美景之中，人是不可能不感到快乐的。"

她转过身来对我露出了微笑，让我不禁想要抛却所有的谨慎，告诉她，她是多么的美丽。可我嘴里说出的唯一一句话却是："准备好了吗？"

大理石平坦得有些光滑。在我们一起下楼时，我向她伸出了一只手，小心不要太用力地按压她手掌上的那一大块药膏。

"我昨天摔了一跤。"她说，脚下的拖鞋响亮地拍打着每一节台阶。

"我看到你了。"

"躲在番茄藤中间的人就是你？"

"是的。顺便说一句，我没有躲在那里。"

来到楼梯脚下，我们都抬起头来回望着大殿。紧接着，意识到自己已经不再需要我的搀扶，她松开了手。我们沿着道路从容地漫步起来，融入了此刻车水马龙的交通之中。就在我们路过露营地的入口处时，她开口说道："这里就是我们曾经住过的地方。你住在哪里？"

"酒店。在新圣母玛利亚广场。我是和我的父母一起来的。我倒是更愿意住在能够眺望起伏山峦的别墅里。"

"就像芬奇亚娜别墅这样？"

"我想是这样的！"

她露出了变幻莫测的笑容，就像一轮太阳从云朵后面探出头来，让我再也移不开自己的目光。

"你叫泰丝，对吗？"

"是的。"她回答，"你怎么知道我的名字？"

"猜的……"

她的鼻子因为专注而皱了起来。

"你是在卢克雷齐娅的花名册上看到的吗？"在我们迈开步子走下通往城市的浅梯时，她推测了起来。

"错！"

"我可以猜几次？"

我随便挑了一个数字。"5次！"

"你在早餐时听到我和别人提起过？"

"早餐时我不在场！还剩3次。"

"你看到了我的笔记本封面？"

她停下脚步，从单肩背包里掏出了一个练习本，指了指写着连笔字的书脊缝线处。*泰瑞莎·玛丽·科斯特洛。如果你拾到这个本子，请拨打……*在我还没来得及记下手机号码之前，她就把笔记本放回去了。

"不对！还剩两次！"

我希望自己能够多给她几次猜测的机会。我本应该选择10次，或者20次，或者和通往市里的石阶数量一样的次数，因为我不想让一切就此结束。

"等等，我怎么知道你说的是不是真的？"她突然问道。

"相信我，我是个医生。"

这个词仿佛触动了某个遥远的记忆，她专注而又好奇地望向了我。

"你叫什么来着？"她问道。

我犹豫了一下。

"我叫格斯。"

我们在一片树荫下停止了脚步。

"格斯。"她重复道。

"是这样的。我知道这有点奇怪，不过我也去了星期六的滚石乐队音乐会。你晕倒了，而我真的是一个医生。"

"你就是那个回来探望我的病情，还为我送来了粉色和蓝色花朵的人？"她不可置信地问道。

我点了点头。

"很抱歉，但我为了赶上飞来这里的航班不得不把鲜花留在了医院。34年了，我还从未收到过一束鲜花。就在我唯一收到一把花束时，我却还……等一下……不过它们是白玫瑰。"她闭上了嘴巴，带着真挚的表情望着我的双眼，"谢谢你，格斯。它们闻起来很香。"

她相信我们在这里的相遇完全是一种巧合。归根结底，这的确是一种巧合。

我回敬了她一个微笑。紧接着，我们都飞快地移开了目光，回到了两个刚刚相遇的人之间应有的尴尬之中，彼此之间的空气中跳跃着无声的问题。

"所以，你也是滚石乐队的粉丝，是吗？"她终于在我们再次迈开步子时开口问道。

"不算是吧。"我回答。

我想起了娜莎说过的话。

"这是遗愿清单里的一项，不是吗？"

"你不会快要死了吧？"

"我希望不是！"我回答，"你呢？"

又是一次皱眉。

"我想体验站在一大群人中和大家合唱是种什么感觉。"她终于答道。

"惊人的力量，不是吗？"

"没错。"她表示赞同。

此时的阳光温和了不少，通往城市的道路一半都处在树荫之中。

"你为什么不开心？"她问道，"你上一次来到这里时？"

"你怎么知道我当时不开心？"

"刚才在那里的时候！"她指了指山上，"你说你希望自己能够生活在这里，因为这样你就不可能不开心了。我只是想……"

我们又向前迈了几步。

"那时候，我哥哥刚刚在几个月前的一次滑雪事故中丧生了。"

"哦，我很抱歉。"她短暂地触碰了一下我的手臂，但这个手势所留下的温柔残留在我的皮肤上。

"我们都还沉浸在悲痛之中，却又——以十分英格兰的方式——试图不让这种情绪毁掉自己的假期。这话说来着实有些荒谬。"

我花了一生的时间向旁人隐瞒自己的心声，然而此时此刻，在一个陌生人面前，我心中的话却自然而然地流露出来。"死亡是如此禁忌的一个话题，不是吗？"

*真是一句不错的搭讪台词！*我几乎能够听到娜莎在对我尖叫。

"你知道意大利人会在圣诞节前去为自己的亲属扫墓吗？"泰丝问道，"公墓门外售卖鲜花的摊贩生意可红火了。"

"真是个好主意。我喜欢这里的生活方式。"

"我也是。"泰丝回答。

德奈利冰激凌店已经不复存在了。我们沿着它原先所在的维亚德奈利街来来回回走了好几遍。我之所以会感到失望并不是因为没有吃到冰激凌，更多的是因为我们之间的共同点就这样消失了，而我们之间的联系也就此结束了。然而，就在我们继续向圣十字区走去的途中，我们同时看到了一条队伍。原来德奈利冰激凌店早就搬家了，现在的规模比以前更大了。

泰丝选择了三种口味的圆筒冰激凌：树莓、甜瓜和芒果。踌躇良久之后，我选择了蓝莓、柑橘和奇异果。这里的冰激凌既突出了水果的香甜，又保留了其酸味，是我在其他冰激凌中从未品尝过的口感。不过我们还没有熟到可以舔一下对方选择的那种口味的程度。就在我们的嘴里"嗯嗯嗯"地发出赞赏声，走回主广场的路上，泰丝突然停下了脚步。"我们忘记了双味原则！"

"什么是双味原则？"

"如果你买了三种口味的冰激凌，出于某种原因，你只能尝出其中两种的味道，所以朵儿和我发现最好的方法就是只买两种口味，每天买三次，而不是三种口味买两次。"

她是对的。我咬下第一口蓝莓冰激凌时感觉咽下的就是纯净的蓝莓精华，因而根本就尝不出柑橘和奇异果之间的差别。

"我们先把这一份吃完吧。"我提议，"然后喝点水，让味蕾恢复一下再回去。”

“你就是我喜欢的那种人！”她笑了。

*你的话是真心的吗？你也和我有着同样的感觉吗？*我的心里涌起了一阵一阵的微微兴奋感，感觉些许肾上腺素正在不断地流向我的四肢，让我有些头重脚轻的同时既幸福又紧张。

“我还从未去过乌菲齐美术馆呢。”泰丝在我们经过美术馆入口处时说道，“排队的人永远是那么多，而我的朋友一天之内也只能忍受观赏一部分的艺术品。”

我看了看手表。

“我们还有时间可以去看一幅画。”

“波提切利的《春》吗？”

我指了指。“这里又没有人排队。”

售票处已经关闭了。我把一张 20 欧元的纸币塞到了一脸困惑的工作人员手中，然后和她一起奔上楼，朝着我记忆中悬挂着波提切利画作的房间跑去。

“哦，我的上帝！天花板！”泰丝在我们沿着走廊狂奔时惊呼道，“从没有人跟我说过这里的天花板也这么漂亮！”

我们找到了收藏着世界上最著名的两幅画作的那个房间。只见那里还有一位愁容满面、以为可以下班了的工作人员。

“这幅画作的内容实在是太丰富了。就算是看上一整天也还是会有所发现。”泰丝边说边尽可能地向那幅《春》靠过去。

“画里出现了 500 种植物，光是鲜花的种类就超过了 100 种。”我记得。

“你数过吗？”

我笑了。“没有，我读到过！”

"它好大！"她说，"我不知道它竟然这么大。我有一张海报，但只有一米宽。这幅画的颜色和其他画作不一样，不是吗？那么多的绿色，仿佛把宗教绘画和异教徒绘画融为一体，你不觉得吗？如果你把维纳斯当做我们的圣母，这些神明就像是圣人……老实说，你可以盯着它看一个月，不是吗？嘿，这是什么？"

她走向了相邻的那面墙上挂着的《维纳斯的诞生》，被画作前面摆着的一个小小的浅浮雕作品迷住了。"这一定是给盲人触摸这幅画的样子而准备的。"她说，"就像盲文一样。这是不是很酷？"

我们轮流闭上眼睛抚触了一下。

"当盲人通过这种方法想象画中的内容时，你觉得他们的大脑会不会也在作画？就像我们睡着时那样？即便我们的眼睛是闭着的？"泰丝问道。

听了她的评论，我感觉自己仿佛第一次看清了一切。

"你觉得我们能够了解别人的感受吗？"她提出的都是我们这个年纪的成年人早已厌倦去提及的问题。

工作人员第无数次地清了清喉咙。

"我想我们知道他想让我们回家。"我低语道。

我们离开展厅，沿着空荡的画廊走到尽头的窗户旁俯视着河水。

"我猜这就是作家试图要做的事情。"泰丝继续着自己的话题，"进入某个人的心里……"

"人像画家也一样。"我说。

"你知道老桥旁边的一条走道上坐满了人像艺术家吗？"泰丝伸手指了指大桥，"那里被称为瓦萨里走廊。我在一个网站上读到过。"

她指向了我从未注意过的商铺楼上那一排方形的窗户。

"走廊从这里一直通向碧提宫，这样佛罗伦萨的贵族与小姐就不用和民众混在一起了。我猜是这样的。"

"那里对公众开放吗？"

"我觉得你可能得提前好几个月预订。"她说。

"我很想这么做。"

"我也是！"

难道她和我想的一样，认为我们之间还会发生比这里、此刻、今日更大的事情？

门外的柱廊里，街头艺人正在为游客画着素描。

"你有没有很想画上一幅的冲动？"在我们短暂停下来观看时，我问泰丝。

"不可能！照镜子时，我觉得我还不错，可是照相的时候看上去就很恐怖了。相机是不会撒谎的，不是吗？画像肯定更糟！"

"我想要为你画一幅。"

"你会画画？"她充满怀疑地看了我一眼。

"一点点吧。"

"一个多才多艺的男人！"她说，"烹饪，绘画！格斯，你在这里能赚大钱！你应该搬到意大利来，开一家餐馆、为人们画画，就像凡·高那样。曾经有个展览展出过凡·高写给皇家艺术学会的信。你去看了吗？我是说，我觉得凡·高不会做饭，但他会把酒吧里所有的人都画下来。这应该能拍一部出色的电视连续剧，不是吗？你可以称之为《意大利的烹饪艺术》，还是说已经有这样的节目了？"

一位街头艺人正在老桥上吹奏着爵士单簧管。鹅卵石路上挤满了游客。

"我们来自拍吧。"泰丝提议，"发给朵儿，让她猜猜你是谁！"

她用一只手臂搂住我，凑到我的脸边，尽可能往远处举着手机。

"说茄子！"

"茄子！"

照片中的我们都因为笑场而紧闭着双眼，我们不得不另拍一张。查看第二张照片的效果时，她的手臂仍旧挽着我的脖子。就在我们把目光从屏幕上抬起来时，我们的眼神相遇了。我忍不住想要亲吻她。

"你觉得时间够吗？"她问道。

"时间？"

"再去吃下一个冰激凌？"

我喜欢她说"下一个"，仿佛我们有一整个晚上的冰激凌可吃似的。

我愣住了。

"怎么了？"她问道。

"我本来应该回去做晚饭的！"

泰丝看了看手表。"我刚刚错过了迷你巴士！"

"好吧。"我说，"这么看来，我们有两个选择：第一，打车去米开朗琪罗广场，像意大利人一样开车回去，很晚才能吃上晚饭；或者今晚放松地在城里漫游一番……"

在身边的手机和相机咔嗒作响间，这一刻即将出现在一千张网络分享图片的背景之中。

"我觉得我们可能应该让他们知道我们在哪儿。"泰丝说。

一瞬间，我对她没有肯定第二个选择感到有些失望，随即才雀跃地醒悟过来。

我挣扎着与卢克雷齐娅进行了一段费力的对话，假装我不太明白她蹩脚的英语——其实我听懂了不少。当我挂上电话时，泰丝焦虑不安看着我。

"主厨气疯了。"我告诉她，"文化小组的成员也不太喜欢冒着酷暑坐在车里等待了一个小时的时间。大家都很关心我们的安危……不管怎么说，我们花的是自己的钱……"

"所以我们可以随心所欲啦！"泰丝惊呼，"这本来就该是一个假期，不是吗？"

显然，朵儿会很高兴听说我们正坐在市政广场上喝着阿佩罗开胃利口酒。

"她说如果你多花一点钱，酒的味道会更好。"泰丝说。

我们又在咖啡桌旁给朵儿发去了一张自拍。我试图想象这个对泰丝来说十分重要的女人，却什么也想不起来，只好期待她在看到收件箱里的这些照片时会喜欢我的长相。

"你知道吗？"我边说边啜着杯中的酒，"我觉得朵儿说的是对的！"

泰丝是个很容易逗乐的人，然而她的每一个微笑都像是一份意外的礼物。

我一直想要说些类似"你知道你有多美吗"之类的话，却不断地告诫自己，我已经是个 34 岁的男人了，不是个毛头小伙子了。

"你有铅笔吗？"我问她。

她在包里翻了翻，掏出了一小截铅笔。

我从桌子上的纸巾架上抽出了一张纸巾，开始素描起来。

她用手指玩弄着细细的鬓发，试图保持严肃的表情。

我发现自己很难捕捉她的样子，不由得想起了为露西素描时看到她如同洋娃娃一样、表情一成不变的画面。可是泰丝的美本来就在于她的活力。这也是她为什么拍不出一张好照片的原因。但相机是会撒谎的。

"待着别动！"我告诉她。

也许是我父亲般的口吻让她突然想到要提问："你结婚了吗？"

"没有。"我回答,丝毫没有想到要遮掩事实,"我离婚了。我的前妻带着两个女儿生活在日内瓦。说来话长。"

"哦,我很抱歉。"泰丝说着拿起装满荧光橙色饮料的酒杯,含住吸管出声地嘬了一口。

"你呢?"

"我?没有。我的恋爱史没什么好讲的。"她在桌面上靠了过来,试图看看我的素描画得怎么样了。我已经画好了。

"我真的就长这样吗?"

"不完全是吧。"

"我就说嘛!"她回答,"我能留下它吗?"

"当然!"

"我要把它夹在我的笔记本里。"她说,"不然,我这种人说不定会在包里翻找纸巾时把它拿出来擤鼻涕之类的!"

她把纸巾小心翼翼地夹在了中间的几页纸里。

"你在写什么?"我问道。

"某种回忆录。"她回答,"不过我似乎碰到了停滞期。"

"你有截止日期吗?"

"其实没有。"她答道,然后找了个借口去上厕所。

我看着她左拐右拐地朝着咖啡馆走去,在经过黄色的阳伞时还低着头。

我把服务生叫了过来,让他推荐一家好的餐厅给我,试图用男人之间的方式告之我想要给某人留下个好印象,可听上去却像是《教父》中某个狡猾的角色。

"我要请一位非常重要的女士,明白吗?"

当我拿出一张 20 欧元的纸币时,他突然记起了佛罗伦萨最好的餐厅是哪一家，然后私下里为我打电话预订了一张餐桌。

看到泰丝朝着我们走来，他一边眨眼一边对我说了一句："真漂亮啊，这位小姐！"

"老实说，吃了这么多的冰激凌，能够捏一片比萨四处闲逛我就已经很开心了。"泰丝说，"身处这种地方时还要坐在餐厅里简直是太可惜，不是吗？"

我打算用一瓶上好的基安蒂红葡萄酒和罕见到要按斤出售的佛罗伦萨牛排来给她留下好印象的计划一下子变得灰飞烟灭，以至于我都不知道为什么会想到要把她困在点着蜡烛的餐桌旁，让一脸不赞同的服务生甩开一张亚麻布餐巾，盖在她裸露的长腿上。

我们漫无目的地从容漫步在阿诺河另一侧游客罕至的鹅卵石街道上。在这里，身着黑衣的年迈女子会坐在自家门口的厨房椅上和邻居聊天。空气中充斥着煎大蒜的香气和吱吱声，还有看不见的母亲们为全家人准备晚餐时铿然作响的声音。

"我们从没有来过这里。"在我们走进一个中央坐落着小公园的广场上时，泰丝说道。她抬起头来凝视着被泛光灯照亮的教堂，脸上神往的表情和我周末在滚石乐队音乐会上、今天下午在圣米尼亚托大殿里以及我们半辈子前相遇的那一刻看到她时一样。

"我想这里是学生居住的区域。"我告诉她。

悬铃树下摆着一个适合婴儿乘坐的旋转木马。年轻夫妇推着婴儿车缓缓前行，还有一些年龄稍长的妇女正挽着手在夜色中散着步。香甜的空气让人的心绪也缓和了下来。

我们在一间小小的比萨店找了张桌子坐下来。服务生为我们点燃了桌上的蜡烛，还送来了一筒棍形面包，然后为我们点了菜。

"上一次到这里来时我眼看就要成为一名大学生了。"泰丝告诉我，一边掰着手中的面包棍，一边凝视着教堂台阶上围绕在一个吉他手身边的那群年轻人，"我在学校预订了一间宿舍，还准备好了要在墙上贴上波提切利的《春》的海报。"

"发生什么事情了？"当服务生为我们端来四分之一杯红葡萄酒和一张比饼盘还要大一倍的比萨时，我问道。

"我到家时，一切都改变了。"

当她把母亲去世、年幼的妹妹需要她照顾的事情告诉我的过程中，我们谁也没有触碰桌上的食物。她描述母亲葬礼的方式既好笑又可悲。她停顿片刻后说道："你知道那是种什么感觉，因为你的哥哥也是英年早逝。你永远无法释怀，不是吗，不管别人怎么说，你会把这一切当作习以为常，但那份思念却永远不曾停止。"

我凝视着闪烁的烛光，不知自己能否和她一样诚实。我知道我必须告诉她真相，因为这种吸引力、这份联系，不管是什么把我拉向了她，都不允许我掩饰自己。

"问题在于，我不太喜欢我的哥哥。虽然我并不想让他去死，但我似乎除了愧疚之外没有什么感觉。"

泰丝沉默了良久，以至于我相信自己已经把一切都搞砸了。

"我想事情对你来说可能更加糟糕，格斯。"她终于开了口，"这倒不是说你们之间存在竞争之类的。我的意思是，我希望妈妈没死，但我总是知道她爱我，而她也知道我爱她。但如今你却抱着自己恨他而他也恨你的残念，因为兄弟之间就是这样的——我自己就有两个哥哥——你永远也没有机会和他一起长大成人，弄明白你们是否能够成为朋友。"

罗斯和我会成为朋友吗？我从没有想到过这件事情。

"活着的那个人总是会感到愧疚。"泰丝说，"我太爱我妈妈了，但我本能做些什么来改变这一切的想法依旧在折磨我。要是我能够看出些端倪就好了。要是我没有离开就好了。要是我没有沉溺在一心想要去上大学、仿佛这是世界上最重要的事情就好了。但你不能带着这样的想法度过自己的余生，不是吗？这话说起来容易。"

　　我低头凝视着桌面，而泰丝则朝我靠了过来，微微把脸庞歪向一边，仿佛是在试图钻到我的视线下面去，让我抬起头来，就像你力图逗乐一个性情乖戾的孩子时会做的那样。

　　"7个字？"她问道。

　　"再来一个冰激凌？"

泰丝

一分钟前，我们还在畅所欲言，仿佛我们已经相识了一辈子似的；而下一分钟，我们却又沉默相对，好像我们是刚刚才认识彼此的陌生人一般。我猜这两点都是对的。在我们踏上返回的旅途时，我清楚地感受到了他在我身边是真实存在的，我们的手差一点就碰到了一起。

"所以，你在哪儿上的医学院？"我问他。

"大学学院。"

"我本来也要上这所学校的！"我喊叫，仿佛他从我的手中抢走了什么似的，"那你住在哪里？"我问道，语气更加礼貌了一些。

他给我讲述了自己跟随父母来到宿舍、想要为自己打造一个全新的身份并认识了隔壁室友娜莎的故事——娜莎是在别人临开学前取消预订之后才住进那间寝室里去的。

"你觉得那会不会就是我的房间？"当我们再一次迈上老桥时，我开口问道。

"那就太奇怪了，不是吗？"

此刻商铺已经全都关门了，街头艺人也都回家了。我们靠在支撑瓦萨里走廊的拱门墙壁上，头顶上就是那些有权有势的人为了不看到平民而建起的步道。

"你觉得我们那时候会相处得来吗？"格斯低头凝视着阿诺河。

入夜后的河景看上去更美、更浪漫。白天的河道里充斥着满是泥土的棕黄色河水，但此刻油黑闪亮的河面上却反射着河岸边的华灯。

如果让我老实说的话，我的本能反应是不太可能。他是个公立学校的男孩，拥有一对中产阶级父母。他会把我视为粗俗的工薪阶级子女，而我则会不成熟地以为自己配得上他——显然是异想天开。那么我们唯一的共同点就是对艺术和冰激凌的热爱。但这样就足够了吗？

"妈妈过去常说，人不能两次踏进同一条河流。"我告诉他，"我从不明白这话是什么意思，但也许如果我们那时候就相遇了，现在就不会一起来到这里。没有娜莎，你也不会成为'格斯'！"

"就像是混沌理论。"他转过来看着我，"如果一只蝴蝶在地球的一端扇动翅膀，就会引发一系列最终可以导致风暴的事件……"

"或是彩虹。"我说，因为这不一定是件坏事。

我们沉默了片刻，然后双双挺起了身子。我们的身体靠得那么近，颤抖得仿佛有道电流正在我们之间来回穿梭。他凝视着我的双眼，双手捧起我的脸庞，好像是在捧着一只珍贵而又精美的花瓶。他的双唇在我的双唇上停留了一个瞬间，然后便撤了回去。他凝视了我很长一段时间才深深地亲吻了我，紧闭着双眼，仿佛是沉浸在对我的祈求之中。他的双唇是那样的温柔、老练，以至于我的身体就像温暖的蜡油一样融化在了他的身上。

走下桥时，他牵起了我的手。我们的脸庞全都咧着嘴满意地笑着。

街道上空荡得出奇。餐厅也全都关门了。我们赶到德奈利冰激凌店时，老板正准备拉上百叶窗打烊。格斯选择了榛果和柠檬口味，我则选择了鲜奶乳酪和梨子口味。我们绕回了大教堂广场。教堂的大门在照明灯的照耀下仿佛变成了平面的，就像一座背后空空如也的巨大舞台背景。周围空无一人，好像灯光就是为了我们荣膺的私人 VIP 之旅而亮起的。

格斯再一次亲吻了我。我睁着眼睛，因为我想把他的脸庞和他身后钟楼的柔和线条一起印刻在我的记忆里。

一群踩着滑板的少年不知从哪里冒了出来，一边围着我们绕圈一边用意大利语说着"你们干脆去开间房吧"之类的揶揄话语，然后便消失了。

"我们住过的酒店。"格斯指出，"就在那里。"

"很好。"

那个瞬间，我知道我们都在想着同一件事情。

"我们可能应该回到芬奇……"他的话听上去像是在提问。

"是呀。"我回答。

这段路和我 6 个小时以前乘坐出租车前往米开朗琪罗广场的路线一样，可我人生的坐标却发生了翻天覆地的变化，充满乡愁的平静赞美诗被令我又惊又怕的期待的序曲所取代，以防自己因为相信而给未来可能发生的事情带来什么厄运。

站在停车场里，望着此刻远在黑色夜空另一边的、亮着灯的大教堂，我突然为某种预感而颤抖了起来：我必须将眼前的每一个细节都印在脑海里，因为我将永远再也无法看到这样的景象。

"我不想离开！"我的声音哽咽了。

格斯关切地伸出一只手臂搂住了我，把我拉近了他的身边。我喜欢把头靠在他肩膀上的那种感觉，他是那么的高大。

"我们随时都可以回来。"他说。

"可以吗？"

"如果你愿意的话，每天都可以。或者我们也可以去看看其他的地方。"

我们有辆车，还可以把芬奇亚娜别墅当做我们的基地。"

　　"有点像野营。"我回答，"不过显然背后不会有石子，也不用走路去上厕所……"

　　我几乎能够听到朵儿在呼喊："你喜欢什么样子的？"

　　"我想再多听一些有关霍普的事情。"格斯在启动汽车时说道。

　　于是我告诉了他，霍普是多么有趣而又倔强的一个小女孩，以及我永远都不知道是否在为她做正确的事情、和她生活在一起让我意识到人们为了让世界运转下去而随时撒下的所有谎言、她是多么的难以对付却在音乐方面如此才华横溢的事情。最后，我还讲述了霍普是如何把我引向了戴维的过程。

　　于是格斯向我讲起了露西的事情，以及她是如何让他感觉更加安心、帮他坚持到底，而他却又为何不曾向她提起过自己的哥哥，从而和夏洛特走到了一起。

　　格斯正专注地盯着前方的高速公路。这是一条双向的单车道，中间竖着一道水泥围墙而不是中央分车带，不过有时候不盯着另一个人的脸反而更容易与对方交谈。他在恩波利东端驶上了交流道，然后载着我在一座荒芜的小镇周围转了一会儿，这才承认可能走错了出口。现在我们迷路了。他把车子停在了一条小巷里，试图打开卫星导航，设法把它从意大利语转换到另外一种语言——我们觉得那有可能是俄语。然而，他并不觉得这件事情很有趣，而是焦躁不安地抓住了我的一只手，专注地凝视着我，让我几乎有些害怕。

　　"你现在恨我吗？"他问道。

　　"我为什么要恨你？"

　　"因为你是个如此诚实的人，而我的行为却很糟糕！"

　　"我不恨你。"我赶紧回答，"我也不是一直都这么诚实。"

在我们绕着单行道一遍又一遍地绕圈时，我把里奥的事情告诉了他，直到格斯终于看到了芬奇的路牌，载着我驶出小镇，在几座没有路灯，只有陡坡和险弯的山峦间穿行起来。

当车头灯照亮了芬奇亚娜别墅的手绘路牌时，我的心里为我们找到了回家的路微微感到放松了一些，但我多半还是希望他能够继续开过去，因为车内的空间很像是一间忏悔室：我们可以随心所欲地对另一个人袒露心声，又无处逃离真相。不过我们还没有说到彼此故事的尾声。

汽车在尚未修好的车道上颠簸着。一个急转弯之后，我们的车子伴着飞溅的碎石驶入了停车场。格斯拉起了手刹，关掉了车头灯，让我们陷入了沉沉的黑暗之中。沉默中似乎充满了我们在行驶过程中有可能提出的所有问题，可现在却感觉有些过分私密。

"所以你就成了一个作家？"他问道。

"只是在业余时间里。多年来，大家总是在说'等霍普安顿下来'，但却没有人想过这件事情真的会发生。所以，当这一天到来时，我反倒感觉自己有些无所事事了。我就是从那时起开始写这本书的。为了给我的生活带来某种有效性。我想我之所以会这么做，一部分原因是觉得能为霍普留下一段记录应该是件好事，如果她想要知道自己的过去的话。不过，说实话，这太不像她了……"

一阵良久的沉默。我不知道他是否理解了我的潜台词。

"所以你最终还是成了一个医生？"我问道。

"是的。我得继续支付房子的贷款，好让它能够成为两个女儿的家，只要她们愿意。不过，在她们上一次到访的过程中，我不确定她们是否还想把这里当做自己的家了。就像你说的那样，这也许是一件好事。你必须想办法让自己独立起来，才能让你爱的人不去依赖你。"他感伤地笑了笑，"我只是希望事情不要发生得那么快。”

　　“你的房子在哪儿？”我问道。

　　“波特贝路大街。”

　　“波特贝路大街？”

　　“就在大街的尽头，有太阳光线和人脸纹章的附近。”

　　“就是那些被涂成了不同颜色的小房子中的一座？”

　　“是的！”他回答，“你知道波特贝路大街吗？”

格斯

我的两个女儿就是在她管理的店铺里贴的文身；她每次跑过我家时都会放慢脚步；在过去的两年中，我们几乎每天早上都会在同一家咖啡馆喝咖啡，可不知为何，她从未碰到过我，我也从未碰洒过她的拿铁。

"看在上帝的分上，我不得不晕倒才能引起你的注意！"

伦敦的灯光实在是太耀眼了，所以你从来都看不到星星，但这里是那样的黑暗，天空如同装饰着无数钻石的黑色天鹅绒华盖一般。

"你觉得——"泰丝在我们站着凝视天空时问道，"如果我们都能拥有一种跟踪装置，就是你能从太空中看到的一缕微光，那所有人的路径是不是都会像我们的那样绕圈纠缠在一起？"

"不。我觉得这很……神秘。"

我本想说这是命中注定，但我却听到了夏洛特傲慢自大的声音："事情真的会是命中注定的吗？"她在这里可没有容身之地。

"神秘？"

"不可思议？"我换了一个提议。

"'不可思议'是个可爱的词。"泰丝说。

亲吻彼此时，我们全都颤抖了起来，因为在知道了对方所有的希望和罪行之后，我们感觉情形似乎更加危如累卵了。

泰丝的嘴巴充满了梨子和奶酪的清甜。当我闭上双眼时，她的笑容却依旧停留在我的视线里，就像彩虹消失之后的那个瞬间，你依旧觉得它还停留在原地似的。

不远处，一只猫头鹰叫了起来。

"我能牵着你的手吗？"泰丝在我们小心翼翼地走过崎岖不平的地面时问道。

"该死的拖鞋！"

"我忘了把鞋子装进行李箱里。这很不像我的作风，但我真的很着急，生怕误了飞机。"

如果她错过了航班，我们现在还会在这里吗？她会改乘下一班飞机吗？我们还会同时到达圣米尼亚托大殿吗？我们之间的联系仿佛是不可避免的，却又是如此的脆弱。

我们在通往她房间的石头台阶上再次亲吻了彼此。就在我们停下来喘息的时候，我把她拽上了台阶，害得她掉了一只拖鞋。我们看着它一蹦一跳地滚到了楼下，紧接着便听到有脚步声在靠近，于是我们冲上平台，摊开泰丝的钥匙，慌乱地把它们一一插进老旧的铁锁中。终于，我们打开门，冲进屋内，在被人发现之前决绝地关上了身后的房门。背靠着门板，我们像正在越狱的逃犯一样屏住了呼吸，直到脚步声渐行渐远。

在一片黑暗之中，我的双手摸到了泰丝的双手；我的嘴摸索到了她的嘴，我的皮肤紧贴着她的皮肤。我们的欲望是那样的狂乱，感觉正试图跳进另一个人的身体里，仿佛我们已经完全对彼此臣服，仿佛这将会是我们此生做的最后一件事。

当我醒来时，昏暗的房间已经被百叶窗穿透过来的一缕缕阳光点亮了。

泰丝仍旧在我的身旁熟睡，深色的鬈发散在白色的枕头上。看着她的五官如此平静安详的感觉很奇怪；似乎看着她熟睡比将她吻醒更加的亲密。

我小心翼翼地钻出被单，穿上短裤，踮着脚走到门口，悄无声息地离开了房间。

平台上仍旧十分安静，空无一人，可早餐的自助餐桌已经摆放了出来。我往口袋里塞了些点心和水果，却在咖啡机那里被主厨逮了个正着。

"对不起。"我说道，"我不能工作……我有很重要的事情。"

这句话用英语说起来效果可能会更好一些。

主厨望着我端着的两只小小的杯子，朝我眨了眨眼睛。"爱情！"

他是意大利人。他能够理解什么才是重要的事情。

在返回房间的路上，我在楼梯底下拾起了泰丝的拖鞋。

我意识到我应该拿上房间的钥匙，因为我不管怎样都不得不叫醒她。

我轻轻地拍了拍门。

"谁呀？"

她听上去很紧张。说真的，她不会以为我会悄悄丢下她跑掉了吧？

"是我！"

"暗号！"她问道，声音里还包含着紧张的笑意。

"早餐。"

她打开古老的木门，然后又冲回床上，拽起床单遮住了自己裸露的身体。

我把拖鞋的鞋底当做摆放浓缩咖啡杯的迷你早餐托盘，在床铺两边各放了一只，然后喂了泰丝一颗草莓，弯下腰去亲吻她满是草莓味的湿乎乎的嘴巴。在她抬起头来笑着望向我时，自我在阳光下的圣米尼亚托大殿外站在她身旁时就如香槟泡泡在我体内嘶嘶作响的那几个字涌上了我的嘴角：

"我觉得我爱上你了！"

她的反应有些不可置信，看上去是那么的美丽而无辜，像在圣诞节的早晨醒来的孩子。

"我不只觉得爱上了你！我是真的爱你！我爱你！"说出这句话让我感到发狂般的快乐，"你拥有最美妙的思想、最出色的身材……"

"不！"她突然举起一只手，转过身去，凝视着百叶窗外，仿佛在眺望远处的风景。

"泰丝？"

"我的乳房不是真的！"

"我知道。"

她猛一转身面向着我。

"你知道我得了乳腺癌？"

你只有 34 岁却已经开始写回忆录了！

"昨晚……"我支支吾吾地说道，"我能够摸到伤疤……再考虑到你的家族史……"

这个如天堂一般的房间逐渐变成了全科医生诊所。我试图牵起她的手，却被她猛地抽了回去。紧接着，她紧盯着我的双眼，任由被单滑落下去。

迎着落在她胸口上的几缕单薄的阳光，切口线比她自然的肤色更粉更亮一些。如果有什么话是真的，我就不知道该说些什么了。我想要安慰她这不会有什么不同，但我怀疑这话只会起到反作用，所以我只好拒绝看向一旁。

"它们看上去很像是真的，不是吗？"她终于开口问道，"在 T 恤衫下面？"

"是的。"

"它们比我原来的乳房要小很多。老实说，我一直有点头重脚轻。游泳运动员的体格，你明白吗？"

我点了点头。

"所以，我可以爱你吗？"我问道。

她沉思了片刻。

"我想应该是可以的吧。"她笑了，再一次陷入了枕头中，双眼如今闪烁着邀请的意味。

我躺在了她的身旁，用一只手肘撑起了身体。

"我爱你，泰丝。"我吻着她的脸，"我还从未在知道这三个字真正含义的情况下对任何人说过这句话。"

"我也爱你，格斯。我只对两个人真心地说过这句话，不过那是昨天以前的事情了……在我找到你之前。"

我飞快地吻了她一下。

"真有趣，不是吗？"她说道，"人类拥有充满各种神奇词语的字典，可在表达这种独一无二、无穷无尽的激情时却只想到了这三个小小的、单薄的字眼？"

"独一无二、无穷无尽的激情"是十一个音节，我心想。

她朝我抬起手，展开了双臂。就在我们缠绵悱恻地亲吻时，我们的灵魂仿佛交汇在了一起，对彼此许着庄严的承诺。我紧紧地缠绕着她，试图将她的所有精华都集中在我的身上。我们又开始做爱了，无声地——生怕经过我们门口、下楼吃早饭的房客会听出什么声响——无声地交谈着，凝视着彼此的双眼，沉默地触碰着，温柔地折磨着彼此。我喜欢一寸一寸地摸索她紧贴着我的纤长身体，喜欢她临近高潮时突然愉悦地欢笑起来的样子，更喜欢我们超越感官愉悦的无意识状态、升华到纯洁而又令人陶醉的快乐天堂的感觉。

听出高跟鞋尖锐、规律地敲打着地面朝我们靠近的声音，我们一下子愣住了。

敲门声响了起来。

我们交缠在一起，不约而同地屏住了呼吸。

"科斯特洛小姐。"是卢克雷齐娅一板一眼的声音。

"什么事？"泰丝的回应充满了愧疚。

"你知道古斯先生在哪儿吗？他的车子挡住了迷你巴士。"

我们谁都没有应声，因为我们在忙不迭地用被单堵住自己的嘴巴，生怕笑出声来。

泰丝

如果这世上有什么地方是你在坠入爱河的那一天一定要去的，那就是比萨。

在前往比萨的路上，我们经过了一大片看上去像是 100 个其他景点一般的纪念品市场。整座小镇被巨大的围墙包围着，所以直到穿过拱门的那一刻，我们才感觉眼前豁然开朗。耀眼的白色大理石前面延展着平坦的绿色草坪，背后则是蔚蓝的天空。我以为这里只有斜塔，因为这是你在照片中能够看到的唯一景点，然而它的旁边还保留着教堂、洗礼池和礼拜堂——整座广场看上去是那样的美轮美奂、令人称奇，而色彩又是如此明亮，仿佛是从电脑中输出的一般。面对眼前的一切，你不禁会想起几百年前修建它们的那些人。要知道，那时既没有电力也没有吊车之类的东西。这一定就是人们将其称为奇迹广场的原因。

斜塔看上去仿佛是在歪着脑袋窥视教堂的一侧。介绍其历史的招牌上写道，斜塔建成之初被认为是一座失败的建筑，以至于没有人愿意认领它是自己的作品。因此，我们甚至连这座每年都要迎来上百万游客的建筑出自哪位建筑师之手都无从得知。

一排游客正手举相机为假装摆出"托塔"姿势的朋友拍摄照片。

"我们也来拍一张！"

我把手伸向了空中，让格斯来寻找拍摄角度。就在我打算把照片发给朵儿时，他说道："我们为什么不把斜塔排除在外，单拍旁边的那一群人，让她猜一猜我们在哪儿呢？"

真是个好主意。如果她没有回复，就说明这个问题难住她了。

我们和其他上百名游客一样坐在了草地上，尽管标语警告我们不要践踏草坪。

一只白色的蝴蝶轻快而又随性地从一个叶片飞到了另一个叶片上。我试图拍下这抹映衬着绿草和蓝天的白色，可它却从不愿意长时间逗留。

一对背包客向我们走了过来，拿出相机邀请我们在教堂前面为他们拍摄一张合照。带有网状花纹的大理石白地如同一件婚纱，上面的阶石则像是错综复杂的霜糖蛋糕。房顶的尖顶上还立着怀抱儿时基督的金色圣母像。

这对夫妇在我把相机递还给他们时笑着对我表示了感谢。

"你觉得有人会在这里结婚吗？"我把格斯拽了起来，以大教堂为背景拍了一张照。

老实说，我的话并没有任何的含义。

"那我们就在这里结婚如何？"他问道。

我们看了看这张自拍照。大教堂被完美地囊括进了照片里，而我还设法照到了整尊金色雕像，却只能照到我们的头顶。

于是我们又拍了一张。就在我打算把照片发给朵儿时，格斯开口问道："泰丝，你听到我刚才说的话了吗？"

我假装全神贯注地发着短信，直到他温柔地把手机从我的手中夺了过去。

"你愿意嫁给我吗？"他问道。

"我不能！"

"你想让我单膝下跪吗？"

"不要，请不要这样！我喜欢你高高在上的样子。"

我无法忍受这个瞬间被其他人当做拍照背景。

"我们认识才两天而已……"

"不，泰丝。"他说道，表情十分严肃，"我们18岁时就已经认识彼此了，但命运的微妙转变让我们不断地擦肩而过。我知道这话听起来很俗气，但我想不出其他的表达方式。我只知道过去的24小时让我感觉自己的一生都应该这样度过。我从未对任何一件事情百分之百地肯定，但我对此却有十足的把握。"

我试图让眼睛聚焦在清澈蓝天映衬下的那一抹纯白上，不让眼泪模糊我的视线。然而，当我开口说话时，声音却是那样的淡定，因为我不打算撒谎，我也不打算自怨自艾，因为这真的是我生命中最美好的一天。

"问题在于——"我开口答道，"问题在于，医生切除了我的乳腺癌，可我最近还是有些眩晕，所以他们想要为我做一下脑部扫描，查看是否有继发性肿瘤。这就是我为什么会回来的原因，这就是眼下正在发生的事情。相信我，你是不会愿意跟着我接受化疗的，何况我很有可能精神失常，然后死去！"

"不会的。"他坚定地回答，"你会晕倒的原因有很多。音乐会那天的天气很热，而刚刚做完手术的你又太瘦削虚弱。是这样的，我有个朋友是位出色的肿瘤学家，他可以直接为你看诊，确保你能得到最好的治疗。我也会照顾你的，无论将来发生什么。我发誓，我会照顾你的。"

我用力地捏着他的手，试图让他铭记现实。

"我妈妈死了。她每年都会去做扫描检查，但她还是死了。"

"但你可不一定会死。"他回答。

我不确定他是在说可能性的问题还是他不允许我去死，但我喜欢他没有开口劝告我，只要我努力去抗争，一切就会平安无事。

"这是我们的开始，泰丝。"他说道。

"我是不会放弃的。"我告诉他，"但是问题在于，癌症是不会理会我的努力的……"

他朝我露出了微笑，蓝金色的眼睛闪烁着激情。

"嫁给我！"他说，"或者如果你不想结婚，那就和我在一起。'和我住在一起，成为我的爱人！'我们搬来意大利吧！还有什么能够阻止我们呢？我可以把房子出售！一天就能卖掉！女儿还是可以轻易来探望我，还有霍普，如果她愿意的话。我可以做些好吃又健康的食物。也许甚至开设一家晚餐俱乐部！"

"或者我们可以继续住在波特贝路大街上？"我问道。

"或者我们可以继续住在波特贝路大街上。"他表示赞同。

"我不想感觉我们是在逃跑……"

"我们不会逃跑。"

"但我们也许没有多少时间了。"我说。

"没有人知道自己还有多少时间，不是吗？"他说。

我抬起头仰望着金色的圣母雕像，突然想起这一定就是妈妈在霍普还是个婴儿时第一次患上癌症后的感受。尽管我给自己的书起名为《带着霍普一起生活》，我以前不知道妈妈为什么要给我的妹妹起上这样一个名字。我一直以为这是因为霍普与别人存在不同之处，而妈妈对她充满了担忧。不过我现在明白了，她不可能在霍普刚刚出生时就预料到事情的发展。我这才恍然大悟，"霍普"这个名字表达了她不允许癌症给自己的生活蒙上阴影的心愿。

我沐浴在奇迹广场上灿烂的阳光之中，强烈地感觉到妈妈就在我的身旁，为我终于找到了那个他而露出了笑容。

　　"我找到了一个善良的男人，妈妈，一个理解我是谁的男人。"我默默地告诉她，看着一只白色的蝴蝶轻快地从我们身边掠过，就像飞舞在空中的五彩纸屑。